文春学藝ライブラリー

一九七二

「はじまりのおわり」と「おわりのはじまり」

坪内祐三

文藝春秋

一九七二「はじまりのおわり」と「おわりのはじまり」◎目次

一九七二

「はじまりのおわり」と「おわりのはじまり」

協力　立花文穂

第一回　なぜ、この年なのか

それはおととし（一九九八年）の暮れのこと。週に一回教えに行っている女子短大のその年最後の授業を終え、図書館で調べ物をしたあと、夕方、新宿西口にあるなじみの飲み屋に久し振りで顔を出した。

私が口開けの客だった。

カウンターに入っていたのは、学生アルバイトが二人――一人は男性、一人は女性――だった。

私は人見知りが強いから普段飲み屋で店の人に積極的に話しかける方ではないし、その日その店で働いていた彼（彼女）らもそういう私の性格を知っていたから、しばらくは沈黙が続いた。

けれど、やがて（週一とはいえ）最後の授業を終えたという解放感もあって、私の口が軽くなり、会話をふたことみこと交わして行くうちに、私が授業帰りであることを知った彼は、私に、ツボウチさん、で、大学でどんなこと教えてるのですかと尋ねた。

私は冗談半分真面目半分で、こんな風に答えた。

「マスコミ演習」という授業の枠だから、いちおう、戦後ベストセラー史を講義することになっているのだけど、戦後の風俗文化史全般を教えようと思っているの。て、言うかね、歴史意識というやつを少しでも彼女たちに伝えてあげたいの。ホラ、よく言うじゃない。今どきの若い連中は歴史を全然知らないって。いわゆる右の人たちも左の人たちも、その点では共通しているわけよ。それはそうだけど、いきなり太平洋戦争がどうたらこうたらとか、日清日露戦争はどうだった、とか言ったって、そんな昔の話、連中にわかるわけないでしょ。自分自身の場合を振り返っても、歴史に対する意識っていうのは、もっとずっと近い過去からはじまって、そこを足がかりに少しずつ、遠くのことに想像力を働かせて行くわけじゃない？　だから、まずその、近い歴史を、しかもどちらかと言えば大文字のではなく小文字の歴史を彼女たちに教えたいと思うわけよ。例えば今年の学生たちは殆どが一九七八年生まれ――って、こまっちゃうよね、オレが大学に入学した年じゃない、オレもかなりなオヤジなわけじゃない、自覚を持たなきゃ――だから、年間で二十コマ授業があるとして、一九五九年からはじめるの。ベストセラーのことなんて実は刺し身のツマで、講談社の『昭和　二万日の全記録』から主に風俗文化を中心に面白そうなところをコピーして、それを配って、講義して行くの。オレの知っている雑情報をどんどん加えながらね。それで一九五九年からはじめて、彼女たちの生まれた一九七八年まで至れば、自分たちが生まれるまでの二十年間の歴史に関して、少しでも取っかかりが持てるのではないか、と。まあ、これは理想論だけどね。

それは面白そうな授業ですね、と、早稲田大学の文学部に通い、ミニコミ誌を発行する、カルチュアー好きの、彼が言う。隣りで、中央大学の中沢新一ゼミに在籍する、これまたアートやカルチュアーに強い関心を持っている彼女も、かすかに同意する。

いや、だけどね、と私は答える。今どきの短大のオネーチャンたちって、本当に物を知らないよ。毎年、最初の授業の時に、アンケートを取るのだけど、コント55号だとか浅間山荘だとか、ランランとカンカンだとか、大久保清だとか、アポロ11号だとか、四十項目ぐらいあげて、それぞれについて知る所を記せ、という風なアンケートをね。でも、みんな、何も知らない。正答率は、多めに見ても二割というところかな。しかも、それなりの解答を書いてきた子ですら、例えば、三億円事件について、「竹やぶの中にお金が落ちていた」と答えたりするから。それが、一人や二人ではないのだから、やんなってしまうよ……。

すると、その時、二人は、けげんな、というか少しはずかしそうな顔をした。

三億円事件って、それとは違うのですか？　彼が尋ねた。

その瞬間の、私の驚き。

先にも書いたように、彼は、今どきの若者にしてはかなりの物知りだ。その飲み屋の客層のゆえもあって、耳学問も積んでいるはずだ。そんな彼が三億円事件のことを知らないなんて。私は、三億円事件に対する無知を、「今どきの短大のオネーチャン」たちのせいにした自分を恥じた。歴史――いやそんな大げさなものではなく、昔ごと――に対する意識が、ここ二、三十年の中のどこかで大きく変ったのではないか。

三億円事件が起きたのは一九六八年、つまり、それを「竹やぶの中にお金が落ちていた」事件と誤解している彼女ら彼らの生まれる十年前の出来事だ。自分の生まれる十年前の出来事は、私にとっては、たった十年前の出来事であるが、彼ら彼女らにとっては、十年も前の出来事なのかもしれない。いや、実は、それが五年前の出来事であっても三年前の出来事であっても、彼女ら彼らにとっては同様なのかもしれない。

三億円事件は、彼女たちの生まれる十年も前の出来事だとしても、それから十年経っても（つまり彼女たちが生まれる頃にも）、さらに十年経っても（つまり彼女たちが十歳になった時にも）、時効だとか真犯人だとかにからんで、時どき世間の話題に上る。現にそれからさらにさらに十年経った、つまりごく最近も、一橋文哉の『三億円事件』（新潮社）がちょっとした評判を呼び、ベストセラーにもなった。そういう、いまだ現役の事件であると私は思っていたのだが。

街や山を歩きながらどこかに向う時、振り返って、そうか自分はあそこからここまで来たのかと知るその目印となる場所がある。そういう目印間の距離を自分の体で把握することによって、自分が未知の、あるいは未だ到達していない場所への距離を想像する。歴史に対してだって同様だ。自分の生まれる十年前の出来事を知り、その古さを把握することによって、二十年前、三十年前、さらには百年前のことに想像力を働かす。言葉にすると理屈っぽくなってしまうけれど、それはけっして難しいことではない。人びとはずっと、そうやって、自分の中に歴史意識をかかえ込んで来たはずだ。

しかし、そういう歴史意識に、ある時期から変化が起きた。

一体このような、歴史意識の変化、さらに言えば歴史の断絶は、いつ頃から生じたものなのだろう。

そして私は、一九七二年という年のことを考えてみたい。

なぜ一九七二年なのか。

先に私は、短大での私の授業内容について触れた。一九五〇年代末から一九七〇年代末までの歴史の流れを、講談社の『昭和　二万日の全記録』をテキストに、風俗文化を中心に見て行くと。

その講義を始めた頃、強く感じたのは、東京オリンピックの一九六四年から大阪万博の一九七〇年に至るいわゆる高度成長期のわずか七年間の、時代変化の勢い、すなわちドライブ感の激しさだ。その七年間は一九五八年生まれの私の小学校時代とほぼ重なり合うから、その激しさを私自身実感している。だが改めて、時を追いながら眺め直してみると、凄い変動期であったなと、驚く。新しい物と古い物との、そのせめぎ合いの激しさ。

ここで確認しておきたいのは、高度成長期は、その、時代が新しくなって行く側面ばかりが強調されがちであるけれど、一方で、古い物や旧来の感受性も確かに強く残っていたことだ。その葛藤が時代変化の激しさを形造る。

激しさがピークとなるのは一九六八年。

そして変化が完了するのが、実は一九七二年であるのだと、講義をはじめてから三年目のある時、思い至った。つまり、高度成長期の大きな文化変動は一九六四年に始まり、一九六八年をピークに、一九七二年に完了すると。さらに言えば、一九七二年こそは、ひとつの時代の「はじまりのおわり」であり、「おわりのはじまり」でもあるのだと。

そう、私は、「はじまりのおわり」である一九七二年以前に生まれた人となら、たぶん、歴史意識を共有出来る気がする。だが、それよりあとに生まれた人たちとは、歴史に対する断絶がある。たぶん。

もちろん、私は、彼ら彼女らを拒絶しない。それどころか、私は、彼ら彼女らと対話を試みる。その試みの実践が、この連載だ（そんな年若い『諸君！』の読者がいると仮定しての話であるが）。「はじまりのおわり」と「おわりのはじまり」の年である一九七二年に起きた大小様ざまな出来事を紹介、分析することによって、私は、私の歴史意識を呈示し、一九七二年よりあとに生まれた彼ら彼女らと対話を試みる。一九七二年が「はじまりのおわり」と「おわりのはじまり」の年であると言っても、そこに何の根拠もない。単なる私の直感だ。だから、この試みは、失敗するかもしれない。しかし、とにかく、やってみる。

一九七二年が具体的にどんな年であったのか、『昭和　二万日の全記録』第15巻「昭和47年―50年」から、目につく項目を列挙してみる。

『木枯し紋次郎』放映開始。元日本陸軍伍長横井庄一グアム島で収容される。日活ロマンポルノ摘発。冬季オリンピック札幌大会開幕。連合赤軍浅間山荘に立てこもる。三菱銀行キャッシュカードをスタート。高松塚古墳彩色壁画発見。『デン助劇場』最終回。『子連れ狼』映画化。川端康成ガス自殺。沖縄返還。佐藤首相引退。田中角栄「日本列島改造論」を発表。『ぴあ』創刊。日中国交回復。初心者マーク登場。仮面ライダーカードが人気に。カンカンとランランが羽田空港に到着。R・ストーンズ初来日チケット前売り。海外旅行者百万人突破。

と、こんな具合である。

ところで、私自身は、一九七二年をどうむかえたのだろうか。

中学一年生だった私は、年明けと共に立て続けに起った、横井庄一の帰還、札幌オリンピックでの七十メートル級ジャンプの日本人選手メダル独占、連合赤軍事件などに興奮し、めまぐるしい日々の変化に混乱していたのだろうか。そうかもしれない。いや、そんなのは、あと知恵かもしれない。中学一年生でその年十四歳になる少年が、それほど「歴史」に参入しているわけはない。もっと中学生らしい日常があったはずだ。

そんなことを思いながら、私は、一九七二年がはじまった時の実感をつかむために、常々私が愛用している早稲田大学中央図書館の雑誌バックナンバー書庫に向い、当時の週刊誌の年初めの号を幾つか覗いてみた。

まず『週刊朝日』の一月七日号を開くと、巻頭に、「多極化と人間回復の年　72年はこうなる―20問20答」という特集が載っている。

「核戦争は起らないだろうか」（森恭三）だとか、「佐藤首相はいつ辞める？」（戸川猪佐武）だとか、「〝モーレツ人間〟はどこへいく？」（森本哲郎）だとか、「解決に近づけるかゴミ戦争」（美濃部亮吉）だとか、「ミニ、Gパンは生き続けるか」（うらべ・まこと）だとかといった識者たちの20問20答は、寺山修司の「ポルノ解禁への指標を探れば…」を除いては、殆どが面白味に欠けている。むしろ私が興味を感じたのは、冒頭に載っている、次のようなリード文だ（傍点は引用者）。

激動の七一年に比べ、七二年は、ある意味で単調な〝内省の年〟になる、と予測する人が多い。そうだとしても、それはエネルギーの蓄積の時代を意味しよう。「核戦争は起るか」「ニクソンは再選されるか」「ガンは克服されるか」「モーレツ人間はどこへいく」―これは七二年を予測する二十の指標である。

その先を知ってしまった現在の視点で振り返ると、一九七一年は、確かに第一次・第二次三里塚強制代執行反対闘争や土田邸小包爆弾事件やクリスマスツリー爆弾事件などはあったものの、むしろ、それまでの年に比べても、おだやかな年である。講談社の『週刊日録20世紀』の一九七一年の号の表紙は中山律子のボウリング姿で、表紙に載っている一番大きな見出しも、「マクドナルド1号店開店！」というやつだ。

『週刊朝日』に続いて、私は『週刊読売』の一月一日号を開いた。そして、初めの方に載っている「ニューズ　オブ　ニューズ」というニュース・コラム欄の、「新妻・みっちゃんも声援」という見出しのついた、こんな記事を目にした時、突然、私は、その頃の記憶がよみがえってきた。

馬場と並ぶ日本プロレスの二枚看板、アントニオ猪木が〝造反〟のかどで同プロレスのリングから追放された。

ユナイテッド・ナショナルとアジア・タッグの二大タイトルはすべて取り上げられ、文字通りハダカにされての追放だ。十一月二日、女優・倍賞美津子との一億円の〝ジャンボ結婚式〟でホットな話題をまいたばかりの猪木は、思いもかけない冷たい新年を迎えることになりそう。

前年、一九七一年十二月十三日、日本プロレスリング興業の長谷川淳三（芳の里）代表は、アントニオ猪木を日本プロレスから除名、追放処分にしたと発表した。理由は猪木が同団体の「乗っ取り」をはかったことによる。『週刊読売』の記事によれば、こうだ。

日本プロレスの日程は、十二日で終了。十三日は、よみうりカントリー・クラブで全選手、社員が参加しての忘年ゴルフ・コンペが行なわれることになっていた。猪木らはこの日を期して、定款を改正、役員の排除を強行。猪木社長、木村経理担当重役で新発足するために、機密書類を持ち出そうと計画、馬場、上田（馬之助）に接近、協力を求めた。最初は「プロレスをよくするため……」という言葉に共鳴、行動を共にしていた二人だが、途中から事の重大さに気付き、長谷川代表ら幹部に通報したという。

このためゴルフは中止、急ぎ、除名、追放の発表という段取りになったもの。

一方、アントニオ猪木は、こう語ったという。

日本プロレスリング興業の経理のズサンさに気付いたため、十一月二十七日〝プロレスリング振興促進綱領誓約〟を作成、馬場、上田らの署名をとり、現役員の遠藤幸吉、吉村道明両氏を退陣させて人事を刷新、新執行部を作ることを決議するとともに、同三十日から経理調査を始めた。これが、いつの間にやら乗っ取りにすり替えられてしまった。

それから三十年近くたった今、私たちは、そのすべてが正しかったことを知っている。つまり、日本プロレスの一部幹部たちが儲けを独占していたことも、猪木の「野心」も、そして上田馬之助の「裏切り」も。

けれど、当時、そんなことの真相を知るすべもなかった（と言うより、知りたくもなかった）中学一年生の私は、ただただ、さびしかった。馬場、猪木を中心とした日本プロレスは、その頃、そろそろマンネリズムに陥っていて、以前ほど熱中できなくなっていたものの、私は、相変らずプロレスを見続けていた。会場にも足を運んだ。私は、自分が子供の時から大切にしていた世界を失うのがこわかったのだ。ジャイアント馬場とアントニオ猪木が、初めてタッグを（いわゆるＢＩ砲を）組んだのは、一九六七年五月、私が満九歳の誕生日を迎えた直後だ。その年十月に二人はインター・タッグ王座をとり、いよいよ本格的にＢＩ砲の黄金時代を迎え、次々と外国人の強豪レスラーたちと戦って行く。

だから、一九七一年十二月七日、馬場と猪木が、力ない姿でドリーとテリーのザ・ファンクスに敗れた時は、悲しかった。その五日後、十二月十二日、東京体育館で行なわれた馬場とテリー・ファンクのインターナショナル選手権を友人のＫ君といっしょに見に行くと、会場に、もはや猪木の姿はなかった。私は不安な気持ちで毎日の『東京スポーツ』を熟読した。

『週刊読売』一九七二年一月一日号の「ニューズ オブ ニューズ」欄に載っていたその記事は、当時の私の、やり切れない気持ちを、突然、思い出させた。

このニュース・コラム欄にさらに目を通して行くと、「もう聞けない〝あの名人芸〟」という桂文楽の追悼記事や、「売れて売れてのカラー・テレビ」などといった記事と並んで、こんな記事が載っている。タイトルは「休筆したら食えないよ」。そしてサブタイトルには、「孤軍奮闘する吉行淳之介氏」とある。

暮れを迎えて、どうやら小説界には〝厭《えん》ペンムード〟がはびこり始めたようだ。五木寛之氏を筆頭に、梶山季之、筒井康隆、山田風太郎の諸氏が休筆、あるいは執筆手控えを宣言したのである。

その中で、孤軍奮闘しているのが吉行淳之介氏。このほど風変わりな本を二つ出版した。

当時、小説界で休筆がちょっとしたブームであったことを、私は、この記事で初めて知った。しかもその四人が四人共、いわゆる純文学と大衆文学とをクロスオーバーする、新しさを帯びた作家たちばかりであることが興味深い。これらの人びとは、やはり、時代の変化に敏感だったのだろうか（これは余談になるが、評論家の内村剛介は『朝日ジャーナル』の一九七二年一月七日号に載った五木寛之との対談「現代のニヒリズム」で、「日本は頭も尻尾もないという時代にはいって来た」と口にしている)。

話を戻そう。吉行淳之介の手がけた二つの風変りな出版物とは。

ひとつは、氏自ら編集する月刊誌「面白半分」。

創刊号はさすがにしゃれている。「随舌」なるエッセー風談話(大岡昇平、金子光晴、開高健氏ら)、「面白半分対談」(藤本義一氏)、「鬼苦《キック》撲蹴術《ボクシング》六週間入門」(野坂昭如氏)……といったぐあい。英訳タイトルに"Half Serious"とあり、半分はまじめな雑誌なのだ。

「いやあ、ボクの編集といっても実際は別に編集長がいて、その人に苦情ばかり言っているだけなんだ。まあ、半年やって野坂(昭如氏)に引き継ぐから、それまでの辛抱」とはいうものの、雑誌を手にした吉行氏、まんざらでもなさそう。

野坂昭如新編集長が引き継いだのち、永井荷風の作といわれるある小説を『面白半分』で掲載し巻き起した騒動については、後で改めて詳しく触れる。

吉行淳之介の、もう一つの本とは。

「裸の匂い」(KKベストセラーズ)という小説。といっても、この本、二百五十五ページのうちのなんと七十二ページがヌード写真。モデルはブラウン管の人気ものフラワー・メグ。

そのフラワー・メグの「モンロー？　なんて問題外よ」と題するインタビューが『週刊読売』一九七二年一月二十二日号の、「特別企画　二十代」という大特集の、「この不敵な〝世代の旗手〟たち」というコーナーで、野球の堀内恒夫（「マウンド上の笑顔は計算ずみ」）、ゴルフの尾崎将司（「賞金つき競技会なら毎日でも」）、ボウリングの並木恵美子（「ファイトわかす『ニャロメ』女王」）、そして競馬の福永洋一（「菊花賞とっても涙など出ない」）と並んで載っている。

第二回　ポルノ解禁前夜

『週刊読売』一九七二年（以下、一九七二年の雑誌に関して、原則的に一九七二年という年号の表記を省略する）一月二十二日号の大特集「二十代」の「この不敵な〝世代の旗手〟たち」というインタビュー記事に、野球の堀内恒夫やゴルフの尾崎将司らと並んで登場しているポルノ女優のフラワー・メグは、記者の問いかけに対して、こんな風に答えて行く。まず最初に、「ポルノ女優っていわれるけど……？」という質問に対して、

「イヤーですね。でも時代のブームの中にいる以上気にしてられないわ。ポルノなんて私自身は好きじゃないけど、商品としてのメグはうんとセックスが好きな女」（割り切ってんだね）

最後のカッコの中の言葉は、もちろん、記者氏のつぶやきであるけれど、記者がその

ように、フラワー・メグのことを「ドライな現代っ子」的に印象づけようとすればするほど、逆に、後世の目からは彼女の「古風さ」の方が目立ってしまう。次の、「どうして裸になったの？」という質問に対する、こういう答もまた。

「ウーン、何もないところから出発したかったの。私、歌も演技力もないから裸しかないじゃない。それに、女として一番恥ずかしい状態から出発することが、私をより早く成功させることになると思ったの。私ってそんなにずぶとくないの。貞操感の強い女よ」

このインタビューのタイトルは「モンロー？　なんて問題外よ」という挑発的なものだが、それは、記者の、「最後に、モンローってどう？」という質問に対するフラワー・メグのこういう「奥床しい」回答を、あえて短絡してつけたタイトルだ。

「そうね、あの人の場合はアル中で娼婦のイメージが強いわ。男の人からみたらステキなんでしょうね。肉感的で女っていう感じがするんでしょう。それにだれとでも寝るんじゃないかな。ただ、それだけのひと」

この言葉のあとに、記者の、本気なのか無理なこじつけなのか私には判断のつきかねる、こんな、したり顔の一文が続く。「メグは伸び切った肢体《したい》と同様にあくまでも奔放である」。二十数年後の今ならこういう紋切り的かつ文学的表現は編集部の上司から確実に書き直しを命じられるだろう。

ところで、最初の質問への答で、フラワー・メグは、「時代のブーム」というフレーズを口にしている。

そう、一九七二年は、ポルノ・ブームが巻き起った（いや、より正確に述べれば、巻き起ろうとしていた）年だった。その事を、私は、今回の調べで痛感した。実は私は、数年前まで、戦後の性風俗文化史における一九七二年という年の意味を誤解していた。日活のロマンポルノが、そしてストリッパーの一条さゆりが、さらには「四畳半襖の下張」を掲載した雑誌『面白半分』が続いて摘発されたのが、この年のことだ。だから、性風俗文化史的にはこの年は「受難」の年だった、と私は単純に考えていた。しかしある時からそれは間違いではないかと思いはじめた。

その「ある時」とは、今から九年前、つまり一九九一（平成三）年のことである。その年、篠山紀信が女優の樋口可南子を撮った写真集『ウォーター・フルーツ――不測の事態』（朝日出版社）と雑誌『芸術新潮』五月号の特集「荒木経惟『私写真』とは何か」に載ったヘア・ヌード写真が警視庁から警告を受けた。

その結果、どうなったのか。

ヘア・ヌード写真に対する取締りは強化されただろうか。

いや、むしろ逆だった。きちんと法的に論議されることもなく、いつの間にか黙認され、ヘア・ヌードは、ヘア・ヌード写真集ブームが巻き起った。二年後の一九九三年には一般誌のグラビアにまでヘア・ヌードが登場するようになった。それも毎号のように。年譜的事実だけを眺めれば、一九九一年は、ヘア・ヌード写真が「弾圧」された年のように見えるけれど、真実は、ヘア・ヌードが「解禁」された年だった。警視庁の警告は、あとから振り返ると、世間の趨勢に従うための、しかしいちおう職務上は気にしているとアピールしたのちの、暗黙の了解のサインだった気がする。

一九七二年の摘発も同様ではないか。

と思いはじめていたのだが、今回の調べで、私は、その私の仮説が半ば当っていたことを確認した。一九七二年は近代日本の性風俗文化史の上で、一つのターニング・ポイントとなった年だった。

今回の調べ、と、今私は書いた。

前回、私は、一九七二年という年のはじまった時の感じをつかむために、私が常々愛用している早稲田大学中央図書館の雑誌バックナンバー書庫に入り、当時の週刊誌各誌を読み比べてみたと述べた（一九六〇年代や七〇年代の、時代の正確な手ざわりを知るためには、週刊誌に当るのが一番だ。新聞では近すぎるし、月刊誌ではちょっと距離が出る、つまり現象に対しての解釈から入り込みすぎるから）。その際に一つ残念だったのは、その書庫に、なぜか、『週刊文春』のバックナンバーが収められていなかったことだ。『週刊朝日』や『週刊新潮』はもちろん、『サンデー毎日』や『週刊読売』もきちんと揃っているというのに。

そこで私は、年が明けたある日、この連載の担当のSさん（一九七〇年生まれ）にお願いして、文藝春秋の資料室にある『週刊文春』の一九七二年のバックナンバーをチェックさせてもらうことにした。私は、とりあえず、今回のテーマである性風俗を中心に各号の目次および、面白そうな記事を隈なく通読した。

いや、あるわあるわ、その手の、ポルノや性風俗に関する記事や特集が（あとで早稲田の図書館で『週刊朝日』や『週刊新潮』などに目を通して行ったら、その手の記事に関して『週刊文春』が特に力を入れていたことを知った。ただし私は『週刊現代』や『週刊ポスト』のチェックはしていないのだけれど）次々と登場する。

まずトップとなる一月三日「新年特大号」から気合いが入っている。例えば、「セックスの百科全書」という新連載が鳴物入りではじまっている。「女の解放のために書かれた、だから男がぜひ読んでおくべき」というサブタイトルを持つこの連載の筆者はドクターD・ルーベン。アメリカのベストセラーの翻訳だという。

原題は『女なら誰でもできる』。米国でベスト・セラーのトップを走りつづけるこの本は、いわばセックスにおけるウーマン・リブ宣言。だが、ここで期待されているのは性器の化け物のような女ではない。頭があり心もあり、しかも成熟した性器をちゃんと備えた女と、その女たちを愛する頭と心を持ち、かつ正常に機能する性器を備えた男たちのためにはじめて書かれた性の福音書として読まれるべきだろう。

ドクター・ルーベンはこの長い「福音書」を書きはじめるに当って、「セックスの島流しにあっている女」について語る。当時の人びとの性意識（厳密に述べればアメリカの人びとの性意識なのだが）の実態を知るために、少し紹介しておこう。

独身の女は、社会人のなかでもいちばん解放された存在のはずです。子供や家族に拘束されることもない。給料もけっこう高い。自由な時間はタップリある。それなのに、彼女たちはひどい重圧に悩まされています。

それというのも、人間の喜びのなかで最高のもの、つまり性の満足が独身の女には禁じられているからです。女は脳の手術もできるし、水爆をつくる能力もある。ところが道徳上、というよりむしろ法律上は、結婚しないかぎり、ペニスをワギナに没入させることを禁じられているのです。

現代の女は、生まれながらに備えている道具を使う前に、交接免許証——気どっていえば結婚届というやつですが——を手に入れなければならぬ。これを手に入れたくても、手に入れられない女の立場は、まったく信じられないことになります。

　彼女は結婚のときまで、自分の性器を包装して、しまいこんでおくことを期待される。

　先にも述べたように、これはあくまで、ピューリタニズムの伝統が根強く残っていた、だからこそあえて「性革命」を起さなければならなかった、アメリカのケースだ（それにしても、交接免許証とは凄い言葉だ）。日本の場合、確かに「嫁入り前の娘」という言葉はあったものの、事情はちょっと異なっていた気がする。大学卒業後、社会に出る女性の数が飛躍的に伸びていったのもこの時期、いわゆる団塊の世代以降のことだ。当時の日本の場合、大学卒業後、就職を選び社会に進出していった女性と、花嫁修業のために実家に残った（戻った）女性とでは微妙に性に対する意識が異なっていたように思う。アメリカと違って、当時の日本の場合、男性に比して女性が社会に出ること自体、性的にも、ある覚悟が必要だったのではないか。もちろんそこには、ほんの少しだけ無理にきばったものがあったかもしれないものの。もっとも、学生結婚を含む早期結婚が多いのも団塊の世代の特徴ではあるが（となるとやはり、彼ら彼女らは、早く「交接免許証」をもらいたかったのだろうか）。

　話を一九七二年の『週刊文春』の新年一月三日号の誌面に戻そう。その号にはまた野坂昭如と亀山巖（当時の名古屋タイムズ社長だが、性研究家として有名だった奇人）の対談「エロトピア」が載っていて（「エロトピア」というのは、もちろん、『週刊文春』の一九六九年三月十七日号から七一年六月二十八日号まで続いた野坂氏の人気連載のタイトルだ)、その対談で、野坂昭如の、「亀山先生はポルノ解禁なんかについてはどういう……」という質問に対して、亀山巖は、こう答えている。

その思想がおかしいの、解禁とか取締りとかいうものじゃないの。空気みたいにジワジワーっと、気がついたらそうなってるならいいけど……。

まさに当時ポルノは「ジワジワーっと」解禁されつつあった。その頃の週刊誌各誌(『週刊文春』や『週刊新潮』のような出版社系、言いかえれば男性サラリーマン系の週刊誌だけでなく、『週刊読売』のような新聞社系の週刊誌も含めて)の誌面には、「中田商店貿易部」という輸入業者が仕入れた(この中田商店および社長の中田忠夫の人物像についてはあとでまた触れる)欧米のポルノ雑誌の販売広告がしばしば掲載されている。例えば『週刊文春』二月二十八日号に掲載された『ライン&フォーム』誌と『ジェイバードUSA』誌の広告には、次のような宣伝文句が添えられている。

本誌は、ポルノグラフィではなく芸術写真集です。美しい女性、美しいポーズ、美しい背景、美しい表情、美しいアクセサリー、美しいライン、美しいフォーム、美しい美毛などが写されています。始《ママ》めての無修正写真ですので全頁美毛でおおわれている美しい女性です。1964年（昭和39年）～1967年（昭和42年）頃発売されたものの中から美毛のみ写されているものを選び、編集しました。8年位前のものから順を追って輸入し5年後には、もっと進んだ写真も輸入したいと計画しています。

「美しい美毛」の「美毛」に傍点をふったのは私であるが、「美しい」づくしのあとで、「美しい美毛」などという、「馬から落馬」のようなこなれの悪い表現を使ってしまう所に、一九七二年当時の、この写真集のウリのポイントを、そしてそのウリをあからさまには強調出来ない苦しさをリアルに感じ取ることが出来る。

いずれにせよ、こうして、一九七二年初頭、ポルノは、亀山巖の期待するように、「ジワジワーっと」日常的なものになろうとしていた。

むしろ、ポルノ解禁に、逆説的な意味ではあれ、危機感をいだいていたのは対談相手の野坂昭如の方だった。彼は言う。

ただね、私など営業上からいいますとね、ポルノというのはたとえば、於芽孤をいま文章で描写することは禁じられていますよ。陰毛は「飾り毛」だし、それからせいぜいが「裂け目」ですよ。まさか大陰唇、小陰唇て医学用語書くわけにいかないですよ。そうするとそういうふうなかっこうでしか書けないからすんでいるんですよ。

法的な規制があるからこそ、例えば、「女性の股間に顔をうずめるようなシーンを書いても」、男の眼に女性性器がどのように見えたか具体的に描写することが禁じられている。いや、描かずにすますことができる。

だけど解禁になった場合ね、見たまま書いていいといわれた場合ね、女性の性器を書きわけるなんてのは至難の技ですよ。

（中略）

ほら人間の顔の描写ってないでしょう。「ハッとするほど美しい女」とか「誰それに似た女」とか、色が白い、受け口だ、鼻がキュートだ、目がつり上ってる、そんな程度でしょう。

（中略）

性器なんてのも顔と同じでね、書けませんよ。

（中略）

ベッドシーンなんてますますいけない。なんべんもやってみたもの。「襖の下張」でも「濡れズロ草紙」でも、読んでは、なるほどうまいなと思ってやってみるけどね。たった二枚、書くことなんにもなくなっちゃう（笑）。だからもし解禁になると私など描写力のない作家は淘汰されてしまうでしょうねえ。

だがポルノが解禁になって困るのは作家だけではない、と野坂昭如は言う。

考えてみるとポルノ解禁っていうけど、本当はつまり猥せつ解禁ですよね、これほど恐いもんないですよ。あらゆる猥せつがなくなってしまったとき、日本人みたいにひ弱な民族は何を頼りに於芽孤していいかわからなくなっちゃうんじゃないか。

この野坂昭如の予言は二十八年後の今、半ばは的中したように私は思う。援助交際という名のもとに、疑似コミュニケーションすら取り交わすことなく、単に金銭のみを媒介とした「於芽孤」を行なう（行なった）女子高校生たちも、私には、事実上性のタブーが殆どなくなった現代の、性的想像力（妄想力）の欠如の反映に過ぎない気がする。さらにうがった見かたをすれば、彼女たちを買う中年男性たちは、援助交際という言葉に、自らの行為のうしろめたさの払拭ではなく、むしろ性的興奮――買春という猥せつ感を伴った言葉を援助交際という無機質な言葉に置きかえることで生じる逆説的な性的想像力の高まり――を感じているのかもしれない。

先の野坂昭如の発言の中に、期せずして、「襖の下張」という作品名が登場するけれど、これはもちろん、永井荷風の作と伝えられる短篇小説「四畳半襖の下張」のことである。

野坂昭如編集の雑誌『面白半分』一九七二年七月号に掲載された「四畳半襖の下張」

が引き起した反響、いわゆる「四畳半襖の下張」事件については後で詳しく扱うことにするが、ここで時間軸だけを整理しておけば、この野坂昭如の発言が載ったのは『週刊文春』一月三日号。つまり『面白半分』の例の号の半年前のことである。ポルノ解禁前夜といわれる雰囲気の中で、野坂昭如は、逆に、ポルノ解禁以降の性に対する描写力の衰弱を恐れ、「四畳半襖の下張」という、偉大なる先人の功業を思い出したのである。

ところで、今私は、最近の（といってももう二〜三年は経っているのだが）「援助交際」についてちらっと触れた。つまり「今どきの若い娘」の性について。

そのことと比較して、『週刊読売』の一九七二年七月八日号に、興味深い例が紹介されている（『週刊文春』の性風俗関係の記事を追って行くと述べたけれど、ここでちょっと寄り道させてもらう）。

今回の調べでわかったのだが、当時、『週刊文春』と並んで、性風俗関係の記事にもっとも力を入れていたのは、意外にも（?）、新聞社系の週刊誌の一つである『週刊読売』だった。特に新年号から始まり一年近く続いた連載「セックス・ドキュメント」はだかの日本列島」はなかなか力の入ったシリーズである。その連載第27回となる七月八日号の記事は「〝男性探検〟26人——そのクールな性」と題されていて、こんなリード文が添えられている。

この春、東京・新宿に二十四歳のママのバーが誕生した。ここに至るまで、ホステス稼業、実質二年あまりで二十六人の男と寝たそうな。水商売の女性は……という、世間の〝常識〟を裏切らない。

一人の娘がこの世界に住みつくまでの経緯は、百人百様だろうが、このママの場合は――なんと「ゼニ金抜きで寝た」とか。ウレシいではないか。

それより驚いたのは、店の宣伝にもならないのに、実名写真ＯＫだと。「だって、事実だもの……」――じつにクール。つまりは、女性だって、かくもクールに生きうる世の中になっているということか。

つまり彼女は「援助交際」ならぬ「無援助交際」娘だったというわけだ。金沢に生まれ、東京の洋裁学校を出て、大手の婦人服メーカーに勤務していた彼女が〝男性探検〟をはじめたのは、十九の時に知り合った一つ年上の夫が、こんな「奇癖を隠し持っていた」からだという。

彼女に慣れるにしたがい、妙なおねだりを始めた。薄い、小さいパンティーをはかせて、ながめて楽しんでいたのは序の口。ついには、おのれ自身を味わわせ、そうやって最後までエスカレートしたのだ。

「あとでいくらうがいをしても、どうしても取れない感じ。わかる?」

〝愛している〟と思っている間は奉仕もできた（「いまだってほんとに愛する人に求め

られたら、してあげるョ」と彼女)。が、はたちの彼女は次第におぞましさが募り、知り合ってから二年もたたずに逃げた。

そのあとの〝男性探検〟を詳しく語ったのち、あなたにとって性とは何か、という記者の質問に、彼女は、こう答える。

私、だれとの時もエクスタシーは小波だけ。大波があるってことは感じでわかるけど、こわい。大波が来そうになると逃げるの。小波だけで十分満足よ。

相手の男に好感が持てれば寝る。ついでにその人のすてきなところ、すばらしいところを自分のものにしたいの。だから、たくさんの男と寝ても、自分ではちっともよごれていないつもり。どう?

今見ると、ずいぶんと奥床しい答ではないか。

第三回　日活ロマンポルノ摘発される

こうして私は一九七二年の週刊誌の性風俗関係記事の調べを続けていた。その一環として、前回でも述べたように今年（二〇〇〇年）の初め文春の資料室で『週刊文春』のバックナンバーをチェックしていったのだが、そんなある時、ちょっとドキリとした。懐しい羞恥心が私の中にわき上ってきた。十四歳の私の羞恥心が。

私の家では毎週、『週刊文春』を購読していたから、私は、ものごころついた時には、そう、小学四年生ぐらいの頃から、『週刊文春』に目を通していた。

だから当然、一九七二年の各号も欠かさず目を通していた（はずである）。

（はずである）と書いたのは、今回、そのバックナンバーをチェックしながら、二十八年前に初読した際の記憶が少しも蘇ってこないからである。例えば「マスコミの目」というコラム欄に載ったこんな記事を目にしても。

驚きました。「キックボクシング」がソノ筋に関係ありげなシロモノにしても、テレビ画面で〝解説〟していたのが前科五犯とは。
日本テレビの解説者だった安部直也こと遠藤直也は、暴力団二率会小金井一家のレッキとした幹部だったのだ。
遠藤が五連発ショット・ガンと実弾を持っていて警視庁の取調べを受けたことからわかったものだが、おかげで日本テレビは大あわて。

その頃から私はこの手のゴシップコラムが大好きで、「マスコミの目」も愛読していたはずだし、そもそも、(プロレスほどではないものの)キックボクシングのそれなりのファンで、例えば寺内大吉のことも作家ではなくキックボクシング評論家として認知していたぐらいなのに、この記事を読んだという記憶がまったくないのだ。

話を戻そう。

私がドキリとしたのは、八月十四日号の巻末に載っているモノクログラビアに行き当った、その時だ。こういうキャプションのついている……。

これはさきごろアメリカのインディアナ州ローズローン近くのヌーディスト・キャンプ〝裸の町〟で開かれたミス・ヌード・ワールド・コンテストのスナップ　賞金は1000ドルをかけて　三十人の美女が一糸まとわぬ裸体を競いあった　この結構な女

性を見るには　もちろん5ドルの入場料を払うのだ　それにしてもこう堂々と脱がれると　見る方は目のやりばに困ってしまいますねえ

このキャプションにあるように、「『公然ワイセツ』のコンテスト」と題されたこのグラビアは、四カット、計十数人の「美女」たちの「一糸まとわぬ裸体」が載っている。「美女」たちの下半身の一部には逆三角形のスミがぬられている。私は、確かに、この写真に見憶えがある。

十四歳の私はこの写真を見てドキドキした。

なぜだろう。

実物を目にすればわかるけれど、この写真にワイセツ感は、うすい。裸の「美女」たちの、ただの行進風景だ。むしろその頃の『週刊文春』には、もっとヌード写真らしいヌード写真が載ったりしていた。

しかし、そういう写真よりも、十四歳の私は、この「美女」たちのヌード写真に興奮した。

普通のヌード写真は、その頃、いわゆるヘアが写らないように、角度をつけたり、オブジェを置いたり、ボカシを入れたりしていた。つまり、ヘアは、最初から存在しないものだった。だがこの裸の「美女」たちの行進風景の写真は、キャプションに「それにしてもこう堂々と」とあるように、あまりにもモロだった。モロすぎたから、逆三角形のスミをぬる以外の編集処理のほどこしようがなかった。そして、その三角印によって、逆に、その部分が強調されてしまうのだ。だから、十四歳という微妙な年齢の少年は、今から見るとまったくワイセツ感を覚えないそのグラビアに興奮した。

そのことに関連して興味深い「アンケート特集」が、やはり『週刊文春』の五月一日号に載っている。タイトルはずばり「ヘア《陰毛》解禁をどう思うか」。

質問は、①陰毛の見える写真を見たことがありますか？ それはどこで？ ②どう思いましたか？ ③陰毛解禁に賛成ですか？ ④その理由、の四項目だ。回答しているのは谷内六郎、曾野綾子、今西錦司、羽仁進、イーデス・ハンソン、舟橋聖一、手塚治虫、中村メイコ、謝国権、赤塚不二夫ら、当時の「日本の良識」、四十名。

例えば作家の井伏鱒二（一八九八年生まれ）は、こう答えている。

①見ませんよ。
③あんまり見せないほうがいいんじゃないですか。
④ぼくは見たいともおもいません。絵かきさんがアクサン（抑揚）をつけるために黒く描くのはあるけど、岡田三郎助なんか描かなくてもいいといっている。

それに対して、井伏とほぼ同世代でありながら、詩人の金子光晴（一八九五年生まれ）は、こんなさばけた言葉を口にしている。

①戦前にY写真で見た。
②みんな上手に隠しているが、桃色の映画なんかで隠しているのはおかしいね。
③見せないと、かえってそこが気になる。賛成。
④どうして毛が生えているのか生理学者にでも聞かないとわからないが、ミケランジエロのダビデなんか出していますね。子供もどうしてオレになくてオヤジにあるんだなどと不思議がるが、小さいときから毛はなんでもないという観念を与えたほうがいい。

いかにも金子光晴らしい――『こがね虫』や『マレー蘭印紀行』などで知られるこの老詩人はこの時期、一九六〇年代末から七〇年代初めにかけて若者たちに再発見され、一九七四年七月号から半年間雑誌『面白半分』の編集長をつとめたりもする――回答である。そして、らしいといえば、この前年に今川焼き屋「夢屋」を開業し、いわゆる「滅亡教」の教祖を自称していた作家の深沢七郎（一九一四年生まれ）の、こういう答もまた、らしい。

①まあ、ふつうのエロ写真でね。
②ベーつに。感想たって、オ××コの毛なんて年中見てるから感慨たって、なーんに

もわかないよね。あんなものはただ黒いだけで、なーんにもないからね。
③あったって、べつに問題ないと思うわね。
④なぜかというと、ただ黒くなってるだけでね、頭の毛だって黒いもん。毛を見るだけじゃ、つまんないからね。悪いことも思わないし、べつに良いとも思わないね。

回答者の内、二十代はポルノ女優の池島ルリ子と歌手の佐良直美と相撲の輪島の三人であるが(しかしこの取り合わせは今見るとなかなか意味深だ)、翌七三年の夏場所後に横綱に昇進することになる輪島は、こんな正直な(?)言葉を口にしている。

①ない。
③法的に禁じられているのですから反対。
④男だから見たいという気はありますがね……。

このほかにも一九七二年の週刊誌各誌には性風俗関係の、すなわち性を取り扱う表現や性に対する意識の変化についての記事が氾濫している。前回述べたように、その点で一番力を入れていたのは『週刊文春』であり、読みごたえのある連載は『週刊読売』の「セックス・ドキュメント　はだかの日本列島」である。もちろん、『サンデー毎日』や『週刊新潮』にだってその手の記事はかなり載っている。

当時の週刊誌の中で一番お上品だった『週刊朝日』は、もっぱら、性教育のことについて、そのテーマを絞っている。例えば「虎の巻『性教育の進め方』にとまどう先生たち」（三月十日号）、「デパートの『性教育展』を見た親子の当惑」（八月十一日号）、『性解放論』にたじろいだ教師・親の本心」（八月十八日号）といった具合に。つまりその関心の対象は子供と性との関係にある。「新たな性」の時代にさらされる子供たちに、である。同誌の六月九日号に載った「テレビ『夜のポルノ』をつぶさに報告する」と題する記事（正確に言えば東京地婦連副会長のレポート）も同じ関心の中にある。その記事は、こんな風に書きはじめられる。

「テレビにもカギがかからないかしら……」

と、しみじみとした口調であるお母さんがいいました。深夜、勉強部屋で音を消して〝ポルノ番組〟を見ている子どもたちのことを心配した声なのです。

当時、「夜のポルノ」番組としてやり玉にあがっていたのは日本テレビ系の11PMとNETテレビ（現テレビ朝日）系の23時ショーだった。この記事の中に、同年の5月15日月曜日から同24日水曜日に至る両番組の放送内容を紹介した表が載っている。それによれば、16日(火)は「夜の入浴法百態」と「ゲイボーイと真夜中のキッス」（上が11PM、下が23時ショー、以下同)、22日(月)は「ヨーロッパ・女と車とウッシッシ旅行!」と「続・夜のアクロバット美女大会」、24日(水)は「決闘! 女ずもう横綱大会」と「第2回おさな妻コンテスト」といったラインナップである(ただし11PMは、例えば15日(月)の「棄てられた島 沖縄の証言」のように、時どき硬派な企画も放映した)。

ここで話は前後するけれど、先の引用に戻りたい。あの一文を書き写しながら、私は、その後半部にちょっと反応した。「深夜、勉強部屋で音を消して〝ポルノ番組〟を見ている子どもたちのことを心配した……」という、その部分に。

十四歳の私は自分の個室など持っていなかった。まして自分専用のテレビなど。それは私の姉弟が多かったことや、私の家の室内空間の特殊事情にもよるのだが(そのことを詳しく述べると別の物語が派生してしまうので、ここではあえてふれない)、私のまわりのクラスメートたちを眺めまわしても、個室はともかく、自分専用のテレビを持っている人間など、ほとんど、いや、まったく、いなかった。子供たちの個室化や専用テレビの所有が進むのは、たぶん、これから数年のちのことだ。そしてさらに数年のち、一九八〇年代半ばに至ると、彼(彼女)らは、マイ・テレビはおろかマイ・ビデオも所有することになる。そして実際、その時に至って、彼らの性知識および性意識は完全に親の管理外のものになる。

ところで、「夜のポルノ」番組の問題点について、先の記事の中で、東京地婦連副会長は、こう述べている。

「11PM」のベッド体操を例にとると、これを横からちゃんと撮れば体操です。でも、真上にカメラをすえて、いかにも女性が足を広げたところを意味ありげに写すのです。司会者が、「カメラをどこにすえているんだ」とどなっていましたが、それももちろんショーの一部なのです。

どうもこの種の番組は「送り手」が完全に遊んでいる。つまり「楽屋遊び」が多すぎるのです。それがこの種の番組のねらいでもあるのでしょうが、ご本人たちが面白がっているわりに、見ている者はしらけた不愉快な気持にさせられることを、「送り手」はどこまで知っているのでしょうか。

この種の番組が、徐々に深夜から昼や午後の番組にまで進出してきていて、茶の間に無感動な〝ポルノ〟を送りこんでいます。

ポルノ批判という文脈においては、この言葉は、今やまったくその意味を失っている（いや、二十八年前の当時においても、ほとんど無意味だっただろう）。しかし別の文脈から眺め直してみれば、これは貴重な証言だ。つまり、テレビにおける低レベルな「楽屋遊び」、難しい言い方をすれば自己言及性の発生についての（その点に関しての「一九七二年問題」のことは、いずれ、触れることになるだろう）。

先を急ごう。

一九七二年の性風俗ネタで、もっとも頻繁に週刊誌の誌面をにぎわしたのは、やはり、「日活ロマンポルノ事件」である。

映画の斜陽化の中で業績不振にあえいでいた日活が、元来の方針を変え、「年に何本かの超大作」「ロマンポルノ」「児童映画」の三路線に進むことに決めたのは一九七一年の秋のことだった。その日活ロマンポルノの第一弾として、同年十一月二十日、『団地妻・昼下りの情事』と『色暦大奥秘話』の二本が封切られた。

摘発を受けたのは十六作目に当たる『恋の狩人《ラブ・ハンター》』と『牝猫の匂い（OLポルノ日記）』と『女高生芸者』の三本立てだった。一九七二年一月二十八日のことである。

ここで注目してもらいたいのはその日付けだ。ポルノ解禁のムードが高まる一九七二年という年が明けたその直後、まさに「解禁前夜」の出来事であることに。

「解禁前夜」というのは、『サンデー毎日』一月二十三日号巻頭のグラビア頁のタイトルでもある。十頁にも及ぶそのグラビアには、一九七一年暮れに行なわれた日活ロマン「ポルノ・ニューフェースの選考風景」や「日活映画『恋の狩人ラブハンター』の乱交パーティーシーンの撮影風景」なども登場し、その特集を担当した記者は、リード文で、こんな過激なセリフを口にしている。

ためしにふらりと映画街を歩いてごらんなさい。目にはいる看板やポスターやそこに書いてある宣伝文句のすごいのなんの。それにつられて　映画館の中にはいるとスクリーンの上にうつし出される映像の　何とまた進歩的なこと。一年前だったらとても映倫サンがＯＫ出してくれそうにもなかったアングルでの皮膚接触場面がどんどん出てくる。セリフや音響効果もぐーんとリアル度を増した。

こんなふうになったのも　おそらくは〝世論〟（？）のつよーいバックアップがあるためだ。印刷物のほうだって　お茶の間のテレビだって　ぐぐーッとポルノ度を増してきている。世の中全体のポルノ度の　驚くべきエスカレーション！

ところが　ひとつ　ここに刑法一七五条という限界線があって　それを越えれば手錠がガチャリ　というわけだから　映画界ではただいま現在　バンソーコーが不可欠の撮影用必需品目となっているしだいだが　さて　そのバンソーコーが公然とはがれる日はいつか？

その日もさほど遠くはあるまいと思わせるに十分な　ただいま現在の現実をまずはとっくりとごらんください。

「世論」の「つよーいバックアップ」によって、「バンソーコーが公然とはがれる日」も「さほど遠くはあるまい」と記者は言う。

そういう時代の空気を感じながら、ロマンポルノ摘発事件を眺め直してみる。

この事件を報じた当時の週刊誌の記事（『サンデー毎日』二月二十日号や『週刊読売』二月十九日号など）のトーンに共通しているのは、なぜこの三本が特にワイセツであるのか、その摘発基準にとまどいを見せていることだ。

例えば、「〃日活手入れ〃されどポルノ・ゲリラは投降せず」と題された『週刊文春』二月二十一日号の記事は、摘発された三本に続く新作『性盗ねずみ小僧』の性交シーンを詳しく紹介――（「結合してる局部までは出ないけれど、マル裸のお尻をたっぷりみせてから、カメラはうつぶせになってる女の前へまわり、女二人の表情をエンエンとうつす。苦悶あるいは歓喜の表情をうかべながら、女二人の身体が時おりガクンガクンと揺れるのは、例の復讐の鬼の先生が今やセッセとピストン運動をしてるからだと、アリアリとわかるしかけ」）――したのち、こう続く。

たしかに以前は、局部や陰毛はもとより尻の割れ目もうつしてはまかりならんというのが大原則だったのはよく知られている。だが近ごろ、尻の割れ目がうつってないなんてピンク作品はまず皆無で、特にこの「ねずみ小僧」なんぞは、尻をもちあげバックからの受入れ態勢百パーセントというスタイル。「ここまでやったってつかまらないんだから、押収された三本とは、どれほどだったか！」

要するに摘発された三本は、たまたまだったのである。さらに言えば、警察が、ロマンポルノ（的なもの）を、一九九〇年代初めのヘア・ヌード同様、容認するための、一種の牽制球だったのである。実際、摘発にも拘《かかわ》らず、日活のロマンポルノ路線は断ち切られることなく進行し、いや、摘発事件によってかえって話題や客足を集め、『サンデー毎日』十月一日号には、当時の日活の映画営業部長の、こういうコメントが載っている。

「昨年七月、ダイニチを撤退した時には二十億あまりの赤字をかかえておりました。それが十一月からロマン・ポルノ路線にきりかえ、この八月でやっと月間配収一億五千万円の目標額にまでこぎつけました。映画館も日活直営の五十館にまで落ちこんだのだが、ようやく八百館。ほぼ全盛時の数にまで盛返しました。現在ロマン・ポルノをやっている映画館は全国で約二千七百館です」

当事者の声をもう一つ紹介しておきたい。

日活が新しい路線の一つとしてロマンポルノを選んだことは先に述べた。そういう新路線のおかげで監督に昇進し、『恋の狩人《ラブ・ハンター》』で初めてのメガホンを取った山口清一郎は、のちに、あるインタビューで、当時の現場の空気を、こう回想している（鈴木義昭「山口清一郎の軌跡」、『彷書月刊』一九九七年二月号）。

ロマンポルノを監督したのは、その数年前監督に昇進した若手と昇進を目前にした助監督たちでした。また、プロデューサーも助監督から数人が転向することになる。この新体制が組合大会で発表されたのが九月頃でしたから、最初の封切までの二カ月間に、撮影所の雰囲気がガラッと変わりました。俳優も、特に女優の顔ぶれが一新しましたからね。それまでの澱んだ空気が急変して、新しい映画が実に新鮮に感じられました。それこそ、「決意もなく、ためらいもなく」それにふさわしい流れができました。それに七一年という時代の気分とも、どこかで合っていたように思うんです。

「七一年という時代の気分」は、はたして、七二年につながるものだったのだろうか、それとも七二年になって断ち切られてしまったものだったのだろうか。

その日活ロマンポルノが摘発を受けた五カ月後、六月二十二日、野坂昭如の編集する雑誌『面白半分』がやはりワイセツの容疑で警視庁から摘発される。

第四回　ストリップショーと「四畳半襖の下張」

日活ロマンポルノがわいせつ容疑で摘発されたのは一九七二年一月二十八日。そして野坂昭如編集長の雑誌『面白半分』に掲載された伝・永井荷風作の小説「四畳半襖の下張」が同じくわいせつの容疑で摘発されたのは同年六月二十二日のことであるが、その間にもう一つの、わいせつ摘発事件が起きている。

五月七日、「関西ストリップの女王」とうたわれた一条さゆりの引退記念興行中の出来事だ。

その頃、四十三歳（この事件の中で彼女は年を十歳近く下にサバよんでいたことが明らかになる）の一条さゆりは話題の人だった。きっかけは中国文学者の駒田信二が、「彼女の可憐《かれん》薄倖《はっこう》のかげ深き半生にいたく感動して、実録小説『一条さゆりシリーズ』を連作形式で何編も某誌に発表した」（「関西ストリップ・一条さゆりの虚像と実像」、『週刊文春』五月二十二日号）ことによる。それがこの年の春に『一条さゆりの性』（講談社）と題して単行本になった時、人気がブレイクした。しかもそのブレイクのし方はそれまでにないものだった。つまり従来のストリップファンと違う層が、彼女のその芸ではなく数奇な半生に強く興味を持った。

興味を持たせたのはテレビのワイドショーそして女性週刊誌だった。それはまさに、メディアと大衆との「現代的」なあり方のはじまりの一つだった（その点で、同じわいせつ摘発事件でありながら、この事件は日活ロマンポルノや『面白半分』の場合と少し異なる）。『サンデー毎日』五月二十八日号の「高くついた〝ヌード女王〟のサービス精神」という記事に、こうある。


フジテレビ系の奥様番組『三時のあなた』で人生の遍歴を語り、日本テレビ系の『11PM』にも、三月中旬と引退記念興行初日の今月一日の二回にわたって登場。女性週刊誌にも取上げられたことから、日ごろ男どもしか集まらないストリップ劇場に、女性客が見物にくるという大異変まで招来したのである。


その結果、「警察はアタマにきた」というわけである。

しかしこれは皮肉だった。

同じ記事中に、「ここ一、二年、ポルノ論議は盛んだが、実体としてのポルノが堂々と行なわれているのは、特出しストリップの世界だけである」とあり、関西ストリップはその「特出し」の中でも過激を売り物にしていたのだが（今でも東京近郊に幾つかあるOS劇場は、大阪《オーサカ》ストリップの略、いわゆる過激さの名残りである）、実は一条さゆりは、その関西ストリップのなかでは、はじらいを売り物にしていたのだから。その頃から日本人の中で消えて行こうとしていた、ある種の、特に性に対する、はじらいの感情を。同じく『サンデー毎日』の記事で作家の藤本義一（彼は『週刊読売』で当時連載していた対談「義一ちゃんのケッタイな対談」の十二回目［三月十八日号］のゲストに一条さゆりをまねいていた）は、こう語っている。

　私はストリッパーにも二とおりあると思うんです。客に対して加虐的に〝見せてやる〟というのと、見られていることにはずかしさや喜びを感ずる人です。十数年前までは、はずかしそうな気配を、そのふるまいに残していたのが普通でした。最近の割切った若いストリッパーの中で、その後者のタイプを残している貴重な存在だったんじゃないかな、彼女は。そこが駒田信二さんの美意識に触れたのだと思うんです。

摘発を受けた彼女の舞台上の姿は『週刊文春』五月二十二日号の「関西ストリップ・一条さゆりの虚像と実像」に詳しい。「本誌編集部は運よくまにあった。御用前の何日間かの奮闘公演ぶりをつぶさに実見した」（傍点は原文）という記者は、一条さゆりの「『ロウソクベッド』の名演技」（中見出しの言葉）を、他の踊り子たちの「どのコもガバと『放り出す』」（同じく中見出し）姿と対比して、このような文学的表現で描く。

しばらくして彼女の右手は自分の局部にさしこまれ、その手は生き物のように悪魔的な動きを示し、裸身は「ウオウウオウエーンエーン」と、苦しみとも喜びともつかぬ呻《うめ》きをあげはじめる。さながら、映画「羅生門」の、あの世から死霊をよびだす巫《み》女《こ》の凄絶な動きと絶叫の演技をホウフッとさせた。

舞台も客も忘我のひとときがすぎると、彼女は浴衣をまとってシズシズとデベソ（舞台から客席に突きだした特設ステージ）を巡回し、恥じらうような笑みをこぼしながら、タテヒザを、ジリジリと割って、観音サマ拝謁の行事となる。

ところで、一条さゆりの摘発事件に関連して、当時の週刊誌のバックナンバーの記事を調べていたら、ちょっと印象的なグラビア記事に出会った。それは『週刊文春』九月二十五日号の「信濃路をドサ廻り」と題する四頁の白黒グラビアだ。サブタイトルには「〝ポスト一条さゆり〟と共演した田中小実昌」とある。

そう、この記事は、当時〝ポスト一条さゆり〟と期待されていたストリッパーの「梨香ちゃん」の地方巡業（タイトルには「信濃路」とあるが正確には「越後路」）の同行記だ。同行していたのはサブタイトルにもあるように作家の田中小実昌。

グラビアに合わせて田中小実昌は、こんな文章を寄せている。

……長岡、見附をまわって、盆地の町、栃尾どまり。アニマル・マキの梨香ちゃんと力自慢のカッちゃんのあいだにはさまれて、キャンピング・カーで寝る。

翌日は、小千谷にひきかえし、昔は芝居小屋だった明治座の楽屋で、とりあえずおフロをわかし、杏子さんや浅草駒太夫さんなんかもいっしょに、おフロにはいった。

見逃してならないのは、これに続く次の一節だ。

今どきこんな優雅な旅をしているストリップの一座はない。それどころか、ひとりでヌード劇場をまわる特出《トクダシ》のおねえさんばかりで、一座《ショウ》そのものが、ひとつ消え、ふたつ消え、なくなってしまった。

他ならぬ田中小実昌の口から語られることで、この言葉は、強い説得力を持ってくる。なぜなら田中小実昌こそは、日本ストリップ史の貴重な生き証人だったのだから。例えば『ドサまわり東大生』という自伝的エッセイ（『猫は夜中に散歩する』に収録）で彼はこう書いている。

ニホンでのヌードの第1号は、昭和二十二年三月の新宿・帝都座五階でのいわゆる額縁ショウということになっているが、それから数週間後、わが「東京フォリーズ」のバライエティの一シーンで、ラナー多坂という踊り子が乳《にゅう》バン（乳房《ちち》バンド、ブラジャー）をとった。

額縁ショウは、銅像の除幕式と同じで、幕をおとすと、大きな額縁のなかに上半身ハダカの女のコがたっているといったぐあいだったから、ストリップ（脱ぐほう）の元祖はラナー多坂だ。

しかし、ストリップという言葉もないころで、もちろんストリップ技術などもなく、ラナー多坂は舞台中央奥のタップ台に立ってポーズをきめ、舞台雑用のぼくが、幕のうしろから手を出して、彼女の乳バンのホックをはずし、サッとぬきとった。

だから、ニホンのストリップは、じつは、東大生によって、そのスタートをきったわけで、東大百年史に、さらに栄光の一ページを加えることになるか。

つまり日本にストリップが誕生したのは昭和二十二年春。それから四半世紀後の昭和四十七（一九七二）年には、ストリップの世界は「特出《トクダシ》」全盛となり、踊り子たちは舞台で皆「どのコもガバと『放り出す』」。そんな中で皮肉にも、自分の性器を見せることにはじらいを持った一条さゆりは、そのはじらいがもたらした人気によって、摘発を受けた。

ところで、今回のテーマからは少しはずれるけれど、やはり田中小実昌が登場してくるので、一九七二年の『週刊文春』の、もう一つ別の記事を紹介したい。

それは十月二日号に載ったアンケート特集「海外旅行かざるの弁」だ。副題に「今どき珍しい人に聞く」とある。

この年海外旅行者は初めて百万人を突破し、前年比四四・八パーセント増（十年前と比べれば何と七倍増）の百三十九万人を記録した。しかもこの内の百四万人までが観光旅行者だった。ドルショックによる円高や外貨持ち出し限度額の撤廃、旅券法の改正、さらにはパック旅行の登場など理由は幾つかあった。つまりこの頃から、日本人にとって海外旅行は当り前の時代になった。「外遊」という言葉が死語になった。そういう時代の、「今どき珍しい人」たち、京塚昌子や神吉拓郎、山口瞳、山本七平、井上ひさし、山本夏彦、小沢昭一らがそのアンケートに答えている。

質問は二つ。「①外国へいらっしゃらないのには、何かよほどの理由があるのですか」。「②それでも好きな外国の町がありましたら……」。

皆それぞれにらしい回答を述べていて面白いのだが、中でも印象に残ったのは植草甚一、池波正太郎、田中小実昌の三人。この三人に共通するのはその晩年に、ただの旅行者ではない大の外国好き――というよりも外国生活者――になってしまったことだ。アンケートの回答が、彼らのその後の姿を予言している。その後というのは、彼らがなぜその場所にひかれるのか。つまり彼らがそれぞれの懐しさの居場所に「回帰」して行く理由が。

例えば植草甚一。

①ぼくは明治生れで、東京の下町の商人の子だったんです。それで、関東大震災で焼けだされちゃったんです。金もなかったし、ぼくは商業学校へ進みました。外国では、シナぐらいには行けたんですが……。

だんだん年もとり、外国人の友だちもいくらかいるんですけれども、こっちが年上なんですよ、行くからにはこっちがおごってやらなくちゃいけない。

②ここ四、五年間アメリカの若い人たちの情勢を読むのが好きで読んできました。そういうわけでグリニッチ・ビレッジ（ニューヨーク）あたりです。ペーパーバックスがぜんぶある古本屋があったりするんです。

続いて池波正太郎。

①十三歳のときからの洋画ファンだから、外国のことはわかっています。行くならば、たっぷり金をもち、通訳も連れて半年ぐらい。それに団体は困る。朝起きられないよ、ぼくは。

②フランスの田舎。ブルターニュあたりの城がある町。

そして田中小実昌。

①よくみんな外国へいくと思って感心しちゃう。とにかく、3月になって税金を払う人、下町でチュウなど飲んでいる人間は外国なんかへいけないですよね。

②アメリカ。アメリカ人ておかしいし、好きでね。言葉も駐留軍で長い間働いていたから、しゃべれないが、いうことはわかりますしね。

それから三十年近くの時が経ち、毎年夏と冬をシアトルやロサンジェルスで長期滞在するのが習慣となっていた田中小実昌は、アメリカで客死、いや自然死した。

さて、『面白半分』の「四畳半襖の下張」だ。

前年の暮れに創刊された雑誌『面白半分』は半年ごとに売れっ子作家を編集長にむかえることで話題をよんだ。野坂昭如が創刊編集長だった吉行淳之介のあとを継いで編集長に就任したのはこの年六月初頭発売の一九七二年七月号からだった。

その号の「編集後談」で野坂昭如は、こう語っている。

昔、昭和の初期にリレー小説というのがあったけど、これはちょうどあれと同じようなもので、吉行編集長からバトンを渡されたわけだが、新編集長としてはこの雑誌を、何というか、一種スキャンダラスなものにできればと思っています。といってもスキャンダラスな対象を取材するというのではなくて、編集方針そのものをスキャンダラスにしたいということであって、それこそミニコミが生きていくレゾンデートルではないかと思うし、徐々にでもその方向にもっていきたい。しかしつまんないスキャンダルはつまんないんで、存在そのものとしてスキャンダラスなものがあるはずだから、そういうものを新しく発掘していきたいと思うんですけどね。

あとから振り返ってみるとこの「スキャンダラス」という言葉は、この号に掲載された「四畳半襖の下張」と安易に結ばれがちである。しかし、ここでは野坂昭如の言う「スキャンダラス」とは、そういう意味ではない。なぜなら、続けて彼は、こう語っているからだ。

「古雑誌目次再見」なんてのは、今あちこちで偉そうな顔してるやつらが戦時中に一体どんなことをいってたかということを野暮に突っついてみようということなんだけど、これは何も人間の言動は首尾一貫してなきゃいけないということをいいたいんじゃなくて、かくの如くフラフラと変わりやすいのが人間だといいたいわけ。

実際この号が発売されてまず話題になったのは「四畳半襖の下張」ではなくて、「古雑誌目次再見」の方だった。例えば『週刊文春』六月二十六日号の「野坂編集長　新企画のネライ」というコラム記事は、今引用した野坂昭如の「編集後談」の最後の一節を引いたのち、こう書いている。

……7月号から吉行淳之介氏に代わり、小冊子『面白半分』の編集を引き受けた野坂氏、新企画「古雑誌目次再見」についての弁。

なるほどってんで眺めれば、昭和19年7月号の「中央公論」同年8月、11月号の「文藝春秋」の目次が載っていて、まさに〝戦局急迫〟ムード。火野葦平、佐藤春夫、武者小路実篤——なんて名前がズラズラ。

ほかになんの説明もつけず、ただ「目次」だけをならべたのがニクい。

この「目次」のどこが「スキャンダラス」なのだろうか。

そして、その中に石川達三さんの名が。題して「言論暢達の道」。ほかの人たちはともかく、石川サンとくると、当時、どんなことといっていたか、ちょっぴり気になる。なにしろ昨年、石川サンの〝ワイセツ小説を排す〟の一文に敢然とカミツいたのが野坂氏であったことを思い出すのですが……。

だから発売から二週間以上も過ぎた六月二十二日、「四畳半襖の下張」掲載の件で、ワイセツ文書販売頒布の容疑によって警視庁保安一課から摘発された時、一番驚いたのは他ならぬ野坂編集長だった。まさかこれがそんな「スキャンダル」になろうとは。

前々回に述べたように、一九七二年は、性解禁のムードの中で年が始まった。そして、『週刊文春』一月三日号に掲載された亀山巖との対談「エロトピア」で、野坂昭如が、例えば、「もし解禁になると私など描写力のない作家は淘汰されてしまうでしょうねえ」と言って、性解禁に対して作家としての危機感を抱いていたことも。

危機感と言えば、「四畳半襖の下張」掲載は、当時野坂昭如が抱いていたもう一つ別の「危機感」の反映でもあった。

摘発を受けたのち、『週刊朝日』七月二十一日号の記事「まじめな問題に直面したわが雑誌『面白半分』」で野坂昭如は、掲載の理由を、こう述べていた。

当初、ぼくは江戸時代のすぐれた戯文を、なんとか掲載できないものかと考えていた。若い連中の文章を読んで、なんとまあ言葉を知らない、あるいはその綾を心得ないと、慨嘆することがよくあるけれど、江戸時代の、なにも種彦、春水とまでいわずとも、まったく無名の作者の、文章を読むと、今度はぼくが赤面してしまうので、こういう戯文の伝統は、明治以降まったく途絶えてしまったように思える。

もちろん、戯文といってもいろいろあるが、読者に興味をもっていただくためには、やはり濡れ場をえがいたもの、あるいは恋の口説がよろしかろうと、いろいろ探したのだが、ふさわしいのが見つからぬ。江戸の戯文でさえ、今の若者にはとうてい読みこなせないのではないかと、危惧が先に立つ。

半ばあきらめているところへ、佐藤氏が、「四畳半襖の下張」の原文があるけれど、これはどうかというから、渡りに船で、掲載を決めたのだ。

だが若者の日本語力強化という野坂昭如の試みの、あてははずれた。

家へ遊びに来る若者たちに、ぼくは「面白半分」を贈呈し、「四畳半」を推奨したのだが、まず二十歳代の連中は、これすらよく理解できない、色模様とまでは推察がついても、伝統的な用語、語法、いいまわしが判らないから、しごく不得要領な表情だった。

「四畳半襖の下張」に見られる「伝統的な用語、語法、いいまわし」とは、例えば、こんな感じである。

〈……女が両足腿よりすくひ上ぐるやうにして此方へすこし反身《そりみ》になつて抜挿見ながら行ふ面白さ、何とも言へたものにあらず。どうやら此方もよくなつて来さうなれば、これではならぬと上になつて、浅く腰をつかひ、只管《ひたすら》親指のみ働すほどに、女は身を顫はせ、夢中に下から持上げて、襦袢の袖かみしめ、声を呑んで泣き入る風情《ふぜい》。肌身と肌身とはぴつたり合つて、女の乳房わが胸にむず痒く、開中は既に火の如くなればどうにも我慢できねど、こゝもう一としきり辛棒すれば女よがり死《じに》するも知れずと思ふにぞ、息を殺し、片唾《かたづ》を呑みつ、心を他に転じて、今はの際《きは》にもう一倍よいが上にもよがらせ、おのれも静に往生せんと、両手にて肩の下より女の身ぐッと一息にすくひ上げ〉

このクライマックスはこう続く。

〈膝の上なる居茶臼にして、下からぐひぐひと突き上げながら、片手の指は例の急所攻め、尻をかゝえる片手の指女が肛門に当て、尻へと廻るぬめりを以て動すたび〳〵徐々《そろそろ》とくぢつてやれば、女は息引取るやうな声して泣いぢやくり、いきますいきます、いきますからアレどうぞどうぞと哀訴するは、前後《あとさき》三個処の攻道具、その一ツだけでも勘弁してくれといふ心歟〉

なるほどかなり文学的な性描写だ。一九七二年当時の読者は、こういう描写に、どの程度のワイセツ感を覚えたのだろう。先に触れた『週刊朝日』の記事で野坂昭如は、こう書いていた。

「四畳半襖の下張」は、古典的な戯文の名作であり、研究家大半の説によると、文化勲章受章の文豪永井荷風氏の作とみなされているのだ。まさかこれが猥褻文書と認定されるとは考えず、またうかつといえば、二十三年の前例をぼくは知らなかったのだ。

「二十三年の前例」と野坂氏が言うように、「四畳半襖の下張」は昭和二十三年五月、神田神保町すずらん通りの露店で某業者が売りさばいていた時摘発を受け、作者と擬されていた永井荷風も事情聴取されたのだ（その辺りのことは荷風の日記『断腸亭日乗』にも詳しい）。つまり一九七二年の摘発は一九四八年の摘発の前例を受けたものだった。

その摘発の「時代錯誤」については、のちに、いわゆる〝「四畳半襖の下張」裁判〟の第七回公判（一九七四年四月十六日）の際に、吉行淳之介「証人」の口で、こう語られている。

ストリップショーにしても、最初は昭和二十一年かな、額縁ショーというのがあって、麦わら帽子で局部ならびにへそのあたりまで隠して動かなかったわけですね。それがだんだん舞台の上で動くようになって、そのころはスパンコールというものを乳首にはっていましたけれども、今テレビでもそれをとって見せて、それが許されていますね。これは大変大きな変化だと思います。

それからさらに四半世紀たった――つまり最初の摘発から半世紀たった――一九九七年三月、雑誌『ユリイカ』が永井荷風を特集し、「四畳半襖の下張」を掲載した。私もその特集に執筆したので事前にそのことを編集者から聞かされた時、世間は、そして警視庁は、どんな反応に出るだろうね、ちょっと楽しみだねと、編集者と語り合った。反応はまったくなかった。

第五回　連合赤軍事件と性意識

週刊誌のバックナンバーをめくって行くと、その当時の社会や世相が重層的に見えてくるので興味深い。つまり、一つ一つの事件やテーマを掘り下げていっただけでは知ることの出来ない重層性が見えてきて。関係ないように思えて、実は微妙な縁つながりとなる出来事群が、週刊誌のバックナンバーを開くと浮上して来る。

この連載で私は、三回にわたって、一九七二年の「性意識」の転換について考察した。その頃を境に変ったものと、実はまだ変っていなかったもの、その二つを紹介した。

前回、ストリッパーの一条さゆりが摘発された事件について書いた。その際に、彼女を擁護した藤本義一のコメント（『サンデー毎日』一九七二年五月二十八日号に掲載）を引用し、藤本義一はまた当時彼が『週刊読売』で連載していた対談「義一ちゃんのケッタイな対談」のゲストに彼女を招いたことがあると書いた。

「女の人もファンになってもらいます」と題するその対談が掲載されたのは同誌の三月十八日号である。

図書館でその記事をコピーした時、私は、同じ号に載った別の記事（特集）もコピーした。いや、むしろ、私がその号を手にした一番の目的は、特集記事の方にあった。一条さゆりの対談はおまけだった。

その特集記事（正確には「特別企画」）のタイトルは、こうだ。「バリケード・火炎ビン・爆弾」。そして目次にはこんな記事が並んでいる。「泰子さん10日間の極限生活はこうだった」、「加藤三兄弟狂った青春の背景を洗う」、「〝つぎの流血事件〟は京都で起こる!!」、その他八本。

今並べた記事にもあるように、そう、この特集は、あの連合赤軍の「あさま山荘」事件の直後に組まれたものである。直後にと傍点を振ったのは、この段階では、まだ、さらに世間を驚かせたリンチ殺人事件は明らかになっていなかったからだ。その点を強調しておきたい。だからこの特集には、「イラストで見るゲバ棒から爆弾まで」や、「〝新左翼文化人〟の人気の秘密を探る」などといったのどかなというか色物風の記事も含まれている。

その内の一つ、「新入生諸君、キミはどのセクトを選ぶ」を紹介しておこう。

こんなリード文が載っている。

学生サンたちの「セクト」ほど、ややこしいものはない。「革命」という〝最終目的〟は同じでも、そのやりかたの一字一句の違いが血をよぶ。

そこで、新入生諸君が、コースを間違えないよう、各セクトの〝先輩〟に、自派紹介かたがた、ガイダンスしてもらおうではないか。題して、「革命的学生になるためのオリエンテーション」。さあ、さあ、いざ開講――。

本文では三つのコースが紹介されている。「中核派コース」、「革マル派コース」、そして、「その他、中小派コース」の三つ。何だか大ざっぱすぎる気がする。おふざけな感じがする。そして実際の記事にもおふざけの気分は蔓延《まんえん》している。例えば、「女性闘士がいっぱい」という見出しのついた「革マル派コース」は、こんな風にはじまる。

> まず、内ゲバに強いことが第一条件です。民コロ（民青）はもちろん、反代々木系各派すべてが粉砕すべき敵です。とりわけ激しく内ゲバをやるのは、ケルン・パー（中核派）の諸君とです。彼らとは殺し合いをやっています。いまのところ〝戦死者数〟は二対二の五分ですが、油断はなりません。彼らは対革マル用の〝殺し屋部隊〟まで組織しています。
>
> 内ゲバは学校だけでとは限りません。われわれはこの一月、帰省中の敵幹部を襲撃しました。サド、マゾチックなピリピリした緊張感にひたりたい人はぜひはいるべき

です。

リード文を信じれば、「各セクトの〝先輩〟」の言葉であるのだが、「サド、マゾチックなピリピリした緊張感」などというユーモラスなフレーズを実際に革マル派の〝先輩〟が口にしたのだろうか。記者の脚色が混ざっているのではないのだろうか。「あさま山荘」事件のあとで、学生運動ネタなどというシリアスな題材を扱うに当って、そのシリアスさを相対化させるためのおふざけ《ユーモア》をねらった記者の脚色。たぶんこの記事を書いた記者は活動家たちに年の近い人物だろう。しかし、そういうふざけた口調も、このあと、連合赤軍事件の「全貌」が明らかになるにつれ、無言に、つまり声を失うことになる。

ところでこの評論の第二回目で、私は、一九七二年当時、『週刊読売』に「セックス・ドキュメント　はだかの日本列島」という中身のある連載記事があったと述べた。三月十八日号はその連載十二回に当り、「新左翼女子学生が語るセックス行動」と題して特集「バリケード・火炎ビン・爆弾」の目次に並んでいる。実際の記事を開くと、そのタイトルは、「〝革命家のセックスも愛情の結果よ〟」という、より扇情的なものになっていて、そのタイトルに合わせて、こんなリード文がつけられている。

あの、こむずかしい「革命リロン」なるものを説く、新左翼。その内部では「リロン」と「カンネン」と「オンネン」の支配の下、放縦なセックスが楽しまれている、とか、いた、とか。で、それがどんな結構なものかを知りたい……と、女性サイドからアプローチしたところ――。

傍点をつけたのは私だが、この傍点部分から、当時の「大人」たちが、新左翼の「新しい」若者たちのことを、彼らの性意識を、どのような視線でとらえていたのか（とらえたかったのか）が、良く伝わってくる。この視線は、どの程度正しかったのだろう。いずれにせよ、本文を見てみよう。

　連合赤軍の籠城《ろうじょう》が始まった直後、シンパらしいと思われる若い女性が乳飲み子を抱いて軽井沢の駅に現われたことが、新聞に小さく報道された。

　彼女は、警察の非常線を越えられず、どこかへ引き返したというが、「あるいは、籠城のだれかが、赤ん坊の父親だったのでは――」と取りざたされた。

　事実関係は不明のままだが、なんだか妙に話が哀れっぽくて、彼らのいう「革命」が大衆ばかりか、同志の生理という「人間そのもの」さえ置き去りにしていたのでは？　と思わせる、小さな事件だった。

この「乳飲み子」の安否は、このこのち新聞をにぎわすことになる。当時十三歳だった私も、パレスチナ・ゲリラの有名な女性戦士にあやかって名付けられたこの「乳飲み子」の名前をはっきり記憶している。この段階では記者はまだ気づいていないけれど、この「乳飲み子」をめぐって、実は、さらに「哀れ」な事件が起きていた。連合赤軍の一員だった植垣康博の回想集『兵士たちの連合赤軍』(彩流社 一九八四年)に、こういうくだりがある。「山本氏が黙ってしまうと、坂口氏は、山本氏が山本夫人とRちゃんの妻子を無断で名古屋から連れて来たことなどの総括を求めていた……」。

ところで、先の記事は、さらに、こう続く。

新左翼の叫ぶ「革命」とセックスとは、どんなかかわり合いを持つものだろうか。こんな漠《ばく》たるテーマを掲げ、話をしてくれる女性を捜した。

インタビューに応じてくれたのは四人である。いずれも赤軍の「兵士」ではないが、他のセクトに属するか、シンパで、バリスト経験者。

調査人数が四人というのはちょっと少なすぎる気もするが、四人はその性意識において共通している。つまり、記者が考えているよりもずっと「古風」なのである。

例えばA子さん(二十四歳・大学のバリストに参加、今は退学してぶらぶらしている)は。

私、どうも性を通しての〝自己変革〟だの〝人間解放〟だのといったことが、疑わしくてしようがないのです。ウサン臭いと思う。だから、あのウーマン・リブ運動なんてのも信じられない。

性革命というものがあるとすれば、それはマスコミが担当し、推し進めているのではありませんか。

私立大学四年生のB子さん二十一歳の場合も……。

その結論は、A子さんとまったく同じなのだが、「セックスは愛の延長線上にあるべきもの」ということ。

「それは、古来いわれていることで、つまりは旧道徳とほとんど同じでは？」と問うと、「言葉の中身が違っているでしょう。ひと口に『愛』といっても――」つまり、旧来の「愛」とは、要するに近松風に「好いた惚《ほ》れた」であり、自分たちの「愛」は主義、行動に共鳴できるという地点からしか発し得ないということ。

某セクトの活動家で、大学卒業後、活動家仲間だった彼と同棲し、その「彼の活動をささえるために〝日和って〟会社に勤め、給料をかせいでいる」C子さん二十四歳も、

「私って、性についてはすごく保守的なところがあるの」と語り、大学中退生のD子さん二十三歳は、こう言う。

三十歳後半以上の人には、性に対する幻想、人間解放とかなんとか、そんな幻想があるみたいだけど、私たちにはありませんよ。むしろ、暴力のほうが幻想をかき立ててくれる。

彼女たち四人の回答を聞いたあとで、記者は、正直に、こうつぶやく。

とにかく、こと性については、まるで「優等生」のような女性ばかりで、残念ながら低俗(?)な興味にこたえられない。

ところが、その「優等生」振りによって、連合赤軍のリンチ殺人事件の悲劇が起きてしまったと分析している人がいる。彼らと同世代、いわゆる全共闘世代のフランス文学者鹿島茂である。『文藝春秋』で「エロスの図書館」を連載し、昨年(一九九九年)話題を呼んだ『諸君!』の座談会「開かれた女たち」の仕掛け人でもある鹿島氏は、山田陽一の近著『エロスとまなざし』(パラダイム 一九九九年)に収められたインタビューの中で、自分が性の問題に関心を持つ理由について、こう語っている。

どうして性の問題をまともに扱わなきゃダメだと思ったかというと、これは真面目な話なんだけれど、ボクは昭和24年生まれで、完全な全共闘世代なんです。それに関係がある。『テロリストのパラソル』の藤原伊織なんかといっしょに第八本館に入っていたクチだから。で、当然のように挫折を経験したわけだけれど……。

それで、あの時代、挫折の仕方が足りなかったヤツが、今、頑固者のどうしようもない全共闘世代として残っているんだと思うんです。

なんのことかというと、連合赤軍事件をどれくらい、ちゃんと深刻に受けとめたかということが、実は問題なんです。

ある共通の思想をもった党派の人間たちが一つの権力の打倒をめざすとする。そういう集団って、思想において卓越した人間がリーダーになるかっていったら、そうじゃない。どういうヤツがリーダーシップをとるかというと、やたらと禁欲的で糞頑張りできるヤツ。根性のあるヤツ。そういうヤツがリーダーシップをとる。

それで、どういうことになるかというと、赤軍派の内部で起こったように、禁欲的であればあるほど、オレのほうが勝ちだって、そういう理屈がまかり通っちゃう。

そういう「禁欲的で糞頑張りできる」人間がトップに立った時に、まず最初に抑圧されるのが「性の問題」なのだと鹿島氏は言う。

あの事件なんか、女の子が、赤い口紅つけてたとか、派手な格好をしていたとか、そんなバカなことで粛正《ママ》されるとこまでいっちゃったわけでしょ。これは、別に左翼の思想が性を否定しているとか、そういう問題じゃなくて、一つの権力機構において、どんなちっぽけなグループでも、そのなかに禁欲が勝ちって理屈が出てきたときには、必ず性の問題に直面せざるをえないということを意味している。で、こういう問題をちゃんと押さえないで、物を考えてるヤツって、ボクはみんなダメだと思ったんです。

同世代として連合赤軍事件は一番気持ちにこたえたと鹿島氏は語る。

憎くて殺すんだったら、まだわかるんだ。そうじゃなくて、権力機構の中のさまざまな禁欲主義で人が圧殺されるっていうようなことが起きてしまう社会って、とんでもなく歪んでいる……。実はどんな社会でも、そういうことが起きてしまうような澱《おり》をたたえているんだけれど、それをうまく吐き出すようなかたちにもっていかなくちゃね。だからこそ、性の問題は、本当にちゃんと扱わなくてはならない。少なくともボクはそう考えている。

連合赤軍事件に関わった若者たちが、当時、どのような性意識を持っていたのかについては、次回、各人の手記や回想集を読み比べて、詳しく紹介するつもりだ。

ここでは、また、その頃の週刊誌を幾つか眺めて見ることにする。連合赤軍のリンチ殺人事件がどのような時代の空気の中で報道されていたのかを知るために。

幾つか、と書いたけれど、私は、早稲田大学中央図書館の雑誌バックナンバー書庫で、当時の『週刊朝日』や『週刊読売』や『サンデー毎日』を改めて次々とチェックしていった。必要と思える記事はコピーしていった。

その内の一冊の表紙を見た時、私の目は、数秒、止まった。そして思わず、表紙からコピーしてしまった。

それは『サンデー毎日』三月二十六日号だ。「緊急特報」として「大虐殺！　連合赤軍・血の粛清」が大特集されている。目次を開くと、「総括には凍死が、死刑には刃が……」や「殺したヤツが翌日には殺される」や「〝血の粛清〟の歴史」といった記事と並んで、「〈ルポ〉杉林に埋められていた妊婦」や「狂気の権力者・森恒夫と魔女・永田洋子」や、さらには「哀れ裸で掘出された〝女兵士〟たち」という記事が載っている。

例えば「狂気の権力者・森恒夫と魔女・永田洋子」で、犯罪心理学のある専門家は、「こんどの事件」の「残虐さ」は「集団に女が加わっていた結果だ」と指摘したのち、こうコメントしている。

「『ついていけないもの』『批判的なもの』が、粛清されたのは事実だろう。むろん、生残った側には、粛清を主動的にやったものと、やむをえずついていったものがいるだろう。

が、過去の集団殺人――たとえばアル・カポネの場合、寺田屋騒動、新撰組の仲間割れをみても、こんどのような残虐な殺し方はない。しかも、ハダカにして埋めるなどは、きわめて女性的です。

だから、集団の中の女性が、他の女性の出産、愛情関係に嫉妬、憎悪をいだいて、男をより、残虐な方向に引っぱった面もあるのでは？

たしかに閉鎖的状態の中で仲間割れしたことが事件の基本だが、最後に残虐さを説明するのは『女』だ。

したがって、殺害にあたって『革命意識』をウンヌンしていたわけだが、それは、あくまで、かれらの自己弁護で、本当は、もっと、どす黒いものが、底に流れていたのではないか？」

「どす黒いもの」とは、ずいぶん大ざっぱな言い方だが、このコメント中の「ハダカにして埋めるなどは、きわめて女性的です」というくだりは、次の記事のタイトル、すなわち「哀れ裸で掘出された〝女兵士〟たち」という言葉に直結して行く。

この『サンデー毎日』三月二十六日号の表紙になぜ私の目が止まったのかその理由を

語るのが遅くなってしまった。

表紙の上部に大きく、「大虐殺！　連合赤軍・血の粛清」と赤インクで印刷されている。そしてその下、つまり表紙のほぼ三分の二ぐらいスペースを使って、「迦葉山周辺・連合赤軍連続死体発見現場」での現場検証の写真が載っている。

私の目が止まったのは、その写真にかぶさる形で印刷されているピンク色の文字だ。「日劇ミュージックホール20年の世相」とある。

グラビア頁を開くと、まず、連合赤軍関係の写真ではなく、楽屋でほほえむ日劇ミュージックホールの踊り子たちの写真が載っている。

活字頁にも記事が載っている。「脱いで。踊って。また脱いで。／そして、『日劇ミュージックホール』は、この3月16日で、開場20周年だという。／その20年の間に、日本には『露出文化』が定着した。だから、都心の革命的『露出点』だった『日劇ミュージックホール』は、いつの間にか『露出文化の古典』へと変容をとげていた」というリード文を持つその記事に、こういう一節が登場する。

> まったく。「日劇」ミュージックホールのヌードが、いまだにシリの割れ目を見せなくとも、世間のほうはまるで変わった。例の特出しショーだけでなく、一般的に〝露出〟の風潮がマンエンしているようだ。露出症などという言葉は死語になった。

「世間のほうはまるで変わった」というフレーズは、これに続く、次の一節につながって行く。

池袋のショッピング・プロムナード・パルコに「ヌード写真館」が常設していたのは、昨年暮れから先月初めまでの二カ月余。なんとこの間、四百人余の若い娘さんがヌード撮影に来た。

そしてこの写真館を二度利用して、「四ポーズのヌード記録をして二千円ナリを投資した」二十一歳の女子大生のコメントが載っている。

「彼にみせたのよ。写真家じゃないからうまくは撮れなかったけど、だれも見てないんだし日常的にいえば相当ハレンチなヌードをとったわよ。裸はしょっちゅう見てるけど、さて写真となると、また違った感じがあるって、彼にほめられたわ。彼と私でその写真持ってるわよ」

『サンデー毎日』一九七二年三月二十六日号には、当時の女子大生の二種類の「裸」が混在している。つまり池袋の「ヌード写真館」を利用した女子大生の「裸」と、連合赤軍に加わり、「哀れ裸で掘出された」女子大生の「裸」の二種類がである。

しかしその「裸」の肉体を持った彼女たちの内面は、はたして、どれほど異なっていたのだろうか。

第六回　赤軍派と革命左派の女性観の違い

　連合赤軍事件は、その事件を起した彼（彼女）らと同世代、つまり、いわゆる全共闘世代と呼ばれる人びとにとって、一つのトラウマとなっている。

　特に、その世代の表現者たちにとって。

　何人もの作家たちがこの出来事を作品化しようと試み、失敗している。小説家の三田誠広は十数年前、この事件をモデルに『漂流記1972』（河出書房新社）と題するパロディ小説を発表した。同じくパロディ小説である『僕って何』をけっこう、そして『龍をみたか』をそれなりに、面白く読んだ私も、この大作は、マッチやセイコやアキナなどと名付けられた若者たちが登場するその構成がうすら寒く感じてまったく興味が持てなかった。何年か前に立松和平が『すばる』に連載していた長編小説「光の雨」で、坂口弘の『あさま山荘1972』（彩流社）から大幅な無断盗用を行ない（しかしこの盗用はひどかった）、連載中止となったのは大きな話題となった。

小説だけではない。雑誌『SWITCH』一九八六年四月号から連載が始まった「日記」の、その連載第一回（一月二十四日の項）で、沢木耕太郎は、永田洋子の裁判を傍聴し、彼女の、「私は死刑を宣告されていますし、また再発する可能性のある脳腫瘍という病気を抱えています。間近に死はありますが、この連赤問題をきちんと総括するために、生き抜いていきたい。それが殺してしまった十二人の人、死んだ十四人の人への取るべき道だと思います」という言葉を耳にしたのち、こう書き記していた。

私は、この最後の言葉に、ほとんど感動したといってよい。すべてを永田洋子の資質に帰して理解してしまおうとする世の中の風潮や裁判官の意図に抗して、一年後か二年後かわからないが、やがて書かれることになるはずの私のレポートでは、可能な限り彼女の望みをかなえるものにしたい、と強く思ったものだった。

それから十五年近い時が経過したわけであるが、沢木耕太郎のこの「レポート」は、一体どうなってしまったのだろう。

そして、どうなってしまったのだろうといえば、雑誌『STUDIO VOICE』一九九七年十一月号に載ったインタビュー「伝説の監督が復活する」で長谷川和彦が、

……俺のこだわりは、実在の登場人物たちと俺が同世代だというのは大きいと思うよ。

学生運動とかイデオロギーなんて全く関係なかった俺にも、凄いショックだったからな……
……あれだけヘビーでシリアスな事件でも、人間が目一杯でやる行為は必ず可笑しいんだよ。可笑しくて哀しいんだ。その事に関する感度みたいなものは、この二十年むしろ研ぎすまされて来てると思う……。

と語っていた「夢のオールスターキャスト」映画『連合赤軍』も、どうなってしまったのだろう。インタビューの最後で長谷川和彦は、「俺ももう〝狼少年〟はいやだからな。死なないように、死ぬ気で頑張るよ（笑）」と答えていたのに。

つまり連合赤軍事件の同世代者たちは、誰一人として、あの事件のことを包括的にとらえていない。描ききれていない。

初心者がこの事件を知る上で、もっとも有用な書は、アメリカの社会学者パトリシア・スタインホフの手による『日本赤軍派』（木村由美子訳、河出書房新社　一九九一年）である。アメリカの社会学者らしくディテールを読み取る力がきちんとあり、しかも、連合赤軍の同世代人たちのようにディテールに拘泥することなく、出来事の全体像をとらえている。

連合赤軍の若者たちが十二人もの同志を殺害してしまったこの事件に対して、スタインホフは、こう言う。

この事件は、当時日本の新左翼のあいだで頻発していたセクト間の抗争、いわゆる内ゲバとは異なるものだった。内ゲバは、一つの党派が内部の意見の不一致を調整できなくなって、激しく対立するセクトに分裂したときに起こる。連合赤軍粛清はこれとは逆だった。二つの別々のグループが、連合赤軍の名のもとに一体化しようとした。グループ内の拮抗はあったものの、山中の出来事は明らかに一つのグループがもう一つのグループに対立したためだけで起こったものではない。そうではなくて、それぞれの側から孤立した個人に対して、グループが一体となって集団的に暴力行為におよんだものである。死に至る粛清は、統一という儀式の過程で偶発的に起こったともいえよう。

もしアメリカで同様の事件が起きたら、「きまってこんな偽の情報が流布される」とスタインホフは言う。「ドラッグをやっていたんだ、あるいは、みんな気が狂っていたんだ」と。ところが……。

連合赤軍がドラッグをやっていた形跡はまったくない。アルコール類やタバコさえ、注意深く支給されていた。もしこのグループが何かでハイになっていたとしたら、それは革命的イデオロギーをおいてほかにはないだろう。気が狂っていたようすもない。

検察側も弁護側も、粛清参加者の精神状態にはなんの疑いももっていなかった。ただしマスコミや裁判官のなかには、グループの女性リーダーの永田洋子を、ヒステリックな魔女とみなすものもいた。連合赤軍に加わった青年たちは、概して高学歴で、粛清参加以前に精神に異常があった兆候もまったくない。のちになって彼らは自分たちの行動に対し、闘争用語だらけではあるが、明晰で論理的な分析をすることができた。

良く知られているように連合赤軍は「二つの別々のグループ」の合体によって成立した革命グループだった。つまり、赤軍派と日本共産党革命左派（革左）いわゆる京浜保安共闘の二つによって。

赤軍派が世界同時革命を理論の中軸に据えていたのに対し、革命左派のそれは反米愛国・一国革命だったから、この二つのグループの目指す所は、本来、大きく異なっていたはずだ。けれど、それぞれがそれぞれにないもの（欲しいもの）を持っていた。だから、「この小さな二つの派は実際的な問題から統合を考えるようになった」。スタインホフは書いている。

革左は、銃砲店襲撃（一九七一年二月十七日に栃木県真岡市で起した事件のこと——引用者注）に成功して銃や弾薬の蓄えがあったが、地下メンバーの生活資金は底をついていた。一方赤軍派は、一連の銀行襲撃でかなりの資金を手に入れていたが、めざすところの革命的行動のための武器には事欠いていた。また、赤軍派は小型の爆破装置の製造法を知っていたが、革左はただ盗んできたダイナマイトを軍事基地周辺に仕掛けるだけだった。しかし赤軍派が爆破装置の原料を手に入れるのに苦慮していたのに対し、革左はまだダイナマイトを保有していた。

けれど実は、この二つのグループには、革命理論の相違以上にもっと大きな対立点があった。あとから振り返ってみると、その対立点こそが、悲劇を生み出したみなもとのように思える。しかもその対立点は、ごくささいなものだった。というより、実感的なものだった。イデオロギーは大きい。実感は小さい。しかしその小さな「実感」が、大きな「イデオロギー」以上に、違和を生み出し、その違和が悲劇へとつながる。

スタインホフは書いている。「革左はまた、はっきりとフェミニズムの思想を打ち出しており、女子学生もメンバーに慕っていた」。さらに、こうも書いている。「革左は、女性解放のためには女である前にまず革命家であれ、という方針をとってきた」。

先に私が述べた、もっと大きな対立点というのは、二つのグループの女性観の違いである。ただしここでそれをスタインホフのように「フェミニズム」という言葉を使って説明してしまうと、少しイデオロギー的すぎるかもしれない。

二つのグループの女性観の違いをめぐって示唆的なのは、連合赤軍のメンバーだった植垣康博の回想集『兵士たちの連合赤軍』（彩流社　一九八四年）中の幾つかの記述である。

赤軍派と革命左派が正式に合体する直前、一九七一年十月五日、爆弾作りの名人である植垣は、同じ赤軍派の坂東国男から、「革命左派の山岳ベースに行って爆弾の作り方を教えてくるように指示」を受ける。丹沢湖の先にあったその山岳ベースに入って植垣が驚いたのは、革命左派の人びとの「家族的雰囲気」だ。最高幹部である永田洋子が赤軍派の「一兵士」にすぎない植垣に親しげに口をきき（「というのは、赤軍派では、最高指導者が下部のものに親しく話しかけてくるようなことはほとんどなかったし……」）、男性幹部である坂口弘が女性兵士たちと一緒に食事を作っていたのだから（「これも赤軍派ではありえなかったので、私の目を引いた」）。

こうしたことから、私は革命左派に、赤軍派の官僚的な軍隊的作風とは違った温かい家族的雰囲気を感じ、両派の作風の違いにとまどったが、消耗していた私にとっては、革命左派の家族的雰囲気は居ごこちのよいものだった。

「しかし」、と植垣は言葉を続ける。

その反面、革命左派に軍隊的作風がないこと、きびしい規律が感じられないことに幼稚さ、頼りなさを感じた。特に女性の活動家が多いことで、そうした感じを強く受け、はたして彼らに殲滅戦ができるのかという思いをもった。

これは別の箇所で植垣が書いている「女性観」に重なり合っている。植垣が革命左派の丹沢ベースに爆弾指導に出かける九カ月前、つまり一九七一年一月、赤軍派の中で組織の再編が行なわれた。当時赤軍派内ではゲリラ戦を主張するグループと連続蜂起路線を主張するグループの対立が生じ、ゲリラ戦派の梅内恒夫らが粛清（この場合の「粛清」とはその言葉の本来的な意味であり、のちの連合赤軍のいわゆる「総括」とは異なる）された。

この粛清では、多くの女性活動家が排除されていった（あの重信房子もこの時排除された一人である――引用者注）。これは、赤軍派に女性解放の志向がまったくなかったばかりか、組織そのものに女性差別があり、そのため、これに不満を持つ女性活動家たちが指導部を批判する部分と結びつきやすかったからである。

実際、赤軍派は、女性を独自に組織することをまったくしなかった。女性活動家たちは、夫や恋人への個人的な支援という形でしか赤軍派にかかわることができなかったし、組織活動といっても、もっぱら電話連絡やガリ切り、カンパ集め、アジトの維持といったことばかりであった。それ故、少しでも女性としての自覚を持てば、とても組織活動をやっていけず、組織活動をする女性は女性としての自覚を自ら捨て去るしかなかった。

つまり男性活動家たちは女性活動家たちを「女として認めようと」しなかった。ただし、いや、やはりと言うべきか、「指導者たちの夫人」は別だった。「皆、特別扱いされ、ほとんど組織の統制を受けることがなかった。私たちも、はれものに触るような態度で、彼女たちに接した」。そういう「彼女たち」の一人に、「獄中にいる高原浩之」の夫人だった遠山美枝子がいた。

話を植垣が丹沢ベースを訪れた時のことに戻そう。

革命左派の「家族的雰囲気」に心なごみながらも、しかし、「頼りなさ」も感じたと植垣は語る。そして植垣は、さらにもう一つ、「しかし」を重ねる。

たくさんの女性活動家がいたことは、男の兵士ばかりのなかで活動していた私にとっては、うらやましいことだった。おかげで、彼女たちの存在に惑わされてしまった。しかも、女性たちが平気で男性の隣りに寝たりしているので、びっくりしてしまった。男ばかりのなかで活動していた私は、自分の潔癖さにとうてい自信が持てなかったので、痴漢行為をしないように、最初の晩はすみっこに寝、隣りに行方氏に寝てもらった。

爆弾作りは思いのほか時間がかかった。結局次の日も植垣は丹沢ベースに泊ることになった。赤軍派の仲間「行方氏」はその朝、一足先に山を降りてしまっていた。「しかし」、「しかし」、に続いて、今度は、「ところが」と植垣の心は動揺する。

すみっこに他の人が寝てしまったうえ、私の左隣りに金子さんが、右隣りに永田さんが寝た。私は大変なことになったと思い、気になって寝られず、革命左派の家族的雰囲気から緊張感がゆるんでしまったこともあって、ついに二人に手を出してしまった。すると、翌八日、皆の態度が急に冷やかになり、夜には小屋のすみに追いやられるようにして寝た。もっとも、おかげでそれだけよく寝ることができた。

最後の一行に見られるように、植垣康博のこの『兵士たちの連合赤軍』には不思議なユーモア感が漂っている。過激な運動にのめり込んで行く一方で、植垣は、そういう自分を客観視もしている。スタインホフは『日本赤軍派』で、「植垣は、総括を警告されて少なからぬ不安を経験し、それについて語ることのできる連合赤軍唯一の生存者だ」と述べたあと、「植垣は天性の明るさを備えた、誰からも好かれる人物だった。現在、独房で一九年を経た今でも、東京拘置所で彼に接見するといつも、私の心は晴れやかになる。彼の同志たちもおそらく、敵対することがとてもむずかしかったのだろう」と語っている。

話を戻そう。先の引用文中の、「手を出した」という表現に注目してもらいたい。こういう文脈の中で、今、この表現を使う場合、それは肉体関係を意味する。しかし、ここでの「手を出した」は、文字通り「手を出した」だけにすぎない。

一九四九年静岡に生まれた植垣康博は、一九六四年、つまり東京オリンピックが開催され、それに合わせて新幹線が開通し、さらに、純愛物の古典『愛と死をみつめて』が大ブレイクするその年、四月、県立藤枝東高校に入学する。当時のことを彼は、こう回想している。

高校の時は、女生徒が一割しかいなかった。従って、話をかわす機会さえなかった。ラブレターらしきものを出してみたこともあったが、返事などあるはずもなかった。そのため、私たちの関心は、他校の女生徒の方に向いた。

ところで、藤枝東高の隣は、ちょうどいいことに、藤枝西高という女子校だった。地学部の私たちは、望遠鏡を西校の方に向けて女生徒たちの様子を眺めたり、写真にとったりした。また、西校の地学部に共同研究を申し入れて、会合を持ったりした。しかし、それでも、私のまわりには、恋愛関係にある男女がいるという噂さえなかった。こうして、高校時代は、女性と接触する機会さえほとんどないまま終わってしまったのである。

大学（弘前大学理学部）に入学後は合唱団に入ったから、「様々な女性との接触が一挙にふえた」。けれど、その結果、逆に、恋愛に対して慎重になってしまった。

というのは、他の学生たちを見ていると、「受験戦争」から解放された安易さから「遊び」として恋愛をするものが多く、そのため、彼らに泣かされる女性たちを見せつけられ、しかも、彼らの「恋愛」にはエリート意識がもろに感じられ、ひねくれ者の私はそうした風潮に大いに抵抗を感じたからである。また、カップルの男女が他に対して閉鎖的になるのを見て、恋愛関係をもつとより多くの女性たちと自由に話し合える機会がなくなってしまうことを理解したことも、恋愛に慎重になった原因だった。

しかし、そこは若い男の子のことだ。恋の一つや二つは重ねる。ところがそんな時、学生運動に出会い、「闘争のためには恋愛は犠牲にしなければならない」、「安易に恋愛してはならない」と、「自分をいましめた」。つまり、恋愛も闘争もではなく、恋愛か闘争かの二者択一を自分に迫ったのである。滅私奉公という古いスタイルを。

大学闘争に参加してから、恋愛と闘争を結びつけていく努力を放棄し、両者を対立させたことは、決定的なことだった。大学闘争が後退した後、同棲が流行したことに対して、それを日和見主義の産物と把え、恋愛を革命にとっての障害物とみなすようになったのである。

もっとも、ことはそう単純には割り切れない（それを単純に割り切ろうとした時、いわゆる「総括」の悲劇が生まれる）。植垣は、続けて、こう書いている。

とはいっても、自分の気持をそのように抑えきってしまうことができず、私は、恋愛を闘争の犠牲にしきれない気持に不断に悩まねばならなかった。

この悩みによって、つまり女性に対する惚れっぽさによって、彼は、のちに、連合赤軍の迦葉山ベースで「総括」の対象となるのだが……。

一九七一年十月十日、丹沢ベースでの爆弾指導を終えて西新宿にある赤軍派のアジトに戻った植垣は、幹部の坂東国男から「どうだった、革命左派の方は？」と尋ねられて、こう答える。

革命左派は家族的で幼稚な感じがし、軍隊的な組織性を持っていないみたいだ。あれでは殲滅戦はできないのではないか。瀬木という男はかなり消耗していたようだが、どうも革命左派は女の方が活発で、男はなんだかショボクレて見えた。

それから二カ月後、一九七一年十二月三日、革命左派と赤軍派は「共同軍事訓練」を行なうため、南アルプスにある赤軍派の新倉《あらくら》ベースに結集することになった。案内役として、坂口弘や永田洋子をはじめとする革命左派の九名を新倉の鉄橋に迎えに行ったのは植垣だった。

第七回　それは「水筒問題」からはじまった

事件の当事者たちがそれぞれにそれぞれの形で、事の真相に対する回想集（しかもかなり長文の）を出している点で、連合赤軍事件は、かなり特異な事件であると言える。特異というか、強力な。

それだけ、当事者たちは、この事件のことを強く反芻せざるを得ないのだろう。なぜ、そのようなことをしでかしてしまったのかを、自らの言葉で追体験し、再確認し、責任の所在を明らかにしようとする。責任という言葉を今私は使ったけれど、彼（彼女）らの回想集に共通しているのは、自らの罪を強く認めていることだ。しかもその認めかたは、いわゆる無根拠な反省とは異なる。どういう道筋の中で間違ってしまったのだろうかと、彼（彼女）らは、それぞれの論理と倫理の中でたどろうとして行く。それが死者たちに対する最大の謝罪であるかのように。だからこそ、その言葉は、長い物となってしまう。

回想集というのは、坂口弘『あさま山荘1972』全三巻、永田洋子『十六の墓標』全三巻、植垣康博『兵士たちの連合赤軍』、そして坂東国男『永田洋子さんへの手紙』（すべて彩流社）を指す。

今回この評論の執筆を機に、初めてこれらの回想集を通読してみて（どの本も例外なく読みごたえがあった）知ったのは、彼（彼女）らが皆、ごく普通の人間であることだ。知的でユーモア感覚があって、自己を客観視する能力も持ち合わせている。

吉野雅邦と小中学校の同級生だった編集者の大泉康雄は、「連合赤軍事件・吉野雅邦ノート」という副題を持つノンフィクション『氷の城』（新潮社）で、

私には、事件を検証していけばいくほど、永田洋子にしても他のメンバーにしても、ふつうに生活を営んでいる人たちと、とくに変わった人間ではないような気がしてならなくなる。もし際だった違いがあるとすれば、それは連合赤軍のメンバーが、人生のどこかの時点で生命の尊さまでも忘れ去るようなある境界を越えてしまったことだ。

と書いているけれど、私も同感である。しかも彼（彼女）らの越えたその「ある境界」は、オウムの人びとのそれとは違って、必ずしも異常のひと言では否定出来ないリアリティーを持っている。だからこそ（言葉のレトリックのように見えてしまうが）、事件の異常性が際立つ。つまり、「総括」という名のもとに行なわれた連合赤軍のリンチ

殺人事件は、異常ではあっても狂気ではない。高度成長の後期の時代の奇妙な解放感とその裏返しの閉塞感の中で、革命を目指した若者たちが、その反市民性によって、闇へ闇へと追いやられ、最後には山奥のアジトへ引き籠り、その密室の中で、誰もが持っている小さなエゴがぶつかり合い、そのエゴは、一番権力を持つエゴによって止揚を求められ、「総括」されていったのだ。

確かに彼（彼女）らの殺され方は猟奇的だった。新聞や雑誌はその猟奇性をスキャンダラスに書き立てた（どこからも批判されることのない攻撃対象を見つけた時の新聞や雑誌のはしゃぎ振りは、昔も今も全然変りない）。当時十四歳だった私も、その猟奇的報道に踊らされた一人で、週刊誌の特集号や増刊号を何冊も買い、読みふけった（私の実家の納戸の奥を探せば、当時私が集めたその手の雑誌が五〜六冊出てくるはずだ）。私が体質的に左翼嫌いになってしまったのもその時の雑誌の猟奇的な報道の影響が大きい。私が大学に入った年、一九七八年、私の入学した早稲田大学文学部では、いまだ革マル派が文学部キャンパスを闊歩していた。数年前にキャンパス内で起きた「川口大三郎君リンチ殺人事件」の記憶も、まだ、生なましかった。そのリンチ殺人事件の猟奇性は、当時、私の中で、連合赤軍事件のそれにつながっていた。その後もずっと。

しかし私は今回、連合赤軍事件関係のたくさんの回想録に目を通して、こと連合赤軍のリンチ殺人事件に関して、その猟奇性だけを強調するのは、きわめて一方的であることを知った。過激派ではあったものの、彼（彼女）らは、当時の、ごく「ふつう」の若者だった。

これらの回想集に目を通すまで、さらにもう一つ私が誤解していたことがあった。

山岳アジトでのリンチ殺人事件は、ある長い期間の中で煮詰った人間関係が形成され、そこから引き起された悲劇だと私は考えていた。ところが、これは、きわめて短期間に起きた出来事なのだ。殺された人間も、そして殺した人間も、つい一カ月前までは（いや、二〜三週間前までも）、まさか自分たちがそのような「事件」に巻き込まれるとは思ってもいなかっただろう。そこに一九七〇年代はじめの時代の密度、ドライブ感というものがある。

前回私は、連合赤軍事件の同世代の表現者たちが、この事件の作品化に失敗していると述べた。

何種もの回想集に目を通した私は、この事件が、特にリンチ殺人事件が、芝居（戯曲）向きであることを知った。舞台は二つの山岳ベース（新倉ベースと榛名ベース）。そこで起きた「室内劇」を交差させるのである。

一九七一年十二月一日、革命左派と赤軍派は共同軍事訓練を行なうことになった。場所は赤軍派のアジトである南アルプスの新倉ベース。その朝午前十時、革命左派の先発部隊である大槻節子と杉崎ミサ子を、待ち合わせ場所である新倉の鉄橋に赤軍派から迎えに行ったのは植垣康博だった。三人はテントで一泊したのち翌二日、昼過ぎに到着する永田洋子や坂口弘や吉野雅邦ら革命左派の幹部を待って新倉ベースへの登山を始める。

永田洋子や坂口弘たちを待っている間に植垣が気づいたのは、この二人の女性兵士が水筒を持っていないことだった。彼らはこんな会話を交わす。「水筒を持ってないの?」、「持ってない」、「あとから来る人たちは持って来るの?」、「たぶん持って来ないと思う」、「水筒がなければどうするの? 尾根伝いを歩くということは聞いてなかったの?」、「山が深いとは聞いていたけど、私たちは、普通、水筒を使わないし、なくても頑張る」。そして植垣は、こんな感想をもらす。

私は、いやはやたいした人たちだと少々あきれたものの、自分の水筒で当面はなんとかなるだろう、あとはトランシーバーで水を持って来てくれるよう頼めばよいと判断した。

「頑張る」と口にした彼女たちの山歩きの腕が「どれほどのものか試してやれという意地悪な気持ちになり、少し早いピッチで登っ」て行くと、意外なことに、彼女たちは、特に大槻節子は、しっかりとついて来る(女性に関して純情な植垣は、この時大槻節子に好意を持ち、結果的にそれが悲劇につながる)。

あとから合流した永田洋子たち七人衆も、誰一人として水筒を持っていなかった。彼らは山歩きをなめていたわけではない。山岳ベースでの生活には、赤軍派よりも自分たちの方がキャリアがあるという自負心があったのだ。実際、彼らは山歩きに慣れているようだった。

大槻さんが金子さんのリュックを背負って先頭を登った。私は、永田さんのリュックを受け取って登った。永田さんと坂口氏は、最後を少し遅いペースで登って来た。私は、皆がへばるかどうか注意していたが、誰もへばらないので、改めて驚き、赤軍派のものより健脚の革命左派の人たちを見直した。

尾根に着いて夕食を摂る時に、改めて植垣が革命左派の吉野雅邦に、水筒なしでどうするつもりだったのかと尋ねると、吉野は、「これまで沢伝いに歩いていたので、水筒は必要なかったんだ」と答えた。植垣がなぜこれほどまでに水筒にこだわったのかと言えば……。

私が水筒にこだわったのは、水筒が必要なことが森氏を通して革命左派に伝わっていると思ったからである。しかし、持って来ていない以上、あれこれいってみてもしかたがなかったので、

「トランシーバーで小屋の方と連絡がとれますから、水と握り飯を持って来てくれるよう頼むことにします」

といった。皆は必要ないといったが、私は、これくらいは援助すべきと思い、トラン

シーバーで第五の小屋を呼び出した。坂東氏が出た。革命左派の人たちが水筒を持っていないので、明日の朝早く、水と握り飯を持って来てくれるよう頼んだ。坂東氏は、簡単に、「了解」と答えてくれた。

植垣はさらに、「私は、このことで、のちに赤軍派が革命左派を激しく批判することになるとは予想もしなかった」と言葉を続けているのだが、ここではとりあえず、赤軍派の幹部の坂東国男が、「簡単に、『了解』と答えてくれた」ことを記憶にとどめておいてもらいたい。つまり、坂東が、水筒問題にそれほどこだわっていなかったことを。

植垣の証言では「水と握り飯」を一度にトランシーバーで頼んだことになっているのだが、永田洋子の回想では、二度にわけたという。前日に「水」を注文し、翌朝、きのうの残りの食パンで朝食をすませた時……。

植垣氏は、パンがなくなったのを見て、

「そうすると、昼食も必要なのか」

といって、再びトランシーバーで握り飯を持って来るように連絡していた。私はいっぺんに頼まなかったので二重手間をかけさせることになったと身がすくみ、そのことをいうと、植垣氏は、

「いいんだ、いいんだ」

といって笑っていた。

坂口弘の回想でも植垣のトランシーバー連絡は一回となっているが、ここで私が永田洋子の証言を引いたのは、彼（彼女）らの記憶のどちらが正しいかを闘わせるためではなく、植垣康博の人の良さ、普通っぽさを紹介しておきたかったからだ。この「普通っぽさ」によって、植垣の証言は、先に引いた一節からもわかるように、バランス感覚にあふれ、リアリティーを持ったものになっている。

話を続けよう。

十二月三日、午前十時頃、尾根道から分れる所に着くと、リュックに水筒をつめて赤軍派の進藤隆三郎と山崎順が待っていた。

植垣康博の回想。

二人は、さっそく革命左派の人たちに水筒を渡したが、その際、進藤氏が、威勢よく、

「あんたたち、どうして水筒を持って来なかったんだ。山に入っていながら、山にたいする考えが甘いよ」

と批判しだした。私は、進藤氏の勢いのよさに驚いたが、水筒の問題はすでに私の方で批判していたし、彼の批判があまりにセクト的だったので、気持よく援助してやれ

ばいいじゃないかと思い、進藤氏に、

「もういいじゃないか」

といって、批判をやめさせた。

一方、永田洋子の回想(「挨拶もせずに」という一節に注目してもらいたい)。

進藤氏は、私たちを見るなり、

「何で水筒を持って来なかったんだ」

と批判した。私は、挨拶もせずにいきなり批判したことにいい気持はせず、水を飲む気にならなかったし、自己批判をする気にもなれなかった。他の誰も自己批判しなかった。進藤氏と山崎氏は水筒を持って来なかったことをさらに厳しく批判した。そのため、その場の雰囲気がきまずくなったが、植垣氏が、

「もう、いいじゃないか」

といって批判をやめさせると、もうそのことを忘れたかのように親しい対応に変わり、皆と一緒に歩き始めた。

歩きながら永田洋子は、坂口弘と、「森さんがいった程、大変な所ではなかった」などと語り合っていた。たぶんその時永田洋子が思い出していたのは、二週間ほど前、一

九七一年十一月十九日、中目黒の喫茶店で赤軍派の幹部森恒夫が口にした、こういう言葉だろう。

「共同軍事訓練の場所はこちらの方でオーケーだ。身延線で身延（山梨県）まで行き、駅前から奈良田行きのバスに乗って新倉まで行ってほしい。ただ、新倉のバス停の所はすぐそばに交番があり、そこにも僕らの指名手配書がベタベタ張ってあるので、一つ手前で降りそこから新倉まで歩いてほしい。食料は何も用意しないでいいが、ただし、山がとても深いのでそのつもりで来てほしい」

傍点を振ったのは私であるが、永田洋子の記憶では、森恒夫は、その時、水筒のことをまったく口にしなかったという。山歩きに水筒は当り前だと思っていたのだろうか、連絡を忘れてしまったのだろうか、それとも、わざとだったのだろうか。

午後一時頃、昼食の「握り飯」を持って来た青砥幹夫に出会った。「青砥氏もまた、水筒の問題を批判した。これには、私もいささかうんざりしてしまった」（植垣康博『兵士たちの連合赤軍』）。植垣以上に「うんざり」したのは永田洋子だった。「青砥氏も私たちに出会うと、挨拶もしないまま水筒を持って来なかったことを批判した。私は、またかと思いここでも自己批判する気にはならなかった」（『十六の墓標』）。

そうして午後三時頃、ようやく山小屋にたどりついたのだが、「ところが」と植垣は言う。

森氏たちは、むつかしい顔をし、革命左派の人たちを歓迎しようとはしなかったばかりか、水筒の問題で批判し出した。革命左派の人たちは、もういいかげんにしてくれといったような顔をし、

「水がなくても頑張る」

といって、批判を認めようとしなかった。そのため、険悪な雰囲気になり、このままでは共同軍事訓練ができなくなるのではないかと思われた。

先頭の植垣たちに少し遅れて小屋に到着した永田洋子もまた、そのシーンを、「ところが」と回想する。

小屋の外に誰もいずひっそりしていた。おかしいなと思いながら小屋のなかに入ろうとしたとたん、私は足がすくんでしまった。皆は小屋のなかのストーブのまわりに坐っていたが、その場の雰囲気はシーンとして険悪だったからである。森氏は首にかけたタオルの両端を手で持ち、冷たい顔で私を見たからである。私と坂口氏が着くまで、何か論争が行われていたようで、私たちが皆のそばにそっと坐ると、再び論争が始まった。それは「水筒問題」だった。赤軍派の人々は、「水筒がなくてどうするつ

もりだったのか」と繰り返し批判し、特に森氏はこの問題から「革命左派は山に入っていながら、山にたいする考え方が甘い」という批判を行っていたが、それは、赤軍派は山を革命左派より厳しく慎重に使うという意志《ママ》表示のようだった。だから、赤軍派からの批判は革命左派の誤りを指摘するというものではなかった。それは、水筒を持って来なかったことが革命左派の政治生命にかかわるかのような批判によって、革命左派をやり込め赤軍派に屈服させようとする調子のものだった。今から思えば、森氏は、私たちには「大変な所だ」といっただけで、「水筒が必要な所だ」とはいわなかったのであるから、自分のミスを棚上げにしたこの批判が、セクト主義的なものであることは明らかである。

「今から思えば」と永田洋子は言う。そして彼女は、もう一つ、「今から思えば」を繰り返す。「今から思えば、共同軍事訓練を中止し、革命左派の自主性を守りぬくのが、正しい対応だったかも知れない」。そうすれば、リンチ殺人やあさま山荘の悲劇は起らなかったかもしれない。

しかし彼女は彼女なりの意地を通した。つまり、自己批判した。

私は、堂々めぐりのこの険悪な対立を黙って聞いていたが、水筒を用意してこなかったこと自体は革命左派の非であるから自己批判すべきだと思った。そこで私は、

「やはり、水筒を持って来なかったのは誤りだから自己批判します」

といい、続けて、

「水筒を持って来なかったことは誤りなので今後は気をつけますが、不備などに精神力で対応することは、私たちの闘いにとって大いに必要なことだと思う。このことを無視して批判するのは正しいといえないと思う」

と述べた。

この永田洋子の自己批判によって、「それまでの険悪な雰囲気はなくなり、なごやかになった」と植垣は書いている。

ところで、先に私は、赤軍派の幹部坂東国男が「水筒問題にそれほどこだわっていなかった」と書いた。『永田洋子さんへの手紙』で、坂東は、水筒問題事件を、こう回想している。

一二月の初めごろ永田同志達九人が、共同軍事訓練のために入山しましたね。永田同志達が水筒をもってこないというので、私達赤軍派の全員が、「どうして水筒をもってこなかったのか」といったことがありますよね。セクト的に、あなた方より武闘――軍事のこと、山岳のこと――を真剣に考えているということを示すことによって圧倒しようとしたんですよね。

森同志が、水やおにぎりをもって行く人に、「水筒のことで自己批判を要求しろ」といったものだから、行く人行く人が同じことをいったと思います。私もセクト主義がなかったということではないですが、このやり方があまりにも汚なく思えたので、やめるようにいったのですが、革命左派への同志的対応が欠けていることへの自己批判がなかった分、強引にやめさせるというものでもなかったわけです。

やはり森恒夫は赤軍派が覇権を握るために「水筒問題」を利用したのである。ただし、森恒夫は、水筒の件を永田洋子たちに本当に伝え忘れたのかもしれない。そのこと（自分のミス）を知って一瞬、ドキリとしたかもしれない。さらにそのあとで、ニヤリとしたかもしれない。

坂東国男は、こう言葉を続ける。

そんなことがあったので逆に、永田同志達に警戒心やセクト防衛意識をよぎなくさせていったと思います。だから、今度は、革命左派の同志達が、この水筒問題のきりかえしとして遠山同志の批判を行い、それをもって、革命左派の優位性を示そうとしたのだと思います。

「きりかえし」。そう、永田洋子らは意地を通して自己批判を行ない、そしてそのあと、その「きりかえし」として、赤軍派の大幹部夫人だった遠山美枝子をスケープゴートに選ぶことになる。

第八回　永田洋子の期待と失望

連合赤軍を結成することになる革命左派と赤軍派は、女性に対して異なる認識を持っていた。極論すれば、この女性観の違いが、イデオロギー的相違以上に、悲劇を、つまりいわゆる「総括」の悲劇を生み出すことになる。

パトリシア・スタインホフは『日本赤軍派』の中で、赤軍派の女性観について、こう分析している。

赤軍派の青年は、機会さえあれば自由に性交渉を行なうことができた。ただし、厳しい地下生活を送っている革命兵士にとって、機会はめったにめぐってこなかった。夫や恋人が赤軍派に入っている女性たちは支援組織に引っ張られることが多く、それなりの役割を与えられていた。リーダーの妻や恋人は、一般の兵士からはとても大事に扱われていた。概して赤軍派の男女関係はきわめてオープンで、平等でロマンティックなものだったらしい。と同時に、女性には女性らしい魅力が望まれていたし、軍は男の仕事とされてきた。

女性に「女性らしい魅力が望まれていた」ことと、「オープンで、平等でロマンティックな」男女関係は、特に「平等」という部分は、フェミニズム的視点から眺めてみれば、ちょっと矛盾しかねない。本当に「平等」な男女関係とは何かについて理屈で考えて行くと。

しかし、ここに描かれている赤軍派の女性観は、理屈を越えた説得力も持っている。たしかに、「女性らしい魅力」が「オープンで、平等でロマンティックな」男女関係に、今でも、往々にして、つながって行く。ただし、今引いた文章の中で注意しておきたいのは、「リーダーの妻や恋人は、一般の兵士からはとても大事に扱われていた」というくだりと、「軍は男の仕事とされてきた」というくだりである。「軍」を自称する赤軍派は、戦中の日本軍同様、常にタテ社会のヒエラルキー支配の中で組織が構成されていた。しかも男性優位主義だった。

それに対して、革命左派はフェミニズム的だった。スタインホフは、「一方革左は、その女性解放の思想で女性メンバーを魅きつけており、彼女たちはどんな役割にもつくことができた。革左の一般メンバーが、赤軍派のメンバーと同様に自由に性交渉がもてたことを、あらゆる資料が裏づけている」と述べている。とはいうもののスタインホフは、このように、その言葉を続けてもいる。

革左の創始者、河北三男と川島豪は、政治的意図によって結婚が仕組まれるケースもあったと述べている。これは拒否することもできるが、「結婚」にはやはりリーダーの許可が必要だったし、同じ組織内での結婚が望ましいとされていた。結婚は、男の同志は性的にも生活の上でも女性の奉仕を必要とするという前提に立っている点で、女性解放の原則とは大きく矛盾していた。革左のフェミニズムのイデオロギーは、メンバーの実際の行動に反して、性を解放するのではなく抑圧する方向をめざしていたことは明らかである。永田の最初の性体験は、ほかならぬ川島にレイプされるというものだった。だから彼女はとりわけ、自由な性交渉には無理解だった。

つまり革命左派のフェミニズムは観念的で地に足が着いたものではなかった（もっとも、地に足が着いたフェミニズムは、未だ日本で、ほとんど目にすることが出来ない気もするのだが）。しかしいずれにせよ、革命左派は赤軍派に比べて、ずっとフェミニズム的だった。そのことについては幾つもの証言がある。

永田洋子は『十六の墓標』で、一九七一年八月、赤軍派の森恒夫や青砥幹夫や行方正時や山田孝らが革命左派の丹沢ベースを訪れ打ち合わせを行なった時の、ちょっとしたエピソードについて触れている。

赤軍派と革命左派との共闘組織「統一赤軍」についての打ち合わせが終わると、赤軍派の行方正時は、「革命左派の女性と解け込むように」話をし、「こういう所で二～三週間のんびりしたい」と言った。そして、山岳ベースの生活の話になり、革命左派の金子みちよが妊娠中で、山岳ベースで子供を産むつもりだという話題になった時、森恒夫は「目を丸く」しながら、「ムチャだ。だいたい予防接種なんかどうするんや。こんな所で育てられるはずがない」と言い、続けて、「山田君は小さな子供がいるんだ」と口にし、「そう思うだろう」と山田孝に同意を求めた。山田は笑いながら曖昧な返事をした。すると……。

革命左派の女性たちは、森氏の発言にワイワイと反論し、山岳ベースでも子供を育てられるようにしてゆくのだ、そのために協力すべきであり足を引っ張るべきではないと主張した。

武骨な森は、革命左派のこの女性たちの「反論」にちょっとたじたじとなったはずだ。しかし、たじたじとなりながら、どこか心なごむものも感じたはずだ。赤軍派の女性たちとの付き合いの中では得ることの出来ない心のなごみを。だから、これに続く、このやり取りも、ユーモラスだ。

森氏はあくまでも、

「ムチャだ」

といっていたが、

「金子さん用に肝油を手に入れよう」

といい出した。これに革命左派の女性たちは「ワァー」と歓声をあげた。

いや、やはり、なごみというより、違和感だろうか。同じく革命運動を目指しながら、自分の知らないタイプの女性たちに出会った違和感。

打ち合わせの翌日、荷物運びのために、全員、朝早く起された。永田洋子が起きると、すでに、「大きなリュックがいくつもできて」いた。朝食のあとで、革命左派の女性の誰かが、「男の人は全員、ふもとまでリュックを運んで下さい」と言った。そう言われた「男の人」には、もちろん、森恒夫をはじめとする赤軍派の「男の人」も混っていた。だから森恒夫たちもその指示に従った。

しばらくすると森氏らが戻って来た。森氏は、一仕事したあとのようにせいせいした顔をし、

「女の人からリュックを運んでくれと指示されるとは思わなかった。あのように当然のように指示されると、はいといって従わざるをえない。しかしこんなことは初めて

といっていた。

「だ。革命左派の女性はすごいな」

それでは森恒夫のいた「赤軍派」の女性たちはどのようなタイプだったのだろうか。一九七一年一月末から赤軍派では闘争を強化するための組織再編が行なわれ、そのための会合がひんぱんに開かれた。そんなある日の会合のことを、当時赤軍派の一兵士だった植垣康博は『兵士たちの連合赤軍』の中で、こう回想している。

この会合には、それまで会ったこともない人も参加してきたが、そのなかに、遠山美枝子さんがいた。彼女は「岡田」という組織名を名乗り、救援関係の責任者として活動していたようだった。獄中にいる高原浩之氏の夫人ということを聞いていたが、塩見孝也氏の夫人をはじめ、赤軍派の指導者たちの夫人は、皆、特別扱いされ、ほとんど組織の統制を受けることがなかった。私たちも、はれものに触わるような態度で、彼女たちに接した。そういうなかで、遠山さんが会合に参加しようとしていたことは、注目すべきことであったのだろう。

赤軍派に遠山美枝子ありということは革命左派の永田洋子も知っていた。先の森恒夫らとの打ち合わせの時、つまり一九七一年八月、永田洋子は、森恒夫に、「赤軍派で救対を担っている女性って誰なの」と尋ねた。それは革命左派の救対部を担っていた京谷健司から頼まれていた質問だった。

京谷氏は、この女性について、

「非常に活発な人で、集会では赤軍派の男の人をあごで使い、いろいろ指図をしている。関西にたびたび新幹線で行き、すぐ戻ってくるというように活動範囲が広い。シミチョロだといっても、イヤーネといって笑いとばす楽しい人だ。僕とどちらが先に髪の毛がのびるかで競争しているんだ」

と語っていたので、私は非常に活発な女性活動家だという印象をもっていた。森氏は、私の質問に簡単に、

「高原の女房だよ」

と答えた。遠山美枝子さんのことだったのである。私が、

「どうして、組織部の会合に来なかったの」

と聞くと、森氏は、

「組織部に入れるといったら、彼女はなぜ私を軍に入れないのといった。すごいだろう。僕も驚いた」

といっていた。このため私は、一層遠山さんを戦闘的な女性と想像したのである。

しかしこれは永田洋子の買いかぶりすぎだった。幹部夫人である遠山美枝子は、革命へのたしかな思想的裏づけによってではなく、「軍」という言葉に対するロマンティックな思いから、連合赤軍（統一赤軍）の結成に参加したいと思っていたのだ。活動家として遠山美枝子が少し適性を欠いていたことは、植垣康博が、こう証言している。赤軍派の革命戦線グループがパレスチナ解放人民戦線（ＰＦＬＰ）と共同製作した映画『赤軍―ＰＦＬＰ・世界戦争宣言』をバスで上映してまわっていた時のことだ。

赤バス上映運動では、それを担っていた遠山さんが、ある地方で、労働者たちの質問に答えられなかったという問題が起こり、無党派の戦闘団グループの組織化も、彼らが赤軍派への結集を拒否するという事態に直面し、地下組織の建設もほとんど進まず、革命戦線による地下組織の建設を通してのゲリラ戦争の展開を望むことができなくなった。

こうした中で、遠山美枝子は、さらに、関西地方委員会のオルグにも失敗したという。しかも、植垣康博の回想の文面から察するに、獄中にいる大幹部高原浩之の夫人である遠山美枝子は、直接その責任を問われることがなかったようだ。

植垣康博の遠山美枝子に対する引いた感じは、共同軍事訓練で久し振りに彼女と再会した時の描写からもうかがえる。共同軍事訓練というのは、前回で触れた一九七一年十二月三日南アルプスの新倉ベースで行なわれた赤軍派と革命左派との共同軍事訓練のことである。

革命左派の人びとを迎えるため新倉に向うと、途中の尾根道にテントが二つ張ってあった。やはり共同軍事訓練に参加する赤軍派の仲間たちのテントで、その一つのテントの前に山田、青砥、行方の三人がいた。そして植垣が彼らに、「おう、来たな」、と挨拶を交わすと。

この時、もう一つのテントのなかから女の人が出て来て、

「バロン、久しぶりね」

と私に声をかけた。遠山美枝子さんだった。私は、驚いて、

「あれ、遠山さんじゃないですか。二月以来だから、一〇ヵ月ぶりですね」

と答えたが、軍に入った女性が遠山さんであることにいささかがっかりした。

「バロン」というのは植垣がバロン吉元の人気漫画『昭和柔俠伝』に登場する敢太郎というキャラクターに似ているからついた愛称だが、「バロン」、「遠山さん」という互いの呼び方に、当時二人が赤軍派で置かれていた立ち場の違いがうかがえる。

なぜ「バロン」は「遠山さん」に「がっかりした」のだろう。

一体軍に入ってやってゆけるのだろうか、かえって足手まといになるんじゃないのかと思い、不安を感じた。というのは、赤軍派では、幹部の夫人は特別扱いされており、彼女たちを組織の活動に従わせたり、批判したりすることは、はばかられる雰囲気があったからである。彼女が登山ではなく、スキーに行くような服装だったことも気になった。

ここで植垣が感じた「不安」は実際、そのすぐあとで現実のものとなる。彼（彼女）らとしばらく雑談したあと、植垣は、一人で、新倉の鉄橋近くの待ち合わせ場所に、革命左派の人びとを迎えに行く。そして二日後の一九七一年十二月三日、午後三時、共同軍事訓練場である新倉ベースに到着する。その間にいわゆる「水筒問題」が起き、永田洋子や坂口弘をはじめとする革命左派の人びとが赤軍派の進藤隆三郎や青砥幹夫から激しく批判され、さらに到着後も森恒夫から厳しく自己批判をせまられたことは前回詳述した。森恒夫が、そのことを、革命左派に対して優位に立つための札として使ったのであろうことも。

「水筒問題」はあったものの、革命左派の若者たちと赤軍派の若者たちは、合同演習に対して、やはり、若者らしく期待に満ちた高揚状態にあった。赤軍の人びとは革命左派の人びとに、新たに建設中である小屋や道を案内した。

この日の進藤氏は、初めて革命左派の人たちと接触して刺激を受けたのか、いつもより元気で、張り切っており、青砥氏や行方氏もはつらつとしていて、皆と一緒に登って行った。私も皆のあとを登ったが、いつの間にか大槻さんと一緒になった。彼女は、新倉で会った時のよそよそしい顔と違って、生き生きとした顔をし、楽しそうだった。小屋に戻ると、森氏、山田氏、遠山さん、永田さん、坂口氏がストーブにあたって話していたので、老人くさい人たちだなと思い、一人で笑ってしまった。

そして植垣は進藤や行方と共に夕食の準備に取りかかった。その時、一カ月分のワカメがすでに半分近くなくなっていることに気づいた。

山での食料の無計画な使用は大変な問題なので、

「誰だ、こんなにワカメを使ったやつは！」

と怒鳴った。すると、遠山さんが台所の方に顔を出し、軽い調子で、

「私よ」

といった。私は、少しも問題の重要さがわかっていない彼女の態度に腹が立ったものの、もう何もいえなかった。

「軽い調子」という所に特別のリアリティーがある（遠山美枝子は本当に、このことを、

たいしたことだとは思っていなかったのだろうか。それとも、逆に、ヤバいと思い、思ったからこそ、彼女は、自分のプライドや立場上、さりげなさを装ったのだろうか）。遠山美枝子と共に「ストーブにあたって話していた」はずの永田洋子は、このやり取りを耳にして、何を感じていただろう。女性戦士としての遠山美枝子に大きな期待を持っていた永田洋子は。

「水筒問題」への「きりかえし」のように、革命左派から遠山美枝子への批判が噴出するのは、この植垣康博の回想（『兵士たちの連合赤軍』）を見ても、坂口弘の回想（『あさま山荘1972』）を見ても、坂東国男の回想（『永田洋子さんへの手紙』）を見ても、この二日後、つまり一九七一年十二月五日のことである。

十二月四日、合同で射撃訓練が行なわれた。翌五日は朝から大雪だったので、軍事訓練は室内で行なわれ、夕方から全体会議となったその会議の席上で遠山美枝子が、永田洋子をはじめとする革命左派の人びとから糾弾されることになる（そのあたりのことは次回、詳説する）。

ところが、永田洋子の回想『十六の墓標』に目を通すと、遠山美枝子に対する革命左派の人びとの（特に永田洋子の）違和感は、すでに、新倉ベースに到着したその日、十二月三日に顕在化していたのだ。革命の闘士、闘う女性戦士としての遠山美枝子への永田洋子の期待感は先に紹介した。その期待感が強ければ強いほど、永田洋子は、現実の遠山美枝子の、その女っぽい姿に失望した。

十二月三日の夕食後の様子を、永田洋子は、『十六の墓標』で、こう書いている。

夕食後、共同軍事訓練で初めての顔合せの全体会議を行った。赤軍派の参加者は、森恒夫氏、坂東国男氏の他、山田孝氏、青砥幹夫氏、行方正時氏、遠山美枝子さん、植垣康博氏、進藤隆三郎氏、山崎順氏の九名であった。この会議では、森氏が自ら司会を行い、共同軍事訓練の開始の挨拶をしたあと、赤軍派と革命左派の各代表が挨拶した。

ここで憶えておいてもらいたいのは、赤軍派の九名の内、女性の参加者は遠山美枝子たった一人だったことだ。革命左派も同数の参加者でありながら、女性は四名もいた。この辺の微妙な（いや、大きな）違いが、そのあとの悲劇の遠因となる。

赤軍派を代表して坂東国男が、そして革命左派を代表して永田洋子が挨拶を行なったあと、続いて、全員の自己紹介と決意表明がはじまった。永田洋子は、「遠山さんが活発で戦闘的な女性だと聞いていた」から、その発言に「注目」した。しかし、遠山美枝子は、「私は革命戦士になるんだ。今はそれしかいえない」と言っただけで、この共同軍事訓練そのものに対する決意表明は口にしなかった。

私はこれに拍子抜けしいくらかの抵抗を感じた。あまりにも簡単すぎ、女性兵士の問題に何一つ触れておらず、革命左派を無視したものであると思ったからである。しかも、遠山さんは、他の人が発言している際中《ママ》に、ブラシで髪をとかしたり、クリームを唇に塗ったり、ねそべったりしていた。私は、こうした態度を苦々しく思った。とはいえ、私は苦々しく思っただけで、それを批判する意図は毛頭なかった。

「拍子抜け」したのは永田洋子だけではなかった。

ストーブのまわりの暖かい所は、赤軍派の人びとに、しかも蒲団まで独占されて、取られてしまったから、革命左派の人間は、小屋のすみにかたまって、各自のシュラフに入って寝た。その時、革命左派のメンバーで妊娠中の金子みちよが、「赤軍派から女性兵士が一人参加すると聞かされて楽しみにして来たのに、失望した」とつぶやくと、全員が、「そうだというようにうなずき合っ」た。永田洋子も、「苦々しく思ったのは私だけではなかったのかと思いながらうなずいた」。

永田洋子は、早速、その翌朝、遠山美枝子のことについて、森恒夫に意見する。

第九回　遠山美枝子のしていた指輪

一九七一年十二月四日朝、新倉ベースで共同の射撃訓練が始まる直前、革命左派の幹部永田洋子は赤軍派の幹部森恒夫から、「永田さんはちょっと残ってくれ」と呼び止められ、二人で意見交換を行なった。森は前日の威圧的な態度とは異なって、にこやかな口調で話し出し、「共同軍事訓練に参加した赤軍派の九名全員は革命戦士としてやっていける」と言い、九名の「戦士」ひとりひとりの評価を行なった。

森の親しげな対応に少し心がゆるんだからだろうか、永田洋子は、その彼とのやり取りの中で、こういう率直な言葉を口にした（『十六の墓標』）。

「赤軍派の九名全員は革命戦士としてやっていけるといっているけど、そういえないんじゃないかしら。遠山さんはどうして山に来てまで指輪をしているの。合法時代の指輪をしたままで、革命戦士としてやっていけるといえるの」

永田洋子がそのように思うのには、「正当な」理由があった。

私が指輪を問題にしたのは、合法活動で私服刑事に尾行されていた時にしていた指輪を非合法の軍に移ってもそのままにしていることは警戒心のない行為だと思ったからである。私は当時、合法活動から非合法活動に移る際には、髪形とか歩きかたとか指輪など刑事に知られやすい特徴を変えることは常識だと思っていた。少なくとも革命左派では全員そうしていたし、そのことでは互いに気をつけ合っていた。赤軍派でも私の見ている限り同様であったし、むしろ赤軍派の方がうるさい程で、革命左派のものにもあれこれいっていた。だから、そういう赤軍派で革命戦士になるという遠山さんが指輪をしたままでいることに、私はおかしなことだと思ったのである。

こういう永田洋子の批判に対して、森恒夫は、「女の人のことには気がつかなかった。青砥も大きな指輪をしていたが、それはとらせたのだ」と弁解した。しかし永田洋子は、その弁解を「そのまま信じることはできなかった」。なぜなら森は、女性である永田洋子に対して、「服装をはじめ細かいところまで口を出し、眉毛や口の恰好まで問題にしていた」のだから。

私は、赤軍派では幹部の夫人は特別扱いされているので、森氏は高原浩之氏の夫人である遠山さんに遠慮しているのだろうと思い、

「女の人のことには気がつかなかったでは理由にならない。そんなことは許されない」

といった。森氏は、

「わかった」

と答えた。私はこれで森氏は遠山さんに指輪をとらせるだろうと思った。

その前夜、赤軍派と革命左派の全員で、この合同軍事演習参加への決意表明をしている時、遠山美枝子は、「髪をとかしたり、クリームを唇に塗ったり、ねそべったり」していた。永田洋子にとってその姿は、先の「指輪の問題」と重なって不快に見えた。つまり、否定すべきものとしての女性性の象徴に映った。赤軍派の大幹部高原浩之夫人である遠山は、大幹部の夫人であることを誇示したいがゆえにその「結婚指輪」をはずさないでいると永田洋子は思った。

しかし、実はそれは「結婚指輪」ではなかった。労働組合の幹部だった遠山の父親は、遠山が幼い頃、酒を飲んで窓から飛び降り自殺した。以来遠山の母は、苦労して美枝子たちを育ててくれた。だから遠山は、「いつか母を仕合わせにしてやろうと思って」、「階級闘争」に参加した。指輪は、そんな母親が、「お金に困った時に売ればいいといっ

て」プレゼントしてくれた大事な品だったのである。ただの飾りではなく実体をともなったものだった。しかもその「実体」は、否定すべき女性性ではなく、むしろ、フェミニズム的立場から言えば肯定すべき女性性——たよりない父すなわち不在の男性性を自律的に穴埋めするもの——を象徴していた。

話を戻そう。射撃訓練の翌日、十二月五日は朝から大雪で、室内で軍事訓練や体育訓練を行なったのち、夕方、「皆がストーブのまわりに集まっていた時」、雑談をはじめたら、いつの間にか全体会議に発展していった。夕食で中断したのち、また雑談がはじまった。その時、永田洋子は、遠山美枝子が「まだ指輪をしているのに気づき」、「遠山さん、どうして指輪をしているの。森さんからとるようにいわれたんじゃないの」と言った。

遠山さんは何をいわれたのかわからないような驚いた顔をし、森氏の方を見た。森氏は黙っていた。私は同様の質問を繰り返した。しかし、遠山さんは答えようとしなかった。

やはり森恒夫は、大幹部夫人である遠山美枝子に遠慮があって、彼女に注意することができなかったのだ。だから遠山は、永田洋子から批判されても、それが何を意味しているのか合点が行かなかった（だいいちその「指輪」は、先にも紹介したように、いわゆる「結婚指輪」ではなく、いざという時のためのいわば「武器としての指輪」だったのだから)。そういう森恒夫や遠山美枝子に永田洋子は不信感をいだいた。これでは、赤軍派と共に闘って行くことはできないと思った。永田洋子は、黙っている森恒夫に、こう言った(引用文中のカッコ内は引用者の補注)。

「赤軍派は(革命左派の)瀬木の(脱走)問題や大量逮捕問題の総括にたいして総括していないと繰り返すけど、そういうなら、遠山さんが指輪をしたままでいることこそ問題であり、このことを許している赤軍派こそ問題じゃないの」

そして永田洋子は、たたみかけるように、遠山美枝子に、「決意表明の時に『革命戦士になる。今はそれしかいえない』としかいわなかったけれど、一体山に何できたの」と質問し、その女らしい長い髪に対しても注意を与え、続けて、「革命戦士」として山に入ることとの自覚の有無に対する革命左派の人びとから遠山へのつるし上げが始まった。途中で赤軍派の山崎順が、「差し出がましいようですが、一体何が問題なんですか」(植垣康博『兵士たちの連合赤軍』)、「彼女は山に来たばかりだから、大目に見て欲しい」(坂口弘『あさま山荘1972』)と助け舟を出したのだが、永田はそれを無視して、こう言った(『あさま山荘1972』)。

「赤軍派は、物資が豊富にそろった既成の山小屋を使い楽をしようとしており、山での苦しい生活に耐えてゆく気概が見られない。あなたはこの山に来て何をしたの？　何もしていないじゃないの。小屋はあるし、食糧もそろっていて、何も苦労していないじゃないの。あなたを見ていると、まるで女王みたいだわ。私たちが何であんな苦労してきたのか分からない。山の生活なんてそんな簡単なものじゃない。このままではとても一緒にやっていけない」

つまりその批判のホコ先を、遠山個人から赤軍派全体へと向け直して行った。この批判に、なるほど、と思った赤軍派の人間もいた。一兵士だった植垣康博である。『兵士たちの連合赤軍』で、植垣は、こう書いている。

私も、はじめは何が問題になっているのかよくわからなかった。というのは、私たち赤軍派には、女性兵士の育成という観点がほとんどなかったからである。しかし、批判が具体的になってからは、そんなことを遠山さんにいってもしかたがないじゃないかと思いながらも、批判されたことは、私自身も感じていたことであり、ただ遠慮していわなかっただけのことだったので、いわれてみればもっともだ、我々がいわなければならないことだ、どうして遠山さんはちゃんと答えないのだろうと思い、遠山さんに批判的になった。他の赤軍派のものも同様だったようで、誰も遠山さんを防衛しようとはしなかった。

「他の赤軍派のものも同様だった」と植垣は言う。しかし、幹部たちの反応は少し違った。森恒夫、坂東国男、山田孝の三幹部は、永田洋子の赤軍派批判に、つまり遠山美枝子への個人攻撃からの「予期せぬ事態の展開に戸惑った表情をした」（『あさま山荘1972』）。そして三人は、台所の方に消えた。坂東国男は、『永田洋子さんへの手紙』で、こう回想している。

　台所の食卓のところにいき、三人で話しあったのは、これをセクト的に受けとめるのではなく、個々人の主体的な問題において、作風・規律の問題として受けとめ、共産主義の内実の問題として、受けとめていくべきだという風に考えていたわけです。ですから、セクト的に受けとめるべきことではないということから、私達三人のところへくる遠山同志に対して、「一人の革命戦士として、革命左派の批判を受けとめてほしい、赤軍派として防衛しない」ということで、遠山同志を討論の場におしかえすということをやったわけです。

傍点を振ったのは私であるが、実際、つるしあげの場に戻って来た森恒夫は、永田洋子に向って、「革命左派の遠山さんへの批判は、結果だけを学ぶのではなく（結果に至る）方法の問題として学び、作風・規律問題として解決していく」と語った。遠山美枝子批判を媒介に、赤軍派と革命左派には、共闘のためのかけひきがあった。二つのグループが一つのグループになるための止揚点を求めていた。時に、それにはスケープ・ゴートが必要となる。しかも森恒夫のこの言葉は永田洋子には伝わらなかった。永田洋子は言う。森恒夫の言ったことは、「どういうことなのかわからず、実際に指輪をとらせるわけではないので、この場をとりつくろおうとしているだけでちっともわかっていないと思」った、と。

だから森恒夫は、翌朝、永田洋子たちに、もっとわかりやすい言葉で共闘へ向けての彼ら赤軍派の心持ちを宣言することになる。

翌十二月六日朝、ふたたび全体会議がはじまってしばらくたった頃、森恒夫は、「赤軍派だけで討論したい」と言って、赤軍派のメンバーを連れ、小屋の外に出ていった。革命左派の坂口弘は『あさま山荘１９７２』で、こう回想している。

外は雪が積もっており、風も強く、彼等は輪を作って足踏みをしながら何か協議していた。赤軍派メンバーの証言によると、この時、森君は、われわれ革命左派が山を離脱した早岐、向山の二人を殺害した事実と山での相互批判—自己批判の討論の模様を赤軍派メンバーに知らせたのだという。その上で、革命左派の山岳根拠地論を軽々しく批判してはならぬこと、遠山批判は赤軍派全体に対する批判として受け止めるべきこと、この批判を革命闘争への関わり方や作風、規律の問題として受け止めていくこと、この間の批判については、彼女が積極的に受け入れて現象的な問題から改めていくようにすべきこと、以上のために遠山さんがまず明確に自己批判することから始めること、さらにメンバー全体で責任をもって解決していかねばならず、他のメンバーも同様の問題を止揚していく必要があること等を述べ、他のメンバーもこれに同意したという。

植垣康博の『兵士たちの連合赤軍』には、さらに、その場にいた当事者ならではの具体性に満ちた記述がある。森恒夫が、「……遠山さんは、もっと素直になって革命左派の批判に答えるようにしろ」と口にした、それに続く場面だ。

これに、私たちも、

「そうだ！　そうだ！　何だきのうの態度は！」

と同調した。この時、森氏は、

「まだ指輪をしているのか！　いいかげんにはずせ！」

と怒鳴った。遠山さんは、あわてて指輪をはずし、ポケットに入れた。

さらに重要なのは、その次の場面だ。先の坂口弘の回想と合わせて味読してもらいたい。

続いて、森氏は、革命左派の二名の処刑に触れ、

「革命左派ではこのような闘いを経て山を守ってきたのだから、革命左派の批判にいいかげんな気持で対応してはだめだ。総括できないまま山を降りるものは殺す決意が必要だ」

といったあと、

「遠山さんが総括できるまで山を降りない。山を降りるものは殺す」

といった。これに、私たちは、

「異議なし！」

といって同意した。

この年の八月、革命左派は、その二カ月前に山岳ベースから脱落した向山茂徳と早岐やす子の二名の同志を、情報リークのおそれから、殺害した。そのことを知った森恒夫をはじめとする赤軍派のメンバーは、運動に対する革命左派の真剣さを知った。それは一種の負い目ともなった。そしてその「負い目」は、森恒夫にとって、革命左派との合同の際に、さらに重い物となった。だからこそ、逆に、合同演習の初日に、森は、革命

左派の人びとに、威圧的な態度を取ったのである。その威圧的な態度が革命左派の人びとの反発を生み、その反発が、遠山美枝子への個人攻撃へと流れていったことは、すでに見てきた通りだ。その流れの中で、森は、ついに、「遠山さんが総括できるまで山を降りない。山を降りるものは殺す」と宣言し、赤軍派の全員の同意を得た。この言葉に「強い衝撃」を受けたのは革命左派の幹部坂口弘である。『あさま山荘1972』で、彼は、こう語っている。

とっさに私は、われわれの早岐、向山殺害を念頭に置いているな、と思った。まさか本気でそんなことをするはずはあるまいと思ったが、強い衝撃を受けない訳にはいかなかった。

同じ革命左派の幹部でも永田洋子は、もう少しクールにこの言葉を受けとめた。『十六の墓標』で彼女は、こう語っている。

私はまた極端なことをいうと思ったが、どうせ言葉だけだ、しかし、そういう気持で頑張ってほしいと思い何もいわなかった。私は、向山氏、早岐さんのようなことがもうあってはならないという思いもあったので遠山さんを批判したのに、森氏がこの二名の処刑の積極的な肯定のうえで遠山さん批判を受け入れたことに気づかなかった。

「総括できるまで山を降りない」、「山を降りるものは殺す」という論理結合は、「総括」イコール「処刑」を意味する。しかし永田洋子は、森恒夫のこの言葉を、その場の勢い、さらに言えば、革命左派に対する一種のかけ引き、「党派的な見栄」として受けとった。そこまで「実質」をともなったものとは考えなかった。だから、彼女は、こうも回想している。


赤軍派の人たちの決意表明が終わってから、私は、

「赤軍派が遠山さんへの批判を受け入れなければ、もう連合赤軍として一緒にやっていくことはできないと思いこの場から帰らざるをえないと思ったけど、帰るわけにもいかないので何とか解決しなければならないと思っていた」

といっておもわず少し涙ぐみ、そのあと、

「遠山さんを必ず総括させるといったけど、言葉だけでなく必ず総括させてほしい。総括するまで山から降ろさないでほしいし、なるべく早く総括させてほしい」

と念を押した。私が念を押したのは、革命左派だけで話し合った時の確認に基づいたからであるが、同時に、「遠山さんが総括できるまで山から降ろさない。山から降りる者は殺すと確認している」という森氏の発言を口先だけの言葉と思い、そんな大言壮語をいうのではなく本当に必ず総括させてほしいと思ったからである。

森恒夫のこの「大言壮語」を一種のかけ引き、「党派的な見栄」として受けとめたのは、赤軍派幹部の坂東国男も同様だった。『永田洋子さんへの手紙』で、彼は、こう語っている。

赤軍派が、「遠山さんが総括できるまで山をおろさない」といい、革命左派が、「総括できるまで山をおろしてほしくない」といったこと、これらは、共通して二名の同志（向山、早岐同志）の処刑を相互に肯定することを通して、建党の方向をすえようとしたことであったと思います。私達赤軍派が、党派的な見栄もあって、「山をおりるものは処刑することを確認している」といったことがありました。

このすぐあとで、坂東は、とても興味深いコメントを口にしている。なぜ遠山美枝子批判がエスカレートしていったのかに関して。

受験戦争風の能力主義が支配し、遠山同志を批判しないものは、共産主義化におくれていく、なんとしても自分を強くしたいという強迫観念にも似たものに追いたてられているように感じていました。頭の中はいろいろ忙がしく、いろんな想いはかけめぐりながら、なにもしないあり方が続いていたのです。

だから、『十六の墓標』で永田洋子が記録している赤軍派の山田孝の、次のようなセリフは、まさに、そういう「受験戦争風の能力主義」の雰囲気の中で発せられたものだろう（山田自身ものちに「総括」の犠牲となり、そのことを報道した『週刊朝日』一九七二年三月二十四日号によれば、下関西高から一浪して京大法学部に入った山田の、高校時代の担任教師は、「勉強がよくでき、素直で地味なほんとうにいい生徒だった」と〝目に涙をうかべながら〟語ったという）。

「赤軍派だけで外で話し合った時、皆に指輪をとれといわれて遠山さんはようやく指輪をとったが、そのあとそれをポケットに入れた。僕なら革命左派の皆からいわれた時、すぐとるしそれをポケットに入れず雪のなかに捨ててしまうところだ」

いずれにせよ、森恒夫の口にした、「総括できるまで山から降ろさない。山から降りる者は殺すと確認している」という「大言壮語」は、ただの「大言壮語」ではなかった。それは悲劇的なまでに実質をともなった処刑宣言の言葉だった。

第十回　榛名ベースでの新党結成と意識の落差

一九七一年十二月六日、朝、全体会議の際に、革命左派からの遠山美枝子批判に赤軍派が真摯《しんし》な対応を見せ、その問題が一応解決したことによって、「両派の間には同志的な団結の気運が高まった」（永田洋子『十六の墓標』）。そうした中で射撃訓練が幾つかのグループに分れて行なわれた。永田洋子は最初、小屋に待機していた。

するると先発隊の遠山が一人、先に戻って来た。「お腹のところに銃を持って撃ったが、その反動でお腹を打ってしまったので戻って来た」と言いわけをしながら。お腹を痛めたはずの遠山は、しかし、横になるわけでもなく、ストーブにあたって雑談をはじめた。だから永田は、「戻るほどのことだったのだろうか」と思い、「二・一七闘争の銃と弾を使った実射訓練を軽視しているからお腹をうち、しかも戻って来なくてもよいのに戻って来たんじゃないの」と批判した。この永田洋子の言葉は、こうやって書き写してみると厳しく響くが、実際は単なる小姑の小言といった程度のものだったようだ。続けて永田はこう書いているのだから。

　これに遠山さんは何もいわなかった。しかし、私はそれ以上はいわず、あとは二人で雑談した。


この時二人はどんな雑談を交わしたのだろう（のちの世の歴史家にとってはその雑談こそ記録しておいてもらいたかったのに）。

話を戻せば、遠山美枝子の「早退」を問題にしたのは赤軍派の人びとだった。

射撃訓練を終えて、夕食後、その訓練をめぐっての総括会議が開かれた。

　皆は実射の感激をこもごも語った。革命左派の人たちは、以前に自派で実射した時より充実感があったと語り、赤軍派の人たちは、革命左派の人たちが来る前に実射したしその弾数は今回よりも多かったが、今回の方が緊張したし意義があったと語っていた。

　そういう精神の高揚の中で批判のホコ先が遠山に向った。「それは、本当の銃撃戦ならそんなことはできないというもので、かなり強い調子だった」（『十六の墓標』）。その雰囲気に油をそそいだのは永田洋子だった。

私はこれに、

「遠山さんは小屋に戻って来ても別に横になるわけでもなかったから、戻って来る必要はなかったんじゃないの」

といって同調した。ところが、この批判はいつの間にか遠山さんのこれまでの活動への批判へと拡大していった。それは、遠山さんの革命運動にたいするかかわりあい方に問題があるとして行われたものであった。

その急先鋒がリーダーの森恒夫だった。リーダーであるといっても森は、獄中にいる高原浩之よりも赤軍派の中で階級は下だった。そして遠山美枝子は高原浩之の夫人である。森は遠山に、「どうして、高原と結婚したんや」と質問し、続けて、「おまえは高原と結婚する前は消耗してあまり活動しなかったのに、結婚したら急に活動するようになったが、あれはどういうわけや！」と語気を荒らげた。すると他の赤軍派の人たちも、口々に、「どうして黙っているんだ！」とか、「好きで結婚したのとちがうのか」とか言った。なおも続いて行く赤軍派の「遠山美枝子つるし上げ」の様子を描写したのち、永田洋子は、こういう感想をもらす。

それは、遠山さんが会議中に髪をとかしたり、唇にクリームを塗ったりしても何もいわず特別扱いしていたことの全くの裏返しの扱いであった。

そしてこれは、植垣康博の『兵士たちの連合赤軍』中の次のような言葉と照応している。

> その批判は、批判の域を越えたつるし上げ的な追及だった。私たちは、それまで遠山さんを幹部の夫人として腫れ物のように扱ってきたことへの反動のように遠山さんを批判したが、それは、批判でも、赤軍派の方が断固とし、徹底していることを革命左派に誇示せんとするものであった。

遠山を「つるし上げ」、興奮状態にあった森は、続けてやはり赤軍派の行方正時を批判し、さらに、自らの活動歴に関して演説を始めた。ただし夜が遅かったこともあって、永田洋子や植垣康博をはじめ、ほとんどの人間は途中で眠ってしまった。

森恒夫の興奮状態は翌日も続いた。合同訓練最終日であるその日、一九七一年十二月七日、訓練が終わったあと、「締め括《くく》り会議」が開かれた。

会議の最後に森の演説が始まった。森のその演説の口調が、（新左翼っぽいアクセントでありながら）「関西弁なので、どうも奇妙な感じがして、私は馴染めなかった」（『あさま山荘１９７２』）と回想する坂口弘も、しかし、続けて、こう書いている。

森君はこの後、自分の生い立ちを語り、さらにブントの総括も行った。かなり長い時間立て板に水の調子で演説していたが、突如、調子が乱れ、跡切《とぎ》れ跡切れになった。何事が起きたのか、と思って見ると、涙を流し、胸を震わせているではないか。全員シーンと静まり返り、やがて誰かが貰い泣きをした。すると、釣られて幾人かのメンバーもすすり泣きした。私も胸がジーンと熱くなってしまった。

こまかい事であるが、私は、この坂口の回想の一節中の、「生い立ち」という言葉に反応してしまう。森恒夫は前日の夜も、自分の生い立ちや活動歴を自己陶酔的に語った。しかしその時はほとんどの人が眠ってしまった。そして森は、その話をまた繰り返し、今度は、多くの人びとを感動させた。まるで睡眠学習法のようだ。

つられて貰い泣きした一人に革命左派の寺岡恒一がいた。森の演説が終わったあと寺岡は、「皆でインターナショナルをうたおう」と提案し、彼（彼女）らは全員で立ち上って腕を組みインターナショナルをうたった。

全員が同じ気持ちだったのだろうか。例えば遠山美枝子も、やはりもらい泣きし、インターナショナルをうたったのだろうか。

少なくとも一人は、この光景に大きな違和感を抱いていた人物がいた。森恒夫と共に赤軍派の幹部だった坂東国男である。『永田洋子さんへの手紙』で坂東は、こう書いている。

そうした中で、森同志が最後に発言し、泣き出しました。それにつられて、自分以外の全同志が感激して泣いたように思いました。私の方は何故、森同志が泣いているのかわからず、逆に、何か変な方向にいっているとシラーとした気持ちになったり、泣かない自分の感性が悪いのではないかと思ったりしました。

誰かが、「諸君、この日を忘れるな！」というのが何か芝居じみていて、妙に恥ずかしくなりました。寺岡同志が、「皆でインターナショナルをうたおう」と提起したあと全員で立ち上って、腕をくんで歌い出したときも、とても歌う気にならず、声も出なかったような状況でした。

坂東国男は続けて、こうも書いている。

何か変だと思ったのは、泣いて感激するほど団結しえたとも思えず、問題だけが山積みされているのに？　と思ったからです。

そう思ったのなら、なぜその違和感を口に出さなかったのだろう。それを出していたなら、その後の彼（彼女）らの運命は変っていたはずなのに。

もちろん、それを口に出せない強い空気がその場を流れていたのだろう。なぜなら違和感を抱いていたのは革命左派の幹部永田洋子も同様だったのだから。『十六の墓標』で永田は、こう書いている。

　何人かの人がそれにつられて泣き出した。私は何か変だ、変だと思って下を向いていたので、泣き出したのを聞いて妙に気はずかしくなりよけいに下を向いて考えていた。

いずれにせよ、この時、革命左派および赤軍派の多くの若者が一つの通過儀礼を受けた。つまり、総括の悲劇に向って洗脳された。

繰り返すが遠山美枝子は同じように通過儀礼を受けたのだろうか。

合同訓練終了後、十二月七日夕方、新党結成に関する打ち合わせのある永田洋子と坂口弘を残して、革命左派の他のメンバーは、新倉の赤軍派ベースを去った。

そして十二月十日朝、永田と坂口も下山した。その朝のことを永田洋子は、こう回想している。

　翌十日朝、私と坂口氏は榛名ベースに帰る準備をした。途中で食べる握り飯が用意されたが、この握り飯を遠山さんも湯気のたつ炊きたての御飯であつい、あついという風に少し顔をしかめながらせっせとつくっていた。

ちょっと心なごむシーンである。

その夜、赤軍派のメンバーたちは、ストーブにあたりながら、共同訓練の成果について話し合った。その時、ある出来事が起きた。『兵士たちの連合赤軍』で植垣康博は、こう書いている。

この時、革命左派の人たちがいなくなった解放感からか、遠山さんが、以前と同じ調子で、森氏に、

「ねえ、おやじさん。総括はどうやってやるのよ。教えて」

といった。すると、森氏は、急に怒り出し、

「何いってるんだ！　全然わかっていないじゃないか！」

と怒鳴った。

続けて森恒夫は、遠山美枝子に、「あのなあ、総括は口先で型どおりやればいいというものじゃないんだぞ！　何が自分にとって決定的な問題か、銃の訓練をしながら自分で考えろ！」と命じた。遠山は「驚いた顔をしていた」けれど、「立ち上がって銃を取りに行った」。森は行方と進藤にも銃の訓練を命じた。その「激しい見幕に驚き唖然

と」していた植垣や青砥たちに、森は、「彼ら三人は遅れており、甘やかしてはだめだ。皆で総括できるよう指導しなければだめだ」と言った。

森の口にした「総括」という言葉の意味のグロテスクなまでの重さを、植垣たちは、どの程度真剣に受け止めたのだろう。

三人に対する森たちの総括はなおも続いたけれど、十二月十六日、森と坂東は革命左派の幹部たちと打ち合わせするために、赤軍派の新倉ベースを下山し、革命左派の榛名ベースに向った。

出発間際、森恒夫は、植垣に、「遠山がお前をたぶらかして取り入ろうとするかも知れないから、気をつけろ。甘い態度をとるな」と忠告を与えた。「そんなことはどう考えてもありえない」と思っていた植垣は、森恒夫の「そういう見方に驚いた」（傍点は引用者）のだが、「そんなものだろうかと思い、遠山さんにきびしい態度で臨むことを表明した」。

そう「表明」したものの、しかし、森恒夫たちの去った新倉ベースには、どこか、なごやか、というか、のどかな空気が流れている。『兵士たちの連合赤軍』に、こうある。

> こうして、私たちは、この日以降、坂東氏が迎えに来る一二月二九日まで、昼は進藤氏たちに銃の訓練をさせ、夜は総括のことを忘れて酒を飲み、歌を唄ったり雑談をしたりしてにぎやかに過ごしたのである。

もちろん、いちおうは総括らしきことも行なった。例えば十二月二十一日。

遠山さんを呼んで総括討論を行なった。この時も、主に私が遠山さんに総括を要求し、私は、遠山さんのそれまでの活動を、高原氏に依存し、高原氏の妻という特権的地位を利用した活動でしかなかったと解釈した総括を押しつけた。これに、遠山さんは、

「そういう風に自分の問題を考えてきたことがないので、よくわからない」

と答えていた。

傍点を振った「押しつけた」という部分に注意してもらいたい。

しかし、同じ頃、榛名ベースでは、「総括」に対する意識が、ずっと進んでいた。

十二月二十日午後、赤軍派幹部の森恒夫と坂東国男は革命左派の榛名ベースに合流した。革命左派の永田洋子や坂口弘らと共に話し合いを重ね、両派が、「われわれ」になって、新党を結成することになったのは翌二十一日夕方、つまり丁度新倉ベースで植垣が遠山美枝子に「総括を押しつけ」、遠山が、「よくわからない」と答えていた頃のことである。

新党を結成し、連合赤軍のリーダーとなった森恒夫が最初に行なった仕事が加藤能敬

と小嶋和子（共に元革命左派）の総括だった。理由は革命意識の低さと男女関係の乱れだった（これ以降、誰に対しても、総括理由は、常に変ることがなかった。要するに少しでもブルジョア的であると見なされたら総括の対象となったのである。何と役に立つ言葉なのだろう。ブルジョア的とは）。

二人の総括は十二月二十五日に始まった。最初は、

加藤君と小嶋さんの二人は、土間のそばで机を挟んで向き合い、ノートを広げながら総括を進めていた。

といった程度のもの（坂口弘『あさま山荘1972』）だったのだが、森恒夫が、「あの二人はちっとも総括しようとしていない。小嶋は加藤に〝あんたが悪い〟と言っているし、加藤はニヤニヤしてそう言われるのを楽しんでいるようだ」と腹を立て、「二人に真剣に総括させるためと称し、自ら立って行き、二人を引き離して正座させ、ノートとボールペンを取り上げてしまった」。

総括がエスカレートするのは十二月二十七日未明である。加藤能敬への殴打が始まった。さらには小嶋への殴打も。殴打された二人は縄で縛られた。

総括が暴力的になれば、あとは一直線である。しかも森は、永田洋子たちに、「僕は加藤、小嶋を殴って縛ったあとだから、ここを離れることはできない。それにしても、

南アルプスにいる者はここにいる者よりはるかにおくれてしまった。この差はかなりのものだ」と言った（永田洋子『十六の墓標』）。

私は、これにたいし実に簡単に、

「それなら、榛名ベースに結集させ、共に共産主義化を獲ち取っていこう」

と答えた。「遠山（美枝子さん）ら三名は総括できた」という森氏の発言を信じていたからである。私は、遠山さんらに厳しい総括要求が課せられていることを全く知らなかった。そのため、彼女らを榛名ベースに連れてくれば、暴力的総括要求にかけられるかも知れないという予測をすることはできなかった。私の発言に皆が同意した。

そして坂東国男が新倉ベースの遠山美枝子たちを迎えに行くことになった。坂東もまた、事態を甘く見ていた一人である。『永田洋子さんへの手紙』で彼は、こう書いている。

新倉ベースへ出発していくときには、加藤同志だけでなく、小嶋同志も縛られる状態となっていました。しかし、私はこれ以上の事態が進行することを予測できませんでした。予測したくなかったという方が正しいのかも知れませんが。共産主義化というのが殴るという行為をともなっても、まだまだ同志関係の問題と考えていたので、同志を死に至らしめる事態にはならないと思い、そうなってほしくないと思ったのです。しかし、尾崎同志への総括要求が一段と厳しいものになっていたということを全く知らないまま、新倉ベースでの新党建設報告と、榛名ベースへの結集を呼びかけていたのでした。

ここで坂東の言う、「尾崎同志への総括要求」というのは、坂東たちの新倉ベースへの出発と相前後して、つまり十二月二十八日夜に始まった尾崎充男に対する総括を意味する。尾崎は加藤能敬への殴打を命じられた時、加藤に向って、「よくも俺のことを小ブル主義者と言ったな」といって殴った。その発言の「個人的」を総括され、二十八日夜から翌二十九日昼までずっと板の間に正座させられ、さらに、森恒夫の「尾崎の敗北主義を克服させるために格闘をやらせようじゃないか」という提案によって、坂口弘たちから何発ものパンチを受けたのち、「立ったままで総括を深めろ」と申し渡され、結局、最初の犠牲者となる（十二月三十一日）。

坂東国男が、「酒を飲み」、「歌を唄ったり」、「にぎやかに過ごし」ていた植垣たちの新倉ベースに着いたのは十二月二十九日だった。坂東は植垣たちに、新党が結成されたことを語り、「新党に結集して、全員で総括をかちとろう」と言って、結集への同意を求めた。植垣たち六人は、「重苦しく黙り込み、誰もすぐには何もいわなかった。新党結成に反対しなかったものの、積極的に賛成もしなかった」。新党への結集を最初に同意したのは、「きびしい総括要求を課せられてあれこれ考えている余地のなかった」進藤、行方、そして遠山の三人だった。続いて植垣と青砥も「行くしかないんじゃないか？　いいよ、行くよ」と言って同意した。ちょっと注文をつけたのは山崎順だった。山崎は進藤ら三人がまだ総括出来ていないから、このまま彼（彼女）らと共に合流しても森たちに責任を感じると言った。そこで、その場で坂東が進藤たちの総括振りを点検し、坂東は、「三人とも基本的に総括できている。あとは向こうで皆と一緒にやればよい」とGOを出した。

翌三十日の朝、遠山美枝子は、ハサミを持って植垣の側に来て、「髪を切って」と言った。

私は、遠山さんは総括していると思い、喜んで髪を切った。しかし、短かくしても不自然にならないようにショートカットにした。髪型に大きな変化はなかったが、私としては、自然さを大切にしたのである。

坂東国男や進藤隆三郎、そして遠山美枝子ら七人は、日を追って合流する植垣康博らをあとに、一九七一年十二月三十一日、連合赤軍の榛名ベースに向けて、赤軍派の新倉ベースを出発した。出発直後、遠山は、車の中で、坂東にむかって、「本当にやっていけるかしら。総括できたといえる」と不安そうに尋ねた（『永田洋子さんへの手紙』）。坂東は彼女に、「ススで真黒になっても頑張っていたことなどがわかれば、森同志達にもわかるはずだ」と答えた。すると遠山美枝子は、一瞬、「人なつっこい笑顔を」見せた。

第十一回　南沙織が紅白に初出場した夜に

大分予定がくるってしまった。

連合赤軍事件については二〜三回で終わらせるつもりでいた。しかしすでに六回も費やしているのに、いまだ終わらない。

二〜三回で終わらせるつもりでいた、といっても、それを甘くみていたわけではない。その逆である。私もまたどこかで連合赤軍事件を、特殊な、言い換えれば異常な、事件だと考えていた。だからこそその異常性にポイントを絞れば二〜三回で書きまとめることが出来ると考えていた。

ところが彼（彼女）らの回想集、坂口弘の『あさま山荘1972』や永田洋子の『十六の墓標』や植垣康博の『兵士たちの連合赤軍』や坂東国男の『永田洋子さんへの手紙』に目を通すと、彼（彼女）らは少しも異常ではない。例えば集団リンチ殺人事件などという「異常」な事件を引き起した時、その行為を正当化するためには論理の飛躍が必要である。けれど彼（彼女）らの手記にはそういう「飛躍」する瞬間を感じ取ることが出来ない。たしかに「飛躍」はあっても、彼（彼女）らはそのことに自覚的である。そして、気がつくと、彼（彼女）らは、いつの間にか、そういう異常行為に巻き込まれている（連合赤軍事件とオウム真理教事件を二重映しにして考える人間がいるけれど――かつての私もその一人だ――連合赤軍の人びとの犯した異常行為とオウム真理教の犯した異常行為は全然違う。まさに「おわり」と「はじまり」ぐらいに全然違う）。

私は、その「いつの間にか」をきちんと書いてみたいと考えた。前にも述べたように連合赤軍事件に関してフィクション、ノンフィクション合わせて様ざまな作品や文章が残されているものの、当事者のものを除いて、その「いつの間にか」を見すえているものはまったくない。しかも、当事者のものも、「いつの間にか」の時期が微妙にズレていたりする。だから、気がつくと私も、「いつの間にか」、連合赤軍の若者たちの行動に目を向け続けている。もう六カ月にもわたって。

最初の心づもりでは、私は、この連載の中で、一九七二年と現在を往還させようと考えていた。つまり一九七二年という「昔」のことを語りながら、二〇〇〇年の「今」のタイムリーな問題にもふれようと考えていた。

例えば、沖縄について。

沖縄が本土に復帰し沖縄県が誕生したのもまさに一九七二年五月のことである。そしてちょうど今年（二〇〇〇年）六月、復帰から二十八年目の同じ季節に沖縄サミットが開かれた。

サミットの時期に、私は、サミット報道に合わせて、この連載の中で、一九七二年の沖縄について触れようと思っていた。

一九七二年の沖縄というよりも、より正確に言えば、沖縄ブームについて。

実際、一九七二年は、ちょっとした沖縄ブームの中で年が明けた（明けようとしていた）。年明け早々の一月に、第六十六回昭和四十六（一九七一）年度下期の芥川賞を、その直前の『文學界』昭和四十六年十二月号に発表した「オキナワの少年」で、李恢成の「砧をうつ女」と共に受賞したのは、沖縄出身の（ただし東京に在住する）作家東峰夫だった。私は、いずれこの連載の中で、「オキナワの少年」をはじめとする東氏の作品を、「豚の報い」で平成七（一九九五）年度下期の芥川賞を受賞した又吉栄喜の作品や「水滴」で平成九年度上期の芥川賞を受賞した目取真俊の作品と読み比べてみようと思っている。

小説だけでなく歌の世界も、また。

今年の初め、この連載の資料集めのため、早稲田大学中央図書館の雑誌バックナンバー書庫で、一九七二年前後の週刊誌各誌をチェックしていた時、面白い一文を発見した。『朝日ジャーナル』一九七二年一月二十一日号に掲載された嵐山光三郎の「潮風のメロディー」である。当時『朝日ジャーナル』には「現代歌情」という毎回筆者が代わるエッセイ（正確に言えば評論的エッセイ）が連載されていて、その連載二十六回目である

（話は脇道にそれるけれど、「現代歌情」というタイトルに注目してほしい。この頃はまだ、ヒット曲の「歌情」で充分「現代」を読みとくことが可能だったのだ）。

「潮風のメロディ」というのは、言うまでもなく（いや、今や、知らない人の方が多いのだろうか）、あの南沙織の、デビュー曲「17才」に続くヒット曲である。

嵐山光三郎（当時満二十九歳！）は、南沙織について、こう書いている。

南沙織嬢は、ショージ・タロー以来の大日本歌手姿勢大系のセオリーをふまえつつ、ほぼ直立不動にちかいカッコウで歌う。両手をピーンと下げて、上体を右に左にゆすりながら、ちょっとはにかみながら、学芸会のように歌う。笑って見せても、照れている感じがある。「これでいいのかな」という感じがある。そのへんがとてもいいのですね。

「ショージ・タロー」というのはもちろん東海林太郎のことだが（直立不動の歌い方で知られた東海林太郎は嵐山青年のこの原稿執筆時には健在で、まさにこの年、一九七二年十月、七十三歳で亡くなる）、つまり南沙織の歌い方は、日本的な「伝統」を感じさせるスタイルだった。しかし、その言葉、「歌情」の方はどうだったのだろう。

南沙織の場合は、言葉というものが、南沙織のうしろにすっかり引っこんでしまっている。沖縄、一七歳、はじける目の光、黒いつやのある髪、コーヒー色の膚、そのいらだたしいほどの健康さには、まるっきり、悲しさとかはかなさというものが見られない。

その「はかなさ」のなさや健康さは、二〇〇〇年沖縄サミットで、日本の歌手を代表して歌った安室奈美恵の「はかなさ」のなさや健康さと、はたして、重なるものなのだろうか。嵐山青年は、こういう見逃せない指摘をしている（傍点は嵐山青年）。

南沙織は、沖縄のアメリカンスクールの生徒である。本名は、シンシア・ポォリーである。アメリカンスクールと言えば、沖縄の日本人のガキたちには、さかだちしても入れない。設備にしろ、通学用のバスにしても、それは、沖縄の支配者たちの施設である以上、ずばぬけてそろっている。

この評論的エッセイを嵐山光三郎は、南沙織が前年（一九七一年）末に紅白歌合戦に初出場した時の、

「みなさま、今年もいろいろのことがございました。暗いニュースもございましたが、なんといっても明るいニュースは、ながらく日本人の念願だった、沖縄が返ってくる

ことであります（パチパチパチ）。この放送は、いま、沖縄のみなさまへも中継されております（パチパチ）。沖縄と言えば、沖縄からやってきた潮風のシンデレラ・ミ・ナ・ミ・サ・オ・リ・さーんでーす（パチパチパチ）。どーぞ（パチパチパチ）」

という紹介アナウンスを再現したのち（「再現」と今私は書いたが、正確には嵐山光三郎は、「こんなように響いたのであります」と書いている。当時は、ビデオデッキはもちろん、ラジカセなどというものもまだまだ一般的ではなかった。だが、だからこその、「再現」のリアリティーというものも、今よりあった）、こう結んでいる。

宝塚劇場の外では、南沙織の顔が大写しにされた自民党のポスター、「沖縄をあたたかくむかえよう。自民党」というのが、パタパタ風にはためいている。白地に、沖縄ふう装束をつけた南沙織のニッコリ写真がある大型のポスターである。

「宝塚劇場」とあるのは当時NHKは渋谷でなく内幸町にあったからである。講談社の『昭和　二万日の全記録』の第15巻の百二頁を開くと、「総選挙で自民辛勝躍進共産党、第3党に。史上最高の地価でNHK本館を売却へ。」という見出しのもと、昭和四十七（一九七二）年十二月八日のカレンダーに、「NHK、東京内幸町の東京放送会館を三・三平方メートル当たり約一一〇〇万円で売却（過去最高の価格）」とある。この年の夏総理大臣に就任した田中角栄の「日本列島改造論」による地価高騰が着々と進行していたのである。そしてこのカレンダーの対向頁（百三頁）に目を移すと、「三越本店、史上最高の売り上げ」という記事も載っている。

沖縄出身の十七歳の南沙織が初出場した紅白歌合戦が終わろうとする頃、一九七一年十二月三十一日夜、その朝に赤軍派の新倉ベースを出発した坂東国男・進藤隆三郎・遠山美枝子ら五人は、連合赤軍の榛名ベースに到着した。

榛名ベース内の事態は進んでいた。つい三日前までそこにいた連合赤軍派幹部の坂東国男が、「ギョッと」するほどに。『永田洋子さんへの手紙』で坂東国男は、こう回想している。

夜おそくなって榛名ベースにつきました。私は小屋に入ったとたん、入口の鴨居のところに、うしろ手にロープで縛られ、立ったままつりさげられている尾崎同志をみて、ギョッとなりました。私がいなくなっている間に進行した事態の激しさに圧倒される思いにとらわれました。そして、そのときの尾崎同志の様子がおかしいので、それをまず、指導部会議用のこたつのところにいた森同志達にいうと全員あわてていました。それで全体に知られないように、吉野同志がみにいき、死んでいることを確認しました。

私は何故、尾崎同志が死んだのか、何があったかわからないのにもかかわらず、総括要求で死んだはずがないと考えました。この同志の死という重い事実に対して、あまり突然のことに驚いてしまったのです。

「うしろ手にロープで縛られ、立ったまま」鴨居につりさげられていた尾崎充男の突然の死に驚いたのは榛名ベースにいた人間も同じだった。坂口弘は『あさま山荘１９７２』で、こう回想している。

私は、呆然として頭の中が空白になった。やがて動悸が始まり、大変なことをしてしまったと思った。他の指導メンバーもみな驚愕して、数分間、声も出ない有り様となった。私は、どうしたらよいか分からず、自分のイニシアチヴでこの重大な事態を収拾しなければなどとは思いもよらなかった。

坂東国男も坂口弘も尾崎充男の死（すなわち総括による最初の犠牲者）に「驚愕」したことでは共通する。ただしこの夜（夕）の事の経緯のディテールに関しては、ちょっとした時間のズレがある。『あさま山荘１９７２』の今引用した箇所の直前の描写は、こうなっている（傍点は引用者）。

この日夕方、坂東君と山本順一さんが、遠山美枝子さん、進藤隆三郎君、行方正時君の三人を連れて榛名ベースに戻って来た。小屋の中には加藤君が座ったまま、小嶋さんは横に寝かされ、尾崎君は立ったまま鴨居に渡したロープでそれぞれ縛られており、非常に張り詰めた空気が張っていた。坂東君は驚き、遠山さんら三人の人達も、初めて見る異様な光景に圧倒されるように驚いていた。

夕方近く、トイレに立った吉野君が、指導部の所に戻って来て、

「尾崎が死んでいる。早岐、向山らが死んだ時と同じ臭いがする」

と言った。

彼の発言が終わるか終わらないうちに、強い饐《す》えた臭いが漂ってきた。

坂東と坂口のこの証言の食い違いに関して、私は、坂東の方に信憑性があると思う。吉野は、トイレに立った偶然にではなく、坂東や森の指示に従って、尾崎の死を確認しにいったのだろう。そして、「夜おそく」か「夕方」かと言えば、ずっと、もう二週間以上も榛名ベースにこもりっぱなしだった坂口弘は、たぶん、時間の感覚が少し狂いはじめていたのだろう。もう一つの可能性を考えれば、坂口が混乱していたのかもしれない。尾崎の死に「驚愕」したことでは坂口と坂東は共通する。しかし、総括の現場にずっと居合わせていた坂口の方が、留守にしていた坂東よりも、継続する時間の流れの中での「混乱」が大きかっただろう（永田洋子の『十六の墓標』に目を通せば、永田洋子の方がさらに、坂口弘より「混乱」の度合いが大きかったことがわかる。その前後の時間の経

緯がかなりデタラメである。しかし私はそれを、簡単にデタラメと批判することは出来ない）。

尾崎が死亡した時、最高幹部の森恒夫は幹部の山田孝とヒソヒソ話をしたのち、「尾崎の死は、共産主義化の闘いの高次な矛盾、総括できなかった敗北死であり、政治的死である。共産主義化しようとしなかったために、精神が敗北し、肉体的な敗北へと繫がっていったのだ。本気で革命戦士になろうとすれば死ぬはずがない。革命戦士の敗北は死を意味している」（『あさま山荘1972』）と語り、その出来事を正当化した。この森恒夫の言葉に対して、永田洋子は、「革命戦争というのは厳しいなあ、しかし、その厳しさに耐え抜いて頑張っていかなければならないのだ」（『十六の墓標』）と思い、坂口弘は、「私は、このペテンに乗っかって責任逃れをした。つまり共犯者に成り下がったのである」（『あさま山荘1972』）と回想し、坂東国男は、もう少し冷静に、「私は、そんなこともあるのかと驚いたのです。死に至るくらい殴っていたことや、精神的要素を異常に強調していたため、精神的ショックから死ぬこともありえると信じこんでいったのです。正しい提起だと考える以前に、そうでもしなければ納得しえないということでした」（『永田洋子さんへの手紙』）と語っている。

ただし、これらの発言は、いずれも、「幹部」だった人びとのものだから、まだ余裕がある。「兵士」たちは尾崎充男の総括死を、そして森恒夫の言葉を、どのように受け止めていたのだろう。例えば、榛名ベースに到着した時、「初めて見る異様な光景に圧倒されるように驚いていた」、「遠山さんら三人」の、特に進藤隆三郎は。

山谷闘争をきっかけに革命運動に加わった進藤隆三郎は、常々森恒夫から、ルンペン的であると強く批判されていた。進藤はまた、女性関係も派手だった。つまりブルジョア的だった。

連合赤軍の榛名ベースに向う前夜、十二月三十日夜、赤軍の新倉ベースで、兵士仲間の植垣康博と風呂に入っている時、進藤は、植垣に向って、こんな言葉を口にした（植垣康博『兵士たちの連合赤軍』）。

私たちは、お互いの体の肉が一カ月半の山岳生活でしまり、体力がついたことに驚き合った。しかし、話は、自然、総括問題になり、その際、進藤氏は、

「俺は、どうしても死ということを考えてしまい、不安を感じるんだ」

この進藤の「不安」は、悲しくも的中してしまう。翌三十一日、植垣は、先発部隊の進藤や遠山を榛名ベースに向けて見送る。進藤は、「死の不安の重圧に敗けまいとするかのように、もっとも大きなリュックを背負い張り切って出発した」。そしてそれが進藤の見おさめになるとは植垣は、「夢にも思わなかった」。進藤たちに一日遅れて新倉ベースを出発した植垣は、一九七二年一月二日、午前十一時頃、榛名湖のバス停に着いた。正午少し前、榛名ベースの前沢虎義が迎えに来た。

　私たちは再会の挨拶をかわし、さっそく彼の案内で榛名ベースに向かった。前沢氏は、道々、付近の地理を説明してくれたが、その際、すでに二名の者が死んで小屋の近くに埋められていること、その一人は進藤氏であることを語った。私は、目まいを感じる程驚いたが、彼がそのことを実にこともなげに語ることにも驚いた。

　植垣が小屋に到着してみると、そこは、「旧革命左派の家族的な雰囲気はなくなり、指導部と被指導部の区別が旧赤軍派の時以上にはっきりし、指導部には近よりがたい威圧感があった」。

　そういう威圧的な雰囲気の中で、兵士たちが次々と「総括死」していった。

一月四日、加藤能敬。

一月七日、遠山美枝子。この日アメリカのサンクレメンテで開かれていた日米首脳会談で、「五月十五日に沖縄返還を実施」など六項目を盛り込んだ共同声明が採択された。

一月九日、行方正時。

一月十八日、寺岡恒一。

一月二十日、山崎順。

　寺岡恒一と山崎順の二人は、総括ではなく死刑宣告を受けた。処刑される時、二人は共に、「革命戦士として死にたかった」と答えた。その直後、一月二十三日から、連合赤軍は革命戦線をさらに、というよりこの期におよんで、尖鋭化するために、群馬県沼田の迦葉山に新たなベース小屋を作ることにした。建設作業の指揮をまかされたのは植垣康博だった。

別にそのように決まっていなかったが、自然にそうなってしまった。吉野氏と坂東氏は、銃や荷物番を交代でやりながら作業に加わった。一週間という期限だったため、私は、皆にかなりきびしくあたったが、それでも皆は一所懸命で、特に女性たちの頑張りは大きかった。しかし、頑張る気持だけでは技術的な問題は解決せず、そのため、作業は思うようにはかどらず、しかも、作業の無理が工具の破損の続出という形で現われていくことになるのである。

わずか二カ月ほどの山岳生活で、兵士植垣は山小屋建設の指揮をまかされた。

同じ頃、やはり山林に暮らしていた一人の兵士が、食料を求めて、彼の住む穴小屋から、川を下っていた。その兵士はあるインタビュー記事でこう語っている。

てっきり初夏だと思い込んでいた私は普段より遅く穴を出て、今日はえび捕りのウケを仕掛けようと川を下って行きました。夏だから日没は遅い、それで遅めに出ても明るいうちに目的地に着くと思っていたのです。

当時ウケを仕掛ける際には川の中を歩いて行くことにしていました。雨が降るとたちまち増水して川ぶちのカヤまで隠す激流となる川ですが、雨が止んで二時間もすると、さっと退いてゆくのです。私が川の中を歩いたのは、足跡の残らないことと、川の両側のふちにある高さ二メートルにおよぶヨシのために発見される危険がないという利点があったからです。また目的地へ向うにはこうするのが一番の近道でもあったのです。

なぜ、「てっきり初夏だと思い込んで」いたのだろう。今引いた一節に先行して、彼は、こう述べていた。

昭和四十七年七月のある夕暮れ――と私の頭の中の暦ではそう思っておりましたが、発見されたあとで、その日は同年一月二十四日だと知らされました。

私は、月日を満月で数え、年数は自分の頭に書いておいたのですが、月暦ですから四年ごとに来る十三カ月を計算にいれておらず、それ故、六カ月の差があったことになります。

ということは、その兵士は、もう二十四年以上もその山林（ジャングル）に暮らし続けていたわけである。

第十二回　二人の「兵士」の二十数年振りの「帰還」

不思議な偶然が起る。二〇〇〇年十一月五日、日曜日の夜、日本テレビの「知ってるつもり!?」で永田洋子の回が放映されたら、その三日後、重信房子が大阪で逮捕された。「知ってるつもり!?」を見て、ああ、あれからもう三十年近くの歳月が経ってしまったのだな、いつの間にか、と感慨深く、連合赤軍事件という「過去」について思いをはせた人びと（特に四十代五十代の人びと）は、重信房子の「現在」の姿をテレビのニュース映像や新聞の写真で目にした時、少し（いや、かなり？）驚いただろう。

私のまわりにも、その驚きを口にする五十代の人が何人かいた。

驚きとは別に、私は、連行される時の重信房子の映像に、ある違和感を抱いた。違和感というよりも、古くささと言った方が正確かもしれない。手錠をかけられ連行される時、集まった報道陣を前に、重信は、両手の親指を上に向け、ガッツポーズのような動作をした。その姿が私の目に、ものすごく古くさいものに映ったのだ。その動作を見た瞬間、私は、重信房子の三十年近くに及ぶ「日本時間の不在」を強く感じた。重信のその動作はとても一九七〇年代的だった。新聞報道によれば、その時重信は、集まった報道陣や通行人たちに向って、「頑張るからね」という言葉を二回繰り返したという。

結ばれて不自由な両手と「頑張るからね」という言葉。私は今、永田洋子の『十六の墓標』（彩流社）の中に登場するあるシーンを思い出している。それは一九七二年一月六日夜、連合赤軍の榛名ベースでの「総括」の一シーンである。

この最中、入口の横に縛られていた遠山さんが、再び、

「お母さん、美枝子は頑張るわ」

「美枝子は今にお母さんを仕合わせにするから待っててね。私も革命戦士になって頑張るわ」

「ああ、手が痛い。誰か手を切って」

「誰か縄をほどいて。……いい、縄をほどかなくていい。美枝子は頑張る」

などと叫ぶようにいった。遠山さんは同志だった私たちの態度に絶望的な気持になりながら、革命運動にかかわった動機を確認することによって頑張ろうとしたのであろう。

同じ明治大学出身の遠山美枝子と重信房子は大の親友だった。一九六九年九月、赤軍派の最初のビラを一緒に配った仲だったし、一九七一年二月、重信がレバノンに発つ時には空港に見送りにもいった。二人共、けっして豊かとはいえない家庭の出身だった。さらに共通していたのは、共に赤軍派の「美人活動家」だったことである。

「国際的な連帯を深めることよりも、むしろ国内闘争を中心に据えて軍を再構成しようとしていた」(パトリシア・スタインホフ『日本赤軍派』河出書房新社)森恒夫は、海外に渡った重信房子とソリが合わなかった。いや、それ以前から森は、重信のことを嫌っていた。重信は女を売りものにしている、と森は考えていた。けれど、赤軍派内での活動キャリアの差、すなわち階級の違いで、森は重信に遠慮があった。そして、その種の遠慮は、往々にして、憎悪へと反転する。それは大幹部の高原浩之夫人であった遠山美枝子に対しても同様だった。

遠山美枝子への「総括」の理由の一つは重信房子との親しさだった。両手を縄でしばられながら、遠山美枝子が、「美枝子は頑張るわ」と口にした三日前、すなわち一九七二年一月三日、森恒夫は遠山美枝子を、このように追及した(坂口弘『続あさま山荘1972』彩流社)。

追及が始まったのは三日午前三時頃で、みんな起きていたが、しばらくするとかなりのメンバーが横になり、森君自身も時折横になった。遠山さんと行方君の二人だけ

は一睡もせずに追及を受けた。突然、森君が起き上がり、

「重信のことをどう思うか？」

と訊いた。森君は、重信房子さん（のちに日本赤軍リーダー）とは相性が悪く、われわれ革命左派の者に対しても、事あるごとに彼女の悪口を言っていた。遠山さんは、重信さんとは明治大学時代からの親しい間柄であったが、彼女を擁護する訳にはいかず、

「重信のように階級闘争で男を手段化してきた。重信が憎い」

などと答えた。


逮捕された重信の映像を見て、彼女と同世代の人びとの多くは、その容貌の変化に驚いた。それはそうだろう、三十年近い歳月が流れているのだから。重信房子といえば、ちょっとふくよかで髪の長い「美人戦士」の肖像写真のイメージが定着してしまっているけれど、あの時点でこの世から消えてしまっていたならともかく、生きている人間の中には確実に、それだけの歳月がきざまれているのだから。その点で興味深いのは、重信の大阪での潜伏生活を記した『週刊朝日』二〇〇〇年十一月二十四日号の「重信房子四半世紀の私生活」という記事中の、「酒はジョニーウォーカーの黒をストレート」というくだりだ。今ではそこらのディスカウント酒屋で二千円ぐらいで買える「ジョニーウォーカーの黒」、いわゆるジョニ黒が、「四半世紀」前にはいかに貴重で高級なもので

あったのか、例えば長谷川町子のマンガ「サザエさん」を読めば明らかだ。磯野波平にとってジョニ黒は、特別の時にしか口にすることの出来ない、まさにハレの酒だった。一九七一年に日本を離れた当時の重信にとっても、その思いは同じだったろう。重信房子は昼間働きながら夜学生をしていた明大時代には、さらに銀座でホステスをしていたともきく。その頃、ジョニ黒は、確か一万円ぐらいした。今の価格にすれば五万円以上だろう。それから三十年近い時が流れ、再び日本に戻ってきた重信は、どのような気持ちでその「ジョニーウォーカーの黒」という大衆酒をストレートで口にしたのだろう。貧富の差の打破を目指して革命闘争をはじめたはずの重信房子は。

革命戦士になれるように「頑張る」と、一九七二年一月六日に遠山美枝子は言った。その一年前に革命戦士となって海外に羽ばたいたはずの重信房子は、しかし、なぜか日本に帰還し、二〇〇〇年十一月八日、「頑張る」と言った。二人の口にした「頑張る」という言葉の意味は、はたして同じものだろうか。いや、決定的に異なっているだろう。重信房子はそのことに気づいているだろうか。これから彼女の取り調べを行う刑事や役人たちは、たぶん、その殆どが彼女よりも年下だろう。そういう彼らに、革命戦士としての彼女の言葉は、どこまで届くのか。

ところで、先に私は「三十年近い歳月」と書いたが、正確に言えば、彼女が「戦士」として出国した一九七一年二月から大阪で逮捕された二〇〇〇年十一月までの歳月は二十九年九カ月である（すでに何年か前から秘かに帰国していたと言われているが）。重信房子は一九四五年九月生まれだから、二十五歳の時に出国し五十五歳で再び一般の人の前に顔をさらした。

改めて声を大にして言おう。それは容貌がかなり変ってしまうだろうと。なにしろ、あの「兵士」よりも久し振りで姿を現わしたのだから。彼女同様、二十代で出国し五十代で帰還したあの「兵士」よりもさらに一年も長く。

『週刊朝日』の一九七二年二月十一日号の巻頭記事に、次のようなリード文が載っている。

二十八年という歳月は長い。大学を出て会社に入って定年まで、といってよいだろう。とにかく日本兵・横井庄一伍長の〝戦後〟は、この人がグアムの現地人に発見された一月二十四日から始った。横井さんをそのまま宇宙飛行士のようにカプセルに入れて、そのデータを正確に記録しておきたい誘惑をおぼえる。その記録は、今の日本人を激しく揺さぶらずにはおかない。

元日本陸軍兵士の横井庄一がグアム島で発見された時、人びとは、とても驚いた。同じ「兵士の帰還」であっても、重信房子の時よりも、もっとずっと驚いた。その衝撃の強さをダイレクトに表現するために、例えば『週刊朝日』のこの記事は、出征した頃の横井青年のりりしいポートレートと五十七歳にしては少しふけて見える「現在」の写真を対比的に並べている。漫画家の東海林さだおは『週刊現代』に連載していた「サラリーマン専科」で、「ウンザリするような長い長い空白」と題して、最初のコマで若き日の横井青年の顔を描き、途中の十六コマは空白にし、最後のコマで現在の横井老人の顔を描いた。東海林さだおが、そのようなベタな社会性を持った漫画を描くことは、きわめて異例だった。それぐらい人びとの衝撃は大きかった。人びとが驚いたのは、しかし、青年が老人へと一瞬に変化してしまったことに対してではなかった。その一瞬の意味する所。すなわち「長い長い空白」の意味する所に対してだった。講談社の『昭和 二万日の全記録』の第15巻『石油危機を超えて 昭和47年―昭和50年』の「旧日本軍兵士横井庄一の帰還」という記事は、今ふれた東海林さだおの「サラリーマン専科」を再掲載し、こういう説明文を載せている。

> 漫画家の東海林さだおは横井の出征と帰還を途中空白にして描いた。戦後二六年を経て、高度経済成長のいわば絶頂期のただなかにあった日本人に、横井の生還はあらためて、「戦争と戦後」をつきつけることになった。

一九七二年二月二日、日本への帰国後、羽田東急ホテルで開かれた記者会見で横井庄一が口にした第一声、「はずかしながら生きながらえ……」という言葉は、高度経済成長絶頂期の中、そのアナクロな響きによって流行語となった。

戦争の記憶は、日本の中から殆ど消えかかっていた。「戦争を知らない子供たち」というフォークソングから、さらに数年が経過していた。帰国してから二年後の一九七四年に出た体験記『明日への道』（文藝春秋）で横井庄一は、「発見」された時のことを、こう回想している。彼は、グアム島に眠る何万もの「友軍の魂」が自分を守ってくれたと考える。

> 私自身正直いって、もう一人で生きるのにも、体力的にも限界を感じていましたが、友軍の魂はきっと総智を集めて、「今こそ出よ」といって、あの日私を世間に押し出したのだと考えます。
>
> なぜなら、昭和四十七年という年は五月の沖縄本土復帰を目前とし、日本にもこれで本当に太平洋戦争は終ることになるのだという時でした。友軍の魂は私をそのときまで生かし、まさに時を見計らって、戦争のことなどすっかり忘れ去ったような日本人の前に、私を出したのです。どう考えても私の考えはそこへ帰っていきます。

本当にそうなのだろうか。そう、というのは、一九七二年当時の日本人は、戦争のことを「すっかり」忘れ去っていたのだろうか。実は、私は、そうは思わない。

横井庄一がグアム島に「出征」した一九四四年から、日本に「帰還」した一九七二年までの二十八年間は日本の中で、きわめて濃厚な時が流れた。戦争、敗戦、戦後復興、そして高度成長。エポックメイキングな出来事も立て続けに起った。占領、独立、朝鮮戦争、六〇年安保、東京オリンピック、大阪万博。つまり、新しい時代相を次々とむかえて行った。しかし、そうではあっても、戦争の記憶は、うすらぐことはなかった。どこか、まだ生々しいものがあった。だからこそ、横井庄一という「兵士」が帰還した時、まさに亡霊のように旧日本軍伍長がよみがえった時、多くの人びとが「ぎょっとした」のである。戦争の経験などまったくない十四歳の私も、その「亡霊」の姿に「ぎょっとした」一人だ。

ところが、もう一人の「兵士」、重信房子の場合はどうだろう。

重信房子がレバノンに「出征」した一九七一年から、大阪で「逮捕」された二〇〇〇年までの二十九年間は、日本の中で、あまり時が動かなかった。というより、あっという間に時が流れた。その前の二十八年に比べて、印象的な出来事も少ない。まさに途中が「空白」だ。なのになぜ、重信房子の存在は、今につながらないのだろう。例えば今十四歳である少年は、逮捕される重信房子の姿を、つまり「亡霊」の姿を目にしても、誰も「ぎょっと」しないだろう。その姿を見て時代の経過に驚いたのは、彼女と同世代の人びとだけだろう。たぶん上の世代の人びとも今さら「ぎょっと」はしなかっただろう。赤軍派や連合赤軍、そして全共闘運動すらも一つの戦争だったと回想する、その世代の人たちがいる（例えば上野千鶴子のような）。だが、今十四歳の少年は、たぶん誰も、そんな戦争があったことを知らない。その戦争の記憶を共有することは出来ない。

けれど、一九七二年に十四歳だった私は、その三十年も前に起きた戦争の記憶を共有していた。私が特別な少年だったわけではない。一九六五年に私は小学校に入学した。つまり戦後、もう二十年も経っていた。しかし私の小学校時代、戦争の記憶は、あちこちに残っていた。同級生には広島や長崎で被爆した親を持つ少年や少女がいたし、街に出れば常に傷痍《しょうい》軍人の姿を目撃した。八月十五日が近づくと、毎年、今では考えられないほど戦争に関する多量の映像がテレビから流された。

そういう「反戦」的な像だけではない。もっと無批判な戦争の像にも、私たちはかこまれていた。特に男の子はその像に夢中になっていた。

『別冊太陽』の『子どもの昭和史　少年マンガの世界Ⅱ』（平凡社　一九九六年）の「戦記マンガブーム発進」の章に、こういう一節がある（執筆は米沢嘉博）。

昭和三十二年秋頃よりヒモトタロウの『戦場シリーズ』（曙出版）の刊行が始まる。それはかつてGHQによって禁止されていた戦記物語であり、第二次大戦の英雄たちを描くという、大戦への反省をないがしろにするような時代的逆行でもあった。教育関係者や知識人から叩かれるのは当然だった。だが、子どもたちは親たちから聞かされる戦争談をよく知っていた。戦前の「少年倶楽部」などで人気を博した戦争物で育った描き手たちがいた。そして、読者は軍艦や戦闘機のメカ的カッコ良さに初めて触れ、地続きの過去にあったヒーローたちの戦いにリアルな面白さを知ったのである。

実にリアルな表紙をカバーに、そこでは第二次大戦のさまざまなエピソードが描かれていく。

そのピークは昭和三十五年、すなわち六〇年安保の年だったという。一九五〇年生まれの夏目房之介は、『マンガと「戦争」』（講談社現代新書　一九九七年）の中で、「小学生の頃の私が、戦記マンガをいったいどんなふうに読んでいたかといえば、SF架空マンガにはない実名戦の魅力と、奇妙な敗戦国少年のプライドによってであった」と自己分析したのち、こう言葉を続けている。

零戦を生んだ日本の技術は、当初米国を圧倒するほど優れていたが、資源にとぼしい日本は物量に負けたのだ、と。もう少し戦史にくわしければ、山本五十六らがとなえた飛行機を中心とする戦略が受け入れられず、古い大艦巨砲主義が敗戦をまねいたのだ、と。

多分、多くの大人たちが「なんで日本は負けたの？」という子どもの素朴な問いに、そう答えていたのではないかと思う。そこでは「戦争」は正義とか理念の問題ではなく、むしろ技術的な問題だった。敗戦という事実をあえて技術的に考えることで、プライドを保とうとしたともいえる。今から考えれば、資源のない日本の技術立国による再生という、戦後の屈折したナショナリズムに裏打ちされたイメージが子どもたちの戦争観にも影響していたのかもしれない。

この「屈折したナショナリズム」という言葉に注目してもらいたい。永田洋子や坂口弘らのいた革命左派のスローガンは「反米愛国」だった。そして、重信房子らのハイカラなインターナショナリズムを嫌い、「国内闘争を中心に据えて軍を再構成しようとしていた」赤軍派の森恒夫について、植垣康博の『兵士たちの連合赤軍』に、こういう記述がある。「森氏や坂東氏は、まさに硬派だった。特に森氏がそうだった。軍人的な武骨さ、禁欲性、権威主義的な官僚性、これらを、森氏は前面に押し出し、軍建設の基軸に据えていた」。さらに植垣は、こうも言う。「赤軍派の建軍思想の根幹」にあった「硬派というきわめて日本的、右翼的な思想」が、「後の共産主義化のなかで、前面に掲げられてくるのである」と。

貸本マンガの戦記物ブームに乗るには幼すぎた一九五八年生まれの私も、続いて、「少年戦記ブーム到来」の章で米沢嘉博がこう書いている少年マンガ雑誌の戦記物ブームには乗ることが出来た。

貸本マンガ界における戦記ブームに遅れること三年余り、少年雑誌にも戦記物が登場してくることになる。新たに登場してきたプラモデルという商品が、さまざまな戦闘機や軍艦といった第二次大戦中のメカニックへの興味をかきたてたこともあった。

また、少年雑誌は戦記物、兵器の二色図解などヴィジュアルな形でメカニックの魅力を展開していった。大戦の記憶は薄れ、戦前、戦中のメカファンの子どもたちが送り手側に回り出していた時代でもあった。そして、こうした細密画によるメカニカルなガジェットは、かつて絵物語が展開し、マンガが描ききれなかった部分でもあったのだ。時代がちょうど一回りしたといってもいいかもしれない。

中でも「少年マガジン」は、全面的に表紙を含めてこうしたブームに乗り、「少年サンデー」もそれを追うことによって、週刊誌を部数的にホップさせることになる。

例えば、辻なおきの「0戦はやと」や貝塚ひろしの「ゼロ戦レッド」、吉田竜夫の「少年忍者部隊月光」といったマンガを小学生時代の私は愛読した。一番人気だったはずの、ちばてつやの「紫電改のタカ」(最近、改めて文庫化された)はなぜかそれほど夢中になれなかったものの……。それから『少年マガジン』の巻頭の口絵頁に載った戦艦大和の断面図だとかその手のものも、かなり熱心に読んだ(いや、見た)。

かと言って私が好戦的な少年に育っていったわけではない。ベトナム戦争はまだ先も見えず続いていたから、本物の戦争に対する子供ならではの恐怖心は強くあった。

少年マンガ雑誌から戦記物が姿を消していったのは、一九七〇年代に入ってからではないだろうか。調べたわけではないから正確なことは言えないのだが、私が小学校から中学校に移る頃、つまり一九七一年頃、『少年サンデー』に確か園田光慶の戦記マンガが連載されていて、それがその手のマンガの最後の一つだった気がする。

マンガ雑誌から戦記マンガが姿を消したものの、しかし、戦争物に関する少年たちの関心は、まだうすれていなかった。

あれは、ちょうど一九七二年の夏のことだったと思う。私は、渋谷で、忘れ難い経験をした。

第十三回　十四歳の少年が大盛堂書店の地下で目にしたもの

渋谷の大盛堂書店に通わなくなって、どれぐらいの月日が経つだろう。

今私の住んでいる三軒茶屋から一番近くにある繁華街は渋谷である。電車で二駅だから、私は、週に二回ぐらいは顔を出す。当然、そのたびに、本屋を覗く。もっとも頻繁に覗くのは駅の改札からそのまま一、二分ぐらいで行ける旭屋書店だ。ブックファーストとパルコブックセンターがそれに続く。東急プラザ内の紀伊國屋書店や東急文化会館内の三省堂書店は、ひと月に一度ぐらいだろうか。

けれど、大盛堂書店には、年に三、四回しか入らない。その先のタワーレコードには時どき顔を出すのだが、帰り道にも覗かない。

二週間前、タワーレコードを覗いた帰り、久し振りで（そう、半年振りぐらいだろうか）、大盛堂書店に入った。

懐しかった。

　大盛堂書店は、いつも、入るたびに懐しい。手すりが色褪せスピードの遅いエスカレーターも懐しいし、二階には本屋でなくどこかの保険会社が入っているのも懐しいし、「本のデパート」というコピーも懐しい。すべてが私の少年時代のままだ（もちろん、当時は、そのエスカレーターも、最新鋭で、ピカピカと輝いて見えた）。だからこそ、また、物悲しい。歳月の残酷な流れを感じる。

「本のデパート」といえば、きのう（二〇〇一年二月十五日）、NHKの夜のドキュメンタリー番組で、奈良そごうの閉店までの六十日間のドキュメンタリーを見た。その中に、奈良そごうと運命を共にしようと決意した（奈良そごうの閉店を機にデパート業界から離れようと密かに心に決めている）三十五歳の一人の課長が登場した。彼が入社したのは日本一の売り場面積を持つと言われた奈良そごうがオープンした年（一九八九年）だった。デパート業界をこころざした動機を聞かれて、彼は、「子供の時デパートに行けば何でもあって、両親にデパートに連れて行ってもらえるのがもの凄い楽しみだったから」と答えていた。

　彼よりも七歳年上である私は、さらに、その気持ちが良くわかる。デパートは当時、特別の空間だった。だから、「本のデパート大盛堂」も特別の書店だった。

　初めて大盛堂書店に足を踏み入れた小学校五年生（一九六九年）のある日、私は、世の中にこんな大きな本屋があるのかと驚いた。今改めて大盛堂書店の店内を眺めまわすと、ワンフロアの広さは大したことがない。子供だったことは差し引いても、どうして当時は、あんなにも大きく見えたのだろう。例えば新宿の紀伊國屋書店を既に知っていたというのに。

私が一番、大盛堂書店に足繁く通ったのは小学六年生から中学二年生にかけてのことだ。西暦に直すと一九七〇年から七二年にかけてである。

少年時代から大のプロレスマニアだった私は、小学六年の頃になると『ゴング』や『プロレス&ボクシング』といった日本のプロレス雑誌だけではあきたらず、『レスリング・レヴュー』や『ワールド・レスリング』など、アチラのプロレス雑誌にも興味を持った。英語が好きだったわけでは全然ない(サンダー杉山を略称で呼ぶと何でS杉山でなくT杉山になってしまうのか疑問に感じていた。その程度のトンマな少年だった)。『別冊ゴング』の小さなコラムで時どき紹介されていたNWAやWWWFの世界ランキングの実物を目にしたかったのだ。それからカラーグラビアも。その頃のプロレス雑誌でレスラーのカラー写真はとても貴重で、どうやら向うの雑誌の方がカラーグラビアが豊富であるらしいことを、私は、やはり『別冊ゴング』のコラムで知った(もっとも、実際に手にしてみると、向うの雑誌のカラーグラビアは豊富なことは豊富であったけれど、紙質のせいか、『ゴング』や『プロ&ボク』のカラー頁と比べて、画像がかなり不鮮明だった)。

外国の雑誌を、今ではちょっと気のきいた大型書店なら、どこでも扱っている。しかし当時は、ましてプロレス雑誌なんかどこにも見当らなかった。

たしか銀座のイエナでもプロレス雑誌は扱っていなかったのではないか。

調べると渋谷の大盛堂書店の洋書部で『レスリング・レヴュー』や『ワールド・レスリング』を定期購読出来ることを知った（こういう「調べ」に関しては、私は、少年時代から、知恵がまわる方だった）。

そして雑誌が到着しましたという連絡のハガキを受け取ると、だいたい毎月一回、私は、当時大盛堂書店の最上階にあった洋書部に、その二誌を受けとりに出かけた。

最初の頃は恥かしかった。何でこんなデブで頭の悪そうな少年が、いくらプロレス雑誌とはいえ、横文字の雑誌を？　といった視線で、カウンターの女性店員から眺められたから（英語が読めるの、偉いわね、などと話しかけられたなら、よけい恥かしかっただろうけれど）。

その内、慣れた。

大盛堂書店にも慣れた。少年時代の私は、けっして読書家ではなかったものの、本屋の棚を眺めることは、今も同様、大好きだった。アメリカのプロレス雑誌を買いに行ったついでに、私は、大盛堂書店のフロアを、上から下まで覗いた。

小学生時代、私の渋谷での「お楽しみ」コースは、東急文化会館上のプラネタリウムに行き、同館三階のエスカレーター横の切手屋（戦争で没落した山の手夫人風のプライドの高そうなオバちゃんがやっていた）をひやかし、宮益坂下を渡って児童会館へ（その中二階にあった森永のランチコーナーでスパゲッティナポリタンを二皿食べるのが楽しみだった）、というのが定番だったのだが、中学生になると、児童会館の代りに大盛堂書店がその定番コースとなった。「本のデパート」の名にふさわしく、大盛堂は何でもありの賑やかさにつつまれた、まさに遊園空間だった。「何でもあり」の空間だったからこそ、ある日、私は、忘れられない経験をした。

一九七二年、中学二年の夏のことである。

私の同級生にミリタリー・マニアがいた。今、中学二年生で、ミリタリー・マニアだとちょっと変ったやつ（アブナイやつ）だと思われるかもしれない。しかしその頃はミリタリー・マニアの中学生は、たくさんいた。たしかに、前回述べたように、一九七〇年頃を境に、少年漫画雑誌の世界から、いわゆる戦記物は姿を消して行く。しかし映画（特に洋画）やプラモデルの世界は別だった。スティーブ・マックィーン主演の映画『大脱走』がゴールデン洋画劇場で二回に分けて放映されたのは私が中学一年の時だ。クラスの男子生徒の殆どが、その映画にはまった（それに関して個人的に面白いエピソードがあるのだが、長くなるので省略する）。プロレス少年から映画少年に移行しつつあった私は、特に戦争物が好きだったわけではないが、『バルジ大作戦』や『特攻大作戦』といった「大作戦」物を名画座まで見に行った（そのかすかな名残りなのか、今でも私は、「作戦」という言葉を、つい使いがちである）。『レッド・バロン』というB級作品も渋谷の地球座で、やはり一九七二年に、見た（B級もB級、実はそれが、B級の帝王ロジャー・コーマンの監督作品であることを後年知った）。第二次世界大戦におけるヨーロッパ戦線を舞台にしたソビエト映画の連作『ヨーロッパの解放』も、その時期、次々と公開されて行った。

映画よりももっとダイレクトに、子供たちの心に響いたのは、プラモデルである。特に田宮模型のプラモデル。スターリンだとかパットンだとかいう人の名前を、少年たちは、まず田宮の戦車のプラモデルを通じて知った。

私はプラモデルに比較的、興味の薄い少年だったから、あまりディープなことは言えない。しかし二、三年前話題となり、最近文庫化されてさらに読者を獲得した『田宮模型の仕事』の人気振りを見れば、当時の子供たちの間での「ミリタリー・プラモデル」ブームが理解してもらえるだろう。その本を購入した読者の大半は、たぶん、三十五歳以上の男性だろう。

私の同級生は、ミリタリー・マニアといっても、ただのプラモデル・マニアではなく、ある種の東京っ子の典型とも言えるコレクター気質を持った、かなりディープなミリタリー・マニアだった。プラモデルだけでは満足出来ない。もっと本物に近い質感を持った物をコレクトしなければ。

ある日教室で、彼と雑談していると、そういう彼のコレクター気質を満たしてくれる店が渋谷の大盛堂の地下にあるという。

何、大盛堂、大盛堂ならオレ良く行くよ、でも地下は覗いたことないな、ちょっと変な感じがして、それにあそこは大盛堂書店と違うよね、という私の発言を受けて、彼は、なら、今度、いっしょに大盛堂に行かないか、と言った。

そして私たちは、夏休みに入ってすぐのある日、大盛堂書店の地下に向った。そのミリタリー・ショップは階段を降りて、たしか、右手の方にあったように記憶している。私も最初、友人に付き合って、ミリタリー・グッズを覗いていた。その内、飽きてしまった私は、店の少し奥の方に足を進めた。すでに先客がいた。一人の中年男だ(中年男といっても、十四歳の私の眼にそう見えただけであって、実はせいぜい三十代だったかもしれない)。

そのコーナーのマガジン・ラックに並べられてある雑誌を見て、私は、ギョッとした。そのものズバリに近い北欧のポルノ雑誌なのだ。前にも書いたように週刊誌小僧だった私は、小学生にして『週刊文春』や『週刊新潮』を愛読していた。だから、それらの雑誌のグラビア頁に載っている、「オリオンプレス提供」だとかクレジットのついた金髪女性のヌード写真は見なれていた。

しかし大盛堂の地下のミリタリー・ショップの片隅で目にしたポルノ雑誌の表紙写真はもっと強烈だった。

その写真は私の脳髄のどこかを刺激し、う、ろ、た、え、た、私の動きに、変な間《ま》が出来た。その時、中年男が私の方を振り向いた。何とも言えない笑みを浮かべながら。

実は中年男は笑っていなかったのかもしれない。それは私の、記憶の捏造かもしれない。だが、そのように記憶を捏造したくなるくらい、十四歳の私にとって、大盛堂の地下でのその瞬間の経験は強いインパクトを与えたのである。

「強烈」といっても、その表紙写真は、今の中学生に見せたら、何だこんな程度か、と笑われてしまうかもしれない。動きのあるものを含めて、今の中学生は、もっと「強烈」な映像に日常的に接している。しかし当時は、いかに性の解放やポルノの解禁が叫ばれていたとしても（いや、叫ばれていたからこそ）、日常的に接することの出来ない、性的な画像や映像は特別のものだったのである。

その種の画像にアクセスするには非日常的な空間に、（比喩的な意味ではなく実際に）足を踏み入れなければならなかった。

十四歳の私がショックを受けたのは、そういう非日常的空間に、私が、知らない内に足を踏み入れてしまったことに対してだった。しかも普段通い慣れている建物でありながら。そこが、そういう空間であることを事前に知っていたなら、私のショックは薄かっただろう（もちろん、そんな空間に、十四歳の少年が、夏のまっ昼間に近づくことはなかったはずだが）。

なぜミリタリー・ショップの店舗の奥にポルノ・ショップがあったのだろう。それが私にはずっと謎だった。アメリカの思想家ノーマン・O・ブラウンの著書によって、エロス（生への衝動）とタナトス（死への衝動）との葛藤という、人間の中の相反する概念の両立を知った二十歳ぐらいの時、私は、少年の日に見た、あの大盛堂書店の地下の光景を思い出していた。それにしても、なぜ、同じ店舗にミリタリー・ショップとポルノ・ショップが。この二つのショップの両立は、今ではごく普通であるが。

その謎が解けたのは最近のことである。

この連載を始めるに当って私は、早稲田大学中央図書館や文春の資料室で、一九七二年前後の週刊誌各誌のバックナンバーをチェックしたと、既に何度か語った。

その際に、ある広告が目についた。海外直輸入のポルノ雑誌の広告である。『週刊文春』にも『週刊新潮』にも『週刊読売』にも載っていた（載っていなかったのは『週刊朝日』と『サンデー毎日』の二誌であるが、このことから、伝統ある両誌が、当時はまだ、その伝統の中で、まさに「お上品な伝統《ジェンティール・トラディション》」を守っていたことがわかる）。広告に付けられていた説明文や宣伝文句を目にして、私は、驚いた。

例えば『週刊文春』一九七二年二月二十八日号の百二十九頁に載っている一頁広告。頁の上段を、『ライン&フォーム特集号』№1「全68頁オールカラー全頁無修正」と『ジェイバードUSA特集号』№1「全68頁オールカラー全頁無修正」の二誌の表紙写真が占めている。その下に、こんなキャプションがついている（傍点は引用者）。

　本誌は、ポルノグラフィではなく芸術写真集です。美しい女性、美しいポーズ、美しい背景、美しい表情、美しいアクセサリー、美しいライン、美しいフォーム、美しい美毛などが写されています。始めて《ママ》の無修正写真ですので全員美毛でおおわれている美しい女性です。1964年（昭和39年）～1967年（昭和42年）頃発売されたものの中から美毛のみ写されているものを選び、編集しました、8年位前のものから順を追って輸入し5年後には、もっと、進んだ写真も輸入したいと計画しています。

そしてその下に、「第1回欧州ポルノ・見学視察団会員募集!!」という案内広告が載っているのだが(その詳細は、『サンデー毎日』一月三十日号で、「前代未聞 ポルノ旅行団の鹿島立ち」という記事になっている)、注目したいのは、さらにその下に載っている小さな活字の、こんなキャプションだ。

例えば戦争などは、皆様の日常生活に大きな害を与えますが、ポルノグラフィの自由販売は、求めたい人が、買えば良いのであり戦争などと比較した場合殆んど害はないと云っても良いと思います。むしろ有意義な人生と豊かな性生活に貢献するものと欧米の人々は云っています。

そのくせ、さらにその下に目を移せば、「ポルノグラフィカタログ¥150 〒50」という文字をかこむように、「第二次大戦カタログオールカラー132頁¥350 〒50」だとか、「三八式歩兵銃4月発売¥33、000」だとか、「UZI短機関銃4月下旬発売¥18、000位」といった文字が並んでいるのだ。それどころか、「高価買入!! 日本海軍航空隊 日本陸軍戦車兵装備品」といった文字まで。

そしてそれらの広告文字にはさまれて、小さく、「居村貿易売店／渋谷・大盛堂書店

／ビル・地下一階」と書いてある三行を、私は見逃さなかった。

あそこは、そ﹅う﹅い﹅う﹅店だったのか。

この広告頁の一番下に「中田商店貿易部」とあるから、どうやら、大盛堂書店の地下にあった「居村貿易」は、台東区上野六丁目にある「中田商店」の系列か子会社らしい。

一九七二年の週刊誌のバックナンバーのチェックを行なっていた私は、さらに興味深い資料を見つけた。

以前、この連載で、一九七二年前後の「ポルノ解禁」ブームについて論を進めていた時、この年の『週刊読売』に「セックス・ドキュメント　はだかの日本列島」という長期連載があったことを紹介した。その第24回（六月十七日号）で、「ポルノの世界に平和を見た〝軍隊屋〟の心痛」と題して「中田商店」の店主中田忠夫が登場している。こんなリード文で記事は始まる。

近く、一つの「ポルノ裁判」が始まることになっている。被告は軍隊用品屋としても聞こえる東京・中田商店のオヤジさんである。軍隊屋さんのわいせつ文書事件……？　ハテ、世の中複雑。聞けばオヤジさん、〝軍国主義〟でなりわいを立てる罪深さに心を痛め、「昔軍隊、今ポルノ」とばかり路線転換をはかった矢先の〝災難〟とか。

軍隊屋ドノは叫ぶ。NOT WAR! NOW PORNO!!

昭和初頭山口県に生まれた中田忠夫が、上京後入学した理科系の専門学校を中退し、中国に渡ったのは十七歳の夏。しかしすぐに日本は戦争に敗れ、中田少年が帰国できたのは昭和二十一（一九四六）年五月。

混乱の祖国に帰った十八歳の中田少年は、〝ヤミ屋〟のまねをしながら、飢えをしのいだ。おもに扱ったのが、進駐軍（なつかしい言葉です）から横流れの洋服、衣類だった。

銀座の露天を皮切りに、やっと三十一年、アメ横に店を出した。

「アメ横に店を出してからの十年間は、死にものぐるいで働いた」と、ご本人が語るが、働きがいがあって業績は順調に上昇した。三十五年、ガン・ブームが起こり――〝ミリタリーの中田〟への跳躍台。中田さんは、ガンに打ち込む。たちまち〝ガン博士〟といわれるほどの知識を持つようになり、全国のガン・ファンの信望を集める。

ガン・ブームが起きたのが昭和三十五（一九六〇）年、すなわち六〇年安保の年だったことは気に止めておいてもらいたい。この年にまた、少年たちの間で戦記マンガ・ブームが起きたことは、前回述べた。

「軍隊屋」となった中田忠夫が、「ポルノ解放軍」に急傾斜していったのは、一枚の写真がきっかけだった。

ベトナム戦争が激化していった一九六八年頃、中田忠夫は、自分の商売に対して忸怩《じくじ》たる思いを抱くようになった。

「ベトナムで傷ついた兵士の血のにおいのする軍服。模型とはいえ、何万人、何十万人の人間を傷つけ、命を奪ったのとそっくりな銃、それらを売ってもうけている自分は何だ。〝戦争の恐ろしさを知ってもらいたい〟という大義名分はあるが、他人はそうとってくれるだろうか……などと考えだしたら、夜も眠れなくなってしまったんです——」

そんなある日、彼は、友人から一枚の写真を見せられた。

若くて健康的な男と女が、仲むつまじくからみ合った外国ものポルノ写真である。

「これだ！　と思いましたね。いかにも人間的なんですよ。これでこそ人間性が取り戻せると思ったんです」

人間性も回復できるし、営業にもなると思った、かどうかわからない。しかし、軍隊とポルノでは、あまりにも掛け離れすぎていて、どうにも手が出ない。ガンの時見せたように、熱心な研究が始まった。

そしてその「熱心な研究」のかいあって、旧日本陸軍の横井庄一伍長がグアム島のジャングルで発見され、男女の些細な感情の違いから連合赤軍が大量リンチ殺人を起した年、一九七二年、「欧州ポルノ・見学」ツアーを組織し、週刊誌各誌に直輸入の「芸術写真集」販売の一頁広告を掲載出来るまでに至った。

同じ年、一九七二年秋、やはり元陸軍兵士だった一人の中年男が、その軍隊生活の記録を中心とした自伝、というか裁判での「陳述書」を公刊した。それは、連合赤軍の大量リンチ殺人事件を相対化出来るだけの迫力を持った自伝だった。

第十四回　奥崎謙三の『ヤマザキ、天皇を撃て！』

去年（一九九九年）のはじめ、この連載の資料集めのため文藝春秋の資料室にこもって一九七二年の『週刊文春』のバックナンバーをチェックしていた時、ある記事に出会った。そして私は、そうか、あの本も、この年、一九七二年に刊行されたのかと感慨深く思った。

その記事というのは同誌の一九七二年十月三十日号の「ワイド特集　書いた人・書かれた本」の巻頭に載っている「皇居パチンコ事件のあの男の／実説『ヤマザキ、天皇を撃て！』」である。

そう、あの本とは、奥崎謙三の『ヤマザキ、天皇を撃て！』（三一書房）である。

奥崎謙三といっても、今や、『ヤマザキ、天皇を撃て！』のオジさんとしてよりも、『ゆきゆきて、神軍』のジイさんとして、その名を認知する人の方が多いだろう。

いわゆる「皇居パチンコ事件」が起きたのは一九六九（昭和四十四）年一月二日の一

般参賀の朝のことである。

『週刊文春』一九七二年十月三十日号の記事のリード文として、その事件を奥崎謙三自身が回想した『ヤマザキ、天皇を撃て！』の一節が引いてあるので、それを孫引きする。

天皇の姿がバルコニーに現われると、群衆の視線と関心は、一斉に天皇に集中しました。私は、オーバーのポケットの中で右手で握っていたパチンコとパチンコ玉を取り出し、群衆の頭越しに、二十数メートル離れた天皇に向けて、パチンコ玉を一回に三個、発射しました。やっぱり思っていたとおり、天皇にパチンコ玉が当たらず、天皇は素知らぬ顔をしていました。(中略) 周囲の人を騒がすために、大声をはりあげて、「おい山崎！　天皇をピストルで撃て！」と四、五回繰返し叫びました。すると、私の前の方にいる群衆は、一斉に私の方をふりかえりました。私は天皇を指さしながら、なおも……

この事件によって「暴行罪」に問われた奥崎謙三は、懲役一年六月の実刑判決を受け、一九七一年に出獄し、天皇をパチンコで狙うまでに至った動機を詳述した自伝的作品を執筆する。それが『ヤマザキ、天皇を撃て！』であり、記述の中心はニューギニア戦線で闘った(いや、正確に書けば、敗走した)、陸軍一兵卒としての戦争体験にある。

『週刊文春』の記者のインタビューに対して、奥崎謙三は、「意外にもの静かな応対」で、こう答える。

「なぜ天皇をパチンコで撃ったかというと、天皇個人に対するささやかな怨念だけじゃないんです。天皇はむかしから利用されていると、私も思っている。ただ、ああいうことをやって、天皇というのはどういう存在か、ホントに関心をもっていただくためだったんです。

パチンコを使ったのは、傷つけるのが目的ではありませんし、手っとりばやい道具だった。それにパチンコ玉は日本人に身近で、ある愚劣さを象徴しているもんでしょう。愚劣なもので天皇をうつというのは理にかなっていると思ったからです。

あのとき、山崎、早津、ピストルで天皇を撃て、と大声でさけんだわけですが、そのわけはひとつには、山崎も早津もニューギニアで死んだ私の戦友で、もし彼らが生きていれば、のうのうといまでも生きている戦争責任者の天皇に対して、撃とうという気持に絶対なるはずだ、と思ったからです」

奥崎謙三は、一九七二年という（今から振り返ると大変動期の）、その時代の動きにも敏感で、「テルアビブ事件のときは、岡本の助命嘆願にイスラエルまでデモにいく計画をたてたり、連合赤軍事件に関しては、『〝連合赤軍〟の皆様へ捧ぐ』と題するパンフレットをくばってみたり」し、グアム島で横井庄一が発見された時は、「まだ生き残りの日本兵がいるはずだ」といって、ビラをまく計画をたてた（ただしアメリカ政府からビザがおりなかったので、彼は、代りに妻シズミに行かせた。シズミは言う、「自信ないので断ったらえらくはたかれまして、仕方なくいってきました」と）。『週刊文春』の記事は、こういう少し思わせぶりな（しかしその「思わせぶり」には確かに、時代のリアリティーが感じられるのだが）、一節で結ばれる。

「あんなヘンなことするほかは商売上手で熱心な人」という近所の人の評判がいいのもなにやら不思議な感じ。この人をジッとみてると、二十数年前、ニューギニアの山中で敵に撃たれてなくした小指と同じような傷アトが、心の中にものぞけるような……。

先にも述べたように、この記事を文春の資料室で見つけた時、私は、そうか『ヤマザキ、天皇を撃て！』も一九七二年に刊行されていたのかと感慨深く思った。そして私は、この本を再読してみたくなった。

私が初めて『ヤマザキ、天皇を撃て！』を読んだのは一九七四年のことだった。その年高校に入学した私は、ひょんなことから図書委員にさせられ、毎週、二日だか三日だか、当番として、下校時刻まで図書館に居残っていたのだ。それまでまともな本を殆ど読んでこなかった私が、読書に目ざめたのは、この体験が大きい。貸し出しの仕事はかなり暇だったから、時間つぶしのため、私は、図書館の本を適当に雑読していた。最初は志賀直哉や武者小路実篤や有島武郎といった文学書（私は、恥かしくもその頃は、白樺小僧だったのだ）中心に読書していたのだが、その内、ジャンルを選ばない雑読家になっていった。

そんなある日、一冊の不気味な本が目に止まった。それが奥崎謙三の『ヤマザキ、天皇を撃て！』だった。

そのタイトルは、私の心の中のどこかを刺激するものがあった。私は、怖い物見たさでその本を借りた。自分で貸し出し手続きを取ったから、誰にも見つからなかったけれど、十六歳の私は、そういう本を借り出したことに、ちょっとドキドキした。

その、怖い物見たさは、こじつけて言えば、十四歳の時に連合赤軍事件を特集した週刊誌の増刊号を購入した時の怖い物見たさに重なっていたかもしれない。

そうして私は『ヤマザキ、天皇を撃て！』を通読したはずなのに、その内容を、殆ど憶えていない。

もっとも、奥崎謙三という名前は強烈に印象づけられた。だから私は、彼が映画『ゆきゆきて、神軍』で大ブレイクするずっと前からの奥崎謙三ウォッチャーで、彼が一九七七年に参議院議員選に出馬して以来、そのテレビの政見放送をすべてウォッチしている（ビデオに録画したものまである）。

そして今回、『ヤマザキ、天皇を撃て！』を再読した私は、その独特の迫力に引き込まれた。奥崎謙三という人物のとても強い個性に、改めて圧倒された。同じく一九七二年に話題になった連合赤軍の人びとや横井庄一らと対比してとらえようとしているだけ、よけいに、奥崎謙三の強い個性がきわ立つ。

　連合赤軍の人びとと横井庄一は、一見、メンタリティーのベクトルが逆向きのようだが、実は共通している。軍隊の一兵卒という点で。つまり、権力ピラミッドの一構成員にすぎないという点で。

　ところが奥崎謙三は。

『ヤマザキ、天皇を撃て！』で彼は、陸軍に入隊して早々に起きたある出来事のことを、こう回想している。

　ある日、炊事場に食罐を返納に行ったさい、同年兵が炊事当番の日だったので、「もっとよい食罐にメシを入れてくれ」といったところ、同年兵の二人は不在で、松原軍曹がいたため咎められ、顔面を数十回殴られました。私は立っておられなかったので、土間に尻餅をついてしまいましたが、松原軍曹はなおも殴るのをやめないので、私は殴られながら、「何故このように殴られなければならないのか？」と疑問を持ち、進級できなくても殴られない方がよいと思い、殴られている途中に立ち上がり、だまって炊事場を出ていきました。そして、もうこれから先は誰にも絶対に殴らせないと固く決心しました。

その「決心」を彼は守った。いや、「決心」は、さらに過激なものになっていった。大陸に渡る船の中で、「四十名ほどの兵隊を指揮引率していた軍曹が、私たち兵隊が背嚢を枕にして寝ている頭の上を、便所に通うために土足でまたいで通」った。兵士たちは不快に思いながら我慢していた。しかし、「冷えるために小便が近くなるのか、その軍曹は短時間に便所へ二回通い」、往復で都合四回、奥崎謙三たちの頭上を、土足でまたいで通った。

私は当時一等兵でしたから、文句をいっても殴られるだけと思い、もし五回目に軍曹が私の頭上を土足でまたいだならば何もいわず殴る決心をしました。そして軍曹が私の頭上を土足で五回またがないことを切望しました。しかし、軍曹は、私の決心に気づかず、私の頭上をまたいで、三度目の便所に行こうとしました。私は仕方なく起き上がって、その軍曹をいきなり殴りつけました。私に殴られるとは夢にも思わなかったその軍曹は、多少酒をのんでいたためか、呆っ気なくその場所に尻餅をつきましたので、私はその首すじを片手で押えつけて片手で殴りつづけました。

しかし不思議なことに彼は、何のとがめも受けなかった。それからしばらく経って東ニューギニアのハンサで、ある晩、彼が仲間たちと「正月用の食糧を飲み食い」していると、当のその軍曹が、「赤い顔をして入って」きた。

私は、軍曹が酒の力を借りて私に仕返しにきたと思って緊張していますと、軍曹は私の横に坐り、みんなの前で、輸送船の中で私に殴られたことを話し、自分は社会で剣道教師をしていたことがあると打ち明け、自分の方が悪かったから私に仕返しをしなかったと話しました。橋本軍曹は私に向って「今後もその方針で生きていけ、お前は将来かならず大きなことをするだろう」といって、こころよく私の過去の暴力行為を許してくれましたので、私も「軍隊では理由のいかんを問わず上官を殴ることは許されないのですから、過去のことはどうか許して下さい」といって、心から詫びました。その夜、私はハンサ憲兵隊前の椰子林の中に集積してある栄養食を、同年兵たち三人で盗んできて橋本軍曹に贈り、敬意を表しました。

橋本軍曹が「剣道教師をしていた」というくだりを目にした私は、高校時代に剣道部の主将だったという連合赤軍のリーダー森恒夫の「硬派」な人物像を思い出す。連合赤軍をまとめた森の建軍思想の根幹に「きわめて日本的、右翼的な思想があった」ことは『兵士たちの連合赤軍』の植垣康博をはじめとして多くの連合赤軍の兵士たちが証言しているが、そういう「日本的、右翼的な思想」を脱構築してしまう奥崎謙三のような不思議なパワーとエネルギーを持った人物が、もし連合赤軍にいたなら、事態は、どう変っていただろう。
天皇に対する心の持ち方も、奥崎謙三は、当時の多くの日本の青年たちと、それを異にしていた。

私は小学校の五年生ごろに、先生から「王は十善、神は八善」といって、神よりも天皇の方が偉いのだと教えられました。講堂で祭日の式が行なわれる時に、校長先生がうやうやしく教育勅語が入っている長方形の箱を目よりも高く差し上げてテーブルの上にそっと置き、その中から一巻の巻物をとりだして前に捧げ、もったいぶってそれを拡げ、勅語の奉読をはじめると、先生も生徒も一斉に頭を下げ、そのままの姿勢で勅語奉読の終りまで静粛を厳守するのがそのころのならわしでしたが、私だけはすこし頭を上げ、上眼づかいに天皇の御真影の方を盗み見ました。そこには三十歳そこそこの男女の写真がならんでおり、一見したところ服装以外は普通の人間と変わりなく思えました。私は式の日にはいつも鼻がつまって息苦しくなり、式が終るまで苦しみにたえかねていましたので、写真の人物に対して自然に尊敬の念が持てませんでした。

出征する前に、私は天皇の写真がのっている新聞紙を便所の中に持ちこみ、尻を拭くことで、先生が神よりも偉いといったことに対するささやかな反抗をしました。

奥崎謙三のこういう天皇観を、やはり陸軍兵士だった横井庄一の天皇観と、対比してみたい。『週刊読売』一九七二年二月十九日号に、横井庄一の、「恥ずかしながら横井庄一、ただいま帰ってまいりました」という帰国第一声に続く記者会見で語られた、次のような言葉が再録されている。

「ここにまいりましての一番の印象は、天皇陛下さまに、おそれおおくも天皇陛下さまにかかわる雑誌、映画を見せられました。胸中を察して、ただただ、もったいないことと思っております。天皇陛下さまに十分奉公ができなかったことを恥ずかしいと思っております」

奥崎謙三と横井庄一を対比する視点は一九七二年当時からあった。『週刊朝日』一九七二年十一月三日号の書評欄（「週刊図書館」）に『ヤマザキ、天皇を撃て！』の書評が載っている（ちなみに、たぶん偶然だとは思うが、その号の特集は「緊急特報　ルバング生残り兵の28年」であり、表紙には大きく、「山下閣下の命令を待ちつづけた「残置諜者小野田少尉」という文字が印刷されている）。〈呑〉というペンネームを持つ書評者は、この本のことを、こう評価する。

事件のあと独房で書かれたこの陳述書によって、私たちは、天皇の名によって青春を戦争にうばわれた一人の庶民が、数え切れぬほどの戦友の恨みを、このような一見奇矯な行為によってはらさなければならなかったいきさつを、初めて知るのである。それはグアム島生残りの忠臣横井上等兵の言行と鮮烈な対照をなしている。

横井庄一と奥崎謙三はきわめて対照的な人物であると思う私も、しかし、この書評は、どこか、違和感をおぼえる。特に「忠臣」という言葉の使用法において。「忠臣」という言葉を使うことによって、書評者は、横井庄一の前近代性を揶揄しようとしている。だが横井庄一が前近代人だとしたら、奥崎謙三はもっと古い、つまり前前近代人であり、奥崎謙三の思想の持つ凄みはそこに由来する。こういう揶揄的な言葉を使うことで、この書評者は、横井庄一と自分との間に差異を見出し、自分を近代人の側に置こうとする。しかし本当に、一九七二年の知識人たるこの人物は、近代的な意識の持ち主なのだろうか。

この書評に対する私の違和は、結びの、こういう一節を目にした時、さらに増大する。

著者は「不敬罪」の復活を思わせる裁判で一年半の懲役となるが「戦争の最高責任者である裕仁にその責任を問うことなく、敗戦前と同様に、尊敬、優遇しつづけてきた多数の日本人」を責めるその声は、戦争責任を自ら明らかにすることのなかった戦後日本の虚構を激しく撃つのである。

例えば、連合赤軍に参加することになる進歩的な若者たちがこの『ヤマザキ、天皇を撃て！』に目を通したなら、同じような感想を抱いたことだろう。日本の、つまりは天皇の、戦争責任をただ激しく追及しただけの書として受け止めていたことだろう。だが奥崎謙三はもっと本質的にラディカルである。

『ヤマザキ、天皇を撃て！』の中で奥崎謙三は、

> 天皇や天皇的なものが多く存在する、ピラミッド型の構造の現在の社会では、歪んだ土台の上に真っ直ぐな柱が建てられないように、唯の一人も人間らしく生きることはできません。

と語っている。しかし、森恒夫や永田洋子を中心とした連合赤軍の若者たちは、その「ピラミッド型の構造」の中で、多くの同士たちを総括していった。

グアム島で横井庄一が発見された時、一九七二年一月二十四日、連合赤軍の榛名ベースでは、すでに八人の若者が総括死していた。

そして総括は新たに作られた迦葉山ベースに移っても、なおも続いていた。

一月三十日、山本順一と大槻節子が死んだ。

二月四日、金子みちよが死んだ。連合赤軍の幹部吉野雅邦の事実上の妻だった金子は

吉野の子をその体内に宿していた。

その翌日、吉野と植垣康博らが中心となって、迦葉山ベースから、榛名ベース解体作業に向った。

作業が本格化するのは、さらにその翌日、二月六日のことだ。様ざまな思い出のあるその小屋を、彼らは、燃やすことにした。「夜、燃やし続けていた柱の火でまわりがボーッと赤くなっていたので、他から目につくのではないかと心配したが、そのまま燃やし続けた。しかし、やはり、この火の明かりは他から目につき、それがこのベース発見の糸口になってしまうのである」(『兵士たちの連合赤軍』)

同じ日、一九七二年二月六日、さらに寒冷の地で、もう一つ別の「火」がともされていた。

アジア初の冬季五輪大会となる札幌オリンピックは、一九六四年の東京オリンピック、一九七〇年の大阪万博に続く、高度経済成長期の最後を飾る日本の国際イベントだった。

そのオリンピックまで、人は、特に日本人は、その祝祭性を無邪気に楽しんだ。国際的に見れば、札幌オリンピックは、アマチュアリズムの変質と開催地の環境破壊が初めて問題化されたオリンピックだった。そしてこの年の八月二十六日から西ドイツのミュンヘンで開催された夏季オリンピックは、途中で、選手村をパレスチナ・ゲリラが襲撃し、「血の五輪」と呼ばれた。オリンピックがもはや「平和の祭典」でないことを誰もが知るようになった。

だが、多くの日本人たちは、札幌オリンピックを、単純に謳歌した。

そしてそのクライマックスは、早くも、開催三日後の一九七二年二月六日にやって来た。しかもその日は日曜日だった。

第十五回　札幌オリンピックとニクソンの中国訪問

一九七二年二月六日、札幌で開かれていた第十一回冬季オリンピックは、大会四日目に入り、宮の森ジャンプ競技場で、七十メートル級純ジャンプが行なわれようとしていた。

その日は、日曜日だった。二本目のジャンプが始まったのは午前十一時四十五分である。普段だったら静かな二月の日曜日の昼時、多くの日本人たちがテレビの画面を見つめ、密かな興奮が高まりつつあった。その密かな興奮は、やがて、熱狂的なものへと変って行く。

日本のエース笠谷幸生の二本目のジャンプの順番は四十五番目だった。ここまでの段階で一位と二位につけているのは、金野昭次と青地清二の共に日本人選手だ。

私は今でも、その時の、ＮＨＫテレビの北出清五郎アナウンサーの実況の様子を忘れない。

「さあ、いよいよ、金メダルへのジャンプです……」

その、興奮で少しうわずった声の調子は、まるで、きのうのことのように私の耳にこびりついている。

笠谷が踏み切る。見事なジャンプ。

それから先の実況の様子は、『サンデー毎日』一九七二年二月二十七日号の「笠谷『金』メダルで男をさげたNHK」という記事から引いてくることにしよう。

「飛んだ。決まった。金メダル」

ハイトーンの北出アナの絶叫が、日本全国の茶の間に向かって飛び放たれた。さらに興奮は続く。笠谷のあとから、次々と飛出す外国選手に向かって、

「この選手は問題じゃありません」

「この選手もたいしたことはありません」

笠谷以下日本選手にすっかり感情移入をしきったコメントだ。

表彰台に三本の日の丸が並ぶ感動的な光景をテレビで見たあと、中学一年生だった私は、すぐに家を飛び出し、我が家から歩いて五、六分の所にある同級生のA君の家に遊びに行った。何をしに行ったのかは憶えていない。野球部の仲間でもあったA君と、たぶん、キャッチボールでもする約束をしていたのだろう。

ブザーを押すと、A君のオヤジさんが出て来た。かなりきこしめしていて、目も赤い。A君のオヤジさんが酒好きだということは知ってはいたものの、昼間から泥酔しているなんて。

A君のオヤジさんは言った。おお、ツボウチ君か、テレビ見ていただろ、凄かったな日の九三本、感動的だったよな。

すぐにA君が顔を出し、外に出ると、A君は、私に、ウチのとうさんたいへんだったんだよ、今、テレビ見ながら泣き出して、笠谷よくやった、笠谷よくやった、偉いぞ、と言いながら酒をグビグビやって、と言った。私はちょっと意外な感じがした。A君のオヤジさんが酒好きであることは知っていたけれど、私は、A君のオヤジさんのことを、どちらかといえば進歩派寄りの人だと思っていたから。もちろん、当時の私は、進歩派などという言葉や概念を知りはしなかった。しかし私は、少年なりに、イデオロギー的なものに、けっこう敏感だった。

一九二〇（大正九）年生まれの私の父は体制側の人間だった。私には、ちょうど私よりひとまわり年上の、つまり一九四六（昭和二十一）年の戌年生まれの従兄弟がいる。父の妹の一人息子である彼は、幼くして実父と生き別れていたから、彼にとって私の父は、実の父親代りだった。父も、その、番町小学校、麴町中学校、日比谷高校、東京大学へと進んで行った甥を、まるで長男のように可愛がっていた。彼はよく我が家に遊びに来ていた。私の家庭教師をかって出たこともある（もっともその話は、授業第一日目にして、私が、トイレに行くと言って席をはずし、そのまま戻ってこなかったために、立ち消えになった）。

あれは確か一九六七年か八年のことだと思う。私が、おやっと思った瞬間があった。私の認識では彼は、ノンポリで柔順な人間であったのだが、その柔順でノンポリであるはずの彼が、ある晩、我が家に遊びに来た時、たまたま早く帰宅していた父と茶飲み話をはじめ（父も彼も、酒はほとんどたしなまない）、当時の時代情況について語り合って行く内に、彼の語調が激しくなっていったのだ。

それは、資本家の論理だ、と彼は、私の父に向って言った（幼かった私は、「資本家の論理」という言葉の意味する所はまったくわからなかったけれど、その言葉の持つ浮いた感じは一発で体感し、以来、そのフレーズを憶えてしまった）。

その時期の従兄弟のゆるやかな変貌振り（連合赤軍の若者たちと同世代だった彼は、大学を卒業する頃――彼は一浪で、入学後は、東大紛争による入試中止と病気休学で二年遅れで卒業したから、連赤事件の頃、新社会人になっていたわけだ――には、またもとの彼に戻っていた）が、私にとって、身近な、「進歩派」の原イメージである。

もちろん、A君のオヤジさんと私の従兄弟では、世代が異なる。しかし、一九五五（昭和三十）年前後に早大政経学部に在籍していたA君のオヤジさんは、進歩派寄りの人という感じがあった。それを私は、例えば、A君と共に連れていってもらった野球見物の時に交わした会話から、具体的内容はもう思い出せないのだが、察した。

そのA君のオヤジさんが、日本ジャンプ隊の日の丸独占に涙を流すなんて。

私は皮肉を言っているのではない。

十三歳だった当時の私は、単純に、そのつながり具合が、よく理解出来なかったのだ。

そして、今の私には、そのつながり具合が理解出来る。

だから、逆に、そういうメンタリティーのことを、斜にかまえて見下す疑似モダニズムの視線には、ひと言、注文をつけたくなってしまう。例えば、先に引いた『サンデー毎日』一九七二年二月二十七日号の「笠谷『金』メダルで男をさげたＮＨＫ」という記事に対して。

その記事のリード文は、まず、こうある。


建国記念日、日の丸あがらず。その五日前、三本あがる――もちろん、ジャンプの話。

その三本の日の丸をみて、テレビ中継のアナウンサーが、興奮で取乱した。ひょっとして、あれはＮＨＫの旗？　そういえば番組終了のとき、「君が代」とともにあの旗がはためくではありませんか。


「建国記念日、日の丸あがらず」というのは、七十メートル級に続いて金メダルが期待された一九七二年二月十一日の九十メートル級純ジャンプで、笠谷幸生が、七位に終わってしまったことを指す。九十二メートル以上飛べば逆転優勝の位置につけていた笠谷の二本目は、八十五メートルの失敗ジャンプだった。

その日の大倉山ジャンプ競技場の様子を、『サンデー毎日』の記者は、客観を装いつつ、こう描写する。

午前十時、トライアル・ジャンプが始まる時、すでに観衆は三万九千——まるで真っ白な砂糖に群がるアリの大群だ。白い雪の山はそこだけ真っ黒にふくれあがっていた。

この日はちょうど建国記念日。つまり昔の〝紀元節〟だ。本来なら家々の門に立てられるはずの日の丸がそのアリの大群の中で四本、五本とうち振られる。日本選手の名が呼ばれるたびに、その日の丸は大きく左右に揺れた。その日の丸がひときわ大きく振られると、日の丸をかたどった白地に赤の手袋をした笠谷がスタートした。

その笠谷のジャンプが失敗に終わると、「アリの大群」の間で、「アーァ」という声にならないため息がもれ、次の瞬間、あと四人の選手のジャンプが残っているのに、「アリ」たちは帰り路を急ぎはじめ、十分もする内に観衆は三分の二に減っていたという。

続いて記者は、表彰式の様子を描写するのだが、この記事中に登場する、こんな、「ナショナリズムむき出し」の小学生など、はたして、実在したのだろうか。記者にとって、とても都合の良い言葉をはいてくれる、こういう小学生が。

やがて表彰式が始まった。メーンポールには白地に赤い丸の日の丸にかわって、上が白、下が赤のポーランド国旗があがった。日の丸と同じ配色のその国旗を見上げながら、そばにいた小学生がいまいましそうにいった。

「あんな国旗なんて見たくないや。笠谷が負けるなんて、チキショウメ……」

「オリンピックは政治、宗教、民族を超越した人間の理想、美しいもの」

と、教えられているはずの小学生の口から、こんなナショナリズムむき出しのば声を吐かせるとは……。何というこの〝日の丸主義〟。

私だって当時、オリンピックにおける日本人選手の活躍好きでは人後に落ちないナショナリスティックな十三歳だったけれど、この場所に私がいたとしても、たぶん私は、こんなセリフをはかなかったと思う。だいいち、「あんな国旗なんて……」という発想は、当時の私に全然うまれ得ぬものだ（私だけでなく、私と同世代の少年少女たちの大半にも、こういう発想はなかっただろう。国旗を比較して批判することなんて）。何だかこれは、大人の発想の気がする。

そうして記事は、「だが十一日の90メートル級純ジャンプより、五日前に行なわれた70メートル級純ジャンプのＮＨＫテレビの実況放送を思い出してほしい」というくだりに続いて、最初に引用した、七十メートル級純ジャンプでのNHKの北出清五郎アナウンサーの、「興奮で取乱した」実況ぶりが紹介されていくのだが、この記事の主眼は、そのタイトルにもあるように、NHKのナショナリスティックなオリンピック報道に対する批判にある。

東京のある団地に住む主婦の、こんなコメントも引かれている。

「どうしてNHKのアナウンサーは、勝つことだけに焦点をしぼってしまうんでしょうか。放送をしているうちに、戦争中のメンタリティーにもどってしまうのかもしれませんね。反射的に国家主義が出てきてしまうみたい。なかにはコーチ以上にきびしく負けた選手を批判するアナウンサーもいましたよ。いっそ、ものを言わないでいてくれたほうが、よっぽどいい。

そこで、ひとつ提案があるの。反射的に国家主義が飛出してくる世代の、そう、四十歳以上のアナウンサーの方々は、お気の毒だけどみんな引退していただいて、戦後世代の方々だけで中継するようにしていただけないものでしょうか」

「戦後世代の方々」だったなら、オリンピックをもっとクールに実況してくれるのだろうか。私にはむしろ、例えば去年（二〇〇〇年）のシドニーオリンピックでの日本人アナの実況の方が、一九七二年の札幌やミュンヘンのそれよりも、ずっとヒートしているように思えるのだが。もちろん、だからと言って私は、それを、単純に、ナショナリズムへの回帰と結びつけようとは思わない。逆に、ナショナリズム的なものが形骸化しつつあるから、（実のともなわない）熱狂を装わざるを得ないのではないか。そして本音を言えば、そういう、芯のない熱狂が、私は、ちょっと恐い。

札幌オリンピックの実況におけるNHKのアナウンサーの過熱ぶりを、当時の時代相と結びつけて論じている人もいる。

「放送批評懇談会の高瀬広居理事長は、横井庄一さんがグアム島から出てきたムードが潜在的に札幌オリンピックの実況中継にもはね返っているのではないか、という」、と書いて『サンデー毎日』記者は、その高瀬氏のコメントを紹介している。

「日本人の感情の中で、横井さんがいつ天皇に会うのか、という好奇心と期待があり、それが札幌オリンピックにつながっていった。全体に国益主義的な考え方が前面に出ていた実況中継でしたね。この前の東京オリンピックのような壮大なスケールが感じられない。……」

読めば読むほど意味不明な発言だ。当時の時代の雰囲気の中では、この文脈をすっきりとたどることが出来たのだろうか。東京オリンピックと比較した上で、「壮大なスケールが感じられない」と述べ、そのスケールの欠如を国益主義と結びつけている点など、かなり強引な感じである。そして強引といえば、コメントの後半の、この部分も、また。

「……。時あたかも四次防問題で国会がもたついている。〝前畑ガンバレ〟の応援放送のあった昭和十一年ごろをなぜか思い出します。いま日米パートナーシップがくずれつつあるように、あのとき、日英同盟が崩壊し、そして日中戦争、国民精神総動員体制へ、と進んだ。

札幌オリンピックの映像に、ぼくは現在進行中の日本のプロフィルが、はっきりと出ていたと思うのですよ」

「なぜか」の部分に傍点を振ったのは私であるが、「なぜか」というフレーズの、この種の使用法は、自分の論旨を牽強付会する際の常套である。

ただし、「日米パートナーシップがくずれつつある」というくだりは、本人がどこまで正確にその意味を把握していたのかは別として、事実だった。

札幌オリンピックの前年、一九七一年三月二十八日、名古屋で第三十一回世界卓球選手権が開幕した。その期間中、赤い貴族と呼ばれた西園寺公一の仲介によりアメリカ選手団と中国選手団の交流が実現し、中国首脳からのニクソン米大統領の訪中を促す旨がアメリカ側に密かに伝えられた。いわゆる「ピンポン外交」である。そしてアメリカのキッシンジャー国務長官の裏面からの活躍によって、同年七月十五日、ニクソンは、テレビで、一九七二年五月までに中国を訪れるだろうと宣言した。「ピンポン外交」に続く、いわゆる「ニクソン・ショック」である。

緒方貞子の『戦後日中・米中関係』（東京大学出版会　一九九二年）に、こうある。

一九七一年七月一五日、ニクソン大統領の訪中発表は世界的な反響を呼び、特に日本に与えた影響は大きかった。佐藤内閣と自民党主流派は、致命的な衝撃を受けた。彼らは親米政策を忠実に擁護し、日中国交回復を唱える国内の政治的要求を抑えてきたが、今や米国の一方的行動に取り残されることになった。対中国交正常化の問題は、対米関係と深く関連した政治問題であった。ニクソンによる衝撃的な訪中発表は佐藤内閣を極めて困難な立場に追いやり、早急な国交正常化を求める圧力を活気づけた。訪中発表の知らせが佐藤栄作首相の耳に入ったのは米国国民に対する発表のわずか数分前であり、佐藤首相を茫然とさせた。自民党の他の議員、特に保利茂幹事長の動揺も大きかった。外務省のアジア問題担当者も虚を突かれた。一九七〇年一〇月の首脳会談で、佐藤首相はニクソン大統領から、日米は中国問題で緊密な協議を続けるとの確約を得ていた。

自由主義圏のリーダーであるアメリカと、ソビエトと並ぶ共産主義圏の一方の雄である中華人民共和国との急接近は多くの人びとを驚かせた。しかもニクソンは反共の闘士として知られていたのだから、国際政治を大きく再編成するきっかけとなった。国際世界が、もはや、自由主義圏と共産主義圏との二分割だけでは把握出来ないことを、人びとは知った。

話は脇道にそれるが。

ニクソンの中国訪問に向けてキッシンジャーが裏工作を続けている頃、プロレスラーのアントニオ猪木は、「日本プロレス」の乗っ取りをはかったという疑惑で、同プロレス団体から追放処分を受ける。猪木は一九七二年一月二十六日、京王プラザホテルで記者会見を行ない、新団体「新日本プロレス」の設立を発表する。そして猪木の「新日本プロレス」は、こののち、それまではタブーとされていた日本人同士の対決を売り物とし、善玉（ベビーフェイス）の日本人対、悪玉（ヒール）の外国人という、プロレスの世界の二項対立はくずれて行くことになる。

話を戻す。

一九七二年五月までにはと宣言したものの、ニクソンは、訪中の具体的な日取りを明言することは避けていた。

ニクソンが、大統領特別機「76年の精神」号（ニクソンは、あのウォーターゲート事件さえなければ、アメリカ建国二百年に当たる一九七六年まで大統領で居続けるつもりでいた）に乗って北京に到着したのは、札幌オリンピック閉会八日後の一九七二年二月二十一日のことである。そして同月二十八日まで中国に滞在するのだが、のちに彼はその日々を、自伝（『ニクソン回顧録』）の中で、「世界を変えた一週間」と自画自賛することになる。実際、『週刊朝日』一九七二年三月十日号に、「ドキュメント・世界をゆるがせたこの八日間」という記事が載っている。

そのドキュメントの二月二十二日の項に、こういう興味深いエピソードが紹介されている。その日、大統領夫人のパトリシアが北京動物園を訪問したのだが。

夫人は、珍獣パンダを興味深く見物したあと、アメリカから贈ったジャコウウシの返礼として、周首相からパンダが贈られる、と記者団に打明けた。

昨年訪中した美濃部東京都知事を通じて「パンダをぜひ日本に」と働きかけていた上野動物園では、〝パンダも頭越し〟のニュースにやはり複雑な表情である。

浅野三義園長は、

「中国でもめったに捕獲できない珍獣だけに、北京にももう余裕がないのでは――。とても残念」

と、日中の〝壁〟の厚さを嘆いていた。

ニクソンの中国訪問が世界の人びとに大きな衝撃を与えたのは、テレビのブラウン管を通じて、その具体的な映像が人びとの眼にダイレクトに伝わってきたからである。同じく『週刊朝日』三月十日号の、「緊急討論」、「両首脳が本当に狙ったものは何か」で、政治学者の永井陽之助は、「最大の成功は、情報空間の米中共有ですね。米中会議ではテレビを一〇〇%使った」と述べたあと、続けて、「……こんどはアメリカの情報空間に中国がはいる、ということですからね。そして、毛沢東の書斎にカメラがはいって、それがテレビにのり、アメリカ人をはじめ世界の人が見るなんて、画期的なことです」と語っている。

同じ時、ニクソン訪中のテレビ映像を、政府自民党の首脳部の人びと以上に、強い衝撃を受け、くいいるように見つめていた一人の革命家の若者がいた。

第十六回　テレビの画面が映し出していったもの

キッシンジャー国務長官の「忍者外交」によって、一九七二年二月、ニクソン大統領の中国訪問が実現し、しかもその模様はテレビで生中継され、多くの人びとを驚かせた。一九六〇年代末から七〇年代初めにかけて一世を風靡したカナダのメディア社会学者マーシャル・マクルーハンの言う、いわゆる「地球村《グローバル・ヴィレッジ》」の成立である。

特に大きなショックを受けたのは、文字通り頭越しに米中の握手を目の当りにすることとなった日本の人びとだった。

そのショックを、当時の日本のメディアは、どのように論じ分析したのだろう。単なる報道の様子だったら、週刊誌のバックナンバーを覗けば良いだろう。

しかし、ここで私が知りたいのは、論や分析である。それならば、論壇誌にあたらなければならない。

そして私は、いつものように早稲田大学中央図書館に行き、一九七二年の『中央公論』の目次をチェックした。なぜ『中央公論』かといえば、その頃の『中央公論』は、国際関係論や外交問題に関して、他の雑誌に比べて、質が一番充実しているように思えたからだ。つまり、『中央公論』は、まだ、まさに「中央公論」として、論壇誌の輝きを失っていなかった。

実際、例えば一九七二年五月号に、ある新聞記者の書いた「ワシントンからみた佐藤外交の醜態」と題する、きわめて質の高い評論が載っている。

新聞記者でありながら（いや、本来は、だからこそと言いたい所なのだが）、あいまいな所はなく、論理明晰、辛口であっても下品ではない、説得力を持った一文だ。

その記者は、ニクソン（キッシンジャー）の外交方針と比較して、当時の日本の総理大臣佐藤栄作の外交を、こう批判している。

> 佐藤外交はそもそも外交理念と体系的政策を持たなかった。外務省を中心とする情報の収集がお粗末だった。責任の所在が不明であり、したがって政策決定の筋道が混乱していた。ニクソンの一連の電撃外交で、伝統的外交交渉のパターンが崩れ、テレビ頂上会談という最も現代的な公開外交《オープン・ディプロマシイ》が展開されている時、佐藤外交の交渉の技術は、旧来型のそれと最新のそれとが混在し、とても多極化時代の交渉を有効に進めうるものではなかった。

ここで注目してもらいたいのは、もちろん、「現代的な公開外交《オープン・ディプロマシィ》」というフレーズだ。そしてこのフレーズは、さらにこのあとの一節に見られる「世論が干渉」というフレーズを導き出して行く。

外交政策の決定過程のみならず、交渉過程にまで立法府及び世論が干渉、介入するようになった時代にあっては、官僚レベルの旧来型秘密外交を踏襲していたのでは、外交は空転する。一三六回に及ぶワルシャワでの米中大使級会談が、まったく不毛であったのに対し、密使キッシンジャー博士の二度の北京入りで、世紀のドラマ、ニクソン訪中が実現し、米中両国の国論を大転換させ、世界の力のバランスを変えた。

テレビの報道技術の発達によって、「現代的な公開外交」が生まれる。それをあと押ししているのが、テレビのブラウン管の向う側で画面をじっとみつめている大衆の視線である。ニクソンはそれを利用し、佐藤栄作は、それに無自覚だった。そのことを、この、読売新聞の「前ワシントン支局長」だった記者は、鋭く批判する。

先にも述べたように、この記事が載ったのは『中央公論』の一九七二年五月号であるが、佐藤栄作は、この記事を書いた新聞記者に腹を立てながら、実は、この記事から、密かな影響を受けていたのかもしれない。

この記事が出た二カ月後、すなわち一九七二年六月十七日、昼前、佐藤首相は自民党両院議員総会で退陣声明を発表し、続いて十二時半から、首相官邸で記者会見を開いた。

その時、有名な事件が起きた。

まず竹下官房長官が、居並ぶ新聞記者たちに、「それでは、佐藤総理大臣が国民のみなさま方に対し、政局についての決意を披露いたします」と述べたあと、佐藤首相は、周囲をなめまわすように見わたして、こう語りはじめた（引用は『知る権利への証言マスコミ1972』マスコミ共闘会議編、あゆみ出版社による）。


「テレビカメラはどこかね。そっち？　テレビカメラ、どこにNHKがいるとか、NET……どこになにがいるとか、これをやっぱりいってくれないと、きょうは、そういう話だった。新聞記者の諸君とは話をしないことになっている。ちがうですよ……。それだけにしてもテレビをだいじにしなきゃダメじゃないか。テレビはどこにいるかと聞いているんだよ。そんなスミッコにテレビおいちゃ気の毒だよ。テレビにサービスしようというんだ（笑声）。

それをいまいっている。テレビどこか、はっきり出てください。そうでなきゃ、ぼくは国民に直接話したい。新聞になると、文字になると、ちがうからね（一段と語調を強め、キッとなる）。

ぼくは残念ながら、そこで新聞を、さっきもいったように、偏向的な新聞はきらい、大きらいなんだ。だから、直接、国民に話したいんだ。テレビをだいじにする。そう

いう意味でね、直接話をしたい。これ、ダメじゃない。やり直そうよ。帰ってくださ
い。記者の諸君。(両手をひろげながら)少しよけて、まん中へテレビをいれて下さい。
それをお願いします」

この発言に対して内閣記者会の幹事が、「総理、そりゃ最初の趣旨はぜんぜん違うんですよ」と答えると、佐藤栄作は、メモ用紙を持って一方的に退場してしまった。あっけにとられた記者団が、保利幹事長のまわりを取りかこみ、竹下官房長官がオロオロしながら説得に向った。

記者団と佐藤栄作のトラブルは五月十五日の沖縄の本土復帰の日までさかのぼる。その日、記者たちは、首相に記者会見を求めていたのだが、佐藤栄作は、「政局のなまぐさい質問が出るから」と言って、それを拒否した。そしてその後も彼は記者たちの会見要求を拒否し続けた。

ところが六月十七日の朝になって。

急に、「質問は認めない、首相が国民に直接話したい」と記者に伝えられ、記者会の方では「質問もできない記者会見などあるか。これまで、会見をつっぱねてきたくせに……」と、異例の記者会見を、一度は断ったが、結局は譲歩して、記者会見にのぞむことにしたのだった。だから、記者団があっけにとられたのも無理はない。

会見場を退室してから七分後、竹下の説得に応じて、佐藤首相は再び戻って来た。そして、作り笑顔で、「はい、どうも、科学に弱いから、ぼくが思い違いをしていたようだ。もっと、テレビがはっきりしてくれれば……。そこで国民のみなさんに私がきょう……」と語りかけた時、それをさえぎるかのように、記者会の幹事が、「その前にですネ、さきほどおっしゃった総理の新聞批判、これは、われわれは内閣記者会として絶対許すことはできない……」と言って、話をむし返しはじめた。すると佐藤首相は、怒気を含んで、「出てください、それなら。かまわないですよ。やりましょう。出てください」と、捨て台詞のような言葉を、机を叩きながら記者団に言い放った。

記者会幹事「それじゃ出ましょうか」

首相「はい、出てください」

記者団「出よう」「出よう」「カメラも出ようよ」（退席）

首相「はい、それではいいですね、はじめて（笑顔で）。それでは国民のみなさん、いまご覧になるように、私がごあいさつ申し上げることについて、これは、やっぱり、いろいろの角度から批判があります。しかし、テレビは真実を伝えてくれる。私の心境もそのまま伝えてくださる。かように思いますので、国民のみなさんに直接呼びかける。この話をひとつお聞きとりいただきたい。どうも私は活字にするよりも、この方が、ほんとに親しみが持たれる、なつかしさが感じられる、こういう気がいたします。そういう意味でお話しいたします……」

そして佐藤栄作は、無人の会見室で、約十五分、テレビ・カメラに向って、一人で語り続けた。

私もその様子を、NHKテレビのニュースか何かで見た。子供心に、とても奇妙な感じがした。いや、奇妙というよりも、さらに正確に述べれば、無残な感じがした。

自分の意志を正しく伝えるために、つまり、リアルなコミュニケーションを求めて、佐藤栄作は、記者団を追い出し、テレビ・カメラに向って、一人、語り続けた。だが、その言葉は、空転していた。それを見ていた視聴者（「世論」）との間に、リアルなコミュニケーションは少しも成立していなかった。視聴者にリアルに伝わって来たのは、古いメディアを批判しつつ、新しいメディアとの対応に不慣れな老人の、痛いたしく上すべりな感じだけだった。それから三十年近い歳月を経た今、テレビが、「真実を伝えてくれる」メディアだなんて誰も本気で信じていない。まして、「なつかしさが感じられる」メディアであるわけがない（いわゆるインターネット時代の今、テレビは、別の意味で「なつかしい」メディアになりつつあるのかもしれないが）。むしろ、テレビが、リアルに見せかけたフィクションを作り上げるのに効果あるメディアであることを、人は、知っている。そしてそれをテレビが、しばしば悪用していることを。もっとも、佐藤栄作の口にする「なつかしさ」が、マクルーハンの言う「地球村」の「村」を意味するのなら、けっこう鋭いのであるが。実際、テレビによるグローバリゼーションによって、地球は、やがて、一つの大きな「村」になりつつあった。

先に触れた『中央公論』一九七二年五月号の「ワシントンからみた佐藤外交の醜態」を執筆した記者は、今や世界は、テレビを利用した「公開外交」の時代が到来していると述べていたが、彼は、単に「公開外交」のみを礼讃していたわけではない。「公開外交」の礎を築いたのはベルサイユ会議におけるアメリカのウィルソン大統領だったと紹介したのち、記者は、こう書いている。

職業外交官による「静かなる外交《クワイエット・ディプロマシイ》」と、大統領や首相を主役とするはなばなしい首脳会談——この対照の中に、近世から現代に至る外交のパターンの変化を見取ることは容易であるが、実は現代外交そのものの中に、「秘密」と「公開」との二つの要求が離れがたく混在しているのであって、この矛盾した要求が適切に処理されないと外交は失敗する。

その「秘密」と「公開」の使い分けを見事に駆使したのがニクソン（キッシンジャー）のアメリカであると記者は言う。

ニクソンは、キッシンジャー博士に「はなれわざ」とか「忍者外交」とか呼ばれた極度の「秘密外交」を演じさせながら、「公開外交」の極致ともいうべき「テレビ頂上会談」に成功し、現代外交の持つ「公開」と「秘密」という二つの要求を見事に調和させた。

そういうニクソンと比べれば、テレビから「なつかしさ」だけを感じ取り、たった一人でテレビ・カメラに向って、ブラウン管の向うの「世論」に何かを伝えようとした佐藤栄作は、一国をあずかる政治家としては、あまりにも、ナイーブというか、単純すぎた。佐藤栄作の単純は、また、国際政治の世界を、いまだ二極構造の対立でとらえていた点にもあげられる。だから記者は、彼のことを、こうも批判する。

トルーマン以来の同盟外交を支えていたものは反共イデオロギー外交であるが、今日では、この反共イデオロギー外交は死に瀕している。

佐藤外交の欠陥と失敗の原因は、この反共イデオロギー外交を克服するための指導理念をもたなかったことだ。反共イデオロギー外交が存立の基礎を失ってしまったにもかかわらず、それは「国府による国際信義」とか「安保体制の堅持」とか、「日米友好関係の継持」といった別の言葉の中に生き残り、実体的には反共イデオロギーにこり固まった自民党タカ派および外務省主流派によって支えられてきている。

こういうリベラルで冷静な判断を下す読売新聞の「前ワシントン支局長」だったこの記者の名は渡邉恒雄という。すなわち、あのナベツネの四十代の頃の論説である。

この「ワシントンからみた佐藤外交の醜態」というレポートは、実は、一九七二年五月号という日付けからわかるように、米中外交のダイレクトな衝撃というよりは、迫り来る佐藤栄作長期政権の終焉を見すえて論評された記事だった（佐藤栄作がはじめて総理大臣の座に就いたのは一九六四年十一月。以来八年近くの間、彼はずっと、その座にあり続けた。それは、一九六五年から七三年に至る読売巨人軍のいわゆるV9同様、一九五八年生まれの私の、義務教育期間を、ほぼカバーしている。このおよそ十年の間は、戦後日本の中でも、もっとも時代がめまぐるしく変っていった十年なのだが、一方でどこか保守的な十年でもあった。そういう空気の二重層が私たちの世代に何らかの影響を与えているはずだ）。

米中外交の衝撃を特集しているのは同誌（『中央公論』）の三月号である。その「米中ソ時代の人と戦略」という特集の巻頭に「ニクソン訪中後の政治地図」と題する興味深い座談会が載っている（出席者は政治学者の河合秀和と永井陽之助と共同通信社外信部記者の松尾文夫）。

「興味深い」というのは、三十年後の今、読み返してみると、当時この座談会に目を通した一般読者にはそれほど切実に伝わらなかっただろう言葉が、きわめて今日性をもって立ち現われてくる点においてだ。

例えば河合秀和は、こう言っている。

私は昨年、東南アジアの国々を歩いたが、反日暴動が起って当然という状況になっているという印象を受けた。タイの反日クラブの学生と大衆討議をしたが、彼らの日本批判を一言でいえば、日本はコンシューマー・キャピタリズムを輸出している点です。初めは、トランジスタ・ラジオや腕時計から始まるかもしれない。ところがいったんトランジスタ・ラジオを買うと、順次にテレビ、冷蔵庫、クーラー、自動車を買わなければならなくなる。たとえ初めは小さくても、いったん日本の価値体系を受け入れれば、そのあと一切が日本の従属下に入らざるをえない。ある意味では、これは公然たる植民地主義よりも、はるかに厄介なものだ。

日本のコンシューマー・キャピタリズムすなわち消費資本主義をもとに、東南アジア各国で一種のグローバリゼーションが伸展しつつあると河合秀和は言う。

だがそもそも、その戦後日本のコンシューマー・キャピタリズムはアメリカの受け売りだった。永井陽之助は、こう語っている。

戦後日本のおかれた環境から、やむをえなかった面もあるが、なんといってもアメリカの真似をしたからだ。もともとアメリカは戦後、世界戦略として普遍主義的な原理をもち、勢力均衡や勢力圏思想を否定し、地域主義を否定した。通貨でも資本でも、人間情報でも、それらが自由に流通拡大していけばいくほど、世界は平和になり安定してゆくという基本発想だ。それは当然、グローバルな世界市場での経済的な分業にならないと成りたたない考え方だ。しかし、それはケネディ初期まで何とかやったけれど挫折がくる。

ここで永井陽之助の口にする「ケネディ初期まで」という一節は、そのあとの彼のこういう発言に連動して行く。

日本ではケネディが理想主義者で、ケネディ神話がまだ通用している唯一の国だが、彼こそ、まったく新現実主義者ということばがふさわしい力の信者だった。また、その背景にはさきほどお話したグローバリズムがあって、国内外における南北問題の解決に致命的な失敗を犯し、今日のアメリカ自由主義のもつ一種の偽善的モラリズムと普遍主義がある。ケネディはそれらの力を背景にしてごり押ししようとし、挫折した。その彼が日本ではいまだにプレスティジが高い。

小学校時代、私のクラスには、尊敬する第一位にジョン・F・ケネディの名をあげる男の子がたくさんいた。実は私もその一人だった。もちろん私は大統領としてのケネディの政策を良く知っていたわけではない。ただ何となく、明るくモダンで、かっこイイ感じがしたのだ。しかもその悲劇的な夭折がイコンとしてのカリスマ的イメージを増幅させた。私は何種類ものケネディの伝記に目を通した。中には大人向けに書かれたものもあった（あれは確か読売新聞の出版局から刊行されていたと思う。黒い表紙のハードカバーだ）。母が定期購読していた『週刊女性自身』に「ジョン・F・ケネディは生きている！」などというアチラ物のトンデモ記事が紹介されていると、本当かもしれないと思って、むさぼり読んだ。

その私のあこがれのジョン・F・ケネディがグローバリゼーションの元凶だったなんて。

しかしそもそも、その頃、一九七〇年前後、アメリカ的なグローバリゼーションに対して批判的な視線を持っていた日本人は、はたして、どれくらいいたのだろうか。

私の通っていた世田谷の公立小学校の同級生には、一流企業の社宅（団地）に住んでいる子供がたくさんいた。その一方で、地元の農家出身の旧家の子供たちも、けっこう、いた。旧家の子たちの住んでいる家は、木造の日本家屋で部屋数も多いそれなりの豪邸だった（ただしトイレは汲み取りだったりした）のだが、当時の私の目には、2DKの社宅の方が、ずっとモダンでかっこ良く見えた。戦後のある時期に良く建てられたタイプのごくありふれた建て売り住宅に住んでいた私は、明りの薄い旧家に住むのはごめんだと思ったが、ピカピカと輝いていた2DKには少しあこがれた。

輝くといえば、スーパーマーケット。同じ魚や肉や野菜でも、スーパーマーケットに並んでいると、とても輝いて見えた。アメリカ的グローバリズムの反映のかけらは、私だけでなく、当時の日本人の多くの、あこがれだったはずだ。

第十七回　坂口弘が「あさま山荘」のテレビで目にしたショッキングな光景

一九七二年初頭のニクソン米大統領の突然の中国訪問を、その意味や日本への影響を伝え分析する、当時の『中央公論』の誌面を図書館でチェックしている内に、面白い記事に出会った。それは直接、ニクソン訪中以後の米中関係や日中関係に触れた記事ではない。しかし、だからこその、時代のリアリティーが、その記事には反映されている。

前回で紹介したように、一九七二年の『中央公論』は、三月号で「米中ソ時代の人と戦略」という特集を組み、五月号に読売新聞の前ワシントン支局長渡邉恒雄の「ワシントンからみた佐藤外交の醜態」という記事が載っている。その他にも、例えば、四月号には角間隆の「『76年の精神号』と若者たち」が、六月号には大森実の「米中会談が生んだ第一の危機」が載っている。

ここで角間隆という懐しい名前が登場して来たので、話を脱線する。

一九七〇年代初め、アメリカで、ニュージャーナリズムという新たな表現スタイルが話題となった。中心となったのはトム・ウルフやゲイ・タリーズ、ハンター・トンプソン、ジョン・ディディオンといった人びと。それまでのスタティックで客観的なノンフィクションと異なり、きわめて私的なノンフィクション。俗語表現もふんだんに取り入れられる。

日本では数年遅れで、その流れが伝えられたが、その時、立花隆や柳田邦男や、（少し年若い）沢木耕太郎らと共に、日本の「ニュージャーナリズムの旗手」とうたわれたのがNHK在職中のジャーナリスト角間隆だった（今思うと、これらの人びと以上に、真にニュージャーナリズム的だったのは早逝した児玉隆也や、あるいは竹中労といった人びとだったのだが）。

その角間隆に、連合赤軍事件をテーマとしたノンフィクション『赤い雪』がある。私が大学二年か三年の時のことだから一九七九年か一九八〇年の刊だ（あとで改めて調べたら一九八〇年刊）。連合赤軍事件について本格的に書かれた、たぶん、初めての長篇ノンフィクションだ。私は、この頃まで（つまり事件後八年も経過し、中学一年生だった少年が二十二歳の青年になっていたのに）、密かに、連合赤軍事件に対しての関心を持ち続けていた。「密かに」と書いたけれど、実は、その事件を起した若者たちの年齢に自分が追いつくことによって、私の関心は強まっていったのかもしれない。

そんな時に『赤い雪』に出会った。

一読、私は、いやな気持ちになった。ニュージャーナリズムというよりも、角間隆の文体は、もっと、古めかしくドロドロとしたものだった。一見クールなようでいて、実は、扇情的な文体だった。こういう扇情的な文体では、けっして、連合赤軍事件の真相は明らかにならない、と若かった私は、若い青くさい頭なりに考えた。

角間隆の『赤い雪』のことを、私は、すっかり忘れていた。

この連載で、連合赤軍事件を扱う時にも、たいして参考にはならないだろうと思っていたから、担当のS青年が、連赤事件についてこういう本も出ていましたと言って送ってきてくれた時も、そのまま放っておいた。帯文の、こういう言葉の、その時代性を懐しく――もちろんこの懐しさは皮肉な意味である――思い出しながら。

雪の軽井沢を鮮血で染めたあさま山荘銃撃戦――戦後が生んだ恐るべき連合赤軍事件はなぜ発生したのか。事件発生から裁判までつぶさに取材したニュージャーナリズムの旗手が、その全貌を徹底レポート、革命神話の顛末を解剖する。

この帯文が書かれた一九八〇年は、今振り返ると、すでに「ニュー」な時代のようだった気がするけれど、実は、まだまだ、「オールド」な世界に引きずられてもいたのである。

数カ月前に、私が、この『赤い雪』を、その一節を、二十年振りで再読してみたくなったのは、重信房子の自伝が話題となり、それと重なるように帰国した彼女の娘の成人した姿を週刊誌のグラビアで眼にした時だ。

その瞬間、私は、変なことを思い出した。『赤い雪』によれば、重信房子の娘には、幻の弟か妹がいたはずだったことを。「ニュージャーナリズムの旗手」の手になる同書に、こういうやり取りが登場する。一九七一年十二月十七日、赤軍派の新倉ベースでの植垣康博や青砥幹夫らの遠山美枝子に対する「総括」のシーンだ。

次は、遠山をシゴキあげる番だ。植垣は、昔の〝女王〟さまを呼びつけて、徹底的に追及しはじめた。

「あんた、アラブにいる重信に金を送ってやったろう?」

「ええ、妊娠中の子供をおろす金がいる、と手紙で頼んできたので、千ドルあまり送ってあげたわ」

「いったい誰の子だ?」

「……………」

「重信の腹の子は、誰の子供だって聞いてるんだよ!」

「高田さんの子供だと思うわ……」

「そうか、アラブに行って、新しい恋人ができたんで、高田の子供はおろしちゃうってわけか……たいへんな革命戦士もあったもんだ!」

（中略）

植垣は、昔、坂東隊にいたころ、遠山がなかなか軍資金を渡してくれなかったことを思い出して、ガリガリと彼女を責めたてた。いまや完全に、永田洋子の分身（オルタ・エゴ）と化していたのである。

この部分の映像は、『赤い雪』の四年後に刊行された植垣康博の『兵士たちの連合赤軍』（彩流社）だと、こうなる。

午後、私たち三人は、遠山さんをストーブの所に呼び、青砥氏が中心になって、重信さんとの間に組織の連絡ルート以外の私的なルートを持っていたのかどうか、どういう連絡を行なっていたのか、金を送ったのかどうかなどを追及した。そして、遠山さんに、重信さんから受け取った手紙の内容や、金を送った理由とその額などを紙に書かせた。書いたものは、青砥氏が封筒に入れて所持し、あとで森氏に渡すことにした。

夜は、それまでと同様、進藤氏たちから銃の訓練をしながら考えたことを聞いたあと、皆でドンブリに一杯ずつ焼酎を飲みながら、歌を唄ったりした。

『赤い雪』よりも『兵士たちの連合赤軍』の方が客観的でクールな文章であることは、素人にもわかるだろう。だからといって、『赤い雪』が、例えばアメリカのニュージャーナリズムのような主観性を持ち得ているかと言えば、そうではない。単に「俗情に結託」（©大西巨人）しているだけの文章である（もっとも、その「俗情」によって、私は、このドラマティックな一節を記憶していたとも言えるのだが）。そして、こういう、ニュージャーナリズムを自称しながら「俗情に結託」したノンフィクションが、普通の読者が連合赤軍事件を知るための一つの典拠となっていたのである（ちなみに、『赤い雪』の版元は読売新聞社である）。私は、私なりに、そういうインチキ「ニュージャーナリズム」に落とし前をつける気持ちもあって、この連載をはじめた。

さて、話を一九七二年の『中央公論』に戻そう。

同誌一九七二年二月号の目次を開く。当時の第一線の知識人やジャーナリストたちの、「われらにとってのアジア」、「吉田亜流時代の終り」、「沖縄における中国認識」、「三〇八円経済の総点検」、「サリドマイド裁判への一視角」、「麻布学園はなぜ名門か」といった論考が載っている。連載小説は丹羽文雄の「蓮如」や、その年二月（ということは、このわずかひと月後）に三十八歳で急逝してしまう柏原兵三の「作られた壁」など。それから、連載といえば、吉田健一の「書架記」と金子光晴の「ねむれパリ」の反時代性に、かえって、一九七二年という時のリアリティを感じさせる。

そういう『中央公論』一九七二年二月号の目次の左端に、アメリカの黒人運動家ロバート・ウィリアムズの「北京亡命記」という手記の翻訳（袖井林二郎訳）が載っている。

ここで注意しておいてもらいたいのは、この手記の翻訳が『中央公論』に載った日付けである。一九七二年二月号ということは、その発売日は一九七二年一月十日頃。すなわち、ニクソンの訪中（二月二十一日）の、ひと月以上も前のことだ。そういうタイム・ラグによって立ち上ってくる歴史の微妙なアウラ。もちろん、キッシンジャー国務長官はすでに前年（一九七一年）七月、ニクソンの近い将来の訪中を予告していたけれど、その実現を見たあとだったなら、このロバート・ウィリアムズの「北京亡命記」は掲載されていただろうか。例えば、こういう一節の登場する、この手記は。

あのいわゆる自由の国では、私は法の手を逃れる犯人だと宣告されている。しかし、ここでは、つまり、いわゆる民主的制度にとっては理解を絶すると中傷されていることの中国では、私は威厳と名誉をもって迎え入れられたのだ。どちらの処置が人間の自由にとって本当の侮辱だろうか。その答えは明らかだ。
私はよく思ったのだが、この新しい社会で私がどのように生きているかを、もしあの連中が、私をリンチで殺したであろうあの連中が、みることができたら、奴等は自分が迫害して追出したこの「黒ん坊《ニガー》」をいったいどう思うだろう。（中略）しかし、何たることだろう——私はアメリカの大統領が訪問することのできない国でいま歓迎されているのだ。

アメリカで迫害を受け犯罪者扱いされていた黒人運動家のロバート・ウィリアムズが、

キューバを経由して中国に亡命したのは、文化大革命の渦中の一九六六年七月のことだった。

文化大革命はいまや全速力で進んでいた。欧米の新聞はそれについて事実を報道するよりは、ますますファンタジイを伝えることに専念していた。彼らは暴力行為が広がっていると伝えたが、それは中国のどこにも見られなかった。不思議なことに、暴力行為が山ほど報道され、これらの間違いだらけのニュースからは、人民中国はその合せ目からバラバラになってしまうように見えていたとき、私は「ヴォイス・オブ・アメリカ」と米軍放送がひっきりなしに報じる、アメリカ国内の人種騒動の暴力に一層の関心を注ぎ、それに心をうばわれていたのである。

この回想文には、毛沢東夫人の江青も登場する。それは一九六六年九月三十日、第十七回国慶節の前夜祭の祝宴の席でのことだ。

その夜、私は恒例の国慶節前夜祭の祝宴に招かれた。周恩来が主人役だった。国中の遠くはなれた所から、労働者、農民、兵士、それに沢山の紅衛兵が出席していた。女子紅衛兵の何人かが、毛夫人江青のテーブルにやってきた。そのうちの一人は珍しいほど内気な娘だったが、江青と会って話ができたので感極まり、ノドをつまらせて頬を流れる涙をやっと拭こうとしていた。文革の活潑な指導者の一人でもあった毛夫人は、彼女を抱きしめ、そのいうことに熱心に聞き入り、ついには彼女自身泣き出してしまった。これは何たるすばらしい社会だろう。国家の指導者と青年労働者が、政府の祝宴に共に坐りこのように共感しあうとは。中国でみられることは実際、世界のどこにみられる情景ともちがっている。中国全土にわたって、文革の運動は国民の心の奥底にふれたといわれているが、私もまたこの衝撃を感じることができた。

こういう「感動的」なエピソードを、あの革命左派の若者が目にしていたら、どういう気持ちをいだいていただろう。すでに述べたように、革命左派は、反米愛国がスローガンだった。そして彼らは、その理想を中国の毛沢東主義に見た。山岳ベースを闘争の拠点に選んだのも毛沢東らの闘い振りに学んだものだし、いざとなれば中国に亡命することを、彼らは夢見ていた。

一九七三年二月に出た語り下ろし対談集『私はもう中国を語らない』(朝日新聞社)で武田泰淳は、対談相手の堀田善衞に向って、「ヒッピーが好きな人はね、中国の革命思想とか、革命芸術ね、それはなんとなく古くさいように感じるんだな」と述べたあと、こう言葉を続けている。

いまヒッピーがはやりだけれども、若い人は、ヒッピーの存在を許さない国家、つまり中国みたいな、まじめな道徳的な国をバカにするっていうか、古くさいというか、それで関心がないように思われる。

そういう「古くさい」若者だったから、革命左派の坂口弘たちは、流行りとしての学生運動すなわち全共闘運動が疾《と》うに終焉していたのに、もたもたと運動を続け、しかも尖鋭化してしまったのかもしれない。

尖鋭化。ここで久し振りに私たちの視線を坂口弘をはじめとする連合赤軍の若者たちの方に戻してみよう。

一九七二年二月四日、金子みちよが総括死された日、最高幹部である森恒夫と永田洋子は、資金調達のため東京に向った。総括の中心人物である二人が消えると、場の空気が変った。坂口弘は『あさま山荘１９７２』（彩流社）で、こう回想している。

二人がいなくなると、たがが緩んだ樽から水が浸み出すように、脱走する者が相次いだ。まず群馬県沼田市郊外の迦葉山ベースから、夫を「総括」で殺害された山本Y子さんが隙を見てベースから逃亡した。この出来事により、われわれは警察権力との遭遇を具体的に考えざるを得なくなった。翌日にはN・I子さんが、榛名山で高崎警察署に保護される事件が起きる。彼女は、榛名山の山小屋を焼却しに行った部隊に、山本Y子さん逃亡のニュースを知らせに行く途中、自殺願望者に間違われ、乗り合わせたタクシーの運転手により警察に引き渡されてしまったのだ。このN・I子さんの身元判明により、前日、地元民の不審火情報で発見された榛名山の焼却小屋は、連合赤軍メンバーが使用していたものと断定された。群馬県警から直ちに県内の主な山の登山口に地元の警察署員が張りつくようにとの指令がなされ、捜査の網は一気に狭められていくことになった。

そして二月十七日、山岳ベースに帰還途中の森恒夫と永田洋子が逮捕された。あとに残された坂口弘や坂東国男らのすぐ近くにも警察の包囲網は迫っていた。そういう包囲網をかいくぐりながら坂口ら五人は、まず、軽井沢の別荘地にあった「さつき山荘」に侵入し、警察との銃撃戦ののち、二月十九日午後四時頃、同じく軽井沢の別荘地にあった「あさま山荘」に逃げ込み、同山荘の管理人の妻を人質に立て籠る。

いわゆる「あさま山荘事件」のはじまりであり、そこから先の出来事は、私たちは、テレビの画面で克明に目撃した。それはある意味で、その一週間前に終わった札幌冬季オリンピック以上に、テレビ時代にふさわしい、テレビ的見世物だった。

しかし、私たちは、そのテレビショウを、外側から、つまり「あさま山荘」の外側から見ていたのに過ぎない。

実は、山荘の中に立ち籠っていた坂口弘たちも、喰い入るように、山荘内のテレビの画面を見つめていたのである。

「あさま山荘」内でバリケードを作り上げた時、短い冬の一日はすでにとっぷりと暮れていた。坂口は続けてこう述べている。

夜七時になると、五人全員電気炬燵に入ってカラーテレビを見た。画面に映った映像は、今も忘れ難く脳裡に刻まれている。

最初に映ったのは、さつき山荘の上の道路で、負傷した機動隊員が、同僚の肩を借りて足を引き摺りながらパトロール・カーに向かって歩いて行く姿であった。

（中略）

テレビ画面には、森恒夫君と永田洋子さんの二人が、妙義山中で逮捕され連行されて行く場面も映った。森君は、機動隊員に両脇を固められていたが、やや俯《うつむ》き加減ながら、口をキッと結び、周りの機動隊員よりも恰幅のよい体軀を茶色の作業ジャンパーに包んで、堂々と歩いていた。後方の永田さんは背が低いため、両脇の機動隊員に引っ張り上げられるようにして連行され、髪を振り乱していた。その姿を見ながら、私は哀れみを禁じ得なかった。

群馬県沼田市郊外の迦葉山に造った山小屋も映し出された。木立が繁る雪の中に、高床式で、トタン板を壁代わりに使い、壁上部と屋根との間に少し隙間があり、屋根は傾斜度が少ないので、全体が少しいびつな立方体に見えた。わずか二、三週間前に、そこでメンバーにリンチを加え、床下の柱に縛り付けたり、死体を雪の中に埋めたりしたことを思うと、正視に耐えなかった。

テレビの画面を「正視」することの出来なかった坂口は、自分たちの手で殺してしまった同志たちの霊にむくいるためにも、「警察権力と殲滅戦を闘う以外にないと思い詰め」た。それが犠牲者たちへの彼なりの償い方だった。そしてそのために、この「あさま山荘」は、絶好の要塞だ。

しかし、この二日後、一九七二年二月二十一日、テレビは、坂口にとって、さらにショッキングな画面を映し出した。

この日夜七時のテレビ・ニュースでニクソン米大統領一行の中国訪問の様子を見た。ニクソン一行を迎える北京の様子がまずブラウン管に映し出されたが、チリ一つない天安門前広場の広大さに目を見張った。

（中略）

ニクソン訪中は、ベトナム戦争や国内経済の行き詰まりから生じたアメリカの相対的な力の衰えを背景に、新たな脅威を増してきたソ連を念頭に置き、朝鮮戦争いらいの中国封じ込め政策を転換して、中国との間に新たな改善と均衡の道を探るものとしてあったといえよう。それは、われわれの武闘路線を根底から覆すショッキングな出来事であった。だが、われわれの未熟な頭はこうした背景を何一つ理解することが出来ず、ただ画面に映るニクソン訪中風景をジッと見詰めるだけであった。

つまり、この時、坂口弘は、自分の革命家としてのアイデンティティを失ってしまったのである。ならば、なぜ、自分たちは、十二名もの同志の命を犠牲にしてしまったのだろう。

第十八回　「あさま山荘」の制圧とCCRの来日コンサート

連合赤軍のいわゆる「あさま山荘事件」は多くの人びとがリアルタイムでそれを目撃した。山荘のまわりを取りかこんでいた警察が、「あさま山荘」への強行突入を開始したのは一九七二年二月二十八日のことだが、その模様を中継したテレビは、驚異的な視聴率を獲得した。ＮＨＫは、途中五分間のニュース三回をはさんで、朝九時四十分から夜八時二十分まで連続中継し、民放各局もＣＭを削減し、八時間にわたる現場の実況中継をした。そしてその累積到達視聴率（ある瞬間にその実況を見ていた各局の視聴率の合計）は九八・二パーセントに達した。つまりテレビをつけていた人のほぼ全員が、その中継を見ていたわけである。

実際、当時、成人あるいはものごころついていた私の知り合いで、その中継をまったく目にしたことのない人は、一人もいない。

大げさに言えば、日本中の人が、全員、その画面を見ていた。

多くの人は、早い所その凶暴な若者たちをとっつかまえろと思いながら見ていた。彼（彼女）らは、警察隊がなかなか動かないことにイラだっていた。だから、彼（彼女）らは、警察隊突入の知らせに、胸がすっとした。

しかし、別の感想を持ってテレビの画面を見つめていた人も、少数かもしれないが、確実にいた。

警察が「強行突入」したのは二月二十八日だが、「強行偵察」に踏み切り、ガス弾を「あさま山荘」に向けて撃ち込んだのは、その五日前の二月二十三日のことだった。つまり連合赤軍の坂口弘が、山荘内のテレビでニクソン訪中の様子を目にして大きなショックを受けた翌々日である。

警察の「強行」策の予兆は、すでに前日からあった。その日、二月二十二日、午後八時過ぎ、訪中したニクソン大統領と毛沢東主席の会見の様子を、坂口弘たちがテレビで見ていたら、突然、画面が消え、部屋の中が真っ暗になった。

電源を切られたのである。来るべきものが来た、と思った。すぐ炬燵をどかし、そこに敷布団を敷き、掛け布団を掛け、さらにガスストーブを使って炬燵代わりとした。また、この時に備えて用意してあった数個の懐中電灯を使って、夜間の往来に利用した。電源は切られたが、ガス、水道は元のままだった。もっとも水道は、夜間凍って使用できなかったが。なぜ、ガス、水道を放置したのかは分からない。また電源を切ったのが、なぜ侵入してから三日も経ってからだったのかも分からない。

警察が「強行偵察」に踏み切った二月二十三日、毎日新聞の一人の若い記者が羽田空港の到着ロビーにいた。彼はその二十八年後、自分自身が編集したあるムックの「あとがき」でこう書く。

2月23日私は、取材のためシドニー発JAL772便DC5で羽田に到着したクリーデンス・クリアウォーター・リバイバル＝CCRを出迎えに羽田の到着ロビーにいた。ビートルズ解散後の当時、CCRは最も人気の高いロックバンドであったし、私自身彼らのワイルドでバイヨなサウンドに惚れ込んでいて、ぜひとも日本公演を聴きたかった。当時「毎日グラフ」という週刊誌の編集部にいた私は、「魅力の周辺」という連載ものの企画の一つとして、CCRを出し、運良く通って、彼らとともに日本縦断コンサートにベッタリくっ付いてナマに接しながら、歌を聴ける嬉しい取材にウキウキしていた。

記者の名前は西井一夫。

二十世紀が終わりに近付いた一九九〇年代末、二十世紀の歴史を概観、総括しようとする出版企画の刊行が相次いだ。西井一夫が編集したムックのシリーズ『20世紀の記憶』（毎日新聞社）もその種の時局便乗的刊行物の一つだが、そのクオリティーは群を抜いていた。

先に引いたのは、そのシリーズの一巻『連合赤軍〝狼〟たちの時代　１９６９—１９７５』の「あとがき」の中の言葉である。

西井一夫は、続けて、こう書いている。

翌日から私は彼らとともに福岡、大阪、名古屋、東京というコンサートにくっついて同行取材に入った。福岡は、大相撲をやる会場で、大阪はフェスティバルホール、名古屋は、城の中の会場だった。ちょうど大阪公演の日があさま山荘へ警官が突入した日で、たまたま大阪本社の写真部に顔を出すと、あさま山荘の実況中継のテレビがつけっ放しになっていた。もちろんテレビの前には三脚に据えられたカメラが複写用に置かれ、その後ろに写真部員が何人かソファにふんぞり返ってあさま山荘の中継に見入っていた。

ちょうど警察のクレーン車の大鉄球が「あさま山荘」の玄関脇を壊している所だった。まわりの人たちは皆、テレビに向って、口々に、「はやくぶっ殺せ」だとか「やっちまえ！」だとか叫んでいた。若い西井記者は不思議に思った。

この人たちと山荘に立て籠っている連合赤軍派の連中との間に個人的な恨みつらみは多分何もないはずなのに、どうして、この人たちは、赤軍派の連中を「殺せ」と叫び、警官に応援しているのか？　私には全然理解できなかった。ただ、異様に気分が悪く、関係もないのに、命がけでなされている行為に対して何の権利があって「殺せ」などと言えるのか？　と言い返して喧嘩にならぬように、私は早々に写真部を出た。

ＣＲの公演は夜だから、それまでにまだ、だいぶ時間があった。しかし西井青年は、テレビの中継を続けて見たいとは思わなかった。彼は梅田のパチンコ屋に入った。

まだ、玉を自動で送り込む方式に変わる直前だった。私は、あの自動方式に変わって以来、ほとんどパチンコをしなくなったのだが、左手の手のひらから親指で一つ一つ玉を自分で送り込むことの中でリズムをとっていたので、自動では私は、リズムが取れずに乗れないのだ。この日は、実によく入った。昼食も食うのを忘れて私は、夕刻まで打ち続け、結果煙草のカートンを十数箱と菓子類を抱えて社に戻った。私の大勝だった。

社に戻ってみると、すでに、「あさま山荘」の攻防戦は終わっていた（警察が「あさま山荘」を制圧し、人質となっていた女性を救出したのは二月二十八日午後六時十五分のことである）。

こんな「あとがき」のある『連合赤軍〝狼〟たちの時代　1969―1975』には、西井青年が『毎日グラフ』一九七二年三月九日号に書いた「クリーデンス・クリアウォーター・リバイバル＝CCR／1972」という記事が再録されている。

こんな一文で始まる。

2月23日午後1時15分〈クリーデンス・クリアウォーター・リバイバル〉は、シドニー発JAL772便DC5で羽田に到着したのである。

そして、こんな一文で終わる。

連合赤軍があさま山荘で逮捕された2日後の3月1日、CCRは短い日本での演奏の日程を終えて、羽田を飛立ったのである。

そんな書き出しと結びとにはさまれて、例えば、こういう一節が登場する。

CCRのサウンドは、私たちの体にリズミカルな動きを無意識のうちに呼びおこすのだ。そうなのだ。ロックは〈肉体を解放する〉のだ。
その時、もはや何かを考えることはいらないし、できない。肉体を常識とか良識というい ろんな束縛をつめこまれた〝自制の意識〟から解放する音楽がロックなのだ。

あるいはまた、こういう一節も。

『イット・ケイム・アウト・オブ・ザ・スカイ』や『アップ・アラウンド・ザ・ベンド』なんかのイントロなどは、もうめちゃくちゃにいいのである（こんなにすばらしいロックンロールをきくと、なんてロックっていいんだろうと思ってしまうのだ）。今度の来日公演でも『アップ・アラウンド・ザ・ベンド』をはじめ何の曲かなと思うほどスローテンポではじめておいて、それから一転してティティティーティティティン、ティティティーティティティンとジョンのリード・ギターからはじけるようなサウンドが飛出すと、もうたまらなくなってしまう。やっぱり、ウォーッと大声をあげたくなるのである。

これはCCRのサウンドがロックの本当の〈真実〉を持っていることにつながるのだろう。

ここで注目してもらいたいのは、もちろん、先の引用にあった「ロックは〈肉体を解放する〉」というくだりだ。

　連合赤軍の過激な（しかしある意味で古風な）若者たちが、尖鋭な革命理論とは裏はらに、その肉体的呪縛からのがれることが出来ず、崩壊の一途をたどっていったこの頃、ロックはロックとして、その輝きをまだ発していた。つまりロックは、一つの思想だった。その意味で、連合赤軍の若者たちの手記や回想記から、ロックが殆ど聞こえてこないのは象徴的である。

　あとでまた述べることになると思うが、実はこの頃、一九七二年、ロックの本場アメリカでは、ロックは退潮期に向いつつあった。例えば、『ロックへの視点』（邦訳は音楽之友社）で知られる評論家のカール・ベルツは、ロックミュージックの質的なピークは一九六八年末であり、それに続く一九六九年から一九七一年に至る時期は、「ロックの苦難の時期」と定義している。その定義に従えば、一九七二年は、アメリカでロックが――すなわち可能性としてのロックが――形骸化した最初の年であるといえる。

　だが、この頃まで、アメリカと日本との間で、文化伝達のズレが、まだ、あった。つまり、文化における一、二年の（あるいは数年の）時差があった。ただし、その時差の中で、伝わってくるリアルというものも、もちろん、ある。例えば、西井青年が感動した、一九七二年二月のクリーデンス・クリアウォーター・リバイバル（ＣＣＲ）の来日コンサート。

　一九六八年のデビューと共に一躍アメリカのトップグループとなったＣＣＲは、この一九七二年初めの世界ツアーを最後に、解散することになる。西井青年が見たCCRのコンサートでのその輝きは、正確に言えば、何かのはじまりの輝きではなく、おわりの一瞬の輝きだったのである。

いずれにせよ、日本で、ロックが、ロックとしての最初のピークを迎えるのは、この時期、一九七一、二年のことだった。

一九七一年二月、ブラスロック・バンドの草分けブラッド・スエット&ティアーズが来日し、日本武道館でコンサートを開いた。それは、例えばモンキーズの来日コンサートなどはあったものの、一九六六年六月のビートルズ以来はじめての、武道館での本格的なロックコンサートだった。しかもたった一回だけの公演だったから、伝説となった。評論家の田川律は『日本のフォーク&ロック史～志はどこへ～』(シンコー・ミュージック 一九九二年)で、こう書いている。

ブラッド・スエット&ティアーズは、今でいうとフュージョン・ミュージック(ここでいう「今」とは、この本の元版が刊行された一九八二年の「今」のことである――引用者注)に類するものであり、必ずしも当時のロックの〝主流〟ではなかった。しかしはじめて〝本場〟のロックを聞けるということで、ビートルズのファンも、ローリング・ストーンズのファンもレッド・ツェッペリンのファンも、グレイトフル・デッドのファンもジミ・ヘンドリックスのファンも、みんなが聞きに来て、一万三千人も集まり、超満員になってしまった。

これは〝ロック〟の時代の、いわば〝幸せ〟な時代でもあったのだろう。〝先輩〟ともいうべきジャズやフォークや、クラシックでも、そういう〝時代〟はあっただろう。輸入文化の第一段階では、しばしばジャンル内の分化はなく、大きな区分けの下でひとつのグループに、いわば〝大同団結〟して聞きに来るのだ。

一九五八年生まれの私がロック的自我に目覚めるのは一九七三年頃のことであるが、その頃でもまだ、ブラッド・スエット&ティアーズ来日コンサートの伝説の痕跡は残っていた。私にはそれが不思議だった。私の眼に、ブラッド・スエット&ティアーズは凡庸なロックグループにしか映らなかった。だから私は、彼らのアルバムを聞こうとさえしなかった。しかも、頭でっかちだった私は、来日時のブラッド・スエット&ティアーズは、あのアル・クーパーがとうに抜けたあとのブラッド・スエット&ティアーズじゃないか、という後づけの知識を持っていた。

しかし、一九七一年二月、日本武道館でのブラッド・スエット&ティアーズは、本場だった。本場のロックだった。

そして、その年六月、さらに本格的なロックグループが来日する。

シカゴである。

ここで、本格的なの意味に、ひとつ、注釈を加えたい。田川律は、先に引いた一文に続いて、「この現象は六月のシカゴにもあてはまった。このグループも、ある意味では〝正統派〟であるよりは、やや異色だった」と述べている。確かにシカゴも、ブラッド・スエット&ティアーズ同様、ホーンセクションを加えた、いわゆるブラスロックであり、ギターとドラムスとベースだけのシンプルなロックバンドではない。しかし当時のシカゴは、強いメッセージ性を持った本格的なロックグループだった。そのメッセージ性は、シカゴというグループ名からうかがい知ることも出来たが（もっとも、メンバーの一人ロバート・ラムは、そのグループ名と政治グループ「シカゴセブン」との関連性は否定していたけれど）、当時の代表曲「クエスチョン67&68」や「長い夜」などは極めて政治色の強い歌だった。当時の彼らは、「戦うロックバンド」とも言われていた（当時の、を私が三回も繰り返したのは、一九八〇年に解散したブラッド・スエット&ティアーズと違って、シカゴは今でも現役で活躍中で、しかも一九七〇年代終わり頃からは、ロックではなく、いわゆるAORバンドになってしまったからだ）。

シカゴの来日公演は、一九七一年六月十三日の大阪フェスティバルホールではじまった。その模様を興奮気味で伝える記事が、ある雑誌に載っている。タイトルは、ズバリ「大阪の空にシカゴが爆発した」。しかもそのタイトルの脇に「速報」の二文字が躍っている。

書き出しは、こうだ。

シカゴは、やっぱり偉大だった。

若さにあふれた彼らのサウンドは、まさにロックそのものであり、ロックのもつ衝撃力が最大限に発揮されていた。それでいて同時に、すばらしい音楽性を備え、高度なアレンジをみごとに消化していた。ジャズ、クラシック、そのほかさまざまな要素をとり入れた変化にみちた音楽の世界をくりひろげながら、あれだけみごとにロックそのものであり得るということは、驚くべきことであり、すばらしいことではないだろうか。


雑誌は『ニューミュージック・マガジン』（現『ミュージック・マガジン』）一九七一年七月号。余談になるが、かつての『ニューミュージック・マガジン』（『ミュージック・マガジン』）は素晴らしい雑誌だった。それはただの音楽雑誌ではなかった。それは、今どきの言葉を使えば、「カルチュラル・スタディーズ」雑誌だった（しかも、今どきの「カルチュラル・スタディーズ」を自称するものより、よっぽど本格的な）。

そしてこの一文の筆者は、二年前にその雑誌を創刊したばかりの中村とうようだ。中村とうようが、ある時期からの（一九七〇年代後半ぐらいからの）ロックに強く批判的なことは知られている。その頃から、彼が、いわゆるワールド・ミュージックにひかれていったことも。しかしこの頃の彼は、先の西井青年同様、ロックの可能性を信じていたのである。

この記事には、「これぞ本当のアメリカン・ロック」という中見出しに続いて、「ロビーに出てきた人たちの声」が幾つも紹介されている。

例えば一柳慧はこう言っている。

「もう何もいう気力がないね。やっぱりハード・ロックとしては最高ですよ」

それから〝アンアン編集長〟の木滑良久はこう言っている。

「とても面白かった。音のデテールは関係なく、音全体がカタマリになってバーッとくる迫力がありますね。BSTよりずっと若々しく、ちょっと悪い言葉でいえば、ヤクザっぽくて、コンサートホールよりも体育館の音楽って感じだな。いろんなものを押しつぶして行くみたいな力がある」

今振り返って見て、鋭いのは、岩浪洋三の、こういう言葉だ。

「ぼくはBSTとくらべるとシカゴのほうがクロート向けのグループだと思ったけど、実際に聞いてみたら意外に低学年向きの感じで、多少失望したね。メンバーが善良すぎるんだ。このまま悪い方に行くと、聴衆を沸かせる方にだけ走っちゃうおそれがあると思うよ」

この記事の最後に、「来月はもっとくわしいリポートを掲載することをお約束しよう」という一文があるように、同誌の翌（八）月号には、小倉エージによる「特別ルポ」、「シカゴとの一週間」が載っている。

そこで目を引くのは、大阪公演の終わった六月十三日の、こういう一節だ。

演奏の終ったシカゴのメンバー達は、口々に日本の観客のすごさについて驚いたように話していた。ともかく彼らは、Ｂ・Ｓ＆Ｔのマネージャーから、日本の観客はおとなしく、お上品な拍手しかしないと聞いていたらしく、あまりの反応にどぎもを抜かれたようだった。

この一節は、日本武道館での公演を終えた六月十六日の、次のような一節に続いて行く。

大阪の初日を見た僕には観客ののりはそんなにさわいでるようには見えなかったのだが、やはりＢ・Ｓ＆Ｔにくらべるとものすごかった。

まるでクラシックのコンサートのように、おとなしくＢ・Ｓ＆Ｔのコンサートを観賞していた一九七一年の日本のロックファンたちは、その四カ月後には、ロックをロックとして体感するほどの急な成長をとげていた。

そしてこのひと月後、一九七一年夏、さらにロックらしいコンサートを彼らは相次いで体感することになる。

第十九回　箱根アフロディーテとフジ・ロック・フェスの間に

小倉エージの特別ルポ「シカゴとの一週間」が掲載されている『ニューミュージック・マガジン』一九七一年八月号には、また、「ぞくぞくと大物が来日」という見開き二頁の無署名記事が載っている。

こんな書き出しで始まる。

レッド・ツェッペリン、スリー・ドッグ・ナイト、エルトン・ジョン……と並ぶと、いずれ劣らぬロックの超一流スターたちだが、これが9月下旬から10月上旬にかけての20日間、日本をおそうことになったのだから一大事。ロック・ファンにとっては大変な秋になりそうだ。

その「大変」さを裏付けるように、巻頭の「今月のニューミュージック」という情報頁の「EVENTS」欄には、「まずピンク・フロイドが来日」という見出しのもと、こういう記事が載っている。

大きな興奮を残して去ったグランド・ファンクとは対照的なグループ、ピンク・フロイドが8月5日に来日する。

まず彼らが出演するのは8月6日(金)～7日(土)にかけてのハコネ・アフロディーテ・コンサート。

次に続く見出しは、「レッド・ツェッペリンの来日予定」だ。

ロック・ファンなら、誰もが一度は聞いてみたいと思うグループ、レッド・ツェッペリンの来日がいよいよ決定した。

ツェッペリンは、いまさら言うまでもなく、イギリス・ロック界を代表する大グループ。ロック界へのその衝撃的なデビューがもたらした影響は、はかりしれないほど大きく、このグループとの出会いの新鮮さを記憶に留めているロック・ファンも決して少なくはないだろう。

さらには、「スリー・ドッグ・ナイトも来日」。

スリー・ドッグ・ナイトはアメリカ西海岸を中心に大活躍しているグループで、その高度のセンシビリティあふれる演奏と空前の大ヒット「喜びの世界」によって日本での人気も沸騰中。

音楽性の高さを崩さないで、実にわかりやすく力強く美しく聞かせてくれるところがバツグン。

そして、さらにさらに、これらに、「続いてエルトン・ジョン」。

去年から今年にかけて、ロック界で世界的に最も大きな話題と注目を浴びているエルトン・ジョンの来日が予定されている。

世界的にもシンガーソングライターが注目を浴びている現在、その代表的な存在のひとりであるエルトン・ジョンの来日のもつ意味は大きい。

この初来日の四連発を伝える見出しの、「まず」、「の」、「も」、「続いて」という言葉の続き具合は、当時の、本場のロックミュージシャンの来日公演を心待ちにする、日本人の熱気（期待の温度）がありありと伝わってくる。

ところで、先の「ぞくぞくと大物が来日」という記事中に、ピンク・フロイドの来日が紹介されていないのは、この同じ号（一九七一年八月号）に、「箱根の山に集結するアーティストたち」という記事と、「ピンク・フロイドを語る」という座談会（司会は中村とうようで出席者は宇野亜喜良、一柳慧、そして石坂敬一）が載っているからだ。「ピンク・フロイドを語る」という啓蒙的なタイトルの座談会が載る所に、この時代とロックとの関係性が懐しくうかがえるけれど（実際、この号の特集のタイトルそのものが、「ぼくたち自身のものとしてのロック――現場からの報告」という、まさに、この時代ならではのものだ。特に、「ぼくたち」という主語）、より臨場感を味わってもらうために、座談会の冒頭部を引いておくことにしよう。

中村　今日はみなさんにお集まりいただいて、ピンク・フロイドについて色々お話しいただくわけですが、みなさんは、彼らの生の演奏をお聞きになったことはありますか。

全員　ないんです。

宇野　やたらメカニズムが大変なわけでしょう。今度はそれもむこうから持ってくるわけですか。

中村　5トン位あるそうですね。特別機一機チャーターしないと持って来れない位。

一柳　ふつうのグループというのは、だいたい何トンなんですか。

中村　BSTとかシカゴあたりで2～3トンですね。ですからその倍位になりますね。

石坂 なんかサウンドを拡大するというよりは、むしろもう少し不思議な、変なことをやりそうですね。機械が、彼らだけが作った特殊なのがあるんでしょうね。

一九七一年八月六日と七日の二日間にわたって、箱根芦ノ湖のほとりで行なわれた野外フェスティバル、いわゆる「箱根アフロディーテ」でのピンク・フロイドのステージは一つの伝説となっている。そのステージを観た人びと（例えば今手元にある雑誌『おとなぴあ』二〇〇一年八月号の立川直樹といった人）が、その伝説を増幅し、一つの神話にまで高めて行く。

確かに素晴らしいステージだったのだろう。しかし、私は、「箱根の山に集結するアーティストたち」という記事を目にして、面白い事実を知った。

この記事には、文字通り、フェスティバルに「集結」するアーティストたちの顔触れが紹介されている。その「多彩な」顔触れが。

ピンク・フロイド、1910フルーツガム・カンパニー、そしてバフィ・セントメリーという外国からのお客様。日本側から、成毛滋&つのだひろ、モップス、ハプニングス+クニ河内、ズーニーブーといったロック。渡辺貞夫、稲垣次郎、菊地雅章、佐藤允彦、山下洋輔といったジャズ。ダーク・ダックス、トワ・エ・モア、赤い鳥、長谷川きよし、尾崎紀世彦、本田路津子、北原早苗、南こうせつとかぐや姫、グリーメンといったポピュラー。

ダーク・ダックスやトワ・エ・モアや南こうせつとかぐや姫といったメンバーだけでも、かなり違和感があるのだが……。

そのうえ早稲田ハイソサエティ・オーケストラ、慶応ライト・ミュージック・ソサエティ、慶応カルアという大学バンドまでが顔をならべている。バラエティ豊富というよりも、何でもカンでも、の感じさえしてしまうくらい多彩だ。

ピンク・フロイドと同じ舞台で演奏した早稲田や慶応の学生がいたとは驚きだが、このバラエティに富んだ顔触れについて、「箱根の山に集結するアーティストたち」の筆者(編集部)は、こう分析している。

このような顔ぶれをみても、アフロディーテやフォーク・ジャンボリー(この前の一節で、このフェスティバルを、顔触れの何でもありにおいて、同じ時期に岐阜県の椛の湖畔で開かれた「全日本フォーク・ジャンボリー」と同様だと論じている——引用者注)を、ウッドストックやワイト島と同一視すべきではないことは明らかで、アフロディーテの企画書には、乞食スタイルのヒッピーが集まって何をやり出すかわからないようなロック・フェスティバルのイメージを、できるだけ避けようとする主催者の意図がハッキリと表われている。主催者がニッポン放送であれば、それも当然のことだろう。

三十年後の視線で眺め直して見ると、私は、最後の、「主催者がニッポン放送であれば、それも当然のことだろう」という反体制的な捨て台詞がちょっと気になる。言うまでもなくニッポン放送はフジサンケイグループのメディアの一つである。そして当時フジサンケイグループは、今以上に、体制の御用メディアという見なされかたをしていた。

御用メディアが主催のミュージック・フェスティバルだって!? 最後の捨て台詞には、そういった揶揄的なニュアンスが感じられる。

確かにロックは当時、反体制的であったかもしれない。しかし、体制の中にもロック的感受性を持った人や、反体制の側にいながら、非ロック的感受性しか持ち得ない人間がいることを、三十年後の私たちは知っている（ここで私が言うロックとは、単なるロック・ミュージックのことではない。だからこの私のテーゼは、小泉純一郎首相がX JAPANを好きなこととは何の関係もない）。むしろ、体制の中にいながら、ロック的感受性を持ち続けることの方が真にロック的な行為であると言える。

先に述べたように、この記事の筆者は「編集部」である。「乞食スタイルのヒッピーが集まって何をやり出すかわからないようなロック・フェスティバルのイメージを、できるだけ避けようとする」と書いた、この一文の筆者は。

同じ号の特集「ぼくたち自身のものとしてのロック」の中に、同誌編集長中村とうようの「曲り角にきた？　ロック・イベント」と題する興味深い一文が載っている。

この二年前、すなわち一九六九年九月の第一回日本ロック・フェスティバルをはじめとして、中村とうようは、この段階で、すでに三度、ロック・フェスの運営を行なった。つまり、「いわゆるロック・イベント・メイカーの草分けのひとりだと自認して」いた。だから「ロック・イベントを行なうことの難しさは、人一倍知っているつもり」だ。そんな彼が、こんな言葉を口にする。

ある意味で、イベントをやることはだんだん難しくなってきている。たとえば、ロック・イベントのメッカともいうべき（またこういう言い方をすると中央集権的だと批判されるかもしれぬが）日比谷野外音楽堂のばあい、ボンド吸飲者の問題がだんだんヘヴィになってきている。去る7月13日の麻生レミ帰国歓迎コンサートで、ぼくは久しぶりに日比谷でのイベントの進行責任者としてやってみて、すごくシンドイなァと実感した。

当時、日比谷の野外音楽堂でロック・イベントを行なうと、「ボンド吸飲者たちが客席の前のほうを占め、興が乗るに従ってステージのそばまで寄ってきて踊り出し」、「フィナーレを盛りあげるころともなれば、何人もステージに上ってきてしまう」。それが一つの慣例になってしまった。一九七一年七月十三日の「麻生レミ帰国歓迎コンサート」のイベント・プロデューサーだった中村とうようは、そういう慣例を打破したかった。つまり、「ステージ周辺のゴタゴタを極力避けようという方針をとった」。

第一に出演者や関係者たちがステージ脇でウロチョロしないこと、楽屋の出入りも厳重にチェックすることなどを強行した。裕也さんは、あまり堅苦しいムードにしたくないという意見だったが、ぼくと深水くんは、ステージや楽屋で関係者みずからが規律ある態度を守れないようではボンド吸飲者たちにつけ込まれてしまうと考えた。

その結果、出演者たちの楽器搬入、搬出にも迷惑をかけたし、一部の人たちに失礼な態度をとってしまい、反撥を買った面さえ出てしまった。

「編集部」の意見と編集長中村とうようの見解を同一視するつもりはないが、先の引用中の「集まって何をやり出すかわからない」という言葉と、ここでの、「規律ある態度を守れないようでは」という言葉が、正面から向き合っている。コインの裏と表のようなこの二つの言葉が、まさに表裏一体感を持って向き合っている点に、当時のロックの初心が伝わってくる。

この夏（二〇〇一年夏）の私の大きな後悔は、七月二十八日土曜日に苗場スキー場で開かれたフジ・ロック・フェスのニール・ヤングのステージを、どうしてもはずせない先約があったために、見に行くことが出来なかったことである。

そのウサをはらすため私は、この夏、ニール・ヤングのＣＤ（特に『ディケイド』の二枚目）を聞きまくり、ニール・ヤング関連の記事の載った雑誌を、（立ち読みも含めて）読みまくっている。

だから雑誌『ビートレッグ』第十七号「ニールヤング総力特集」も渋谷のＨＭＶで購入した。その中で面白い事実を知った。それは「ニール・ヤング来日公演の歴史」という記事のリード文中の一節なのだが、一九七〇年八月に富士山のふもとで開かれるはずだった幻のロック・フェスティバル（「フジヤマオデッセイ」）に、当時ニール・ヤングが在籍していたロック・グループＣＳＮＹ（クロスビー・スティルス・ナッシュ＆ヤング）も出演する予定だったというのだ。正式に告知されたそのロック・フェスがなぜ幻に終わってしまったのか理由が触れられている。

日本では現代になってここ数年やっとロック・フェスティバルが定着してきたというのに、日本でのロック創世期の一九七〇年に十日間のフェスティバルをやるというのは到底無理な話で、その大きすぎる規模と当時まだ社会的に反抗的なイメージがあったロックのフェスティバルをやるということ自体に国から圧力がかかり、このフェスティバルはあえなく中止になってしまう。

それから三十年の時が経ち、そのニール・ヤングが「フジヤマオデッセイ」ならぬ「フジ・ロック」のステージに立つ。それはまさにロックの天孫降臨といった舞台だっただろう（実際に、行った人間に話を聞くと、その通りだったという）。

この原稿を書いている今日は、二〇〇一年八月二十日だが、ちょうど今日の朝日新聞朝刊にフジ・ロック・フェスをレポートした「夏ロック　祭り気分はガス抜きか」と題する、オヤッと首をかしげたくなる記事が載っている。

首をかしげたくなる、と言っても、それは、臨場感の伝わってこないそのレポートに対してではない。

例えばこういうディテールに対して。

動員数何万人という野外ロックフェスティバルは、60年代に米国で始まり、日本では74年、福島の「ワン・ステップ・フェスティバル」が事実上の第1号。

これは一九六七年六月にアメリカのカリフォルニア州モントレーで行なわれたモントレー・インターナショナル・ポップ・フェスティバルのことを指しているのだろうか。だとしたら、それを、例えば「60年代後半」でなく、「60年代に」という風にくって表現してしまうことは、少し大ざっぱすぎやしないか。日本の場合は、「74年」とその年が明らかにされているのに（71年の箱根のアフロディーテは一万人以上の観衆を集められなかったのだろうか）。

それから、こういう皮肉っぽいひと言。

　ゴミの管理が行き届いた、世界的にもまれなフェスティバル――もちろんそこに、管理されるのに慣れきったことや、ロックそのものが保守的になってしまったことを非難できなくもない。

一九七四年八月に福島県郡山で開かれたロック・フェス「ワン・ステップ・フェスティバル」のメイン・ゲストはオノ・ヨーコだった。そしてその時、コンサート終了後に、舞台の上からオノ・ヨーコが、一万人を超える聴衆に向って、きちんとゴミを拾って帰るように呼びかけたはずだ。私はそのエピソードを、かつて、『ニューミュージック・マガジン』の中村とうようのコラム「とうようズ・トーク」で読んだ。中村氏は、単に世の中に甘えているだけのロックな若者に対する批判として、そのエピソードを紹介していたはずだ。

話がだいぶ横道にそれて来たけれど、フジ・ロック・フェスティバルのニール・ヤングのコンサートのレポートを読みたくて、私は、久し振りで、『ミュージック・マガジン』(すなわちかつての『ニューミュージック・マガジン』)を手にした(二〇〇一年九月号)。

すると、竹内まりやのニューアルバムを紹介した記事の中の、こういう一節に目が止まった。竹内まりやがデビューした一九七〇年代末の時代相を語った部分なのだが(傍点は引用者)。

70年代末は、米中国交回復、イラン革命、韓国の朴大統領暗殺、東京サミット開催と世界の枠組みが変わりつつある騒然たる世情だった。国内では大平正芳内閣時代。東京国際空港の開港や、有事立法やら国民総背番号制やらが生々しく語られた頃。石原慎太郎を敗って鈴木俊一東京都知事が誕生したのもこの頃だった。

文章に目を通すかぎり、この文章を書いた筆者は私と近い世代の人のようだが、どうしてこんなデタラメを、確信持って口にすることが出来るのだろう。わずか二十年前のことでも、そのあと時代が停滞してしまったから、記憶にメリハリがなく、混乱してしまったのだろうか(鈴木俊一が「石原慎太郎を敗って」というのは歴史認識としても少しひどすぎる)。だとしたらキチンと資料に当って確認しておかなければならない。私たちより年若い世代が、この一節に目を通し、それを事実として信じてしまったなら、どうなるだろう。少しずつ歴史の真実から遠ざかってしまう。

朝日新聞の記事は言う。何万人規模のロック・フェスは「60年代に米国で始ま」ったと。

ある人は言う。ロックは60年代の音楽であると。

またある人は言う。ロックは70年代の音楽であると。

共に、とても大ざっぱな言い方だ。

一九六七年から七二年までの六年間は特別な六年間である。

一九六七、八、九年を60年代としてくることが出来ないように、一九七〇、一、二年を70年代としてくることは出来ない。そしてロックは、その時代の特別の音楽、を越えたアート、カルチュアー、いや思想だった。

話を元に戻そう。

最初に引用した一九七一年夏のロック・コンサート案内の、「まずピンク・フロイドが来日」の項の最初に、「大きな興奮を残して去ったグランド・ファンク」というくだりがあった。その「興奮」について、これから語りたい。

第二十回　雷雨の後楽園球場でのグランド・ファンク・レイルロード

一九七一年七月十七日、土曜日、東京水道橋の後楽園球場で〝ロック・カーニバル＃6〟というロック・フェスティバルが開かれた。フェスティバル（カーニバル）といっても、球場に集まった四万人もの若者たちのお目当ては、トリで登場するアメリカのロックグループ、グランド・ファンク・レイルロード（ＧＦＲ）だった。

前座のザ・モップス、麻生レミ＆スーパーグループ（ギターは井上堯之、ベースは山内てつ、キーボードは大野克夫、ドラムは原田裕臣）に続いて、カナダのロックグループ、マッシュマッカーンが登場し、その演奏が終わろうとする頃、午後八時、激しい雨が降り出した。

何かが起りそうな予兆はあった。マッシュマッカーンの演奏中に、急に、強風が吹き、ステージの前方に設置された「ＧＲＡＮＤ　ＦＵＮＫ」の文字が空中に舞い上った。満員の観衆の興奮をかき立てるのにふさわしいハプニングである。

そしていよいよ、全員がお待ちかねのＧＦＲのステージである。

するとその時、大きな雷が鳴り、しかも雨がヒョウへと変っていった。

『ミュージック・ライフ』一九七一年九月号に載った「悪ノリ、バカ騒ぎ万才！」というレポート記事で、同誌の編集者だった東郷かおる子は、こう書いている。

この豪雨の為、観客は待たされること1時間余……。しかし誰も席をたとうとしない。かえって雨の冷たい感触を楽しんでいるかのように、ズブ濡れのまま、口笛を吹き、手をたたき、体を叩きあって踊り出す。この異常な興奮状態にビックリした関係者は、場内放送で〝ＧＦＲは必ず出演します。どうかおさわぎになりませんようお願いします〟と必死にくり返す。こうなると、何を云っても何をしても興奮をかき立ててしまう結果を招き、雨に濡れたステージやアンプを、整備している係員にまで拍手（？）が起こる始末。

やがて雨が小降りになった所で、午後九時半、総合司会の糸居五郎（懐しい名前だ）が登場し、ＧＦＲのマネージャー、テリー・ナイトを紹介し、彼の芝居気たっぷりな「Grand Funk Railroad is here Now!!」というアナウンスによってＧＦＲのコンサートが始まった。

ふたたび東郷かおる子のレポート記事に戻ろう。

やがて24個のスピーカーから信じられぬ位のヴォリュームで大クラシックが流れ、同時にマーク、メル、ドンの3人が、まだ雨のそぼふる中をステージへとかけ上がるのが見えた。ここまで来ると、後は何をかいわんや、会場はそれこそ興奮のルツボと化し、かくて翌日の新聞が一斉に取り上げた程の熱狂のコンサートが展開されたわけである。

観客の九割が男性、そして彼等は信じられぬ位の陶酔振りでこの3人の男達の〝音の麻薬〟の中にひたり切っていた。

東郷かおる子は書く。このコンサートの模様を「翌日の新聞が一斉に取り上げた」と。実際、例えば、読売新聞（以下に紹介するのはいずれも一九七一年七月十八日朝刊である）には、「雷雨も顔負け、ヤング狂宴」、「ロック・カーニバル　四万人絶叫、ケガ人も」という大きな見出しの記事が載っている。

こんな書き出しではじまる。

強烈なビート。手をたたき、足を踏みならす若者たち――十七日夜、東京・後楽園球場で開かれ、アメリカの人気バンドも登場した「ロック・カーニバル」は、雷雨ものかは、ヤングのエネルギーで爆発した。

四万人を超す聴衆で内、外野のスタンドはあふれ、二塁付近に特設されたステージで十二個のスピーカーからの大音響に、長髪やGパン姿の若者はからだをふるわせて絶叫、興奮のあまり涙を流す女性、目もうつろ、真っ青になって失神し、事務室にかつぎ込まれるハイティーンも数人出た。

だが、新聞が騒ぎ立てたのは、単にこのコンサートの熱狂ぶりについてだけではない。朝日新聞には、「ロック大会入場できず　若者二千人大荒れ」という見出しの記事が載っている。もっと悪意に満ちているのは東京新聞である（東京新聞は都新聞以来の伝統で芸能関係に強い新聞社であったはずなのに。それとも、古くからの芸能新聞であるという自負心が、かえって、こういう新興芸能に対して冷ややかな視線をとらせたのだろうか）。こんな見出しが載っている。「とんだ〝真夏の夜の狂宴〟」。また、こんな見出しも。「後楽園でロック騒動」。さらには、こんな見出しも。「ファン二千人〝暴徒化〟」。

そして、この記事のリード文は、こういう具合である。

耳をつんざくような激しいリズムで世界の若者たちの熱狂的な人気を集めている米国のロック・トリオ「グランド・ファンク・レイルロード」の公演が十七日夜、東京・後楽園球場で催された。ところがその最中、満員ではいれないファン約二千人が十二番ゲートに殺到、火をつけた新聞紙やコーラびん、石などを投げて警備員やファン数人が負傷するというとんだロック騒動となった。

事が起きたのは、マッシュマッカーンのドラマー、ジェリー・マーサーのドラムソロで聴衆が盛り上っていた時だった。この時、当日券を当てにやって来たものの売り切れのため入場出来なかった二千人以上のファンが、十二番ゲートの付近で騒ぎはじめ、その内の一部が暴徒化したのである。

朝日新聞の記事に、こうある。

十七日夜、東京・文京区の後楽園球場で豪雨のなか、三万人の若者を集めてロック大会が開かれた。この大会に満員のため入場できなかった若者約二千人が「なかにいれろ」とあばれ、そのうち二百人が鉄製ゲートを打破って球場内に乱入、コーラビンを投げて窓ガラスを破るなど大あばれになった。

先の東京新聞のリード文とも内容的にかぶってしまうこの一文を、あえてここに引いたのは、見出しにも見られた「ロック大会」の「大会」という言葉を改めて強調したいからだ。つまり、コンサートでもフェスティバルでもなく大会という、その言葉を。こういう形で使用される際の「大会」という言葉には、一つのイデオロギー的なニュアンスをともなう。つまり、このロック・フェスティバルがただのフェスティバルでないことを、ある種の思想参加の場であることを、新聞記者である大人たちも、無意識の内に察知していたのだ。

「大会」という言葉の使い方と共に、私が時代性を感じるのは、二千人もの若者が当日券を求めてこの場所に集まって来たことである。

チケット販売のシステムが整備された現代では、ちょっと考えられない。

もちろん、今だって、例えばダフ屋からのチケット購入を目当てに、当日、コンサートの場所に足を向ける人は数多くいる。しかし彼（彼女）らは、ほとんどが、前売段階でチケットを買い逃してしまった人びとだろう。

世間の話題となる、この手のコンサート（イベント）で、当日券での入場を期待している人は、今、まずいないだろう。

だが、三十年前のこの種のビッグイベントでは、当日券での入場を期待してその場所に向う人が何千人もいたのである（何千人と書いたけれど、チケットにあぶれた人が二千人もいたのだから、ひょっとして当日券で入場した人は一万人近くいたのかもしれない）。

そしてコンサートに対する一体感という点では、そのような形で、つまりスケジュールされたわけでなく、当日の個々の人びとの意志によって結集されたそれの方が、今どきのコンサートの予定調和的な盛り上りよりもずっと強かったことだろう。

入場出来なかった若者たちの一部が暴徒となったのは、実は、当時、渋谷や新宿などの繁華街で良く見かけた白人たちの新興宗教「ハレ・クリシュナ」（その正式名称を私は知らない。変な太鼓や楽器を演奏しながら、ハレ、ハレ、クリシュナというフレーズを口ずさみ人びとを勧誘する宗教）の挑発によるらしいのだが、暴徒たちについて、朝日新聞は、こう書いている。

前座の演奏が終って、グランド・ファンク・レイルロードが入場した同八時ごろ、入場できずに正面入口に集っていた若者たちがあばれ出し、十二番ゲートの鉄製シャッターに向って、ベンチをかついで体当りをくりかえし、打破った。規制にはいった警察官に、コーラの空ビンを投げ、窓ガラス十数枚をたたき割ったり、紙クズに放火した。このため、警備側は機動隊の応援を求めるなど、会場は一時大混乱になった。

現在から振り返って、この一節を読み直してみると、若者たちのこういう過激な振舞いと、それに対抗しようという警察の態度に、逆に、一種ののどかさを感じてしまう。チケットの販売方法と共に、観客のコンサートへの参加の仕方、そして主催側の警備方法、すべてがまだシステム化していない。だからこそ、この様なハプニングが起きた。コンサートがただのコンサートではなく、一つの事件となり得た。

それゆえ、この事件を新聞や一般の週刊誌までが報道した。

『ニューミュージック・マガジン』一九七一年九月号に「マスコミのみたＧＦＲコンサート」という記事が載っている。

喜んでいいことなのか、悲しむべきなのか、それとも、怒るべきなのだろうか——。

このところ、ロック・イヴェントが、とみにマスコミの関心を集めるようになった。そして、新聞や週刊誌にも、かなり大きなスペースをさいて、イヴェントの模様などが報道されている。

それを、ロックもこんなに世間から認められるようになった……といって素直に喜ぶことができないのは、あまりにもオモシロ半分的、冷やかし的、ないしは嘲笑的な見方をしているものが、ときどき目につくからだ。

と書きはじめられるその記事は、タイトルにある通り、一九七一年七月十七日のＧＦＲのコンサートに関するマスコミ（主に新聞）の報道振りを紹介し、その片寄った報道姿勢——コンサートの内容そのものではなく、雷雨の中で行なわれたというハプニング性や場外での騒動のみの報道——を強く批判している。だから、この記事は、こういう忠告によって結ばれる。

こうやって見てくると、新聞記者の方々は若者についても、ロックについても、何もおわかりになっていないようだ。ただ、ロックというヘンな音楽がバカに流行していて、若者の風俗と何か関係があるらしいな、と、ふと気になることもある、といった程度が関の山だろう。だが、いま、若者の文化、思想、生活態度は根本的に変ろうとしている。そのひとつの兆候がロックの〝流行〟（ひどく皮相的な言葉だ）という現象なのだ。雨に降られてもヘッチャラでグランド・ファンクに声援を送っている若者たちを、アキレ顔で眺めているうちに、ハッと気がついたときには、大きな変化の地すべり現象がマスコミの足もとをすくってしまわないとは限らないのですよ、と申しあげたい。

率直に言って、グランド・ファンク・レイルロードは、ロック史の上で、それほど大したロックグループとは思えない。トッド・ラングレンやフランク・ザッパといったクセ者たちがそのアルバムをプロデュースしたこともあったけれど、せいぜいB級の上といった所である。

だがこの瞬間、文化風俗の「大きな変化の地すべり現象」が起きつつあった一九七一年日本の夏の後楽園球場でのグランド・ファンク・レイルロードは、まさにロックだった。ロックという新しい思想の体現者かつ伝道者であった。だからこそ朝日新聞や東京新聞の記者たちをはじめ、多くの大人たちが、その、かつて体験したことのないコンサート（イベント）の形に、ある種の恐怖を感じた。

恐怖を感じたからこそ、批判的な言葉を口にする。それは、逆説的に言えば、ロックの新しさに確かに感応していたからとも言える。例えば、東郷かおる子は、先に紹介したレポートで、こういう感想をもらしている。

それと……関係ないけど、記者席ではもう2度とロックのコンサートは見たくないということ……。私のまわりにいた某女性週刊紙《ママ》の記者さん達は、手もたたかず、拍手もせず、ぼう然とシラケて見守っているだけだったから……。それを見て本当にシラケたのは私の方である。

一九七一年夏、中学一年生だった私は、いまだロックに目覚めていなかったけれど、そんな私のもとにも、この大雨の後楽園球場でのGFRのコンサートの衝撃はしっかりと伝わって来た。当時私の家では、一般紙の他にもサンケイスポーツ紙を購読していた。私は、この事件の報道について、一般紙のそれだけでは満足できず、もっと詳細に報じられていたサンケイスポーツの芸能面もむさぼり読んだ。ちょっとドキドキしながら。だから私は、真のロック的自我に目覚めるまで、グランド・ファンク・レイルロードのことを、例えばビートルズやローリング・ストーンズと並ぶ超大物グループであるとカン違いしていた。

そして、グランド・ファンク・レイルロードのコンサートから二カ月後、一九七一年九月、真に超大物と言えるロックグループが来日する。

「マスコミのみたGFRコンサート」が掲載された『ニューミュージック・マガジン』

一九七一年九月号の「EVENTS」欄に、「ツェッペリン、すごい前人気」という記事が載っている。

書き出しは、こんな具合だ。

レッド・ツェッペリンの来日は、BST、シカゴなどこれまでのどのグループの人気をも遥かに上まわり大変な熱気をかもし出している。

東京公演は九月二十三日、二十四日の日本武道館が予定されていたのだが、見逃せないのは、こういう一節だ。

切符は9日（八月九日のこと——引用者注、今では考えられないぐらい売り出しから公演までの期間が短い）から売出されたが、東京では、キョードーの事務所に前夜から約30人の徹夜組が押しかけ、朝になると同事務所のあるビル9階から下まで階段は行列で埋まった。その結果、キョードー東京に用意したS券1千枚は売出した日の午前10時半に売切れるという空前の出足の速さだった。

「空前の出足の速さ」と言っても、ビッグエッグの何万枚ものチケットが、「チケットぴあ」の電話予約で、発売数十分ですぐに完売してしまうのが常識の（しかもその種の観客動員力を持っているアーティストが、国内だけにかぎっても両手の指では足りないくらいいる）現代では信じられないのどかさである。

レッド・ツェッペリンの来日公演は、グランド・ファンク・レイルロードの来日公演以上に、本格的衝撃を、日本のロックファンに与えた。衝撃を受けた一人に、中村とうようのようなうるさ方もいて、彼は、『ニューミュージック・マガジン』一九七一年十一月号の「来襲した飛行船野郎」という特集中の記事「ツェッペリンの与えた衝撃」で、こう書いている。

レッド・ツェッペリンの日本公演が終ってホッとした気持だ。ぼくは一種の虚脱状態に陥っている。音楽雑誌の編集者として、これまでBST、シカゴ、ピンク・フロイドなどの来日も比較的冷静にうけとめていたぼくだったが、今回のツェッペリンは、ついに大きな熱気の渦のようなものにまき込まれてしまっていた。

中村とうようは、別段、ツェッペリンの大ファンだったわけではない。その前に来日したシカゴと同程度の興味があったに過ぎない。だから、「シカゴの来日が終ったあと平静でいられたぼくがツェッペリンの帰ったあと虚脱して原稿も書けなくなってしまった原因は、何かほかにあるに違いない」。

原因の一つは、先に紹介した前売り時のファンたちの熱狂振りだ。八月四日に、いったん、来日中止の報が流れたから、ファンの興奮は、よけいにヒートした。

順を追って考えてみると、まず、入場券の売り出された8月9日、ぼくはキョードー東京の事務所で、階段を埋めた長い列を見、ファンの熱心さに驚いた。その熱気がまずぼくに冷静さを失わせる手始めになったのではないかと思う。

（中略）

それにしても、武道館2度、フェスティバル・ホール2度の座席が、あっという間に売り切れてしまったのは、なぜなのか。

先にちらっと触れたように、グランド・ファンク・レイルロードの来日公演は〝ロック・カーニバル＃6〟として行なわれた。ツェッペリンの来日公演は、それに続く〝ロック・カーニバル＃7〟として開かれた。

それまでの6回のカーニバルは、ややオトナの、知性的なロック・ファンを中心にしたBST、シカゴと、年齢の低い層が大部分を占めたフリー、GFRと、このふたつの系統に分かれていたのではないかと思う。もちろん両方とも行った人も多かったろうけど、会場のムードから言っても、BST、シカゴと、フリー、GFRとは、かなり違っていた。

このふたつの流れが、レッド・ツェッペリンで初めて大きなひとつのところへ合流したのではないか。

つまりツェッペリンは、「かつてのグループ・サウンズの親衛隊的な」ミーチャンハーチャンから、「ロックはカウンター・カルチャーだ、のなんだのと理屈をこねるインテリ・ロック・ファンまで、幅広く結集」させてしまったわけだ。そしてそれは、単なる「ツェッペリンの人気のせい」ではなく、「ツェッペリン自身のもってるロックの熱気のヴォルテージ（電圧）の高さゆえ」である、と中村とうようは言う。

ツェッペリンの荒々しいハード・ロックの衝動力が、来日する前から日本のロック・ファン全員をまき込み、そしてぼくをもまき込んでしまった。ぼくも知らず知らずのうちに雑誌屋のサメた気持ではいられなくなっていたのである。

この時、日本における新しいカルチュアとしてのロックは、その新しさの衝撃性は、一つのピークにあったのだ。

第二十一回　「はっぴいえんど」の松本隆青年のイラ立ち

数日前に送られて来た雑誌『ナンバー』の最新号（二〇〇一年十一月一日号）を読み進めていたら、その編集後記（「FROM EDITORS」）で、（遊）という署名のある、私と同い年の編集者の人が、私のこの連載のことを紹介してくれている。

現在刊行中の11月号では、'71年7月17日、西宮球場で江夏豊投手がオールスター9者連続三振を成し遂げたその日、後楽園球場で起こったある出来事を描いています。私にとってその場の体験は、世界とつながったと初めて実感できた自らの原点ともいえるものでした。懐かしさのあまり一筆。

そうか、大雨の降る後楽園球場でグランド・ファンク・レイルロードが熱狂的な演奏をくりひろげたその夜は、また、西宮球場のオールスターゲームで江夏豊があの伝説的な九者連続三振を成し遂げたまさにその夜だったのか。

江夏豊の九者連続三振を、中学一年生だった私は、テレビで、熱中しながら見た。その頃、私は、大の巨人ファンだったけれど、オールスター戦となれば、ふだんは憎らしく見える江夏や平松が、同じセリーグの仲間として、とてもたのもしく思えた。

当時は人気のセリーグ実力のパリーグと言われていた。投のセリーグ打のパリーグ、とも言われていたけれど、オールスター戦で、たいてい、セリーグの投手陣は、パリーグの、大杉や張本、江藤、門田、土井、長池といった超強力打撃陣に打ち砕かれていた。

だから、その夜の江夏豊のピッチングには、いつものオールスター戦にもまして、興奮した（私はその十三年後のオールスター戦での江川卓の八者連続三振も、もちろん目撃しているけれど、江川卓の切れ味の鋭いピッチングに舌を巻いたものの、私の中で、パリーグに対する対抗意識はそれほど燃えていなかった。相変らず巨人ファンだったはずなのに）。

その江夏豊のピッチングとグランド・ファンク・レイルロードのコンサートが同じ夜のことだったとは。

すっかり忘れていた。

いや、そもそも、私は、そのことを憶えていたのだろうか。

その翌年、さらにその翌々年ぐらいまでは憶えていたかもしれない。

しかし、高校に入学する頃には、忘れていたに違いない。別の夜の出来事として、それぞれに記憶されていたことだろう。

人間の記憶とは不思議なものだ。

同じ夜の出来事が別々に記憶されて行く。まして同じ月や同じ年の出来事は。

しかも、その、同じ月に起きた出来事を別々に思い出すと、別々の記憶の筋がよみがえり、その筋の時間層は必ずしも重なるものではない。

講談社の『昭和　二万日の全記録』（以下、全日録『昭和』と省略）をひもとき、一九七一（昭和四十六）年七月十七日の項を開く。

しかし、江夏豊の九者連続三振の記述は、ない。

その前後に、プロ野球関係の記述はないかチェックしてみる。

すると七月十三日の項に、こうある。「西宮球場のプロ野球阪急対ロッテ戦で、球審の判定に抗議しロッテが試合放棄（プロ野球史上六度目）」。私の中で、その年のある記憶がよみがえってくる。

ロッテはこの年、シーズン途中で濃人渉監督が辞任し、二軍監督だった大沢啓二が急遽、一軍監督に昇任した。その時点で、ロッテは、首位阪急に八ゲーム離された二位だった。

すると大沢啓二にひきいられたロッテは連勝につぐ連勝を重ね、しかもその間、阪急ブレーブスは、まさかの何連敗かをきっし、ついにロッテの地元、南千住の東京球場での首位攻防戦を迎えた。たしか八月の終わりのことだったと思う。

私はこの時、生涯でたった一度だけ、東京球場に足を運んだ。世田谷の赤堤から南千住は、当時、あまりにも遠かった。

この時私が肌で感じ取った雰囲気を、そして南千住にまつわる思い出を、語りはじめたら、話がさらに横道にそれてしまう。

全日録『昭和』の一九七一年七月十七日の前後を、もう一度眺めて見る。

すると七月三日の項に、こうある。「午後六時すぎ、東亜国内航空YS11『ばんだい号』、函館市北方横津岳山腹に墜落。乗員・乗客全員死亡」。そして、七月三十日の項に、こうある。「午後二時四分頃、岩手県雫石町で千歳発羽田行全日空機と自衛隊機が空中衝突し、双方墜落」。そうか、あの頃か。

この間、七月十五日には、「赤軍派と京浜安保共闘が合同し、連合赤軍を結成」する。

さらに、見逃せないのは、七月二十日の、この項である。「日本マクドナルド、ハンバーガー・ショップ第一号店を東京銀座の三越店内に開店」。

マクドナルドのハンバーガーについては、いずれまた詳しく触れることになるだろう。

さて、話の流れを元に戻そう。

シカゴが、グランド・ファンク・レイルロードが、さらにはレッド・ツェッペリンが初来日した一九七一年は、日本のロック史の上で、画期的な一年だった。

実際、『ニューミュージック・マガジン』一九七一年十二月号の「後記」で、同誌の編集長だった中村とうようも、こう書いている。

　1971年も残り少なくなってしまった。この一年は、わが国のロック・ファンにとっては、画期的な年だったといえるだろう。BST、シカゴ、グランド・ファンク、ピンク・フロイド、そしてレッド・ツェッペリンと、世界の一流ロック・グループが日本へやってきた。掛け声だけでひとつも実現しなかった昨年とは正反対の活況だった。

　この「活況」は一九七二年に入っても続く。同年二月には、すでに触れたように、クリーデンス・クリアウォーター・リヴァイヴァルが、三月にはピンク・フロイドとシカゴが、八月にはディープ・パープルが、そして十月にはレッド・ツェッペリンが来日する。

　しかし、クリーデンス・クリアウォーター・リヴァイヴァルやディープ・パープルはともかく、シカゴやピンク・フロイド、レッド・ツェッペリンは再来日（しかも、あまりにも早い再来日）である。

　つまり、事件性にとぼしい。ロックがロックであることの新鮮な衝撃力に欠ける。

　少し前に私は田川律の『日本のフォーク&ロック史～志はどこへ～』（シンコー・ミュージック　一九九二年）中の、一九七一年二月のBSTの初来日コンサートを回想した次のような一節を引用した。

ブラッド・スエット&ティアーズは、今でいうとフュージョン・ミュージックに類するものであり、必ずしも当時のロックの〝主流〟ではなかった。しかしはじめて〝本場〟のロックを聞けるということで、ビートルズのファンも、ローリング・ストーンズのファンもレッド・ツェッペリンのファンも、グレイトフル・デッドのファンもジミ・ヘンドリックスのファンも、みんなが聞きに来て、一万三千人も集まり、超満員になってしまった。

これは〝ロック〟の時代の、いわば〝幸せ〟な時代でもあったのだろう。

しかし、その〝幸せ〟な時代は、一年足らずしか続かなかった。

一九七二年に入ると、外国ロックミュージシャンの来日コンサートは、もはや、珍しいものではなくなった。当り前のものになってしまった。

確かに、この年、クリーデンス・クリアウォーター・リヴァイヴァルが、ディープ・パープルが、さらにはT・レックスが初来日した。

しかし、そのファンたちは個々の趣味や好みに応じて、お目当てのロック・アーティストのコンサートに出かけた。

その意味で象徴的なのは三月七日の東京だ。同じ夜、日本武道館ではシカゴが、東京都体育館ではピンク・フロイドが、それぞれコンサートを行なうはずだった（はずだった、と書いたのは、結局、シカゴの再来日はこの三カ月後の六月に延期されてしまったからだ)。つまり、ファンたちの住み分けが生まれ始めていたのだ。新しい文化、異物としてのロックが、ただの風俗として消費されつつあったのだ。もちろん、そこまで言ったら、言い過ぎであろうけれど、この年(一九七二年)の『ニューミュージック・マガジン』の来日アーティストレポートやコンサート評を眺めてみても、前年度のそれに比べて、かなり冷静である。

わずか一年の違いなのに。

それでは、日本のロックは、どうだったのだろう。

もう一度、『ニューミュージック・マガジン』一九七一年十二月号の編集後記に戻ってみる。その「後記」で、中村とうようは、先に引用した一節に続いて、こう書いていた。

日本からはフラワー・トラベリン・バンドがむこうへ行き、麻生レミが帰って来、成毛滋がイギリスを訪れた。日本のロック・グループが次々に新しく生まれて来た、とは言い難いが、でも新しい芽ばえは動きつつあるし、レコード会社も日本のものに力を入れるようになってきた。

『ニューミュージック・マガジン』のその号の特集は「ぼくたちにとっての伝統の問題」だ。三上寛の「俺の中の歌の歴史」や、あがた森魚の「昭和余年赤色エレジー」や、東由多加の「演歌ロック節」などに混って、松本隆が「ぼくらの『日本』をみつけよう」という一文を寄稿している。
　こんな書き出しではじまる。

　　ぼくらがたかが海の向こうの国の音楽に、これほどまでに熱狂的になるというのは、ぼくらもまた同じ状況のなかで生きているんだ、と感じているからだろう。そこには伝統や文化的背景を超えた共鳴が、確かにある。だが、ただそれだけでは話にもならない。問題は、どうしたらそれを自分の方に引きよせられるか、主体的な自覚にまで深めることができるか、ということなのだ。そしてここにいたっては、伝統や文化的背景を単にないがしろにするわけにはいかない。

　傍点をつけたのは松本氏本人である。松本氏はこの時、二十一歳か二歳だと思うが、ここでの松本氏は、元祖シティボーイたる永遠の「微熱少年」とは思えない、ある怒りの熱気に満ちている。そして私は、「微熱少年」を自称する氏よりも、この「熱気に満ちた」松本青年の方が好きだ。
　もう少し、松本青年の怒りの声に耳をかたむけてみよう。ちょっと長くなるかもしれないが、その長さに見合った内容をともなった言葉である。

アメリカ映画を見た帰りに、ショーウィンドーの中に映っている自分が日本人だ、ということに気付き驚くぼくらは、いったい何なのだろう。第三の文明開化といわれる戦後に育ったぼくらは、日本人といえば、あの「神国日本」を思い出す世代――大人たちとは、またちがった意味で、「日本」という言葉を恥ずかし気に捉える。確かに西洋とたいしてちがわない街で外人みたいに化粧した女の子と、洋風な生活を続けるぼくらには、もう「日本の伝統」なんか無関係かも知れない、だが、それらは、あくまで「西洋まがい」なのだ。そして日本は、どこにいっちまったのか。はたして、Gパンをはいて、街をぶらつくぼくらが、実は日本人だということと同様に、その西洋の拙劣な模写である街も、やはり「日本」なのか。だが、それは「日本もどき」でしかないのかもしれない。

ぼくらの日常は、この「西洋まがい」と「日本もどき」の谷間の中にうもれている。そして、夢に描いていた「西洋」を見失い、ふりかえってみると、「日本」さえ、喪失してしまっているぼくらは、まるで袋小路の中に迷いこんでしまった盲人のように不安なのだ。

当時、『ニューミュージック・マガジン』を舞台に、いわゆる日本語のロック論争というものが展開された。

簡単に言えば、日本語でロックが歌えるか、という論争である。

そう言われても、今の若い人には、まったく何のことだかピンとこないかもしれない。しかしこの問いかけは、実は、桑田佳祐とサザンオールスターズが登場する一九七〇年代末まで、ほぼ十年近く、根深く続けられていたのである。サザンオールスターズのあの衝撃的な登場を思うと、単に凡庸な自己模倣を繰り返す今の桑田佳祐の成り下りぶりが、感慨深い。時間の経過の恐しさを感じる。

日本語のロック論争に話を戻せば、当時、日本語でロックを歌う、例えば松本隆の「はっぴいえんど」は、その論争で、不利な立場にあった。にせもの扱いされた。まさに、「はいからはくち」扱いされた。例えば、中村とうようは、同じ特集に載せた「われわれに〝浪花節〟は存在するか」という一文で、こう書いた。「日本語のロックだの、日本語のフォークだのという、いかなる伝統をもうけつがない、単なる思いつきのシロモノなど、インテリの遊びごとにすぎない」。

その対極にあったのが、つまり本物と見なされていたのが、内田裕也が「むこう」に送り込んだジョー山中のフラワー・トラベリン・バンド（フラワーズ）だった。

そういう状況の中で、イラ立っていた松本青年は、力強く、こう宣言する。

残された手段は、ぼくらの日本を探し出すことだ。ぼくは「はっぴいえんど」に、それを賭けた、新しい日本的なるものを探すために（もう日本語でロックをやることについては何も言わない。そんなことはイロハの問題である。話してもわからない頭の悪い奴には唾をひっかけてやるだけだ)。

日本のロックに、埃のかぶった黴臭い伝統なんか最初からない。要は自分が、これからやることが新しい伝統になるのだ。

松本青年のイラ立ちは、慶応義塾大学の三田祭で、彼らのコンサートを妨害しようとした人間に向けられる。しかも、慶応大学は、松本青年の出身校だった。

日本のロックがはっぴいえんどで本当にハッピーエンドにならないようにするのは、ぼくたちの仕事ではない。ぼくは啓蒙しようなんぞ、考えたこともないから、別にここで終ったって痛くもかゆくもないのだ。最初に言ったように、乏しい状況の中でアンノンとしていてはいけない。共鳴しているだけじゃだめだ。問題は、演奏《やる》のは君だということ、聴くのは君だということ(三田祭のコンサートで、はっぴいえんどに石を投げつけた諸君よ、ぼくらの「風街ろまん」をそれで打ち負かせたつもりなら、とんだ思いあがりだぜ)。

風は歴史を超えて吹いてくる。そしてその限りに風は伝統だとも言える。だとしたら、風街ろまんから新しい日本的なるものを聞きとるのはそんなに難しいことではない。それは、はっぴいえんどが、精製した風を、君が自分の顔に受け止める時だ。

つまり、「風の歌を聴け」、というわけだ。

三田祭のステージでの観客のあり方を、ここで松本青年は問題にしているけれど、やはり同じ号の『ニューミュージック・マガジン』の「ミニ・レヴュー」のコーナーに、吉岡忍青年の、「苦痛を自覚するものとしてのキャンパス・ロック」というレポートが載っている。各大学の学園祭でのロック・コンサートの見聞記である。

そのレポートの前説として書かれた言葉が、当時の吉岡青年とロックの関係をよく表現している。

夕陽がさしているときには、ロックは聴かない。気分がいいときに、ロックを聴くなんてまっぴらだ。レコードをまわす。まわすまえよりも、もっと激しい痛みが胃をおそい、胸をつまらせる。待つ。やがて、何かがきこえてくるまで、じっと待つ。エルトン・ジョンのむこう、ビートルズのむこう、シカゴのむこう、ローリング・ストーンズのむこう、ピンク・フロイドのむこう、あらゆる音のむこうに、おだやかな、広々とした、ある静けさがきこえてくる。

10月下旬から11月にかけて、むやみと気分が悪かった。どんなにレコードをまわしてもあの静けさはきこえてこなかった。それだからロック・フェスティバルに行ってみようと考えたのだ。

く。

しかし、ここで彼が求めているのは、ただの「静けさ」ではない。「ある静けさ」と彼が表記していることに注意したい。彼の求めているその、「ある静けさ」は、ロックの中にしか求めることが出来ない（この場合のロックとは、広義の意味でのロックである）。

例えば彼は、立教大学文化祭実行委員会の主催するコンサート「吉田拓郎の世界と現代」に出かけ、こういう感想をもらす。

「タクロー！」。会場にあてられたタッカーホールにすべりこんだとたん、制服の女子高生の歓声。吉田拓郎は、いまや、女子高生のスター。拓郎の真意など知らない。ステージの背景のスクリーンには、裸の女だとか、ストリップ小屋の入口のスライドなどがうつしだされ、そんな絵の前で、彼は「やっと気づいた！」と絶叫する。彼を見つめる少女たち少年たち千五百人の目は、ひどく輝き、ひどくうつろだ。ステージが終ったとき、アンコールを求める拍手と、黄色い歓声。拓郎はそれを無視した。花束を持ってステージの袖までかけつけた女子高生を無視した。そうだ。それでいい、拓郎、上できだ。あの苦りきった最後の表情を見たがらないヤツは、相手にするな。

ところで、この吉岡青年の一文は、合わせて四つの大学の学園祭のロック・フェスティバルがレポートされているのだが、そのレポートを読み進めて行くと、ある日本語ボーカルのロックバンドが、その時、尖端的な学生たちから強い支持を受けていたことがヴィヴィッドに伝わってくる。

第二十二回　頭脳警察の「うた」を必要とした若者たち

『ニューミュージック・マガジン』一九七一年十二月号に掲載されたルポ「苦痛を自覚するものとしてのキャンパス・ロック」で、吉岡忍青年は、同年十月二十九日、信州大学の学園祭で開かれた「スーパー・イモ　ド田舎・ロック・フェスティバル」の模様を、こうレポートする。

そんなふうに始まったフェスに、反乱を起こしたのは、まわし飲みされた酒と、安全バンドだった。椅子をけって、踊りだしたものが20人ほど。ローソクと石油ストーブのあかりのなかで、みんなの足はカタカタと動く。反乱を制度化したのは、ブルース・クリエイションだ。そのあとの頭脳警察は、ふたたび反乱に火をつけた。のっけから「戦争宣言」。みんな動きだした。激しく身体をゆさぶって、叫びながら。ステージの上のローソクがぶっ倒れる。会場の下の学生課をのぞくと、不安げな職員がウロウロ。便所のまわりは、学生たちが何人もうずくまっていた。苦しげにむせかえり、足元には吐いたあと。

続けて、十一月二日に日大芸術学部の江古田祭で行なわれた「ロック朗読会」のレポートも載っている。

集まった三百人の学生をもっともわかせたのはゲッセマネだ。13歳だとかいうチビのドラマーは、全身でドラムをぶったたき、ちょっとしたスターだった。彼らの前に出たバンドのなかには、マイクの使い方すらおぼつかないものがいて、そのシラケた演奏ぶりは、むやみと大仰なライトとあいまって、聴いているものをうんざりさせたのだ。頭脳警察は、遅れてやってきた。みんなは、待っていたのだ。ライトがいちだんと暗くなった会場で、ヘルメットをかぶり、金属製のゴミ箱をうちならす学生たちに、「彼女は革命家！　彼女は反帝学評！」と叫ぶパンタ。「バカ天皇が旅に出たよ！」。

当時十三歳だとしたら、たぶん、一九五八年生まれの私と同じ年だ。ずいぶんと早熟だったこの「チビのドラマー」は、今、どこで何をしているのだろう。

吉岡青年の江古田祭のルポは、こう結ばれる。

外では「江古田美人コンテスト」。応援団が原価10円にも満たないソーセージを二百円で押し売りしていた。カッコいい男たち、女たちが、かっ歩し、江古田祭のスローガン「嵐がすぎ去ったあとで、わたしたちはいま……」とささやく。再び嵐を！

連合赤軍について述べた章で詳説したように、一九七一年がおわり一九七二年がはじまろうとするこの時期は、一つの「嵐がすぎ去った」時期だった。特に、ラディカルな若者にとっては（この場合のラディカルとは、運動に直接参加した人々だけでなく、そのシンパも含む）。そういう若者たち、「再び嵐を！」と求める若者たちによって、当時、強く支持されていたバンドが頭脳警察だった。

支持されていた理由の一つに、そのメッセージ性がある。つまり、日本語のその歌詞のメッセージ性。日本語に傍点を振ったのは、前回述べたように、当時、はたして日本語でロックを歌えるかという論争があったからだ。

『日本のポピュラー史を語る』（村田久夫・小島智編、シンコー・ミュージック　一九九一年）で、頭脳警察のボーカリストだったパンタは、こう回想している。

オリジナルなものを、それも日本語でやりたいってことで、頭脳警察つくるわけ。ちょうど、日本の音楽自体が過渡期でしたね。「日本語のふぉーくとろっく」なんてコンサートが開かれたのもこのころだよ。GSの断末魔のころで、フラワー（トラベリン・バンド）なんてグランドファンク（レイルロード）のコピーうまかったけど、やつらは「日本は一年遅れてる。今は吸収」って言う。それも一理だと思ったけど、おれはとにかく下手でもオリジナルって考えた。

日本語の歌詞にこだわるという点では、頭脳警察のパンタは、はっぴいえんどの松本隆に共通する。しかし、松本隆が手弱女《たおやめ》振りであるのに対し、パンタは益荒男《ますらお》振りである（もちろんパンタには、「さようなら世界夫人よ」をはじめとするロマンティックな名曲や、はっぴいえんどを思わせる「ふりかえってみたら」等の佳品があることは知っているものの）。つまり、はっぴいえんどは、政治の季節の時代の「嵐」をさりげなくかわし、それに対して、頭脳警察は、その「嵐」に直面した。

それは彼らの置かれていた環境（通っていた学校）の違いによるのかもしれない。はっぴいえんどの松本隆は下からの慶応ボーイである。そして細野晴臣も下からの立教ボーイである。東北出身の大瀧詠一は早稲田大学の学生であったけれど、そうである前にまず、根っからのアメリカンポップス小僧だった。

先のインタビューで、パンタは、続けて、こう語っている。

頭脳警察は本当は純粋なロック・バンドのつもりだったけど、やっぱり時代の風潮は大きくて。おれ、関東学院大学なんだけど、赤軍派の拠点校だったんだよ。だから、運動やってるやつばっかりだったんだね。おれは決してコミュニストじゃないけど朱に染まって、おれも赤くなっちゃった。でも考えてみたらいい時代だったと思うよ。この時期を越えたからこそ、ものごとを冷静に判断できるようになったんだから。「世界革命戦争宣言」に感動したことがあって、その中の文章を日比谷野音のコンサートの時に最初はつぶやくつもりだったんだけど、叫んじゃった。そのころから政治的でラジカルなバンドとして認知されていく。で、ライヴで作ったファースト・アルバムは発禁。で、スタジオで録り直して、ヤバイ曲はずしたのにそれも一カ月で発禁。

その「時代の風潮」を、頭脳警察の歩みと共に、ここで振り返ってみよう。

パンタこと中村治雄がトシ（石塚俊明）と二人で頭脳警察を結成したのは一九六九年十二月。翌七〇年四月一日、神田共立講堂で開かれた「ヘッド・ロック・コンサート」でライブ・デビューする。赤軍派により日航機がハイジャックされ、いわゆる「よど号事件」が起きたのはこの前日、一九七〇年三月三十一日のことであり、よど号は福岡空港と韓国金浦空港を経由したのち、同四月三日、北朝鮮の平壌に到着する。神田共立講堂で頭脳警察がライブ・デビューした四月一日は、奇しくも、日比谷公会堂で赤軍派が政治集会（日本革命戦線結成大会）を開く予定だったのだが、事件のため不許可となった。

頭脳警察がロックファン以外からも話題となったのは、同年五月七日、有楽町の日劇で行なわれたウエスタン・カーニバル（GSブームはとうに過ぎ、ウエスタン・カーニバルそのものは、もはや世間の注目を殆ど集めていなかった）の舞台での「マスターベーションの事件」によってである。頭脳警察とウエスタン・カーニバルとは、あまりにもミスマッチな気がするけれど、それが、当時の時代の混沌を良く表わしている。

そして同年六月十二日には、日比谷野外音楽堂で開かれた革共同の政治集会に出演し、政治的にも尖鋭的になって行く。

その尖鋭性は翌一九七一年に入ってますます磨きがかかる。

先に引いたインタビューで、パンタは、「『日本語のふぉーくとろっく』なんてコンサートが開かれたのもこのころだよ」と語っていたけれど、それは一九七一年六月三日に日比谷野外音楽堂で開かれた「第2回　日本語のろっくとふぉーく」のことである（当初「日本語のろっくとふぉーく」と題されていたこのイベントが「日本語のふぉーくとろっく」へと変更されるのは翌一九七二年の第三回以降のことである。はっぴいえんどや頭脳警察の質の高い試みはあったものの、当時、日本語はやはり、「ろっく」ではなく「ふぉーく」でなければそのリアリティーを表現出来ない言語であると見なされてしまったのだろう）。

「第2回　日本語のろっくとふぉーく」のステージで、頭脳警察は、「銃をとれ！」の演奏中に赤軍派の活動家を登場させ、聴衆に向ってアジ演説をやらせる。聴衆に対するこの挑発は意図的なものだった。

『ニューミュージック・マガジン』一九七一年七月号に頭脳警察のミニ・インタビューが載っていて、その前フリに、こうある。

今年5月22日、同じ日比谷野音でブレヒトの「赤軍兵士の詩」や「物真似ザル」を演奏し、激しいアジをぶつけた。聴衆は彼らを無言と拍手で迎え、ピース・サインを送った。

この日のコンサートを、彼らは「予想していた」が「失望した」と言う。

「最近のコンサートは……」というインタビュアー（酒巻裕三）の質問に、トシとパンタは、こう答える。

トシ 日比谷なんかじゃ本当のコト唄えない。あれウソ。一度小さなホールで聴いて下さい。

パンタ 「物真似ザル」なんかヒドイよね。

このパンタの発言の意味は、「物真似ザル」の歌詞で批判されている「物真似ザル」がまさに、コンサートでこの歌を聴いている聴衆であることに彼（彼女）らが少しも気づいていない点にある。だから、インタビュアーの、「あれ、みんな自分の事言われてるとは受け取らなかったみたい」という質問に、パンタは、こう答える。

「今日の主催者を爆砕する！」なんて時だけ興奮しちゃう。最近のコンサート、段々緊張感なくなってくみたい。5・22の日比谷ネ、ああでもしなきゃ。でも二度しない。落武者が大勢来てると思ったの。でも思惑ちがい。混乱覚悟で××君なんかナイフにぎってたのに。

それから聞き逃してはならないのは、インタビューの最後でパンタがさりげなく口にするこのひと言だ。

はっぴいえんどのマネージャーの石浦さんによく言われる、はっぴいえんどと頭脳はお互いに引っぱりあってなきゃいけないってね。

パンタは一九五〇年二月五日生まれだから一九四九年七月十六日生まれの松本隆と同学年になる（次回、私は、もう一人の彼らと同学年ロック・ミュージシャンを話題にしたい）。このあたりの世代から、日本語に対する新しいリズム感とメロディラインを感じ取る（作り得る）人々が登場する。

野音の観客に少し失望したパンタも、その二カ月後、千葉県成田市の三里塚で開かれた「三里塚反戦祭」（いわゆる「日本幻野祭三里塚1971」）に集まった観客たちの熱狂的な支持には満足しただろう。そのコンサートで頭脳警察を中心としたロック勢は、高柳昌行や高木元輝らのジャズ勢に圧倒的に勝利したと言われている。

一九七一年二月二十二日、新東京国際空港の建設予定地だった千葉県成田市三里塚で、建設反対派農民の所有地に対する強制収用代執行が開始され、三月二十五日の終了時までに、警官を含めて千人以上の人が負傷し、四百八十七名が逮捕された。さらに同年九月十六日から二十日にかけて第二次代執行が行なわれ三名の警官（機動隊員）が犠牲になった。

その翌日、九月十七日のことを憶えている。

私の通っていた世田谷の公立中学の野球部の同学年生にW君がいた。スポーツ万能で勉強も良く出来たW君は、少し反体制的なにおいも感じさせていたけれど、大企業のエリートである自分の父親のことを複雑に尊敬していた（確かW君は父親に直接学んだ剣道の腕もなかなかのものだったはずだ）。

九月十七日の放課後、野球部の練習前に、W君は、三里塚で警官を焼き殺した、、、活動家の若者たちに激しい呪詛《じゅそ》の言葉を口にした。私はW君のことを早熟な反体制的なやつだと思っていたから、W君のそこまで激しい怒りに驚いた。私は、その事件に対して、怒りより恐怖の方が先立っていた。

早熟だが優等生的でもあったW君は、ロック音楽はビートルズしか認めていなかった。そんなW君が、ある日の昼休み、ロック仲間の友人に、廊下で、やっぱりレッド・ツェッペリンもいいね、と話しているのを耳にしたことがある。ツェッペリンはおろかビートルズも、もちろん有名な曲は耳にしたことがあるものの、詳しく知りはしなかった奥手な私は、その会話の具体的な意味をわからなかったのに、三十年経っても、なぜか、ぬすみ聞きした彼ら二人のやり取りを忘れない。

同学年といっても一緒のクラスになったことがないから詳しい事情はわからないけれど、中学三年になると、かつて学年一位を取ったことがあるW君の成績は、ぐんぐんと下っていった。

大学を卒業する頃、風の噂でW君の消息を聞いた。一部でカリスマ的人気をほこるパンク・バンドのリーダーだという。

話を頭脳警察に戻す。

三里塚闘争がそういう動きを見せていた第一次強制代執行と第二次強制代執行の間の一九七一年八月十四日から十七日にかけて三里塚で「幻野祭」が開かれ、頭脳警察は聴衆の最高の支持を受けた。そこで演奏されたのが「世界革命戦争宣言」「赤軍兵士の詩」「銃をとれ」のいわゆる〝革命三部作〟である。

そういう背景の中で、最初に引いた吉岡忍のレポートにあったように、この年秋、頭脳警察は、各大学の学園祭のロックコンサートで、一番輝く存在になっていたのだ。日本語の歌詞の、そのメッセージの過激性は、はたしてどこまでリアルに、パンタたちの思い通りに伝わったかは、わからないものの。

一月七日の遠山美枝子に続いて、行方正時が、連合赤軍の「総括」の六人目の犠牲者となった一九七二年一月九日、京都府立体育館でオール・ジャパン・ロック・フェスティバルが開かれ、麻生レミや村八分、井上堯之グループらと共に頭脳警察も出演した。同ロック・フェスティバルは翌一月十日には東京都立体育館で開かれた。

その二日間のライブ音源をもとにレコーディングされたのが頭脳警察の幻のデビュー・アルバム『頭脳警察1』である。

幻のと書いたのは、最初に引いたインタビューでパンタも語っていたように、このデビュー・アルバムは、〝革命三部作〟をはじめとする過激な歌詞がレコード会社の上層部で問題となり（その点で彼らは、日比谷野音の聴衆よりずっとリアルにこの日本語歌詞のメッセージを受け止めたことになる）、プレスすらされることなく、そのまま発禁となってしまったからだ。

そこで今度は、「スタジオで録り直して、ヤバイ曲はずし」て二枚目のアルバム『頭脳警察セカンド』を一九七二年五月にリリースするのだが、これも発売わずか一カ月にしてレコ倫からクレームがつき発禁となる。

『頭脳警察セカンド』はそれでもオリジナルが市場に数千枚は流通し、一九八一年には再発売された。

それに対して、発売前に発禁処分を受け、のちに一九七五年末、通信販売で六百枚だけプレスされた『頭脳警察1』は、ずっと幻のままだった（一九九〇年のインタビューでパンタが、「このころのアルバムは今、一枚百万円ぐらいで取り引きされてる」と語っていたのは、このアルバムのことを指す)。一般の人の耳に届くようになったのは、つい最近、最近も最近、今年、二〇〇一年の夏のことである。

その『頭脳警察1』の三十年振りのリリースを記念して、雑誌『ロック画報』が頭脳警察の特集を組んだ(二〇〇一年七月二十五日号)。「頭脳警察ストーリー」(高沢正樹)や「『頭脳警察1』全曲解説」(中野泰博)や「『幻野』が現出させた政治の時代の物語」(小川真一)といった記事と並んで、酒巻裕三という人の「闘争と演奏の現場で接したパンタとトシの身ぶり」と題する回想文が載っている。

「一九六〇年代から七〇年代、ニューミュージック・マガジン社とローリング・ストーン社の編集部での各地のロック・シーンをレポート。最近二十五年間は長野オリンピックの会場移転等、環境業務の第一線で活躍」とプロフィールにある酒巻裕三は、注意深い読者なら憶えているように、先に引いた『ニューミュージック・マガジン』一九七一年七月号に載ったパンタのミニ・インタビューのインタビュアーである。

目次に「闘争と演奏の現場で接したパンタとトシの身ぶり」とあるその回想文の、本文頁を開けると、それは副題で、正式タイトルは「バリケードの時代　歌を超え出た『うた』」だった。

その一文で、酒巻氏は、パンタの「うた」を切実に必要としたその頃の時代層を、こう回想している。

日本がますますベトナム戦争の後方基地として深入りしようとする「佐藤首相訪米」の時、人が人を殺す戦争に反対し、（できるはずもないのに？）何とか止めたいと思い、私は自分の意志と自分の足で一人羽田空港に向った。

（中略）

当時の私は、不正や矛盾に対して傍観者を決め込むモノ言わぬ若者でいたくはなかった。戦争を海の向こうのことのように語る人にはなりたくなかった。

（中略）

しかし、１９６９年に入ると東大、日大など多くの大学に機動隊が導入され、学生たち若者の運動はそれ以上の広がりをもてないまま、国家権力というものに力でねじ伏せられていった。

その結果、少なからぬ運動が離散し、一方で先鋭化していった。

（中略）

焦燥感と挫折感がますます綯い交ぜになっていく時代の中では、心の内面をなでていくフォークの歌に満足できなかった人も多かった。そんな時、頭脳警察の歌が聞こえてきた。

日本語の「ふぉーく」に満足できなかった酒巻氏をはじめとする当時の若者は、頭脳警察のパンタが口にする日本語の「ろっく」の詞に確かなリアリティを感じた。
だから頭脳警察の「うた」を耳にしてから三十年後、酒巻氏は、この一文を、こう結ぶ。

頭脳警察にとって歌詞は今も重要だが、研ぎすまされた感性で言葉を越え、バリケードが消えた街で後退戦を戦い続けてきたのだろう。人は言葉によって愛を語るけれど、言葉で裏切りも、合理化もする。
時代は優しさを振る舞うことができるけれど、この世に不条理が押し通る限り頭脳警察の「うた」が消えることもないだろう。

同じ特集にパンタのインタビュー「ロックが当たり前の時代になって俺はまだ藪の中を歩いてる」(インタビュアーは広瀬陽一)が載っている。

第二十三回　キャロルとロキシー・ミュージックが交差した瞬間

雑誌『ロック画報』の頭脳警察特集号（二〇〇一年七月二十五日号）に掲載されたインタビュー「ロックが当たり前の時代になって俺はまだ藪の中を歩いてる」でパンタは、一九七〇年六月十二日に日比谷野外音楽堂のステージで赤軍派の「世界革命戦争宣言」を口にした時の思い出を、こう語っている。

ある日、大学の立て看の前でタバコ喫ってたら、ちっちゃい男が出てきて、学生集会来ないかって誘われてさ。それが最初のきっかけだね。（中略）で、その彼が「今度『世界革命戦争への飛翔』という本が出たんで、貸すから読まない」って言われて、「いや、俺買うよ」って、横浜のルビコン書房でその本を買って、うちでパラパラ見てたんだ。そしたら最後の巻末の付録に「世界革命戦争宣言」が出てたわけよ。たまたまその翌日が日比谷のコンサートだったのね。それで、「よし、この文章を囁こう」と思ったんだけど、ステージに上がったら、頭に血がのぼっちゃってて、気がついたら叫んでたっていうね。そういう事態に陥るんだけど、それまでは明らかにノンポリだったね。

その一年後、一九七一年五月二十二日、やはり同じく日比谷野音のステージで、パンタは、「赤軍兵士の詩」を披露し、夏には千葉県三里塚の日本幻野祭に出演する。幻野祭で「銃をとれ！」を歌った時のイラ立ち、心の葛藤を、こう回想している。

思ったことと現実のジレンマが、「銃をとれ！」だろうな。あれは自分に向けてるんだよ。やるとしたら火炎ビンじゃねえだろうという。なんかまず思ったのは、なんで戦争っていいながら火炎ビンなの？　普通爆弾だろ、銃だろ、ってことだったんだ。その後の赤軍派は当然の如くそっちの方向に行くんだけどさ。でも、これまた俺は正しいこと言ってると思ったんだ。

そういう先鋭的な意識を持っていたパンタにとって、フォークの人びとは嫌悪の対象でしかなかった。

例の「みんなで手をつないで」みたいな仲間意識っていうか、宗教色っていうか。

なんかナヨっとしてて、いざとなると投げ出すぜ、こいつらって感じがしてさ。それはあえて戦わないっていう意志、いわゆるガンジーとかの確信犯的な非暴力主義とは違うんだよ。そういうものだったらおおいに認めるけどね。

まして、新宿西口広場のいわゆる「フォーク・ゲリラ」など認める気になれなかった。フォーク・ゲリラの中心にいたのはベ平連（ベトナムに平和を！　市民連合）の若者たちだったが、同じくこのインタビューで、パンタは、「〝ベトナムに平和を市民連合〟なんて大嫌いだった」と語っている。

パンタはベ平連の若者たちを嫌いだったかもしれないが……。

一九七一年秋の各大学の学園祭での頭脳警察のステージに熱く共鳴していた吉岡忍青年（『ニューミュージック・マガジン』一九七一年十二月号）はベ平連の活動家だった。同じく頭脳警察を強く支持し（『ニューミュージック・マガジン』一九七一年七月号）、三十年のちにも、「この世に不条理が押し通る限り頭脳警察の『うた』が消えることもないだろう」（『ロック画報』二〇〇一年七月二十五日号）と口にする酒巻裕三は、ベ平連の活動家で西口フォーク・ゲリラの中心人物だった山口文憲の親しい友人だった。

パンタは当時のフォークの人びとが嫌いだった。なまぬるく感じていた。そのひとつの象徴が新宿西口のフォーク・ゲリラだった。しかし他ならぬフォークの人間でありながら、西口フォーク・ゲリラに批判的な人もいた。

高田渡はシングル盤『自衛隊に入ろう』（一九六九年十二月）のB面に「東京フォーク・ゲリラの諸君達を語る」という曲を収録し、フォーク・ゲリラの人びとを痛烈に皮肉った。

自伝『バーボン・ストリート・ブルース』（山と溪谷社）で高田渡は、当時のことを回想して、こう語っている。

そもそも僕は集団のなかに入ってなにかをするというのがあまり好きではない。たとえばデモに行くのだったら、自分一人でゼッケンを引っ掛けて行くのが本来の姿だろうと思うのだ。印刷したゼッケンをみんなでぶら下げていくようなものは、デモでもなんでもない。それはただの残業である。

フォークゲリラのことでいえば、その中心になっていたのは、べ平連の若者たちであった。

（中略）

しかし、実を言うと僕はべ平連をあまり好きじゃなかった。なにしろ僕がこの世の中でいちばん嫌いな男のひとりが小田実だったからだ。

当時、僕のなかで引っ掛かっていたのは、「日本の中がグチャグチャになっているのに、ベトナムがどうのこうのという話ではないだろう」ということだった。大事なのは、まず日本の問題をどうするかということだ。ところが小田実は「世界を見ろ、世界のことを考えるべきだ」と言っていた。うちの中には飯粒がひとつもないような状態なのに。

いきなり世界（社会）のことではなく、まず「うちの中」の「飯粒」を問題にするのは、私小説的リアリズムの視線である。だがその社会性の欠如は「四畳半フォーク」として蔑視された。もっと世の中にアンガージュせよというわけである。

高田渡は、こう述べている。

言いすぎかもしれないが、学生運動のただ中にいた人たちは、ある意味で自分たちの都合のいいようにフォークソングを利用していたのではないかという気がする。それが利用できないとなると、手のひらを返してこっぴどく叩く、自分たちからはなにも創造しようとしないくせに、それはズルイだろうという気持ちが僕にはあった。

高田渡は共産党の活動家だったこともある父親につれられて、六〇年安保の大衆運動を少年時代に目の当りにした。

そのときのことをあとで振り返ってみて思ったのは、「やはり権力は強く、大衆は弱者なんだな」ということだった。子供心にもびっくりするぐらい大勢の人たちが日本を変えようとして立ち上がったのに、結局は潰されてしまったのだから……。

六〇年安保という出来事を通し、幼心にも僕は権力の強大さを知った。その六〇年安保のときと比べてみると、七〇年安保に参加した学生の意識は明らかに低下しているように感じられた。六〇年安保のときの学生は死ぬ気でやっていたのに潰された。七〇年安保の学生は親のスネかじり、部活感覚のヤツらばかりのように思えた。僕の知っている範囲かもしれないが……。

だから、高田渡は七〇年安保のときに「一歩退いて見ていた」。つまり、ある意味で、早熟だった。さすが「四畳半フォーク」。シラケ世代の先駆とも言える。

しかし高田渡は単にシラケていたわけではない。一人だけの戦い方を考えていた。

だからといって弱い者は黙っていればいいとは決して思わなかったし、弱い者は弱い者なりの戦い方があるはずだと、僕は僕なりに考えていた。

いずれにせよ、片やロックの、片やフォークの、人間でありながら、パンタと高田渡の見解は驚くほど似ている。だが、たとえ似ていたとしても、その二人の見解は、時代の中で、一つに合わさることはなかった。リアリズムの視線によって高田渡は、「うちの中の飯粒」を問題にし、パンタは、（火炎ビンではなく）「銃をとれ！」と叫ぶ。

リアリズムとは、また、言葉（日本語）の有効性への信頼でもある。
『ロック画報』のインタビューで、パンタは、インタビュアー（広瀬陽一）の、「頭脳警察がデビューしてから20年、30年かかって、日本の音楽シーンも、ようやく日本語のロックが当たり前のこととして流通する状況が訪れたわけですよね。そういう状況を『先駆け』としてはどう見てますか」という質問に、こう答えている。

いや、基本的になんら変わってないと思うな（笑）。やたら、英語使いまくるじゃない。あんた、そんなに英語が堪能なのって思っちゃうよね。またそういう英語使いまくる奴に限って、日本語がちゃんとしてないんだよ。自分の母国語を大事にできないような奴が、人の国の言葉を尊敬できますかっていう。

そういう意識の中、頭脳警察（このバンド名自体、アメリカのロックミュージシャン、フランク・ザッパひきいるバンド「マザーズ・オブ・インベンション」のデビューアルバム『フリーク・アウト』（一九六六年）に収録中の曲「フー・アー・ザ・ブレイン・ポリス？」の「ブレイン・ポリス」を日本語に直訳したものだ）のパンタは、一九七〇年代初め、はっぴいえんどの松本隆らと共に、日本語でロックすることに格闘していたのだ。
前回でも述べたようにパンタは一九五〇年二月五日生まれ。松本隆は一九四九年七月十六日生まれ。つまり二人は同じ学年である。

そして同じ頃、もう一人、彼らと同学年の日本語ボーカルのロックミュージシャンが音楽シーンに登場する。ただし日本語ロックであっても、そのボーカリストの歌う日本語は、パンタや松本隆の歌詞のようにリアルではなく、陳腐だった。しかもその陳腐さこそがまさにロックだった。

一九四九年九月十四日生まれの矢沢永吉がキャロルを結成したのは一九七二年八月十五日のことだった。キャロルの軌跡を描いた『暴力青春』（キャロル著、ワニの本　一九七五年）に、こうある。

焼けつくような真夏の太陽の下で〝野望〟と〝ニヒル〟と〝しらけ〟の奇妙な三人がひとつになった。三人を結びつけたものは、音楽とも、かなしさとも、やさしさともいえる。

三人はその足で、川崎のジョニーの家に行って乾杯した。そして、バンドのイメージや名前を相談しあった。

みんなビートルズにイカれていた。そのビートルズが青春をかけた、ハンブルグ時代に憧れを持っているのも同じだった。

「リーゼントに皮ジャンで、ロックン・ロールをやりたいな」

と、ジョニーがいいだした。それがハンブルグ時代のビートルズのトレード・マークだったからだ。すぐエーちゃんもウッちゃんも賛成した。

のちに彼らのイメージを決定することになる「リーゼントに皮ジャン」というスタイルは、実は、ハンブルグ時代のビートルズを真似たものだった。

だが、一見アナクロとも思えるこのファッションは、一九七二年という時代にあって皮肉にも新鮮だった。しかも国際的に。

『ニューミュージック・マガジン』一九七二年十月号にカール・ベルツの「ロックの苦難の時期一九六九年〜一九七一年」という評論が訳出されている（翻訳は三井徹）。

私は、先に、ブラッド・スウェット・アンド・ティアーズ（BS&T）やシカゴが初来日した一九七一年が、日本におけるロックの元年であると述べた。元年でありピークでもあったと。つまり、ロックがロックとしての一番の輝きを帯びていた年であると。

ところが、ベルツによれば、ロックの本場アメリカやイギリスでは、ロックが「最も充実した瞬間を楽しんで」いたのは一九六八年末であり、「一九六九年からの三年間にロックは夢から醒め、方向が定まらず」、そのくせ大衆化（商業化）だけが進んで行ったという。例えばBS&Tについて、ベルツはこう語る。

このグループは1968年には、ロック音楽の将来に対して新しい方向を示していたのでもあった。ところが、最初のアルバム、『ザ・チャイルド・イズ・ファーザー・トゥ・ザ・マン』が出たあと、クーパー（アル・クーパーのこと——引用者注）はグループを去り、代りにヴォーカリストのディヴィド・クレイトン＝トマスが入ったのである。１９６９年、70年とこのグループは、「スピニング・ホイール」といったシングルや、アルバムを出したり、一般公演を行なって非常な成功を収めるようにはなった。しかしながら、その過程で、ブラッド・スウェット・アンド・ティアーズはクーパーが本来いだいていた考えの可能性を発展させることはせず、安全で大衆的な型にはまった演奏をするようになったのだ。そしてそれに続いて、例えばシカゴといった他のグループも同じ型をとるようになり、新生面を切り開いていく可能性を放棄してしまった。

その、初期の「可能性を放棄してしまった」ＢＳ＆Ｔやシカゴの演奏に、一九七一年の日本のロックファンは大興奮してしまったのである。

一九六九年頃からロックが大衆化していったのは、単に音楽的な部分だけではなかった。ヴィジュアルな部分もあった。

ロックの趨勢を大衆化してしまう動きは他の領域ではもっとあくどいものであった。例えば、１９７０年、71年にシャ＝ナ＝ナというグループが、〝ロックン・ロール・リヴァイヴァル〟を食いものにして成功した。このリヴァイヴァルのもとになったのは、ビートルズのホワイト・アルバムとか、ロックの歴史の本が何冊か出たこととか、エルヴィス・プレスリーがライブの歌手として復帰したこととか、フランク・ザッパが50年代のバラッドをパロディ化したこととか、10年近くロック界から離れていたいくつかのヴォーカル・グループが再登場したこととかであった。シャ＝ナ＝ナは初期のロックのスタイルとフィーリングを再生しようとした。

ロックンロール元年は普通、チャック・ベリーがデビューした一九五五年であると言われている（ちょうどこのベルツの評論が訳出されている『ニューミュージック・マガジン』一九七二年十月号はチャック・ベリーの特集号で表紙も彼の似顔絵だ）。それからわずか十五年足らずでロックは一つの様式化され、自己模倣の対象となってしまう。伝統となり歴史化される。しかもちょうどこの一九七〇年前後、ジェリー・リー・ルイスやビル・ヘイリーといった、ロック草創期の生き証人たちがカムバックし、アメリカでいわゆる「ロックンロール・リバイバル」がブームとなる。

自己模倣は単なる商業主義におちいりがちだが、ただし、まれにではあるものの、新しい文化を生み出すこともある。つまり、キッチュという名の批評性を有している場合に。それが一九七二年にイギリスで生まれたロキシー文化だ。

雑誌『音楽専科』の一九七二年十二月号（音楽専科社）に、片庭瑞穂という人がその年の夏にイギリスのウェンブリーで見たあるロックバンドのコンサートの見聞記が載っている（引用は『音楽専科復刻シリーズ』13［音楽専科社　二〇〇一年］による）。バンドの名前はロキシー・ミュージック。

そのステージは、まさにロキシー・ファッションのオンパレード、鮮かな色のサテン、ラメ入りスパンコール、カカトの高い銀色のブーツ……ちょうどシャ・ナ・ナをカラフルにしたような感じ。

ご多聞《ママ》にもれず顔には化粧もしているし、なかには昔なつかしいリーゼント・ヘアーの者もいる。

彼らの着ているこういうコスチュームや派出な靴などは別に特別注文してつくったものではなく、ロンドンのブティックに行けばいつでも買える。

実際にこんなファッションを着た若者たちを、客席でも街でもみかける。

最初に収録されている曲のタイトルのように、まさに、五〇年代のロックを一九七二年風に「リ・メイク／リ・モデル」したファースト・アルバム『ロキシー・ミュージック』（一九七二年六月）のアルバム・ジャケットを開くと、ロキシーファッションを身にまとった五人のメンバーのポートレイトが載っている。ギターのフィル・マンザネラとサックスのアンディ・マッケイは黒い皮ジャンを着ている。アンディはまた髪をリーゼントできめている。ボーカルのブライアン・フェリーの髪もリーゼントだが、アンディの正統リーゼントとは違って、こちらはちょっと変型。しかもブライアン・フェリーは皮ジャンでなく、トラ柄のジャケットをはおっている。フェリーのトラ柄に対して、同じブライアンでも、シンセサイザーのブライアン・イーノはヒョウ柄（?）だ。

つまりロキシーファッションは、五〇年代風ではあっても、例えばシャ・ナ・ナのそれのように、単純ではない。

キャロルを結成した矢沢永吉は、結成間もないある日曜日の夕方、「寝ころんで、何気なくテレビを見ていた」。放映されていたのはフジTVの若者向けの音楽番組「リブ・ヤング」だった。『暴力青春』にこんな一節がある。

画面には、その当時、イギリスで流行っているというロキシー・ファッションが映っていた。リーゼントに皮ジャンの若者たちが、現われては消えた。

「へエー、いまごろ、こんなことやってるの」

エーちゃんは自分たちのアイデアが、イイ線までいっていたと、ちょっと得意気だった。

画面の下に字幕が流れた。〝ロキシー・ファッション、出演者募集〟と書いてあった。エーちゃんは、別段、気にもとめなかった。

それから、一時間ぐらいして、

「エーちゃん、〝リブ・ヤング〟みた?」と、ジョニーが駆け込んできた。

「うん、みたよ」

「オレ、ハガキ出したんだ」

「おまえ、キョクタンだねー」

エーちゃんは、驚いてジョニーの顔をみた。そして、〝こいつ、なかなかヤルじゃないか〟と、感心した。

バッファロー・スプリングフィールドのような音楽を目指していた松本隆や、フランク・ザッパのアルバムからバンド名を思いついたパンタとは違って、「エーちゃん」は、ロック的教養にとぼしかった。だがその分、逆に、ロックをロックとして血肉化していたともいえる。

ハンブルグ時代のビートルズをモデルにというのは、一九七二年のロック青年としてはかなりのアナクロである。

だが、そのアナクロニズムによって、ロキシーファッションを、「いまごろ、こんなこと」と思い込んだ矢沢永吉は、無意識の中に、まさに、日本のロックを「リ・メイク／リ・モデル」していた。その瞬間、矢沢永吉のキャロルは、松本隆のはっぴいえんどやパンタの頭脳警察よりもさらに新しかったのである。

第二十四回　若者音楽がビッグビジネスとなって行く

一九七二年十月八日、日曜日午後四時からフジテレビで生放映された「リブ・ヤング」でのキャロルの映像は一つの伝説、すなわち神話となっている。

普通、神話には記憶の修正がつきものである。その姿や業績が大きければ大きいほど、あとから振り返って、その姿や業績の大きさにふさわしい神話（伝説）を作り上げて行く。

キャロルの場合も、結果的にビッググループとなったから、それに見合った伝説を持ち、その伝説の中でも最大のものが「リブ・ヤング」伝説であると思っている年若い人びともいるかもしれない。

しかし、キャロルの「リブ・ヤング」伝説は、キャロルが海のものとも山のものともわからないうちから、すでに伝説として報道されていた。それぐらい、「リブ・ヤング」でのキャロルのインパクトは強かった。

キャロルが「リブ・ヤング」に出演して間もない頃『ニューミュージック・マガジン』一九七三年一月号に和田昌樹（のちにダイヤモンド社の雑誌『ＢＯＸ』の編集長となる）の「ロック界にとび出した４人の若者たち」という記事が載っている。副題は「期待の新グループ、キャロル」だ。

こんな書き出しではじまる。

その瞬間、ソファーの上に寝そべりながらテレビを見ていたミッキー・カーチスはドキッとした。ムックリ起きあがってソファーに座りなおし、全神経はテレビに釘づけになった。

それは10月８日（日）午後４時からのフジＴＶ『リブ・ヤング』の特集ロックン・ロール大会で、「グッド・オールド・ロックン・ロール」と、「ロング・トール・サリー」をうたった川崎のグループ、キャロルが他の出演者をみごとに喰ってしまった一瞬だった。

見たことも、聞いたこともないグループが、素晴らしく良いセンスでロックンロールをやっているのである。次の瞬間、まだテレビではそのグループが「ロング・トール・サリー」を歌っている最中にフジＴＶに電話を入れた。

そこから先が矢沢永吉の自伝『成りあがり』（小学館　一九七八年）の読み所にもなっ

ている、このエピソードだ。

終わって、なんだかんだしているうちに、担当の人が呼びにきた。「あ、矢沢君。実はいま電話があってね。出てくれないか。知ってるかな。ミッキー・カーチスさんて人」

オレ、びっくりしてね「ひょっとして、あのミッキー・カーチスさんですか」って。ほんとに、心の中でうれしかった。

「もしもし」「ミッキー・カーチスですが。矢沢君?」オレの名前、もう聞いて知ってるわけね。

ホント、震えてたもん、手が。震えてたけど、そこはもう「ナメられたらいけない」っていうのがあるわけよ。

こう書き写していて、この『成りあがり』の刊行年(一九七八年)を意識すると、わずか六年前の出来事に対する回想であることを改めて知って、少し驚いた。

『ニューミュージック・マガジン』一九七三年一月号の一文は、こう続いている。

「本番中ですから電話はお取り次ぎできません」という交換嬢をくどき落として、ともかく出番が終わったらすぐ電話に出てもらうようにした。

「君達どこかのレコード会社と契約している?」

「いいえ」

「それだったら僕と契約しない?」

「……」

　ということで、さっそく六本木のピクニックというレストランで会って詳しい話をすることになった。そして、その3日後にはフォノグラムのスタジオでデモ・テープを取り専属契約も結ばれた。

　こういうミッキー・カーチスの素早い動きと対比するために、「他の出演者」の一人の、ある例が持ち出されている。

　その時一緒に出演していた内田裕也が、本番終了後に話をもちかけた時にはもうすでにミッキーの電話がかかった後だった。

　その時、内田裕也のバンドでキーボードを弾いていたミュージシャンが、三十年近くのち、その瞬間のことを、回想している。

　雑誌『BURST』に連載されたパンタの『暴走対談』(コアマガジン　二〇〇一年)でそのバンドのキーボード奏者すなわち近田春夫は、こう語っている(初出は『BUR

ST』一九九九年九月号）。

当時はグラムロック全盛じゃない。それでTVの『リブ・ヤング』に出ることになって、バンド対決みたいな企画があったんだよ。その時に、TV初出演っていう新人バンドが挨拶に来たんだけど、裕也さんは完全に見下してたわけ。ところが、音出したら向こうは完璧なの。もう、完全に負けてる。こっちは全員「エッ？」って感じで鳥肌立ったよねえ。それが、キャロルのデビューでさぁ、挨拶に来た腰の低い兄ちゃんは、今、思えば、矢沢永吉だったわけ（笑）。

すでに前回、前々回で、述べたように、当時パンタの頭脳警察は実力派ナンバー1のロックバンドだった。そのパンタが、今引いた近田春夫の発言を受けて、「キャロルのデビューは、やっぱり衝撃的だったモンなぁ。近田はそれに立ち会ってるんだ」と語る。

近田春夫はさらに、こう答える。

そうなんだよ。それで、こっちはたった1本で解散だよ（笑）。裕也さんは、キャロルに惹かれて、何日かたってプロデュースを提案したんだけど、そのTVを見ていたミッキー・カーチスさんが、すでにアプローチしてきていて、そっちに決まっちゃって、裕也さんは「トンビに油揚げさらわれた」って悔しがる、悔しがる（爆笑）。

内田裕也のアプローチの時期に若干のズレはあるものの、その「リブ・ヤング」でキャロルが与えたインパクトの強さがありありと伝わってくる。キャロルが、テレビが生み出した初めてのロックスターであったことに注目してもらいたい。ミッキー・カーチス、内田裕也、パンタ、近田春夫、皆いずれ劣らぬ日本のロック草創期の筋金入りのロッカーたちばかりだ。彼らが揃って、キャロルの演奏に衝撃を受ける。例えばミッキー・カーチスは「とにかくビックリした。20年間の芸能生活で一番興奮している。ワイルドななかに甘さがあって、僕が長いこと探し求めていた世界に通用する音楽だ」と語った（『ニューミュージック・マガジン』一九七三年一月号）。

なぜそこまでの衝撃を与えたのだろう。

一九七二年の日本の音楽シーンを語りながら、私は、これまで、頭脳警察やあるいははっぴいえんどに焦点を絞りながら話を進めた。

実は、一九七二年は、いわゆる歌謡曲以外の音楽がヒットチャートをにぎわした転換となる年だった。つまり日本の大衆音楽シーンにある変化が見られた年だった。

しかしそれは、ロックミュージックではなかった。

つまりそれは、フォークミュージックだった。しかもそれは、岡林信康や高田渡らのコアなフォークミュージックではなく、もっと「俗情に結託」（Ⓒ大西巨人）したソフトなフォークミュージックだった。

『日本のフォーク&ロック史〜志はどこへ〜』（シンコー・ミュージック　一九九二年）の、「ぼくは歌で食べていく——オーバーグラウンドへ飛び出したフォーク」という章で、田川律は、こう書いている。

　七一年から七三年にかけて、決定的ともいうべき歌が流行った。七二年早々の吉田拓郎の「結婚しようよ」、同年八月の井上陽水の「傘がない」、そして、同年六月に発表され、翌七三年に入って流行ったガロの「学生街の喫茶店」である。拓郎の場合には、自分がかつて広島フォーク村で、正統派フォーク・ソングをやってきただけに、その、〃転向〃がこの歌の中にもリアルに出て「髪が肩までのびたら結婚しよう」とうたう。それは当時にあってははっきり、アンチ体制派であるものから、体制派に組《ママ》することのひとつのシルシでもあるケッコンをうたっている。

（中略）

　それが、陽水の「傘がない」になると、もっとはっきりしている。雨が降り出してきた今、主人公にとって問題なのは〃傘がない〃ことであって、そのほかの世の中の動きは二の次だというのだ。

（中略）

　そしてガロの「学生街の喫茶店」は、それまでの歴史では一番鋭敏なはずの学生においても、ついに関心は世界ではなく、もっと身近なものにのみ限定されたことがはっきりする。

「ケッコン」がすなわち「体制派に組することのひとつのシルシである」というのは、たとえ時代性を考えたとしても、ちょっと短絡であろう。それから吉田拓郎と井上陽水はヒットチャートをにぎわせてもテレビにはけっして出演しないという形で、彼らなりに反体制派（より正確に言えば非体制派）の筋を通そうとした。

しかしいずれにせよ、彼らがある種の「転向」者であることに間違いはなかった。自身が優れたフォークミュージシャンでありしかも批評家的視線も合わせ持っているなぎら健壱は『日本フォーク私的大全』（ちくま文庫　一九九九年）の「吉田拓郎」の章で、こう書いている。

そして彼はレコード会社をＣＢＳ・ソニーに移し、〈今日までそして明日から〉を皮切りに、七二年には〈結婚しようよ〉〈旅の宿〉といったビッグ・ヒット曲を次々と生み出すのである。

しかしこのヒットで完全にアングラ系のファンは拓郎を商業主義の歌手だとし、拓郎がそうしたシンガーと一緒に出演すると「帰れ！」コールを浴びせられ、まともに歌えない状況のコンサートも何回かあったほどであった。

中でも七二年武道館での初めてのフォーク・コンサート『フォーク・オールスター

夢の競演　音溺大歌合』では岡林信康、遠藤賢司、『五つの赤い風船』、加川良、三上寛、『武蔵野たんぽぽ団』、『はっぴいえんど』、『六文銭』、かまやつひろし等々、音楽舎のシンガーが中心に行なわれたのだが、ここでも拓郎は「帰れ！」コールを浴びせられるのである。

つまりこの時、フォークは、はっきりと「硬」と「軟」の二つに分かれ、ファンも二分されて行くことになった、となぎら健壱は言う。

しかし拓郎はそれに対し気弱になることはなく、新たなフォーク・ファンを増やしつつ、岡林らとは違った形で今までとは違ったフォークの先陣としてそれを世に知らしめ、ファンを益々増やしていき、拓郎時代を作るのである。

それを大きく支えたのは、アングラ・フォーク創成期にまだ小学、中学生だった子供達で、ブームに乗ってそうした音楽を聴きだしたことにある。彼らにとっては拓郎の音楽は非常に入りやすかったのである。

当時私は中学二年生だったけれど、実際、私のまわりには、吉田拓郎をきっかけにフォークに興味を持った人間が何人もいた。ビートルズをきっかけにロックに興味を持った人間とは微妙に感性の筋が違っていたような気がするものの、彼らに共通していたのは、フォークやロックを媒介に音楽に主体的に参入していったことだ。

例えばギターを弾いたりバンドを組んだりという所までは行かなくとも、レコードを買うという形で。当時、LPレコードはかなり高価ではあったが、シングル盤なら中学生の小遣いでもどうにか、普通にコレクション出来るようになっていた。ステレオも一般の家庭に普及しはじめていた。

その頃、ごく普通の中学生や高校生がレコードの消費者となっていった。つまり、少年少女たちが自らの好みの音楽を、自らのものとして所有することが可能となった。音楽が中学生までをも含む若者相手の一つのビジネスと成り得るようになった。

そういう中で、それまでの歌謡曲にはない今どきのにおいを持った、しかし、必要以上には過激でない、吉田拓郎のフォークミュージックが大ブレイクする。

なぎら健壱はさらにこう述べている。

レコード会社もフォーク調の曲を出せば売れるということに目をつけ、各社こぞってアイドルや歌謡歌手にそうした曲を提供し、フォークは茶の間に入り込み、気骨があった精神を希薄なものにしていくのである。そしてかつて自分の気持ちを自分で唄に託して自ら創り歌ったフォーク・シンガーの世界に、プロの作詞家作曲家が入ってきて、内容の薄っぺらな青春歌謡を世に送り出すようになる。

こういう時代の中で、ロックの側からキャロルが音楽シーンにデビューする。

実はキャロルの新鮮さもまた、キャロルが「売れるということ」を最大の目標としてバンド活動を開始した点にある。

もちろん、ミュージシャンというのは芸人でもあるから、誰もが売れたくないとは思っていない。しかし例えば頭脳警察は、それ以上に、あるメッセージを世の中に伝えることを強い目標とし、はっぴいえんどは自分たちの満足のゆく音や歌詞作りに力をそそいだ。それが彼らが当時ロックであることの根拠だった。

だがキャロルはもっと即物的だった。先に引いた「ロック界にとび出した4人の若者たち」で、和田昌樹は、港町横浜の、革ジャン、リーゼントのロックンローラーというイメージに一つの神話性を読み、こうつぶやく。

ロマンチックなシンデレラの神話を、日本のロック界にも持ってみたいからか。それもひとつだろう。いわゆる〝労働者階級の英雄〟は日本に存在していなかったのだから。

実際キャロルの若者たちは、頭脳警察やはっぴいえんどの若者たちに比べて、ずっとハングリーな育ちだった。まさに「成りあがり」を目指していた連中だった（草創期の日本のロックミュージシャンは中産階級以上の出身者が圧倒的に多い。例えば一九六〇年代に気軽にバンド練習が出来るスペースを持てることがいかに特権的であったかを想像してもらいたい)。だからこそ彼らは、「売れるということ」に執着した。

和田昌樹の「ロック界にとび出した4人の若者たち」に「ものすごい早口で、反応がすばやく、人の気をそらすことがない」、「エーちゃんこと矢沢永吉」のこんな台詞が載っている。

「俺はね、4畳半でいつまでぐたぐたして、なぐさめあってるフォークって大嫌いなんだ。テレビに出たっていいじゃない。金が入らなきゃ、いい楽器だって買えないし、練習場所だって借りられない。練習できなきゃ一般大衆にアッピールできないじゃない。いつかお金がどっさり入ったら、スタジオ買って朝から晩までガンガン練習するんだ」

それからサイド・ギターと作詞を担当する「大倉洋一君」は「敵意を秘めたまなざし」で、こう言う。

「資本主義の世の中じゃない。俺達には、名誉欲もあるし、お金も欲しい。それが一般の素直な人間じゃないですか。僕は小さい時から、大きな家に住んで、きれいな着物を着たいなっていつも思っていた。今はサ、ミュージシャンが大評論家みたいなこといっているけどさ、俺達はそれよりも人間味あふれる歌を作っていくんだ。ビートルズだって、最初から社会的な発言してたわけじゃないんじゃない」

この二人の発言をきいたあとで、和田昌樹は、こう述べる。

ひらきなおりと、女々しさに塗りつぶされた、日本のフォークの連中の〝先進国的な悟り〟よりも、力と金と名誉に執着するキャロルの〝後進国的な煩悩〟の方に共感を感じる人は少なくないと思う。

煩悩に傍点が振られているのは原文のママであるが、煩悩という人間的な、すなわちナイーブな言葉は大倉洋一（ジョニー大倉）の台詞に対してはあてはまるが、矢沢永吉の台詞には、はたして、あてはまっていただろうか。この矢沢永吉の言葉には、煩悩を超えた、もっと脳天気で無邪気な迫力がある。その迫力がとても新しい。

「フォークって大嫌いなんだ」とエーちゃんは言う。ミッキー・カーチスのプロデュースでデモテープを作った直後、ミッキーの友人だったガロのメンバーがそのテープを聴いた。『成りあがり』で矢沢永吉は、こう回想する。

そのテープを、当時『ガロ』のボーカルに聴かせたわけよ。ミッキーとボーカルがグッド・フレンドだった関係でね。あの時、ボーカルったら『学生街の喫茶店』の頃だから、人気スター。

矢沢って、ハナタレ。すごい差があったよ。

ボーカル、そのテープ聴いて、すごく気に入ってくれた。

「これは、すごいスターになる」

ボーカルをはじめとして、誰々誰々と、気に入ってくれる人が増えてった。カメラの篠山紀信さんも『リブ・ヤング』を見て、協力してくれる姿勢になってきた。

それから、デビュー宣伝ってことで、新宿の〝サンダーバード〟に一日だけ出演した。

ゲストって感じでね。その時は、『リブ・ヤング』なんかの影響もあって、一応は話題になったわけよ。

その場で、司会やってくれたのが、ボーカルなの。オレは、その日を境にしてボーカルと友だちになった。

そういう単純な矢沢永吉に対して、ジョニー大倉は、もっと屈折している。『日本のポピュラー史を語る』（村田久夫・小島智編、シンコー・ミュージック　一九九一年）に収録されたインタビューで、彼は、キャロル時代のことを、こう回想している。

ただ、僕は文字文化の最後の世代でしょう。〝斜陽族〟じゃないけれど下降志向体験の最後の青年なんですよ。だから、キャーキャー言われている自分と一人になった自分との振幅がつらくって、ノイローゼ気味になったり血を吐いたこともよくありましたね。

だがこういう矢沢永吉の単純さとジョニー大倉の複雑さが重なり合っていたからこそ、その二人の気質の密着と反発の強さによって、キャロルはスーパーグループと成り得たのである。

第二十五回　ローリング・ストーンズの「幻の初来日」

『ニューミュージック・マガジン』のような専門誌だけでなく、一般誌、特に週刊誌がデビュー直後のキャロルをどのように報道していたのか知りたくて、いつものように早稲田大学中央図書館の雑誌バックナンバー書庫に出かけた。

「特に週刊誌」と書いたのは、キャロルの『暴力青春』（ワニの本　一九七五年）に、こういう一節があるからだ。

〝リブ・ヤング〟でみせた彼らの熱演は、若者たちや若者文化を支持するクリエイターたちの心をとらえた。

口コミでその噂は、ひろがっていた。

週刊誌も、それに輪をかけていたのだ。

それらの週刊誌の記事を実際にこの目で確かめたかったのだ。

そして早稲田大学中央図書館に行く前に、私の家の近くの世田谷中央図書館に向かい、大宅文庫の記事目録の「キャロル」の項をチェックした。

しかしそのデビューの前後、すなわち一九七二年末から七三年初めにかけての記事は、たった一つ、『週刊朝日』一九七三年二月九日号しか見当らなかった。

もう一つ別の目的もあったから、いずれにせよ、私は、早稲田大学中央図書館に出かけた。

『週刊朝日』一九七三年二月九日号の「人物スポット」欄に載った「犬みたいに尾をふるのは嫌だ」と題する一頁記事は、こういう書き出しだ。

テレビはもう古いといって、ラジオばかり聞いてる連中の間で、キャロルというグループに妙な人気が出てきた。フォークやニューロックには目もくれず、ロックンロールばかりやっている。

『暴力青春』の巻末に載っている年譜によって、この時期のキャロルの歩みを振り返ってみる。

一九七二年十二月二十五日、初めてのシングル「ルイジアンナ／最後の恋人」発売。

一九七三年一月二十五日、第二弾シングル「ヘイ・タクシー／恋の救急車」発売。同二月二日、NHKテレビ「若いこだま」出演。同二月三日、TBS「ヤングタウン東京」出演。同二月八日、文化放送「ハローパーティー」出演。

と、こんな感じである。

先の引用部分の「テレビはもう古い」というくだりに注目したい。一九七二年十月八日のフジテレビ「リブ・ヤング」での衝撃的デビューのイメージが強いから、キャロルの存在はテレビの映像と切り離せない。実際、のちに退社問題にまで発展することになるNHKディレクターの龍村仁によるドキュメンタリー「キャロル」（一九七三年十月二十日）は良く知られているし、例えばTBS夕方五時の「銀座NOW」で、私は、キャロルの演奏を目にしたことがある。

だがその頃、カルチュアー（すなわちサブカルチュアーというカルチュアー）としての音楽を、一般の人たちに、特に若者たちに、供給する、その中心は、テレビメディアからラジオメディアへと、完全に移行しつつあった。吉田拓郎のような商業主義的なフォークシンガーでさえ（いや、商業主義的なフォークシンガーだったからこそ）、アーティストとしての良心にこだわり、テレビ出演をこばんでいたのだ。あとでまた述べるように、この時期、テレビの歌番組は、いわゆる「アイドル」たちに席捲されはじめる。

ふたたび『週刊朝日』一九七三年二月九日号の記事に戻れば、タイトルの「犬みたいに尾をふるのは嫌だ」は、この記事の後半に載っている矢沢永吉のインタビュー中の、末尾の、こういう発言からとられたものである。

オレたち、はっきりいって、カネもほしい、名誉もほしい。十メートル先のタバコ屋に行くにもロールスロイスに乗ってみたい。でもそれが素直だと思うのよ。それをみんなエエカッコして、カネはいらない、自分の音を追求すればいいんだなんて、オレはへどがでるね。だから有名になるためには、マスコミだってどんどん利用するよ。ただキャロルは、犬みたいに尾っぽふるのは嫌なわけよ。ナメられるのだけは我慢できない。

一部の注目を浴びていたとはいえ、一般的にはまだ無名だった時に、すでに「エーちゃん節」を確立していた矢沢永吉は見事だ。やはり、ただ者ではない。そしてその「エーちゃん節」（例えば、「思うのよ」だとか「エエカッコして」というフレーズの口調やカタカナ表記）をありありと活字化した記者の腕も並ではない（今、無署名で、このレベルのインタビュー記事を書ける週刊誌記者は殆どいない）。ただし、小見出しの、こういうひと言は、当時の『週刊朝日』の記者らしく、シニカルである（傍点は引用者）。

「皮ジャンのロックンロールいもバンド」。

シニカルと述べたものの、私は、このくだりを書き写していって、実は、「いも」という言葉には両義的な意味が込められていたのではないかという気がする。

キャロルはハンブルグ時代のビートルズを模倣してデビューした。しかしビートルズは解散に至る十年足らずの間に、六〇年代という時代の文化風潮と共に、どんどん洗練されていった。

その中で、ビートルズのライバルと言われながら、ビートルズの解散後も、すなわち一九七〇年代に入っても、現役を続け、しかも、バンド結成時の荒々しさ《ワイルド》を失っていなかったバンドがあった。

『ニューミュージック・マガジン』一九七三年一月号に、そのバンドについてのアンケートが載っていて、ある若者は、そのバンドにひかれる理由について、「それはロックンロールの初源的なドロくささを彼らは常に持っている」からだ、と述べているし、また別の若者は、「あの大イモぶりが好きなのです。ドラムはただのドンッドンックだし、ギターだっていつも同じようなリズムでやってる」と語っている。

最初に私は、デビュー直後のキャロルについての報道振りを調べる以外に、もう一つの目的があって早稲田大学中央図書館に行った、と述べた。

ところで、記憶の良い読者なら『ニューミュージック・マガジン』一九七三年一月号と聞いて、前回私が紹介したキャロルについての記事（「ロック界にとび出した4人の若者たち」）が載ったまさにその号であることを思い出すかもしれない。

実はその号は、ローリング・ストーンズの大特集号なのである。

まず、「絵で知るローリング・ストーンズ大事典」という二十頁に及ぶイラスト記事が載っている（執筆メンバーは、当時の同誌の常連だった河村要助、矢吹申彦、湯村輝彦という、今振り返るととても豪華な、三人組である)。

そして、中村とうようや、小倉エージ、亀渕昭信らの「ぼくの好きなストーンズのアルバム」。

さらに、今引いたアンケート「ストーンズについてこう思う」。副題に「マルチ・イメージ」とあるように、有名無名を問わず二十人近くの、ストーンズについての「イメージ」が語られている。

ついでだから、「有名人」の答を二人ばかり紹介しておこう。

まず赤塚不二夫。

うちのスタジオの若い連中が、よくストーンズをかけているんですよ。僕はさほどよく知らないんです。僕は曲がいいなって思うとビートルズやなんかにしても聞くんですけど、曲についてる、マニアのよく読むような解説なんかは読まないもんですから。

それから金井美恵子。

ストーンズのレコードを聞いたことないんですけど、ミック・ジャガーとか名前ぐらいは知っていて、写真なんか見ておもしろいなと思っています。

ミック・ジャガーが着ているものなんかを写真でみると、チョット変な感じがする。あんまりロックとかそういうの好きじゃないし、ほとんど聞かないので、まったく無知なんですよ。

何でこんな大特集が組まれていたかと言えば、ロックファンには改めて述べるまでもないが、当時ローリング・ストーンズの初来日が間近に迫っていたからだ。いわゆるローリング・ストーンズの「幻の日本公演」である。

周知のようにローリング・ストーンズが正式に初来日するのは一九九〇年二月のことである。

新聞、雑誌、ラジオ、テレビ、あらゆるメディアがその初来日を大騒ぎした。待ってましたローリング・ストーンズ。みんなが、みんなが、待ちくたびれるぐらい、オマエたちのことを、ずっとずっと待っていたぞ、といった感じで。

実際その初来日のステージは素晴らしかった。私はＢＩＧＥＧＧに二回行って、二回とも感動した（某スポンサーがおさえていた大量の招待席に、中年サラリーマンとどこかの奇麗どころが並んでいたりするのはまだしも笑えたが。空席がチラホラ目立ったのは少し腹が立った）。

しかし、誤解してはいけない。一九七三年はじめの、「幻の日本公演」も、同様に、あらゆるメディアが総出で、前評判をあおっていたわけではない。

ビートルズのライバルとしてのストーンズという、認識がある。

この認識は、音楽史的には正しいのかもしれないが、日本における同時代的受容という点では、あてはまらない。

ビートルズの人気が十とすれば、ローリング・ストーンズのそれは一、とまでは言わないものの、せいぜい二ぐらいだっただろう。

一部のディープなロック好きから人気はあったものの、ストーンズは、ビートルズと比べて、日本では、マイナーな存在だった。それはちょうど、サイモン＆ガーファンクルとボブ・ディランとの対比にも似ていたかもしれない。私の記憶では、日本でストーンズが欧米並みの正当な評価と人気を、普通の音楽ファンから得るのは一九七八年に発表されたアルバム『サム・ガールズ』ぐらいからだと思う。ただし、ひと言書き添えておきたいのは、沢田研二（タイガース）や萩原健一（テンプターズ）をはじめとするグループ・サウンズの若者たちは、ビートルズよりもストーンズの音楽に強くひかれていた。単なる歌謡アイドルにすぎないグループ・サウンズの、密かな（ロック）アーティスト性（あるいはロックアーティストたらんとする彼らの意地）がそこからうかがえる。

以前にも述べたように、一九七二年当時、十四歳だった私は、いまだロック音楽に目覚めていなかった。だから、ローリング・ストーンズの曲はほとんど知らなかった（ビートルズのヒット曲は何曲も知っていたというのに）。「サティスファクション」でさえ知らなかったのではなかろうか。ただし私は映画少年だったから、ローリング・ストーンズ主演のドキュメンタリー映画『ギミー・シェルター』の予告篇は映画館で何度か見た（たしか邦題は『ローリング・ストーンズ・イン・ギミー・シェルター』だったと思う）。

では、私が、ローリング・ストーンズの「幻の初来日」のことを全然知らずに過したかと言えば、それは違う。

私はそのことを、すなわち「幻の日本公演」の前売りチケットを求めての過熱振りをとても強く記憶している。

ローリング・ストーンズというロックバンドの存在の大きさを正確に知らなかったから、私は、かえって、その「過熱振り」に反応したのかもしれない。

一九七二年の十二月初めのある日曜日、世田谷の公立中学の二年生だった私は、クラスメートのB君から、ローリング・ストーンズの日本武道館公演の前売券を、嬉しそうに見せられた。

なぜB君が、ロックファンでない私に、そのチケットを見せてくれたのかわからない。きっとB君は、あまりにも嬉しくて、色々な同級生たちにそのチケットを見せていたのだろう。

私が少し驚いたのは、B君が、そんなことをするやつには思えなかったからだ。

私はその前売券がプラチナ・チケットであることを、その数日前に目にした新聞（朝日新聞）で知っていた。つまり、徹夜しなければ、入手出来なかったことを。

B君は、十四歳でありながら、そのチケットを得るために、繁華街で徹夜したのだ。

B君はシブいロック好きでありながら、まだ子供っぽい面影を残し、少しも不良ではなかった。

十四歳という年頃は、すでに大人じみた姿形のやつもいるし、特にあからさまにロック好きのやつは不良性があった。しかし、少なくとも私の記憶では、彼らはストーンズの前売券のことは話題にしていなかった（彼らこそ繁華街で徹夜したとしても、何の不思議もなかったはずなのに）。だからこそ私は、B君とストーンズの前売券との取り合わせが、印象に残ったのである。子供っぽい顔したB君の嬉しそうな微笑みが。

今私は「繁華街」と書いたが、その「繁華街」とは、渋谷である。

電話予約というものがなかったその頃（「チケットぴあ」はもちろん、『ぴあ』という雑誌そのものが創刊されたのさえ、その年、一九七二年の七月のことだ）、コンサートの前売券を求めて、人びとは、前売日に、都内各所のプレイガイドに並んだ。

しかも、これが、牧歌的というか、のどかな時代だったから、電話による一斉予約の平等主義（均質化）と違って、各プレイガイドごとのチケットの割り当てがあったから、穴場のプレイガイドに行くと、出遅れても、意外に良い席が取れたりした（私は大学時代、一九七八、九年頃、東急東横店の赤木屋プレイガイドをよく利用した。そのデパートの定休日の関係で、他のプレイガイドよりも一日遅く発売されることが多く、盲点となっていたからだ）。

ローリング・ストーンズの初来日公演の前売券を求めて、なぜ多くの若者が、渋谷の東急本店のプレイガイドに殺到したのかと言えば、そこが、他のプレイガイドに二日先行する特別な「独占販売所」だったからだ。一九七二年十二月一日金曜日の朝日新聞朝刊の社会面に、こんな記事が載っている。まず、タテ、ヨコ、大小五つの見出しを、並び位置順に、紹介しておこう。

「若者過熱」。「ザ・ローリング・ストーンズ」。「反道徳・反権威・反権力が受ける」。「四千人の徹夜集団」。「再三追い散らされても前売券に〝アタック〟」。

そして、リード文は、こんな感じだ。

来年一月来日する英国のロック・グループ「ザ・ローリング・ストーンズ」の入場券を買うため、三十日、東京・渋谷の東急本店で約四千人の若者が徹夜した。ビートルズが解散したあと、世界でもっとも人気のあるグループの来日——全国の若者の間ではパンダなみの騒ぎになっている。

「パンダなみの騒ぎになっている」というくだりには、時代性を感じる（中国から日本航空の特別機に乗ってジャイアントパンダのカンカンとランランが来日したのはその年の十月二十八日のことだった）が、このリード文の横に、「ストーンズ公演の前売券発売を待って手製のベッドに入って徹夜」というキャプションと共に、写真が掲載されていて、まるで今どきのダンボールハウスのような空間で、冬の日の徹夜にのぞむ若者たちの姿がうつっている。

その記事によれば。

一日からの特別予約に一週間も前からファンが集りはじめ、店員が「営業の邪魔」と追散らしていた。しかし二十八日の閉店後、十一組の男女がすわり込んだ。先頭は神奈川県の女性(一八)二人組。五日間の公演を毎日見るのだという。

十一月三十日(木)の昼すぎにはすでに千人もの若者たちが、東急本店を取巻き、夕刻、「降りはじめた雨を気にした店員が」、彼(彼女)らを、地下駐車場へと誘導してくれた(つまり、先に紹介した写真は、その地下駐車場で撮られたものだ)。「追散らし」たかと思うと、「雨を気にし」てくれたり、東急本店の店員は、不親切なのか親切なのかわからないが、要するに、こういう事態になれていなかったのだろう(以前に触れた後楽園球場でのグランド・ファンク・レイルロードのコンサートの警備員のように)。こんなディテールに、時代の初心を感じる。

そしてその日の夜には、見出しにもあったように四千人もの若者が集まってしまったわけだが、その内の未成年者には、渋谷警察の婦人警官が「保護者の許可書を持ってこさせた」という(B君もその「許可書」を持って徹夜したのだろうか)。

そのあとこの記事は、ビートルズと対比的にストーンズのことを紹介し、今回の日本公演は東京の日本武道館で五日間行われ、収容人員は約六万人の予定。普通の音楽会ではこれだけのキップはとても売れないのだが、菓子メーカーなどから、「一日買切りたい」とか地方放送局から「バスを仕立てて行きたい」などの問合せが殺到している。

と続いて行くのだが、見逃せないのは、結びの、こういう一節である。

しかし、ストーンズ側は「キップは一人四枚以上売らない」「入場料の最高は二千円台にしてほしい」「一切のスポンサーをつけない」などきびしい条件を出しており、なにかと人集め、広告に利用したがる日本の企業をあわてさせている。

先の『ニューミュージック・マガジン』一九七三年一月号の「EVENTS」欄の「ローリング・ストーンズ来日決定」の項に、「入場料は2800、2400、2000、1600円と意外に安い」とあるが、それはストーンズ自身の側の申し出だったわけだ(例えばシカゴの再来日公演の日本武道館のS席は三千円した)。それから前売り券を一人四枚までと制限したことも。

同じ日、十二月一日の朝日新聞夕刊によれば、東急本店は、四千五百枚の整理券に対応するため、当初の一万枚のチケットを一万五千にふやしたものの、それでも一万人以上の人が買いあぶれてしまったという。

第二十六回　ＴＶメディアが作る新たなアイドルの登場

一九七三年一月のローリング・ストーンズの日本公演が幻に終わってしまった経緯を新聞（朝日新聞）で追ってみる。一九七二年十二月十九日の朝刊に「日本公演へ入国申請」という記事が載っている。

来年一月、東京での公演が予定されている英国のロック・グループ「ザ・ローリング・ストーンズ」の入国申請が、このほど法務省入国審査課に出された。

（中略）

申請は米国・ロサンゼルスの日本総領事館を通じて出されており、メンバーはリーダーのミック・ジャガーら二十人。日本では、これまでにも多くの演奏家が麻薬の前科を理由に入国を拒否されており、たびたび麻薬に関する話題をふりまいたストーンズの入国を法務省が許可するはずがない、というのが音楽関係者の見方だった。しかし、ウドー音楽事務所などプロモーター側は「入国には自信がある」として、今月はじめ入場予約券を発売していた。

ところが、さる五日、フランスの裁判所にストーンズのメンバーが麻薬使用の容疑で尋問を受けた事件を外電が伝えたことから、ファンの間にストーンズが本当に入国できるだろうかという不安が広がっている。

その不安は的中し、翌七三年一月七日の朝刊に、「法務省入国管理局は、このほどバンドリーダーのミック・ジャガーの入国は認められない、と外務省領事部に連絡した」という記事が載っている。「バンドリーダー」という表現が時代性を感じさせるが、記事によれば、法務省入管局は、外務省領事部に、電話で、「ミック以外の十九人にはビザを出してもよい」と伝えたという。「しかし」、とこの記事は続いている。

通常、こうした入管局からの連絡は、文書でするのが正式なものなので、「こんどの連絡は、いわば非公式のもの。その点、文書での正式回答は保留した形となっている。ただしこれはあくまで「非公式」なものだから、主催者側はショックを受けながらも、一縷《いちる》の望みを捨てていない。

主催者側は入管局のこんどの判断にショックを受けており、このためストーンズの芸術性や「日本公演で二千万円を施設に寄付してもいい」というストーンズ側の気持など、その他の資料もあらためて入管局に出し、再考慮を申入れたが、法務省が今後どのような決着をつけるか、注目される。

そしてその「決着」は三日後、すなわち一月十日、主催者側自らでつけてしまうことになる。一月十一日の朝刊に、「ストーンズ公演中止　切符6万枚、払戻しへ」という記事が載っている。

書き出しは、こうだ。

今月下旬に予定されていた英国のロック・バンド「ザ・ローリング・ストーンズ」の日本公演は、法務省がリーダーの入国を拒否したため危ぶまれていたが、招へい側のウドー音楽事務所の有働誠次郎社長は十日午後、「リーダーのミック・ジャガーがいない公演はファンをだますことになるから、公演は中止せざるを得ない」と発表した。

ミックは単にローリング・ストーンズのリーダーであっただけでなく、リード・ボーカルでもあったわけだから、仮に他のメンバーたちが来日に同意していたら、リード・

ボーカル抜きで、ストーンズは、どんな公演を行なっていたのだろう。キースがはりきって歌いまくってくれたのだろうか。一九七二年夏の全米ツアーの前座をつとめたスティービー・ワンダーが特別ボーカリストとしてサポートしてくれたならシブかったのに。

という戯《ざ》れ口はさておき、この記事は、こう結ばれている。


ストーンズについては麻薬がからんでいるため入国はむずかしいという見方は前からあった。評論家中村とうよう氏は「うわさのあるグループだけに、ビザをとってからキップを売るべきだった」と指摘している。きびしさでは世界的に評判の日本の入管の判断を甘くみて、ビザの申請もしない前から前売りをした主催者側を批判する声が音楽関係者に強い。


主催者、つまりウドー音楽事務所に問題があったのだろうか。

前回私は、ローリング・ストーンズの「幻の初来日」をめぐる当時の週刊誌記事をチェックしたくて早稲田大学中央図書館の雑誌書庫に出かけたと述べた。

そしてある週刊誌の記事によって、ローリング・ストーンズの「幻の初来日」の影の主催者が誰であるかを知った。表向きのウドー音楽事務所に対する裏の主催者を。

ローリング・ストーンズ関係の記事を調べに行きながら、その雑誌書庫に入ると、いつもの私の悪いクセで、気がつくと、別の記事を読みふけっていたりする。

例えば『サンデー毎日』一九七二年十二月十七日号。「ローリング・ストーンズに徹夜組」という小さな記事をチェックしたくてその号を手にしたのだが、同じ号に「Ｔ・レックス日本上陸」と題する二頁の記事が載っている。こんな書き出しではじまる。

東京・九段の武道館の周りを、長い長い行列が取巻いた。開演時間までまだ、一時間もあるというのに、若者たちは辛抱強く寒風の中に立っている。

十一月二十八日、Ｔ・レックスの日本初公演の日だ。新聞やテレビで派手な売込みをやったわけではない。が、ファンはちゃんと知っていた。事実、Ｔ・レックスが来日した日、羽田空港には数百人のファンが押寄せた。リーダーのマーク・ボランは、ロングヘアを引っぱられ、もみくちゃ。あまりのモーレツな出迎えに、さすがの彼らも青ざめたほどだった。

十一月二十八日という日にちが神話性を帯びている。十二月一日の売り出し日を前に、渋谷東急本店地下に、ローリング・ストーンズのチケットを求めて若者たちが集まりはじめたのがまさに十一月二十八日。事実、『ニューミュージック・マガジン』一九七三年二月号の「ストーンズ日本公演の幻をみた夜」と題する征木高司のレポートによれば、「Ｔ・ＲＥＸのコンサート後、そのまま東急に来て並んだ人もかなりいたという」。

『サンデー毎日』のこの記事のサブタイトルは「吹荒れるか！　グラムロック旋風」で

あるが、記者は、グラムロックについて、

　グラムはグラマラスの略、つまり魅惑的なロックンロールという意味だ。〝魅惑的〟の中身には、いろいろある。T・レックスの場合は、ラメ入りのキンキラキンのステージ・ファッションだ。

と述べたあと、さらにその音楽性について、こう分析している。

　グラム・ロックのサウンドは単純である。凝りに凝った音楽性は持合わせていない。ロー・ティーンのアイドルには不必要なものだからだ。


ここで使われているアイドルという言葉に注目してもらいたい。

もちろん、今でもごく普通に、いや、今でこそごく普通に、誰もが、アイドルという言葉を口にし、わざわざその意味を改めて確認することもなく、流通させている。

今やアイドルはすなわちビジネスに結びついている。逆に言えば、アイドルとは、「ロー・ティーン」たちからの売り上げが期待出来る存在である。

だが、かつては、必ずしもそうではなかった。

例えばフォーリーブス。確かにフォーリーブスはアイドルではあったものの、それがレコードセールスには結びついていなかった。フォーリーブスに続いて小坂マサルやＪＪＳ、井上純一などのジャニーズ系アイドルがいたけれど、彼らもまたレコードセールスはぱっとしなかったはずだ。

ジャニーズ系のアイドルが、その「ロー・ティーン」たちからの支持が、レコードセールスに完全に結びついて行くのは、一九八〇年代はじめの「たのきんトリオ」の田原俊彦や近藤真彦以降だろう。

そしてその過渡期にいたジャニーズ系アイドルが郷ひろみである。

同じ『サンデー毎日』一九七二年十二月十七日号に「命短し　六百人　線香花火か水の泡　パッと光って　すぐ消える　哀しきその名　新人歌手」と題する三頁の記事が載っている。その揶揄的なタイトルからもわかるように、記者は、この年激増した新人歌手、特に十代の「ジャリ向き」歌手たちをネチネチと批判する。

まずヤリ玉に上っているのが森昌子である。

> 森昌子さん。十三歳。ご存じ、ことしの日本レコード大賞新人賞のひとり。受賞が決まって、泣いた。同級生がつめかけて一緒に泣いた。母親も来ていて、やっぱり泣いた。それがテレビで中継されて、茶の間で見ていた人たちは果たして泣いたか？
> 「フン、バカバカしい。演出じゃないの」
> たいていの人がそう思い、たいていの人がシラケた。

シラケル。それが、ことしって年の特徴らしいけど、歌の世界ではとくにいちじるしい。

のちの松田聖子のレコード大賞新人賞での「ウソ涙」事件を暗示しているような批判だが、今やリアルそのものであるような森昌子の存在を、一九七二年のこの記者は、フェイクだと批判する。

ただし、記者が批判的だったのは、森昌子の、十三歳という「若さ」に対してであったのかもしれない。

ことしの新人賞五人。さっきの十三歳の森昌子クンをはじめ、麻丘めぐみ、郷ひろみ、三善英史、青い三角定規――みなさん、そういっちゃわるいけど、ガキである。うたってる歌も、ガキの歌ばかりである。いわく『芽ばえ』『男の子女の子』『せんせい』などなど。

当時十四歳だった私にとって、三善英史にはそれなりの青くささを感じたものの、青い三角定規は充分大人に見えたのだが（例えば連合赤軍の若者たちと同じくらい大人に）。要するに記者は、この時期、歌謡曲の世界に、大きな地殻変動が起りつつあることを、たとえ批判的にであれ、鋭く感じ取っていたのだ。彼は、レコード大賞新人賞のある審査員の、こんなコメントを引いている。

「名前を見ても、どれもこれも、いずみ、めぐみ、あさみ、ひろみ、という感じで中学生ペース。歌ってる歌を聴いても、歌唱力がどうという評価をする性質のものじゃまるでないんです。顔がきれいでパン食い競走やクイズの回答がうまくできればそれが歌手、っていう時代なんですよ」

つまり、現在に至る歌謡曲の世界の新たなアイドル化がこの頃、はじまりつつあったのだ。

新たな、とわざわざ書いたのは、従来型のアイドルとの差異化をはかるためだ。

この頃、すなわち一九七二年、実際にアイドル的人気を得ていたのは、例えば、「三人娘」と呼ばれていた天地真理、小柳ルミ子、南沙織である。だが彼女たちは、そのデビューの形や人気のあり方など、従来のアイドル路線の延長にあった（例えば当時最有力の渡辺プロに所属していた小柳ルミ子は宝塚の出身だった）。

それに対して森昌子のデビューのし方は。

『サンデー毎日』の記事の末尾に、こういう一節がある。

『スター誕生』という番組がある。シロウトさんが出場して、いい点をとると決選大会に出る。決選大会では、プロダクションやレコード会社のオエラガタが来て、オークションをやる。森昌子は、この番組に入賞したのがキッカケでデビューした。

続いて記者は、「スター」に選ばれるための条件について、この番組のディレクターの次のようなコメントを引いている。

「目の光なんですよ。メセン（視線のこと）を合わせると、次の瞬間どうしてもこちらの目を、そらさずにはいられないような強い目の光を持ってる、そういう人がやはり残りますね。歌がうまいかヘタかは二の次です。歌なんて半年もレッスンに通わせれば、何とかそれらしいものになりますよ」

この前年、一九七一年十月から日本テレビで放映の始まった『スター誕生』は画期的な番組だった。ひとことで言えば、この番組は、「スター誕生」と謳いながら、従来の「スター」への、すなわちその虚像性への垣根をはずした。スターとファンとの関係は、より親密で馴れ馴れしいものへと変っていった。それだけではない。誰もが「スター」を夢見ることが出来るようになった。

『スター誕生』は、その仕掛け人の一人阿久悠も語るように、渡辺プロの一国支配への抵抗として生み出された。いわば苦肉の策であったが、この番組の成功によって、『君こそスターだ』（フジテレビ）、『決定版！　あなたをスターに』（ＮＥＴ・現テレビ朝日）など類似の番組が次々と登場した。

その事を踏まえて、『昭和　二万日の全記録』（講談社）第15巻の「変貌するアイドル像」の項に、こうある。

従来、芸能プロダクションの関係者らが全国各地を回り、有望な新人を発掘し、映画やテレビに出演させたが、全国を網羅するテレビ局が、前述の各番組によって新人を発掘するようになった。これらの新人をプロダクションと、レコード会社が、テレビ局とともに育てた。また、各テレビ局は四七年までに音楽出版社を相次いで設立、歌謡曲の原盤製作から宣伝までを一貫して行い、歌謡曲の世界に絶大な力を発揮するようになった。

「テレビ局」というのはすなわち視聴者たちと等価である。テレビの向こうの視聴者たちが、「スター」予備軍たちの中から「強い目の光」の持ち主を、つまり、虚ではなく実の光を持った原石を見抜き（だがそれはどこまで実だったのだろう。実をよそおった虚もあったのではないか）、テレビを見るまさにその「視線」によって、彼女（彼）らを「スター」へと育てあげて行く。

真にテレビ時代の「スター」の登場である。その種の「スター」性は、従来の「アイドル」性とは微妙なズレがあるのだ、そのズレこそが、また、新たな「アイドル」性の意味するものでもあった。

「スター誕生」によって生み出された最大の「スター」は山口百恵だった。そして『サンデー毎日』にこの記事が載った頃、一九七二年十二月六日、東京後楽園ホールで行なわれた『スター誕生』第五回決選大会で山口百恵が準優勝し、十三社からの「入札」ののちホリプロに所属し、「スター」への第一歩を踏み出すことになるのだが、そのことをもちろん、『サンデー毎日』の記者は知らない。さらにもう一つ書き添えておけば、この年、一九七二年暮れのNHK紅白歌合戦は八〇・六パーセントもの視聴率（一九六三年の八一・四パーセントにつぐ高視聴率）を獲得した。それは「古い」歌謡曲世界の「おわり」を告げる高視聴率だったのだろうか、「新しい」歌謡曲世界の「はじまり」を告げる高視聴率だったのだろうか。たぶん、その二つの世界が重なり合って生まれた高視聴率だったはずだ。

山口百恵も森昌子も当時十三歳だった。『サンデー毎日』一九七二年十二月十七日号の、新人歌手についてのこの記事の、次の頁をめくると、別の十三歳の少女が紹介されている。「フィギュアの女王　絵美ちゃんは13歳」と題するその記事のリード文は、こんな具合だ。

女子フィギュアスケートに十三歳のチャンピオン誕生。米国にスケート留学した混血の美少女。渡部絵美ちゃん。なんともかわいい。〝日本のジャネット・リン〟と早くも人気者になっている。

先の森昌子に対する筆致に比べて、何と心暖かい筆使いだろう。同じ「ジャリ」であることに変りないのに。芸能は、アマチュアスポーツと違って、大人の世界だったからだろうか。

たぶん渡部絵美は学年が一つ下だったと思うが、当時十四歳だった私は、森昌子や山口百恵や同じく『スター誕生』出身の桜田淳子と同学年だ。それから三十年。歳月というものは残酷なものだ。

そしてその頃、私たちの同世代が、世間をにぎわせていたことを、やはり『サンデー毎日』のバックナンバーで知った。

それは今紹介した次の号、つまり一九七二年十二月二十四日号だ。

その号の「げいのう」欄に「なんと人騒がせな五人組」と題する記事が載っている。「キース・リチャードに麻薬の疑いで逮捕状」というＡＰ通信の外電によるドタバタを紹介した小さな記事だ。

まずびっくりしたのは、プロモーターの有働（うどう）音楽事務所。ファン、新聞、雑誌社の問合わせ電話が殺到する中で、マネジャーに国際電話をかけ「誤報である」

との返事をとった。翌七日に「公演先のジャマイカで記者会見をし、身の潔白を証明します」と大わらわ。

この記事をチェックしたあと、続けて、同じ号にひと通り目を通した。すると、六頁に及ぶ「大特集」、「中学生このせっぱつまったローティーン」という記事が飛び込んで来た。リード文が前号の記事を踏まえている。

十二《ママ》歳の新人賞、森昌子。流行歌のローティーン化――と、そのあたりは、前週号の新人歌手特集でお伝えしたばかりだが、なぜかこのところ、中学生が主役の感じだ。殺人、放火、盗み――新聞の社会面は、中学生の記事でにぎわった。

中学生。十二歳から十五歳まで。全国で約四百六十九万人。どうして、彼らが目立つのか。目立つ行為をすることで、彼らは何を訴えようとしているのか。

何度も述べるように当時私は十四歳だった。しかし、思春期的なものへの発育が遅れていたせいか、その頃の私は、この種の同時代性にまったく無自覚だった。

だが、いずれにせよ、「危険な十四歳」は、ある種の知識人たちが熱心に分析したがるように、最近になって急に浮上した問題ではなかったわけだ。

第二十七回　「危険な十四歳」と「子供を殺す母親」たち

一九七二年当時の「危険な十四歳」たちについて筆を進める前に、前回にちらっと触れたローリング・ストーンズの幻の初来日の〝影の主催者〟を紹介しておこう。

意外な名前に驚く人もいると思うから。

『週刊新潮』一九七二年十二月十六日号に、「『読売』主催ザ・ローリング・ストーンズを『反道徳、反権威、反権力』と謳った『朝日』の提灯記事」という「特集」記事が載っている。

朝日新聞一九七二年十二月一日朝刊の社会面に、ローリング・ストーンズの前売券を求めて渋谷東急本店地下駐車場に徹夜した四千人もの若者たちのその「過熱」ぶりを報道するかなり大きな記事が載った。

記事そのものは、三十年後の再読にも耐えうる読みごたえがあり、良い意味での新聞的な客観性を持っている（つまりいたずらに若者に迎合していない）のだが、そのサブ見出しについた「反道徳・反権威・反権力が受ける」というフレーズの言葉尻を、『週刊新潮』はとらえる。そして『週刊新潮』ならではのネチネチとしたイヤミな文体による批判が展開される（『週刊新潮』のこのイヤミな文体は、いっ時、誌面の上品化の中で消えつつあったが、最近また復活して来ているように思える。やはり『週刊新潮』はこの種の伝統芸を守らなければ）。

確かに、読売新聞主催のコンサートであるのに、読売の扱いに比べて（一九七二年十二月一日の読売新聞朝刊にはストーンズの来日公演を知らせる「社告」だけが掲示され、「過熱」する前売騒動が記事になるのは、ようやく十二月三日の朝刊で、しかも読売新聞社前のチケット売り場に「約二百人」の列が出来たといった程度のしょぼい記事である）、朝日新聞のこの記事は破格といえた。

『週刊新潮』の記者は読売新聞本社事業部のローリング・ストーンズ担当者を取材している。そのコメントはこんな具合だった。

「助かりました。ありがたいことです。主催者の私どもとしましては、少し書き過ぎて、逆あおりになるんじゃないかという心配もしたくらい、あおってくれた、いい記事でした。内容もよければ、扱った大きさといい、場所といい、申し分なし。後で聞いたら、どうもうちの主催とは知らずに書いたらしいんですね。このところ、株や土地や、すべて過熱ブームですからね。おそらくあの記事を書いた記者さんとすれば、もう一つの過熱として、取り上げたんでしょうね。（以下略）」

実際、朝日の記者はそのことを「知らずに書いたらしい」。当時の朝日新聞社会部の担当デスクのコメントも載っている（読売にしても朝日にしても「広報」ではなく直接の担当者が週刊誌記者の取材に応じている点に時代の牧歌性を感じる）。

「あれは、『読売』の主催とは記事が出るまで知らなかったんですよ。『読売』さんも、後で聞くと、名前だけ貸したということらしいですよ。なぜ、『読売』さんが、こんなものを主催するのか、真意をはかりかねますね。（以下略）」

最後の一行の中の「こんなもの」というフレーズに、私は、反応してしまう。かつて、つまりこの六年前（一九六六年）、ビートルズの日本公演を主催したのも読売新聞だった。その伝統の中で、次にローリング・ストーンズの来日を実現させることは、三十年後の今から振り返れば、ひとつの道筋として納得出来るが、当時は、ビートルズとストーンズのロックグループとしての立ち位置は、かなり違って見えたわけだ。

ところで、この担当デスクは、（『読売』は主催として）「名前だけ貸したということらしいですよ」と述べている。それはまったくその通りだった（だからこそ読売は、この大イベントに対して、主催者であるはずなのに、クールだったのだろう）。

『週刊新潮』の記事の末尾に、こんな「余談」が載っている。

余談だけれど、このザ・ローリング・ストーンズ訪日のプロデューサーは絲山英太郎氏である（原注――実務はウドー音楽事務所）。当年とって三十歳。〝土地成金〟佐々木真太郎氏のムスコで、昨今、一部でヒンシュクするムキもあるらしいが、鳴物入りの〝財界人〟ぶりが話題にもなっている人。その絲山氏を黙殺したのは、『朝日』の〝見識〟かもしれないが、この絲山氏にしてはじめて、不可能といわれていた「反道徳、反権威、反権力」の来日が可能となったことも、一つの社会現象と思えるが、そのへんはどうなのだろう。

懐しい名前が出てきた。のちに国政へ打って出る（そして大量の選挙違反者で話題となった）青年実業家の絲（糸）山英太郎がローリング・ストーンズの幻の日本公演の〝影の主催者〟だったのか。

あれは私が小学六年生だった一九七〇年のことだと思う。町中の色々な場所に絲山英太郎の「太陽への挑戦」とか題したイメージポスターがペタペタと貼られ、私は、この「青年」は一体何者なのだろうと不思議に思った記憶がある。たしか同名の著書の紹介ポスターだった気がする（「太陽」つながりで、岡本太郎の「太陽の塔」への連想から、万博の一九七〇年のことだと思い込んでいるが、もしかしたら、もう少しあとのことかもしれない。だとしたら参議院選出馬に向けての予告ポスターだったのか)。

先に引用した読売新聞本社事業部のストーンズ担当者のコメントの中に、「このところ、株や土地や、すべて過熱ブームですからね」というくだりがあった。この年七月に総理大臣に就任した田中角栄の『日本列島改造論』は八十万部を超えるベストセラーとなり、地価高騰が生じた。そして地価高騰と共に株価も急騰し、一九八〇年代末のバブル景気のように、多くの、新興成功者を生み出した。

絲山英太郎もそうした成功者の一人だった。しかもいまだ三十そこそこの。『太陽への挑戦』の前に彼には『怪物商法』というベストセラーがあったはずだ。だから、そういう彼に対して「ヒンシュクするムキ」も、「一部」どころか大いにあった。

だが、だからこそ、そんな彼がローリング・ストーンズの〝呼び屋〟となることは、ある意味で正統に見える。三十年後の今日では存在し得ない正統に。今改めて彼の経歴を調べてみると、一九六八年四月に中曾根康弘の秘書となった彼は、一九七四年七月参議院選出馬の際には(ここで彼は全国区第十三位の約八十万票を獲得し最年少議員として当選する)田中角栄の推薦を受けることになる。どういう経緯があって中曾根から角栄へとチェンジしたのだろう。

『週刊新潮』の記者に対して、絲山英太郎は、こんなロックンロールしたコメントを与えている。

「頼んだって書いてくれない天下の大『朝日』が書いてくれたんですからね、プラスになった。やはり、ザ・ローリング・ストーンズの人気は偉大ですよ。『読売』のこと知らなかったとは思えませんからねえ」

さて「危険な十四歳」の話である。

『サンデー毎日』一九七二年十二月二十四日号の「大特集」、「中学生 このせっぱつまったローティーン」は、まず、その頃（一九七二年十一月から十二月にかけて）立て続けに起きた三つの中学生犯罪を紹介している。

島根県大田市で起きた「ライバル中学生刺殺事件」、東京都田無市の中学校で起きた連続放火事件、江東区で起きた百二十万窃盗事件。これらの事件に共通していたのは、皆、かつての少年犯罪とその原因（事件を起した少年たちの動機）を異にしている点だ。

かつての少年非行の多くは、その家庭環境に問題があった。だが、現代ローティーンは、一見、家庭には何の問題もない。ごくふつうのめぐまれた家庭環境の中から生まれてくる。欠損家庭でも貧困家庭でもない、ごくふつうの核家族の中から突如として発生するローティーンの逸脱行為。スキー殺人も、放火事件もボウリング少年も、みなそうだった。

大田市の少年は親友でもあったスキー競技のライバル少年から、スキーの腕前をけなされ、さらに、指導員だった自分の父親のコーチ技術までも批判され、「カッとなり、殴りつけ」、しかも少年が逃げ出すと、「とっさにカバンの中にナイフがあることを思い出し、追いついてわき腹をそのナイフで刺した」。傷は「背中から肝臓に」達していた。江東区の少年は熱中していたボウリング代欲しさに幼友達の、「金庫のありか」を知っていた家に忍び込み、盗んだ金を先輩や同級生にも分け与え、「金を遣い果たしたあと、友だちにまた『小遣いをくれ』とせがまれたので『それなら』と再び」その家に盗みに入った所をつかまった。田無市の放火少年は山口県からの転校生で、事件を知ってショックを受けた山口時代の同級の女学生は、ある新聞に、こんな投書を寄せたという。

彼は一カ月前までは、私たちの尊敬するすばらしい人だったのに。それが、山口から東京へ転校したばかりで、こんな事件を起こしてしまった。これほどまで彼を追いつめたものは何だったのだろう。

『サンデー毎日』のこの特集記事の欄外に、「ことし、都内で起きたおもな中学生犯罪」が十数件列挙してある。

例えば、

7・20　荒川区二年（男）、小学校二年の少女にいたずら。公園で遊んでいた少女を近くの青年館の便所に連れ込んで暴行した。少年は自分のベッドから隣のアパートの若夫婦の部屋が丸見え、また、同居しているおばの着替えを見たりして刺激されたと供述。

8・7　大田区二年（男）、七歳の少女を暴行。留守番をしている時、自宅前を通りかかった七歳の少女を家に引入れて暴行した。彼は学校でみんなと回し読みした『チビっ子猛語録』の男女の性器、性感帯の記事に刺激されてやったと供述。

といった具合に。

『チビっ子猛語録』という書名が懐しい。中学二年生というのは、まさに当時の私の学年といっしょだが、私のクラスの不良少年たちも、毛沢東の『毛語録』の判型や装丁を模したあの赤い小さな辞典風の本をまわし読みして騒いでいた。彼らがそのポケットブックからどの程度「刺激」を受けていたのかは、知るよしもないけれど、インターネットでアダルト画像に簡単にアクセス出来るいま時の中学生から比べたら、まったく可愛いものである。逆に言えば、いま時の中学生が『チビっ子猛語録』を読んで、強い性的刺激を受けて何らかの行動を起こすためには、反時代的ともいえる文学的想像力が必要だろう。

それから時代性といえば、また、こんな犯罪も。

10・29　江東区、中学生十八人、小学生三人の集団万引グループ。区内の珠算学習塾に通う生徒たちで、ことし四月、ダ菓子屋で万引に成功して以来、徒党を組んでいた。

「珠算学習塾」そして「ダ菓子屋」というのが、今の視線で振り返ればのどかに思えるが（「ダ菓子屋」は、今ならさしずめ、「コンビニ」に当るのだろうか。しかし「コンビニ」と「ダ菓子屋」では、小中学生の窃盗団の喚起するイメージは大分異なる）、江東区では同じ頃、「K進学塾」に通う「五十名の集団万引グループ」が、「ボウリング場、飲食店などで置引、空巣十件」、さらに「デパートなどで万引三十件をはたらいていた」。『サンデー毎日』の記者はこの犯罪の新時代性に注目して、こう述べる。

進学塾が犯罪の巣になっていたことは、いまの受験戦争のゆがんだ実態の象徴とでもいえるだろう。そして、中学生なら、だれでもそうした犯罪や家出をする〝根〟を持っているということにもなる。

そして記者は、こういう「近ごろ」の少年犯罪や中学生の動向を知る専門家たちのコメントを拾っている。その内の一人、ある区立中学の元教諭は、彼らの「ことばは無内容、無神経、無個性の三無」であると述べたあと（いわゆる「三無主義」とは「無気力、無関心、無責任」であり、それをもじったものだろう）、続けてこう語っている。

さらに一番確かだと思っているものは肉体（本能）。だから自分を飾ることには大変な努力をする。学校新聞によく取上げられるテーマは、校則に対する反発です。それも制服とか、長髪とかいう外見を飾るものです。

最も頼りにしているものは物質（お金）。昔の生徒は何かを買うために、お金をためたものだが、今はお年玉をもらってもすぐ貯金する。だからといって、とくに欲しいものはない。『だって、お金を持っていれば、何かあってもいいだろう。その時のために……』というのです。

それ以上に彼らが「願っているものは運」だという。つまり彼らは「苦しんだりすることをきらう」。テストの結果でさえも、「できる、できないは運だと考え」、「自分のかけたヤマがはずれれば、運が悪かったと考える」。だから、「何かを教師にとがめられても『どうしてオレだけしかるんだ。ほかにも同じことをしているのはたくさんいるのに。オレは見つかっちまって運が悪い』と思う」わけである。

何だかとても現代的な分析である。つまり、実はこの時期から、同世代でありながらニブい私が気づかなかっただけで、少年少女たちは「終わりなき日常」を生きはじめていたのだろうか。

それから確かに、「どうしてオレだけ」という風潮は、この頃から始まったものかもしれない。だからこそこの元教諭は、そういう風潮の「新奇」が印象に残ったのだろう（ただし、この頃は、その己れの失敗を、「運」とあきらめる潔さがまだあった。これ以後、人は、そのマイナスの「運」を、「運」として認めたがらないように、ますますなって行く）。先日議員辞職した辻元清美に対する私の、同世代的嫌悪感は、彼女の政治ポリシー（イデオロギー）やスタンドプレー好きに対してだけではなく、「どうして私だけ」という彼女の学内戦後民主主義的小人物性にある。

『サンデー毎日』一九七二年十二月二十四日号にこの記事が載った同じ頃、ある国民雑誌に、同様の現象をさらに深く分析した新進気鋭の評論家の論考が掲載される。『文藝春秋』一九七三年一月号の立花隆の「子殺しの未来学」である。

立花隆は、まず、こう書き出す。

子供を殺す母親、子供を虐待する母親たちが話題になっている。新聞をくって、この十月に起きた分だけを拾い出してみても、こんなにある。

そして立花隆は、「広島出身の二十七歳の母親」や「埼玉県の三十歳の母親」や「宇都宮の三十四歳の母親」や「尼崎市の三十二歳の母親」たちの例を紹介して行く。立花隆は一九四〇年五月二十八日生まれだから、この文章の執筆当時三十二歳であり、この

［母親］たちは、実は、彼の同世代の人びとである。

もちろん子殺しそのものは、世界中のあらゆる時代場所でポピュラーな出来事であり、日本でも、「江戸時代にまでさかのぼってしまえば、生まれた子供の半数以上は、間引きされていた」。ただし、「問題は、殺す理由と殺し方にある」と立花青年は言う。

あらゆる犯罪についていえることだが、了解可能の行為と了解不能の行為がある。了解可能の犯罪とは、男に欺された女が男を刺したというケースのように、普通の人がその行為を是認しないまでも、そこにいたる心理的プロセスを理解して、同情できるような犯罪をいう。

ニュース価値の尺度は、〝犬が人を咬んでもニュースにならないが、人が犬を咬めばニュースになる〟ということばに端的に示されるように、できごとの了解可能な度合いと逆比例の関係にある。

子殺しにしても、生活苦のため子供と無理心中といったケースは、新聞でも扱いが小さい。新聞で子殺しが目立ってきたのは、その動機、殺し方に異常なものが多くなってきたからだ。

そういった「子殺し」に関する二年間分の新聞記事のスクラップを元に統計を取ってみたら、「まず圧倒的に多いのが、〝そそうした〟〝泣きやまない〟という理由でせっかんしているうちに殺してしまうものと、育児ノイローゼによるもの」だった。「つづいて、親が子供を放置、監禁して遊び歩いているうちに死んでしまったケース。再婚、就職に邪魔だからと殺してしまうケース」。これらのケースだけでスクラップブックの大半が埋まってしまったという。

ここに見られる「子殺し」の理由は、三十年後の今や、ごく当り前のケースである。いわば「了解可能な」出来事である。

ただしこれらの理由による「子殺し」は、今でも、事が起きたら、たいていの場合、新聞記事になる。「人が犬を咬んだ」わけではないと知りつつも。つまり、新聞の社会面記事には、今、三十年前とは別の、見えざる「記事コード」が支配している。それが記事にふさわしいかいなかではなく、もっとルーティン的な「記事コード」が。いや、「コード」というよりも「記事のディスクール」や「文法」が。

立花隆の論考に戻れば、立花隆は、こうした理由による「子殺し」は、先進国に特有なものだと言う。

簡単にいえば、子殺しにも、後進国型と先進国型とがある。後進国型の子殺しは、主として経済的要因のために間引きすることで、福祉後進国日本にも妊娠中絶と親子心中に出現形態を変えただけで根強く残っている。こちらのほうは、ことの当否は別として、少なくとも悲しみと共に了解可能である。これに対して、先進国型の子殺しは、ここにあげた例のように、狂気の沙汰としか思えないケースで、まるで了解不能である。その際立った特徴は、母性、愛情の欠如から、虐待を重ね、死に至らしむるところにある。

続いて立花隆はこの種の「子殺し」が起きる原因分析をはじめ、その最大の要因を文明国における「生態系」の大変化にあると語り、詳述し（のちの立花隆節をすでにして感じさせる「科学的」で「論理的」な文体で）、ネズミのストレス実験のデータをもとに、こう結論づける。「だが、異常行動を起すのは弱い者が中心で、強者は相対的に正常を保つことができた。弱い者というのは、メスと、若いオス、特に子供たちである」。

この「特に子供たち」という言葉に注目してもらいたい。「子殺し以上にショッキングなこと」は。立花隆は言う。「子供の殺人」であると。

第二十八回　金曜日夜八時の「日本プロレス」中継終了と『太陽にほえろ！』の放映の開始

　そして立花隆は、「子殺し以上にショッキングなこと」である「子供の殺人」について論を進めて行くのだが、その前に一つ、前回語り落してしまった新種の「子殺し」のことを述べておきたい。

　一九七二年五月十二日、新宿駅西口の地下の保管期限が切れたコインロッカーから嬰児の、すなわち赤ん坊の死体が発見された。白いタオルに包まれ紙袋に入れられていたその嬰児は死後五日経っていた。いわゆる「コインロッカーベビー」である。

「コインロッカーベビー」事件が最初に発生したのは一九七〇年。しかしこの年一九七二年の八件をきっかけに（七〇年は二件、七一年は三件）、「コインロッカーベビー」は急増し、翌七三年には四十六件を記録する。

　新種の「子殺し」である「コインロッカーベビー」はまさに新しい犯罪だった。

　だが、実は、それでも、古風な一面を持っていた。

この事件に触れて、評論家の山本徹美は、こんな分析を行なっている（『週刊日録20世紀』一九七二年号［講談社］）。コインロッカーは保管期限が過ぎると係の人間に合い鍵で開けられる。そのことは、嬰児を捨てる女性も承知していたはずだ。つまり、「完全犯罪が目的ならば」、コインロッカーは、「死体遺棄に適している場所とは言えない」ことを。

なぜ、こんなところを選んだのか。私には、犯人がむしろ発見、発覚を望んでいたように思えてならない。赤ちゃんの死体は警察に渡され、お骨にして弔《とむら》ってもらえる。せめて葬儀だけでもあげてほしいと願っての行為ではあるまいか。だとすると、哀れな女性像が浮かび上がってくる。

同時期はやっていたのが上村一夫の劇画「同棲時代」で、結婚にとらわれないスタイルがもてはやされた。が、妊娠となるとたんに状況が変わる。まだまだ女性の経済力は乏しく、未婚の女性が育児をこなすには厳しい現実があった。

この時期はまた、第二次ベビーブームのさ中でもあった。

話を立花隆の評論に戻そう。

立花隆は、一九七二年に起きた「子供の殺人」を具体的に紹介して行く。

今年四月、大阪で中学二年生が九つの女の子にいたずらしようとして失敗、首を絞めて殺した。五月、富山で、四歳の坊やが近所の家に遊びにいき生後五カ月の赤ちゃんを抱きあげ、二階から下へ突き落した。さらにぐったりした赤ちゃんを抱きあげて、家の前の農業用水路に投げ込んで殺した。六月、東京の保育園で遊んでいた二歳の坊やが、そばにいた小学五年生に砂をかけたところ、その子は、坊やを近くのマンションの屋上に連れ込み、殴り、蹴り、さらに服を脱がせて裸にし、再び殴り、ついに殺した。十一月、宮崎の四歳の女の子が、外に遊びにいくのに邪魔なので、一つ下の弟を大型のポリバケツに入れ、上から回転式のフタをぴったり閉めて放置し、窒息死させた。同じく十一月、親に捨てられた中学一年生が、二つの弟を殴り、蹴り、全身打撲で死なせた（大阪）。

どれもこれもショッキングな事件ばかりだ。特に富山と宮崎の四歳の殺人者。三十年後の今でも新聞や雑誌で「現代的な」事件として大報道されるだろう。この種の「現代的な」事件は実は三十年間延々と起り続けて来たのだろうか（だとしたら、その間に、さらなる一線を越えなかったのは不思議な気がする）。それとも一度、飽和点に達し、それが引いたあと、ここ数年、例えば阪神大震災やオウム事件ののちに、また臨界に向っていったのだろうか。この種の少年犯罪の「現代性」を口にしたがる社会学の俊英には、むしろ、その歴史性を分析してもらいたいものだ。

「子供たちはどこか狂い出しているのではないだろうか」と立花隆は言う。「日本で唯一つの小児精神病院」だった都立梅ヶ丘病院のデータによれば、「一日平均五、六十人の患者が来、そのうち一割が新患」で、前年度に比較して「月百名の増加」だったという。さらに、当時、子供たちの登校拒否が社会問題化しつつあった。

大人(母親)たちも変り、子供たちも変り、「子殺し」や「子供の殺人」が生み出されて行く。その原因を立花隆は、時代に対する適応不全、すなわちストレス過剰に見る(実際今では日常語と化した「ストレス」という言葉が尖端語として登場したのは一九七〇年代に入ってからだろう)。

それは何かといえば、ストレス過剰になった人間が、生理的にも、精神的にも異常になり、不健康になり狂い出し、異常行動を起し、社会が内側から崩壊しはじめ、やがて文明のシステムが働かなくなり、大量死が起る可能性である。そのプロセスはすでに進行しはじめている。そして、最近目立ちはじめた新しいタイプの子殺しは、まさにその徴候だと思うのである。

ストレス過剰なのは、もちろん、女子供だけではなく、男も同様だ。むしろ、社会で働く男性の方が、この時代のストレスを強く受けていたかもしれない。

ただし彼らには、大人の男ならではのストレス解消法があった。

酒とギャンブルである。

アルコールの消費量はその十年で倍増し、中央競馬会の売上げは、同じく十年で、何と十四倍増だったという（その頃、テレビでよく「養老乃瀧」のコマーシャルが流れていたが、その種の廉価居酒屋チェーンが勢力を増して行ったのもこの頃ではないか。「ニュートーキョー」もそれより少し高級な感じで輝いていた。それから競馬といえば、青年になっても競馬に対して人並み以上の関心を持つことがなかった私が一番競馬に夢中になったのはこの時期、一九七〇年前後のことだ。スピードシンボリが二年連続でアカネテンリュウと、さらにはダテテンリュウと競った有馬記念のことを強く憶えている。私は父に頼んで馬券を購入し、二年連続でその有馬記念を取った。それから数年後のハイセイコーのブームに続いて行くのだが、ミーハーだった私は、時代の風潮に巻き込まれていたのだろう）。

そして、ストレス過剰の「現代」と酒やギャンブルのブームとの関係について、立花隆は、こう分析している。

あらゆる文化に、ハレの日とケの日がある。ハレの日は祭りの日、無礼講の日、パーソナリティを失うことができる日である。ケの日の連続ではまいるので、ときどきハレの日を設けてストレス解消をするわけだ。しかし、現代人の多くのように、連日夜になるとハレの日、パーソナリティを失える場を飲酒酩酊に求めずにはいられない人間は、ハレとケの適正バランスとリズムが完全に狂っているといえる。毎日パーソナリティを失いつづけていると、やがて、全面的にパーソナリティを失うにいたる。一九三一年に柳田國男が『明治大正史 世相篇』で鳴らした警鐘が、四十年後、柳田の予想を遥かに超える現実のものとなってしまったわけである。

さらにこの時期、もう一つ別の、しかもじんわりと人の心に影響をおよぼすかもしれない、ハレとケの区別の消失が起きつつあったことを、まだ殆どの人が気づいていない。情報の消費化、あるいは記号の消費化という名の、ハレとケの区別の消失（すなわち経験の一回性の消失）が起きつつあったことを。

私はプロレス少年だったと以前に述べた。

その私のプロレス熱が引きはじめていったのがこの年、一九七二年のことだった。

前年十二月、乗っ取りを理由にアントニオ猪木が「日本プロレス」から追放処分を受け、猪木とジャイアント馬場の「ＢＩコンビ」の黄金時代は終わりを告げた。

そして猪木は翌七二年一月、「新日本プロレス」を設立する。

アントニオ猪木がジャイアント馬場に代って初めて、その頃一番価値の高かったワールド・リーグ戦で優勝した一九六九年春、それまで日本テレビの独占だった金曜夜八時の「日本プロレス」中継に月曜夜八時のＮＥＴ（現テレビ朝日）が加わった。

ＮＥＴの中継は猪木が中心で、馬場、そして彼らに続く次期エースに育ちつつあった坂口征二は登場させない契約だった。

だが猪木が追放されたのち、猪木抜きではNETの「日本プロレス」中継は成り立たない。そこで「日本プロレス」の首脳部は日本テレビとの約束を破り、一九七二年四月三日、NETのプロレス中継にジャイアント馬場を登場させてしまう。それに怒った日本テレビは、五月十二日金曜夜八時の中継を最後に、力道山時代から十八年間（この時間帯になってからは十三年間）続いた「日本プロレス」中継を終了させる。そのあと、それまでの映像資料を元に「プロレス名勝負シリーズ」が放映されていたのだが、それも同年七月で終了し、ここに、日本テレビ金曜日夜八時のゴールデンタイムのプロレス中継は完全に幕を閉じてしまった（このあたりのデータは『日本プロレス全史』［ベースボール・マガジン社　一九九五年」による）。

その時の私の寂しさ。

一つの時代の終焉に、少年だった私は、立ち会ったのである。

私が物心つく前、日本テレビの金曜夜八時は、ディズニー・プロダクションの番組「ディズニーランド」と「日本プロレス」中継が一週交代だった。最初は、たぶん、「ディズニーランド」見たさで、その時間のそのチャンネルに合わせていたのだが、やがて「日本プロレス」中継も心待ちにするようになり、物心つく頃、私が十歳ぐらいの時（一九六八年）には、その時間のそのチャンネルの放映は「日本プロレス」中継一本に絞られた。

つまり、私の小学校時代、日本テレビ金曜夜八時、文字通り「ゴールデンタイム」の

「日本プロレス」中継は不動だった。安定していた。「中継」とあるように、その頃のプロレス中継は、選手権試合（これは今ほど乱発されていなかった）を除いて、生中継が多かった。例えば、シリーズの開幕試合はたいてい生中継だった。だから私たちプロレス小僧は、もちろんバーチャルかもしれないが、リアルタイムでその時空間に、少々使い古された言葉を用いれば、その〈いま・ここ〉性に参加することが出来た（月曜夜八時のNETの「日本プロレス」中継がフェイクな感じがしたのは、馬場が登場しないことだけでなく、肖像権の問題がからんでいたのかもしれないが、たいてい録画放映だったことだ）。

私は今でも少年時代の金曜夜のテレビの前でのあの居心地良さを懐しく思い出す。

そういう安定が、猪木の追放をひとつのきっかけとして、一九七二年にくずれ去ってしまったのだ。日本テレビの放映終了後、NETが月曜日に続いて金曜日の「日本プロレス」中継にも乗り出すのだが（一九七二年七月二十八日）、「日本のプロレスとは切っても切れない深い関係にある日本テレビと離れてプロレスをやるのは釈然としない」（『日本プロレス全史』）と考えたジャイアント馬場は、これを機に「日本プロレス」を離れ、同年九月、「全日本プロレス」を設立する。そして少年時代の私の思い出が染み込んだ「日本プロレス」は、猪木、馬場に続いて坂口征二まで抜け、翌一九七三年四月、遂に崩壊してしまう。

日本テレビ金曜夜八時の「日本プロレス」中継の終了と共に、私は、一つの安定を失ったと述べた。

けれど、この時、同じ曜日の同じチャンネルのテレビの前で、別の「新たな」安定（大げさに言えば一つの世界）を獲得した年若い人たちもいた。

切通理作という、私より六歳年下の一九六四年生まれの気鋭の評論家がいる。

その切通理作が、「私的一九七〇年代史」と副題のついた「輝いたという記憶だけで」という文章（毎日ムックのシリーズ「20世紀の記憶」の『連合赤軍〝狼〟たちの時代』［毎日新聞社　一九九九年］に収録）で、こう書いている（原文は横組）。

私は都会育ちで、田舎を持たない。小学校3年生の頃、金曜8時からテレビでやっていた『太陽にほえろ！』でショーケン演じるマカロニ刑事が活躍していたのと同じ頃、私の住む阿佐ケ谷には長髪の若者がタムロしていた。私の家自体も2階を下宿屋にしていた。私は下宿の町に住む彼らによく可愛がって貰った。同棲している男女など、この小さな客に冷蔵庫からすいかを出してくれ、白いギターを伴奏に、いくらでもカラオケをやってくれた。本棚には「ガロ」があった。まだ、クーラーなど夢物語で、首を振る扇風機の、ファンを包む網につけられたリボンが舞い、空け放した窓は青空と部屋の中をつないでいた。

私は大きくなったら、自分も彼らのような大人になるのだと思っていた。

（中略）

私にとってショーケンとは〈フォークの人〉であった。フォークソングを歌っているという意味ではなく、フォークソング的風景と一体になっているという意味において。ショーケン本人はGS、ロック畑の人であることから、これは一種のねじれた見方ともいえる。GSが下火になり、役者業を始めたショーケンがまず身にまとったのが、フォーク的な世界観だったのかもしれない。『太陽にほえろ！』第1話でショーケンが歌う加藤和彦作曲の挿入歌のタイトルは「ブルージンの子守唄」だった。

日本テレビで『太陽にほえろ！』の放映が始まったのが一九七二年七月二十一日金曜夜八時。つまり『太陽にほえろ！』こそは、実は、同じチャンネル同じ時間のプロレス中継の後続番組だったのである（『太陽にほえろ！』もプロレス中継と同様に長寿番組となり、石原裕次郎が病に倒れる一九八六年十一月まで続いた）。

同じ頃、すなわち日本テレビ金曜夜八時のプロレス中継が終わり、『太陽にほえろ！』の放映が始まった一九七二年七月、一冊の薄い（わずか二十頁ほどの）雑誌が創刊される。

その雑誌について触れる前に、もう少し私の個人的思い出を語らせてもらいたい。

プロレスに代るように私がその頃、夢中になっていったもの、それは映画だ。

一九七二年という年は、私にとって、クリント・イーストウッドの『ダーティハリー』の年だ。スティーブ・マックィーンの『ジュニア・ボナー』の年だ。ジェームズ・コバーンの『夕陽のギャングたち』の年だ。ピーター・オトゥールの『マーフィの戦い』の年だ。ロバート・レッドフォードの『ホット・ロック』の年だ。ジョン・ヴォイトの『脱出』の年だ。ダスティン・ホフマンの『わらの犬』の年だ。そしてアラン・ドロンとリチャード・バートンの『暗殺者のメロディ』の年だ。私はそれらを封切り館や二番館で見た。

もちろん一番の話題作だった『ゴッドファーザー』だって見たし（本当は「テアトル東京」で見たかったのだが、全席指定の同館は毎日予約で売り切れ状態だったので「新宿プラザ」で見た）、アカデミー作品賞を受賞した『フレンチ・コネクション』だって見たし、この年の『キネ旬』の第一位に選ばれた『ラスト・ショー』だって見たし、少し背伸びして『フェリーニのローマ』だって見た。

名画座を探し歩いて、「私の東京地図」が広がっていったのもこの年のことだ。『大脱走』と『砦の29人』の二本立てを見たくて電車を一時間半ぐらい乗り継いで、京成線の「青戸名画座」まで行ったこともある。あれ以来青戸に足をほとんど運んでいないが、今でもあの町にはあの名画座がある気がする。

映画と言いながら、ここに列挙した作品名からもわかるように、洋画ばかりだ。日本映画は殆ど見ていない（私が日本映画を見はじめるのは、高校に入学した一九七四年以降のことだ）。それはどうやら当時の時代風潮であったらしい。『スクリーン』に続いて『ロードショー』が集英社から創刊されたのはこの年、一九七二年三月。『昭和　二万日の全記録』第15巻（講談社）の、そのことを記した一節に、こういう記述がある。

『ある愛の詩』『卒業』などのアメリカ青春映画がヒットして、再び増えてきた若い洋画ファンが対象だった。

先にも述べたように私はけっこうミーハーな少年だったから、たぶん、「再び増えてきた若い洋画ファン」の一人だったのだろう。

ただし、書き添えておきたいことがある。

私の通っていた世田谷の公立中学校では、私たちが中学一、二年だったその頃（一九七一、二年）、男女のグループ交際が盛んだった。そういう時の彼（彼女）らのデートスポットは映画館だった。彼（彼女）らはよく、『小さな恋のメロディ』と『ロミオとジュリエット』の二本立てを（なぜかこの二本立ては、しょっちゅう、ＳＴチェーンだとかＴＹチェーンだとかのいわゆる二番館で上映されていた気がする）、見に行った。

デブ少年だった私は、そういう世界とはまったく無縁だった。私はたいてい一人で、時には上の（三歳違いの）弟を連れて、そして時には私同様にデブ少年だった同級生のＫ君（通称コバブタ）と共に、映画館に通った。だから私は『小さな恋のメロディ』と『ロミオとジュリエット』を映画館で見たことがない。

今から振り返ってみると、当時私がほぼリアルタイムで良く見たアメリカ映画は、その頃、一つの過渡期だったと思う。

いわゆる「ニューシネマ」というやつがある。ハリウッドスタイルの大作主義にアンチをとなえた、『俺たちに明日はない』や『真夜中のカーボーイ』『卒業』『イージー・ライダー』などの作品群のことを指す。

「ニューシネマ」の全盛期は一九六七、八、九年のわずか三年間で、一九七〇年に入ると、例えば、古典的メロドラマである『ある愛の詩』が大ヒットする。そして徐々に、ハリウッド的大作主義が復活する。

『ゴッドファーザー』もそういう大作主義の復活ととらえられていた（もっとも、製作会社のパラマウントは当初、低予算で作り上げるつもりだったのだが、監督の新鋭フランシス・フォード・コッポラの強引さによってあのような「大作」になってしまったという）。

スティーヴン・スピルバーグの『激突！』を私は、一九七三年一月、初公開時にロードショー（「渋谷東急」）で見ているが、この〝テレビ・ムーヴィー〟の映画監督が、その二年後、『ジョーズ』という大作を完成させることになる。そして時代は完全に変る。

一九七二年前後のアメリカ映画は、「ニューシネマ」と「ハリウッド復活」の端境期《はざかいき》だった。そしてその端境期に旬《しゅん》だったウィリアム・フリードキン（『真夜中のパーティー』『フレンチ・コネクション』）やピーター・ボグダノヴィッチ（『ラスト・ショー』『ペーパー・ムーン』）やジェリー・シャッツバーグ（『哀しみの街かど』『スケアクロウ』）といった監督たちが、その後スランプにおちいり、その代表作ですら、今どきのいわゆる「映画的」な映画批評家や映画史たちから小馬鹿にされながらも、私が嫌いになれず、いまだその作品群に愛着を感じているのも、それらの作品群を初公開時に見た、その時代の「端境期」の空気への懐しさからだ。

第二十九回　『ぴあ』の創刊と情報誌的世界の登場

映画小僧だった私がその雑誌を初めて手にしたのは一九七二年九月半ばのある日のことだった。

場所は渋谷の東急文化会館内の東急名画座の売店（余談だが、ひと月ほど前［二〇〇二年五月］、ある新聞で、東急文化会館の間もなくの閉館を知った。また一つ私の思い出の場所が消えて行く）。

作品名は忘れてしまったけれどその日見た映画のパンフレットが売られているかどうか、売店にチェックしに行ったら、見たことのない週刊誌サイズのペラペラの雑誌が置いてあった。ここまで書いてきて私の記憶が少し混乱してきた。もしかして私がその雑誌を初めて目にしたのは、東急名画座で映画を見たあと立ち寄った、同じ東急文化会館内の三省堂書店だったかもしれない。いやいや、やはり東急名画座の売店に違いない。本屋でその雑誌を目にしたのは、新宿の紀伊國屋書店が最初のはずだから。

いずれにせよそれが私と月刊『ぴあ』との出会いだった。

『ぴあ』が創刊されたのはその年、一九七二年七月十日のことで、私が東急名画座で入手したのは創刊三号目に当たる同年十月号だから、私は『ぴあ』のかなり早い読者だったと思う。ここでさらに自慢話を続けさせてもらうと、『ぴあ』が世間的にブレイクし始めた一九七五年頃、高校の同級生がその仲間に、君たちこういう雑誌を知ってるかい、と先物買い風に『ぴあ』を披露しているのを目にして、けっ全然遅れてらぁ、と思ったことがある。

『ぴあ』はまさに当時の映画(名画座)好きが待ち望んでいた雑誌だった。

『ぴあ』的な雑誌が当然のごとく存在してからのちに生まれた人たちに、『ぴあ』の登場の有り難さを力説しても、その有り難さは上手く伝わらないかもしれない。

ためしに今、『ぴあ』的な雑誌が存在しない状態を想像してもらいたい。『ぴあ』的な雑誌が存在しないということは、もちろん、『東京ウォーカー』だとか『Ｈａｎａｋｏ』だとかいったその手の情報誌もいっさい存在しないわけである。

そういう状態で映画を見に行きたいと思ったとする。

例えば前から見たいと思っていたロードショー作品に行く場合。

まず上映時間を知りたい。しかし上映されている映画館の名前がわからなければ、とりあえず、新聞の映画欄をチェックするしかない。

前もって見たい映画がある場合は、それでもまだ良い。

時間が突然空いてしまったから何か映画でも見るかと思った時。あるいは、ロードショーで見逃してしまったあの映画を、どこか別の映画館でフォローしたいと思った時。そういう場合に、たまたまその日に開いた新聞の映画欄で、うまくその映画をつかまえることが出来るだろうか。

『ぴあ』が創刊される前、私は、『スクリーン』や『キネマ旬報』の巻末に載っている、ひと月分の(『キネマ旬報』の場合は三週間分の)「番組予定表」を目を皿のようにしてチェックした。たった二頁の見開きで情報量も全然少なかったけれど。『スクリーン』の(そしてこの年創刊された『ロードショー』の)その情報頁は、ロードショー館のみで名画座は紹介されていなかったと思う。『キネマ旬報』には名画座が載っていたものの、それでもたいした数ではない。

今私の手元にある『キネマ旬報』一九七二年五月上旬号の「邦・洋画番組予定表4/20〜5/11」を開くと、東京の名画座は銀座並木座から新宿名画座に至るたった二十館しか載っていない。当時東京にはその十倍とまでは言わないものの、五倍を超える百館以上の名画座があったはずだ(例えばその頃、私の実家の最寄り駅である小田急線の経堂駅に南風座という名画座があったけれど、『キネ旬』にはもちろん載っていない)。しかもその番組予定表には映画の上映時間は記載されていない。各自で直接、それぞれの映画館に電話を掛けて(映画館名の隣りにその電話番号が載っているのが親切で便利だった)上映スケジュールを調べなければならなかったのだ。

そんな精度の粗い情報ですら当時の私たち映画好きには貴重だったのだ。

『キネ旬』一九七二年五月上旬号のその欄に、私が鉛筆でつけた見たい映画のリストがマークされている。新宿西口パレスの「さらば荒野／扉の影に誰かいる」（四月二十五日〜五月一日）、渋谷全線座の「空爆大作戦／ラスト・ラン」（五月二日〜五月八日）と「暗黒街の特使／夕陽のガンマン」（五月九日〜五月十一日）、そして東急名画座の「マイ・フェア・レディ」（四月二十三日〜四月二十七日）と「ティファニーで朝食を」（五月九日〜五月十一日）といった具合に。

その鉛筆のチェックのあとを今改めて眺め直してみても、私は、チェックしていった十四歳のその時の（つまり三十年も前の）わくわくした気持ちをリアルに思い出すことが出来る。こんな大ざっぱなリストであるのに。

だからこそ初めて『ぴあ』に出会った時の喜びは大きかった。

私が初めて買った次の号（一九七二年十一月号）の『ぴあ』はたしか、高田馬場パール座の売店で見つけたのだと思う。

そしてその次の号（十二月号）から表紙が変った。創刊四号目までの『ぴあ』の表紙は、毎号、当時の「今どきの若者」ファッションを描いたサイケ調（創刊号の表紙は時どき昭和や二十世紀や一九七〇年代についての記録書の中でカット写真として使われたりするから、目にしたことのある人も多いだろう。たいしてサイケでないと思うかもしれない。しかしそのあとの三号の表紙はかなりサイケだった）。そのサイケ調が、逆に、一九七二年後半というリアルタイムの中で、ちょっとダサく見えた。一年前ならまだＮＯＷと言えたかもしれない。だが、今この表紙はちょっとダサいぞと、十四歳だった私は、生意気にもそう思った。

こんなサイケでアングラっぽい表紙でなく、ポップな表紙ならば（「ポップ」という言葉を当時の私が知っていたかどうかは疑問だが）もっと素敵なのに。

実際一九七二年十二月号から『ぴあ』の表紙はとてもポップになった。

その表紙を描いていたのは湯浅一夫。正確な日付けは忘れてしまったが、湯浅一夫は表紙絵を担当して二〜三年ぐらいで急逝し、そのあとを引き継いで今に至っているのが及川正通だ。『ぴあ』といえば私は、湯浅一夫の表紙絵が一番好きで、限りなく懐しい（去年の秋、ずっと実家にため込んでおいた古雑誌を大量に処分し、『ぴあ』のバックナンバーもほとんど放出してしまったが、湯浅一夫の表紙の号は、結局、十冊近く手元に残してしまった）。

表紙絵が及川正通に代った頃から、『ぴあ』は少しずつ読者数を伸ばしていったのではないか。実際その頃から『ぴあ』は書店でチラホラ見かけるようになったし（といっても、紀伊國屋や三省堂などの大型書店には創刊から並べられていたというのだが）、『観覧車』という、『ぴあ』をひとまわり小型にした（Ａ５判の）類似誌も登場した。当時から雑誌フリークだった私は、『ぴあ』より情報度はおとるのに（ただし『ぴあ』にはないコラム頁があった）、その『観覧車』を、毎号、わざわざ、有楽町の日比谷劇場裏にあった「東宝ファンタジ・コーナー」に買いに出かけたのだが（この「東宝ファンタジ・コーナー」ではまた、毎月の映画チラシを一冊に集めただけの『シネマ情報』という不思議な月刊誌も取り扱っていた）、たぶんこの雑誌は半年も続かなかったはずだ。

今私の手元に『ぴあ』の通巻第十号（一九七三年六月号）があって、その巻頭に「ぴあ珍道中」と題する見開きの、絵双六風の『ぴあ』小史が載っている。

ところで、注意の細かい読者なら、一九七二年八月号が創刊号なのに、なぜ七三年六月号が通巻第十号なのか不思議に思うだろう。一号抜けていることが。

実は本来の通巻第十号に当たる一九七三年五月号は表紙だけで本文がない幻の号（休刊号）なのである。私はこの「幻の号」が新宿の伊勢丹デパート五階の新館と旧館の連絡通路にあったプレイガイドに〝ご自由にお取り下さい〟と平積みされていたのを目ざとく見つけ、十冊近くいただいた記憶がある。

通巻第九号（一九七三年四月号）の巻末の「編集後記」に、

ところで情報満載の「ぴあ」は、人気絶頂につき、増頁の気配が満厚《ママ》になってきました。きっと読者の方々に満足の行く形でお目見えすることと思います。その時「ぴあ」は〝あなたにとって大切な人は誰かしら〟という問《ママ》いにそれは〝ぴあ〟だという答をあなたに用意させます。

とあるから（それにしても、わかるようでいて何だか良くわからない文章だ。ただしこの時代に単なる情報誌を作ることの屈折は伝わってくる文章だ。つまりその〝メッセージ性〟は伝わってくる文章だ）、十号での増頁を期してのひと月の休刊なのかなと思うと（実際「編集後記」の隣りに「読者の皆様へ」という告知が載っていて、「『ぴあ』では、此の度増頁の企画準備の為一ケ月お休みをいただき……」とある）、第九号の三十四頁に対して、第十号は三十二頁で、むしろ二頁の減である。奥附けを見比べると、どうやら、中野区本町から千代田区猿楽町への引っ越しに手間どったようだ。こんなことでひと月休刊し、増頁もならなかったのだから牧歌的な時代である。売れ行きが伸びてきたといっても高が知れている。

話を第十号の「ぴあ珍道中」に戻そう。

こんな前フリが載っている（原文は横書き。傍点は原文）。

ことのおこりは1972年5月6月7月と、幻の「ぴあ」はもそもそと、にぶい活動を開始したのでありました。編集長矢内廣を筆頭にスタッフは、東京全土を駆けめぐっておったのであります。しがないかけだしに世間の風は冷たかったのでありました。

絵双六の一つめ、創刊号の表紙絵の脇にこんなキャプションが書いてある。

1972年7月10日をもって「ぴあ」は、突如書店の店頭に姿を現わしたのです!!

「あれを見ろ!」……目ざとい若者は若干少なかったのでした。

創刊号は一万部刷って二千部しか売れなかったという(逆に言えば、何の前宣伝もなしに二千人もの純粋読者が、先行誌のないそのオリジナルな雑誌を、本屋や映画館で手に取っただけで購入してくれたわけである)。

各号の表紙絵がキャプションつき絵双六風に並べられたあと、「ぴあ珍道中」は、最後に、こういう決意が語られる。

現在、「ぴあ」は東京の「ぴあ」なのです。編集室では、近々、横浜、川崎と東京近県にも進出したいと思っています。そして、さらには、大阪、京都から日本全国に「ぴあ」があると楽しいと思うのです。ヤングの情報は全部「ぴあ」から……となるといいと思うのです。今でも、北海道や四国などから定期購読の申し込みがあるのです。とってもうれしいことです。情報も待っています。

それから三十年の月日が経ち、この大それた望みは現実のものとなった。しかしこの時期に既に北海道や四国などから定期購読の申し込みがあったというのは、とても現代的である。情報誌に載っている情報をただの情報として消費するのではなく、そこに一つの物語を味わってしまうこと。現実に直接役立つ情報ではないのに、いや逆に直接役立たないからこそ、その情報をバーチャル・リアルに味わう読者の登場。

登場というより、そういう読者たちが潜在的に持っていた欲求を、『ぴあ』は現実化した。

ところで、先に私は、一九七三年五月の『ぴあ』の一号分の休刊を、引っ越しのバタバタのせいにしたが、当時の『ぴあ』のスタッフは、『ぴあ』のボリューム増を本気で考えていたのである。中野区本町から千代田区猿楽町への引っ越しは、その決意の表われだろう。

第十号（一九七三年六月号）の「編集後記」に、こうある。

本命6月号がやっとできたのです。4月号に5月1日発売となっていたのが、1ケ月遅くなってしまいました。久しぶりに手にする「ぴあ」どうですか。ずっしりと重みを感じていただけるかな。今回は増頁にできませんでしたが、中身ではちょっとがんばってしまったのです。名画座のページを1ページ増。毎号少しずつ加えていきたいのです。

その一頁の増によって名画座の数は前号（一九七三年四月号）の三十九館から四十一

館へと二館増えた。

ここまで書いてきて思い出したことがある。一九七三年五月一日発売予定の『ぴあ』一九七三年六月号が実際に書店に並んだのは同年六月初めのこと。四月号は三月十日発売だったから、実は一カ月どころか二カ月以上も間があいてしまっていたのである。そしてその中継ぎのように、表紙だけの幻の五月号を伊勢丹のプレイガイドで私が見つけたのは、もう五月も終わりかけていた頃だった。

つまりこの時期、『ぴあ』は大きな過渡期だったのである。大学生たちのアルバイト仲間を中心とした学生サークルの延長線にあった、いわば同人誌ともいえた『ぴあ』が、一つのカルチュアー誌となろうとしていた。しかもそれがビジネスと結びつきつつあった。結びつきつつありながら、しかし、まだ充分なビジネスに成り得てはいない。そういう過渡期にあった。

第十号の「編集後記」は、さらに、こう続いている。

イベントのコーナーは、いかがですか。今回はデパートＯｎｌｙになってしまったのですが、お祭りやおもしろい情報を集めていくつもりです。何かありましたらご連絡を。それからもう1つ「ｙｏｕとｐ・ｉａ」のコーナーを、少し内容豊かに増やしてみたのです。（これは希望が多かった）と、ここまではよいのですが……。お詫びと共に真剣に考えねばならないことはすでに皆さんもお気付きのことと思いますが、ジャズ喫茶のページがないことなのです。１日発売のためにはどうしても原稿が間に合わないのです。

次の号（七月号）からジャズ喫茶（正確に言えばライブを演奏するジャズスポット）は「折り込み情報」で添付されることになるが、それも三号限りで終わり（「理由としては、定期購読者に送れないということで、紙一枚を入れる為に55円という送料をとられるということなのです」）、十月号からは情報量を減らして音楽欄の一頁に組み込まれている。

原稿スケジュールの問題だけでなく、ジャズという六〇年代的な強い意味性を持った音楽が、この頃、時代遅れになって来たこととも重なっている。

つまり、ジャズスポットに代る新しいライブスポットが登場して来たのだ。

例えば『ぴあ』が創刊したその年新宿にオープンしたルイードの社長山口隆二は、こう回想している（富澤一誠『新宿ルイード物語』講談社文庫　一九八八年）。

「ルイードがオープンした年に『ぴあ』も創刊されたんですが、基本的に宣伝なんか打てないでしょう。そんなときに、『ぴあ』のような情報誌ができて、ルイードのスケジュールが載る。すると、それを見てやって来る人がいるんです。特に、フォーク・ファンの人は多かったですね。フォーク・ブームと言われていましたが、単独でコンサートができるのは拓郎とか泉谷しげるとか数えるほどしかいませんでした。五輪真弓もりりィも、井上陽水もガロも単独ではまだ無理でしたね。だから、見たいと思っても見ることができないんです。ところが、ルイードでは見れる。すると、どこからともなく人は集まってくるんです。もちろん、まだ満席になるほどではなかったですが、手ごたえは十分でした」

映画、演劇、音楽の情報だけでなくイベントや「ｙｏｕとｐｉａ」のコーナーも充実させたいと『ぴあ』一九七三年六月号の「編集後記」は言う。

そういう姿勢に早速、読者は反応し、八月号の「ｙｏｕとｐｉａ」には、

ｙｏｕとｐｉａを読むと、私と同じ様に思っている人達がいるのだなあーと思い、とてもうれしくなります。「ぴあ」がだんだんよくなっていきますね。こんなスバラシイ雑誌をまだ知らない人達は不幸ですね。「ぴあ」の購読者は、そんな不幸な人達を助けてやりませんか。

という女性読者の投書であるとか、あるいはその逆に、

近頃の「ぴあ」の傾向に私は反対です。ｙｏｕとｐｉａの充実や読者との直接の交流を求めようとするのが気にくわない。そもそも「ぴあ」はマスコミ時流に乗って、

都内の映画館、アングラ劇、ジャズ喫茶などのプログラムだけを掲載するべく世に出たのであろう。なにも小型〝キネマ旬報〟〝スクリーン〟〝ロードショー〟を目ざしているわけではないんでしょう。私は「ぴあ」にヤングの情報誌よりも大人の情報誌に変身してもらいたい。

という男性読者の投書であるとかが載っている。『ぴあ』のヤング路線を批判する荒川区のこの男性読者は、しかし、まだ二十歳の若者である。ただし彼が批判する「ヤング」の意味は、この投書の後半で、何となく伝わってくる。

まだ情報もれがたくさんあるくせに、間口を広げて個性のない普通の雑誌になろうとしている。ヤングだヤングだと言って間抜けな顔の真中にある鼻をますます高くしている。

「間口を広げて」と言っても、同じ号の「ｙｏｕとｐ·ｉａ」欄に、編集部の、「『ぴあ』は公称3万部ですが、実数は秘密です」というコメントが載っているから、この時の『ぴあ』はまだ限られた読者しかいなかった。つまり、限られた読者からの飛躍を試みていた（『ぴあ』の部数の増え方については次回改めて触れる）。

荒川区のこの二十歳の男性の投書は反響を呼び、翌一九七三年九月号には彼を支持する投書が二通採用されている（たぶんその投書を出した二人は、共に、『ぴあ』の創刊間もなくの頃――といっても僅か一年前だが――からの読者なのだろう）。

第三十回　『ぴあ』の「帝国主義的」拡大路線への転換と混乱

一九七二年七月に創刊された『ぴあ』は翌年の春頃から戦線を拡大しようとする。つまり、「間口を広げ」ようとする。

そういう『ぴあ』の拡大方針に対し、一九七三年八月号の「ｙｏｕとｐ・ｉａ」欄に、荒川区に住む二十歳の男性の反対意見が載り、続く九月号の同欄には彼を支持する投書が二通載っている。

例えば蕨に住む二十一歳の女性はこう書いている。

8月号ｙｏｕとｐ・ｉａコーナー、清水さんの意見に賛成！　パリスコープに比べて、大判な割に中身の薄い感じをうけます。デパート情報でのっているのは情報を提供したデパートだけなのですか？　編集部で記事を集めているのだったら、公平に情報もれのないよう願います。

『パリスコープ』はフランスの有名な情報誌で、創刊当時の『ぴあ』はよく『パリスコープ』と比較して評価されたり批判されたりした（確かあの山田宏一も『キネマ旬報』か何かの雑誌で『ぴあ』を『パリスコープ』と比べていたと思う）。

デパート情報という「間口の広げ」方に対してさらに厳しい意見を口にしているのは千代田区に住む二十三歳の男性だ。

デパート情報なんて、まるで幇間（たいこもち）ではないですか。宣伝費をバク大に持っている連中など相手にしない、我々の情報を確立する方向性を持たなければいけません。

「我々の情報を確立する方向性」というフレーズに時代の空気を感じる。イデオロギーの時代は終焉に向いつつあったけれど、一方でまだ、やがて来る情報消費の時代にどっぷりとつかっているわけではない。この千代田区の二十三歳の男性は、『ぴあ』という情報誌に、情報誌だからこその一つの批評性を求めている。

彼は『ぴあ』のかなりディープな読者だ。そのディープさは、これに続く彼のこういう見解に読み取れる。この二カ月前、つまり一九七三年七月号の「ｙｏｕとｐｉａ」欄に、横浜市の十九歳の女性の、「早く横浜に進出してきて下さい。そして横浜版を掲載して下さい」という意見が載っていて、それに対して編集部の「天地人」氏が、「横浜進出は9月です」と答えている。そのさりげないやり取りを彼は見逃さない。

横浜のも載せるんだって、横浜は横浜でやればいいじゃない！　文化圏を侵略するのではないぞよ。あくまで東京の「ぴあ」、映画のプログラムが全部載ってる「ぴあ」をめざして欲しいのです。映画を見ようかなって思った人が「ぴあ」を買って映画を見る。この流れをつくりなさい。ある点まで達すると映画界も観客とのつながりにおける「ぴあ」の存在の重要性を認識し、雪崩現象で「ぴあ」が大きくなるでありましょう。その方向をめざし、その時までに主体性の確立をめざすことこそ、今、必要なのです。

この「主体性の確立」というフレーズが先の「情報を確立する方向性」というフレーズと重なり合っている。この時期はまだ、東京は東京の、横浜は横浜の、そして千葉は千葉のローカルカラーが色濃く残っていた（東京の中でも地域ごとの町並みの違いはきわだっていた）。首都圏という名で、それらの土地柄が均質化されて行くのはこれ以後のことである。逆に言えば、『ぴあ』の発展はその均質化と軌を一にしていたとも言える。

ここで「主体性」という言葉に改めて注目してもらいたい。「主体性」なる言葉は一九七〇年前後の若者たちの一つのキーワードであり、のちの『ぴあ』の読者像と比べるとこの言葉には違和感がある。

実際、『ぴあ』が「シラケ世代」と呼ばれる若者たちの支持を集めたのちの論考である「『ぴあ』症候群」(一九八二年＝『ベストセラー考現学』メディアパル　一九九二年に収録)で評論家の植田康夫は、

確かにこの雑誌には、写植で極度に縮写された「活字」がぎっしりと入っているが、それは真に「活字」媒体といえるかどうかは疑問である。

それというのも、この雑誌に入っている「活字」による情報は、従来の活字媒体が持っていた一つの価値観で統一された体系性はなく、一つ一つが断絶された情報の集積に過ぎぬからだ。


と述べているし、同じく評論家の尾崎秀樹は前田愛や山田宗睦との座談会「都市空間のエコロジー」(一九八〇年＝『現代読者考』日本エディタースクール出版部　一九八二年に収録)で、

「ぴあ」は完全な受身文化の媒体で、その中から何かを選んでどうするといったことを指導する要素は乏しく、むしろ読者が選択する面白さみたいなのを多分に残しながら、実際は他動的でどこに行っても、結局クリエイティブな、何かをやろうとする発

想にはなっていない。情報社会のなかでは、今後ますますそういう性格のものが増えると思うけれども、考えてみればそれは大変嘆かわしい現象だともいえる。

と語っている。つまり『ぴあ』の読者の「主体性」に否定的である。

しかし創刊された当時に『ぴあ』と出会いそれを読むことは、とても主体的な行為だったのである。イデオロギーや批評という名の意見の押しつけに抗して、情報誌という名の「記号」の羅列の中から自分に見合った情報を選び取るという行為は。

一九七三年十月号の「ｙｏｕとｐｉａ」欄に松戸市の十九歳の男性のこんな投書が載っている。

> 今日（9月13日）後楽園シネマではじめてこの「ぴあ」を見つけ、１００円を払いました。「ぴあ」の存在はすでに深夜放送等で知ってはいましたが今まで手に入れるチャンスがありませんでした。はじめてで要領をつかむことができませんけれど若干の感想を。よいところ……先づ《ママ》批評がないこと。これは現代においては非常に大切なことではないでしょうか。なんでもかんでも「批評をみてからでないと」という他力本願的な風潮は甚だ遺憾です。映画でもおしばいでも自分の考えを大切にしたいと思います。

『ぴあ』は、そしてその数年後（一九七六年）に創刊される『ポパイ』は、従来のオピニオン誌との対比によってカタログ誌と呼ばれた。人はそこに時代の風潮の変化を読み取った。人、というのは年長者のことであるが、彼らの多くはカタログ誌のブームに対して批判的なまなざしを向けた。

だがそのようなカタログ誌も、少なくとも創刊当時は一つの批評的な可能性をひめていたのだ。

その批評性は、カタログ誌がカタログ誌として定着した頃にも、実は、まだ失われていなかった。

植田康夫や尾崎秀樹らの発言と同じ頃に書かれた評論「『ぴあ』の記号論」（『中央公論』一九八一年八月号。ただし初出時のタイトルは「カタログ文化のなかの音楽」）で一九五五年生まれの細川周平は、こう書いていた（傍点は原文）。

> 何の偏向もなくただ日付順に並べられた情報に赤鉛筆で差異の標識をつけ、『ぴあ』の中に自分一人の「東京」を描くことの快感、それは情報そのものの表層の肌触わり、粒立ち、雰囲気を賞翫することにほかならない。フェティシズムといえば、「物神崇拝」「呪物崇拝」などとも訳され、もっぱら未開人か特殊な心性の持主に生じる異常な出来事と考えられがちであろう。しかし、現代社会の普通の人々にとっても、かりにある対象が、実体や歴史から離れて対象を指す記号（情報）の差異の標識とし

て受け止められ、記号が（それが指示する）実際の対象よりも幅を利かすようになれば、その記号＝対象を〈フェティシュ〉と呼ぶことができよう。

その〈フェティシズム〉が時には〈パフォーマンス〉へと結びついて行くこともある。しかも〈パフォーマンス〉と言っても、単に〈パフォーマンス〉を受容するのではなく、自らがパフォーマーとしてその〈パフォーマンス〉の主体となって行く。

ここで細川周平は、『ぴあ』の読者を、プレイガイドの利用者や一般週刊誌の読者と比較する。

まずプレイガイドの利用者について。

音楽情報網がかくも発達した現在、プレイガイドへ赴く人は大方、どの切符を買うか心づもりしてから出かけるのであり、そこで何か情報を得るために出かけるという人は稀であろう。この点でプレイガイドは既成の〈パフォーマンス〉の論理に貫かれ、それを読む人間は、自分の手で再構成するのではなく、ただそこで提供される情報を受けいれプレイガイドの導くままに会場に出かける。それは利用者よりも〈パフォーマンス〉の側に立っている制度であるから、〈アソコ〉の制度と呼ぶことができるだろう。

同様のことが一般の週刊誌にもあてはまるという。

そこでは頻繁な引用によって現場実況中継のような臨場感がもたらされ、読者は、起きてしまった、本来覗いてはならぬ〈スキャンダル〉の現場に居合わせているような気分にさせられる。それは明らかに〈スキャンダル〉の側に立って読者をおびき寄せようとする、〈アソコ〉の論理に立ったテクニックである。

それに対して、「『ぴあ』に代表されるカタログ雑誌の新しいレトリックには、読者を都市に参加させる可能性があるように思われる」、と細川周平は言う。

つまり、都市の中でまだ起きていない、あるいは起こりつつある〈パフォーマンス〉を読者自身が体験すること、つまり既存の物語、〈都市化した物語《レシ》〉をただ受動的に読むのでなく、〈物語《レシ》化した都市〉を読むことを目指す点で、〈ココ〉の制度と呼ぶことができるだろう。

受動的の反対は能動的、すなわち主体的である。だから細川周平は、『ぴあ』の読者について（これは、もちろん、可能性における読者ではあるが）、こう結論づける。

『ぴあ』によって物語化した都市を彷徨する読者は、週刊誌のあてがう〈スキャンダル〉やプレイガイドの保証する〈パフォーマンス〉に飽き足らず、未組織の〈スキャンダル〉、隠れた〈パフォーマンス〉を探し求める。〈スキャンダル〉が読者を編成するのではなく、読者がそれを編成するのであり、物語《レシ》の聞き手ではなく、その語り手となるのだ。

ここで注意しておきたいのは、これが一九八一年の発言であることだ。つまり『ぴあ』の創刊からまだ十年足らずの時しか経っていない（『ぴあ』が世間的に認知されてからなら五、六年だ）。

だから、暴論をはかせてもらえば、当時の『ぴあ』の読者は、ほとんどが、『ぴあ』が創刊される前に主体が（情報誌に対峙する主体が）確立されていた。その上でこその情報誌（カタログ誌）的な主体（能動性）である。ところが、『ぴあ』以後に生まれた世代は、そのような主体を形づくる前にすでに、所与の物として『ぴあ』が存在していた。そこに一つの断絶があるのではないか（そのことについてはまたあとで触れるつもりだ）。

ところで、『ぴあ』の拡大化（横浜進出）に反対する一九七三年九月号の「ｙｏｕとｐｉａ」欄の千代田区の青年の投書に話を戻せば、その投書に対して、編集部の「次郎長」氏が、こういう回答を寄せている。

木所さん（千代田区の青年の名前――引用者注）の御意見は、まさに正しい御意見で、「ぴあ」の進むべき道の一つを明確に示された貴重なアドバイスだと思います。しかし、「ぴあ」には進むべき道がもう一つあり、〝近頃の「ぴあ」〟は、この道を明確に選択しました。それが、正しいことかどうかは、結果が教えてくれますが、もう少し〝近頃の「ぴあ」〟に時間を与えてほしいと思います。

編集者自らがわざわざ、〝近頃の「ぴあ」〟と表記しているわけだが、実際、この時期、『ぴあ』は一つの大きな転換期を迎えていた。同じ号の「ｙｏｕとｐｉａ」欄で、別の編集者（「秀次郎」）が、こう書いている。

9月号から「ぴあ」は復讐戦を開始しているわけですが、かなり困難な環境の中で、かなり苦しい復讐戦になりそうです。

（中略）

しかし、〝近頃の「ぴあ」〟は、なかなかしぶとい体質になっており、非情な〝もうけ主義者〟もそろっていますので、確固たる財政的な基盤を確立しつつ、読者の皆さんの要求に十二分にこたえることのできる雑誌にしていくことはできると思っています。やがて夜明けのくるそれまでは、意地で支える夢一つ、というわけですが、それにしても、まだまだダメなところの多い雑誌ではありますなあ。

復讐戦というのが、今となっては何を意味しているのかは不明であるが、それは一九七三年七月の「ｙｏｕとｐｉａ」欄で、すでにこう予言されていた（この年の五月、『ぴあ』が一カ月休刊したことは、すでに前回に述べた通りだ）。

愛読者の皆さまには大変御心配をおかけしました。「ぴあ」が一つのカベに突き当ったのは事実ですが、つぶれる心配はもうありません。それどころか「ぴあ」は9月号を期して一大復讐戦を開始する決意です。9月からの「ぴあ」の反撃にどうぞ御期待下さい。

『ぴあ』の編集内部でもこの「復讐戦」をめぐって大混乱があったようだ。その混乱が他ならぬ一九七三年九月号を直撃した。翌十月号の「ｙｏｕとｐｉａ」欄は、

9月号の大失敗については、何ともおわびのしようがありません。編集室によせられたお便りは、当然のことながらきついものばかりで、今月号のｙｏｕとｐｉａ欄はどうにも書きようがなくて、ほとほと困りはてておりますが、まずたくさんのお便りの中から、三番目くらいにきついのを御紹介します。

と、始まり、まず、中央区の十七歳の少女の次のような「抗議文」を載せている。

「ぴあ」殿！（これは抗議文であります）一体どうしたのですか?? 今月号は8月30日に発行になっているはずですよね!! 手に入れたのは（例の紀伊國屋ではなく）9月11日、東急名画座。毎日、書店に行ったのに〝いつくるかわからない〟といわれて……。私だって、毎月のように遅い、遅いなんて言いたくないのです。でも今回はあまりといえばあんまりで、音楽関係などは半数以上の情報がむだになってるでしょうに!!これでは「ぴあ」の存在価値なんてないのだ！

「例の紀伊國屋ではなく」というフレーズの特に「例の」の部分がちょっと気になる。紀伊國屋書店の社長だった田辺茂一がまだ海のものとも山のものともわからなかった創刊時の『ぴあ』をサポートしてくれた話は、美談として今でもよく取り上げられるけれど（ちょうど今出ている月刊誌『潮』二〇〇二年八月号の大下英治の連載インタビュー「トップに迫る」で、『ぴあ』の社長の矢内廣は、そのエピソードを改めて語っている）、創業一年目で拡大化をねらっていたこの時期、『ぴあ』は、紀伊國屋をはじめとする書店との間で何か変化があったのだろうか（あまりにもしばしば発売日が守れないのであきれられてしまったのだろうか）。ただし、〝いつくるかわからない〟と思いつつ、ある日、突然、最新号に出会った時の喜びは、すべてがまさに機械的にシステム化された今ではなかかなか味わえない純粋雑誌的感動だろう。たとえ怒りをおぼえていたとしても。
この少女の「抗議文」は、さらに、こう続いている。女性でありながら、その「おたく」的（もちろん当時はこんな呼称は存在しなかったわけだが）メンタリティーにも注目してほしい（やはりその頃の『ぴあ』の読者は一種のエリートだったわけだ。そして『ぴあ』は、そういう特殊なエリート読者層から、もっと一般的な読者層の雑誌への転換をはかっていたのだ）。

定購の人にはちゃんと届けてるのかもしれないけれど（私が定購しないのは、郵送してもらった場合、折りまげられるのがいやだからだ）そんなことは言いわけにならないのです。内容の充実はもちろん、大いにがんばってといいたいけれど、逆に単なるスケジュールの羅列でも、1日にちゃんと出てれば、それだけで意義があるのです。多分、同様の抗議が他にも寄せられてると思うけど、反省せよ！　休刊以後、この点はちっとも改まらないってことは重大なことです。

これに続く苦情の投書を見ると、定期購読者の許にも九月号が届いたのは九月十一日になってからだったというが、たぶんこの十七歳の少女は、その頃の私同様、単なる情報誌である『ぴあ』のバックナンバーを、その情報価値がなくなったあとも、捨てずに、きれいな状態でとっておいたことだろう。そして時に眺め返したことだろう。

こういう「大失敗」をおかしても、『ぴあ』の編集部の若者はまだまだ強気だ。同じ号の同じ欄に、「裕次郎」という人物のこんな決意が述べられている。

「ぴあ」は来年4月号までかなり強引な拡大主義をとるつもりですがその順序は、まず横浜進出をはたし、次に都内の劇場網羅へと向かい、その次に「うらわ」「ちば」へと拡大していくつもりです。この方針に対しては賛否両論がありますが、〝近頃の「ぴあ」〟は国電の中にある大きな地図を〝東京〟とみなしているため、若干帝国主義的ではありますが、当分の間拡大主義をとらせて下さい。

つまり『ぴあ』は東京のローカル誌から、もっと巨大な〝東京〟雑誌への「拡大」をはかっていたのである。そしてその路線変更は成功することになるだろう。

第三十一回　「大相撲ダイジェスト」と山陽新幹線

一九七三年頃の『ぴあ』の編集部内の「大混乱」について私は、もう少し詳しく知りたいのだが、手がかりが残されていない。その「大混乱」は、たぶん、過渡期であった時代のその動きを反映している。

何しろ一九五〇年代生まれの二十一、二歳の若者たちによって創刊された雑誌だ。

良く知られているように、『ぴあ』は、中央大学の学生とTBSのバイト仲間で創刊された。つまり、「中央大学映画研究会の三人と、TBS報道局で知り合ったバイト仲間三人の計六人」（尾崎秀樹・宗武朝子『雑誌の時代』主婦の友社　一九七九年）の学生たちの手によってだ。

彼らは既成の映画雑誌に不満を持ち、「まず自分たちがほしい」雑誌を求めて『ぴあ』を創刊したのである。それはまた、「同世代のほかの人たちも求めている」雑誌であるはずだし（そういえば、『ミュージック・ライフ』のミーハーぶりと『ニューミュージック・マガジン』の理屈っぽさの双方に不満を持ち、「まず自分たち」の読みたいロック雑誌を求めて、一九五一年生まれの渋谷陽一が『ロッキング・オン』を創刊したのも、やはり一九七二年のことだった）。

その六人の若者たちの足並みは、創刊一年後に、どのように乱れたのだろう。私は、それが、すごく気になる。

創刊九号目に当たる一九七三年四月号の奥附けの「編集・発行」欄には「矢内廣」というクレジットがあるが、次の第十号（同年六月号）には「鶴見みちゑ」とある。「矢内廣」は、もちろん、現在の（も）『ぴあ』の社長であり、『ぴあ』の歴史のスポークスマンであるが、奥附けのクレジットが「鶴見みちゑ」から「矢内廣」へと戻ったのはいつの頃だったのだろう（昭和四十九年以降の『ぴあ』を私はすべて処分してしまったので、その点は不明だ）。

それから『ぴあ』の創刊メンバーと言えば、私は湯川憲比古という人を思い出す。

何でこのような人名を私が憶えているかといえば、学生時代私は、この人が何回か選挙に出馬したことを記憶しているからだ。たしか最初は参院選で、次に都議選、さらに区議選だったと思う（もしかしたら順序が違うかもしれないが）。

菅直人らなどと似たようなどこかの市民派の団体から出馬していた、泡沫に近い候補だった（その頃は菅直人だってせいぜい泡沫の上といった感じだった）。

その湯川憲比古が選挙公報で、『ぴあ』の創刊者であることを一つの売り物にしていたのだ。

私はその選挙公報を目にした時、少し不思議な感じがした。というのは彼が東大卒だったからである。

私は当時からすでに出版文化史オタクだったから、『ぴあ』が中央大学の学生たちを中心に創刊された雑誌であることを知っていた。だから、他の私立大学ならともかく、東大というのはちょっとその筋と違う気がした。

それに『ぴあ』といえば「矢内廣」だとか「林和男」だとかいった固有名詞が思い浮かび、「湯川憲比古」という名前はノーマークだった。つまり、『ぴあ』の創刊者と言われて、少し違和感があった。

今回、草創期『ぴあ』の歴史を調べていて、一九七三年頃の「大混乱」に出会った時、その違和感がよみがえって来た。湯川憲比古という人は、もしかしたら、この時期の「大混乱」に何らかのかかわりがあったのではないか。政治家を目指すぐらいの野心（それは『ぴあ』の野心とは異なる野心だろう）があったのだから。だとしたら、『ぴあ』の創刊メンバー六人は、皆が皆、ただの情報誌を作ろうとしていたわけではなかったことになる。情報誌を媒介とした市民ネットワークの組織化を試みていた人もいたのかもしれない。

いずれにせよ、横浜進出を第一歩とする『ぴあ』の拡大戦略は成功し、気がつくと〝倍々ゲーム〟で部数を伸ばしていた。

『雑誌大研究』（斎藤精一、日本工業新聞社　一九七九年）に、こうある。

創刊号の発行部数は一万部足らずだった。その後の急伸長ぶりはまさに〝倍々ゲーム〟である。創刊三年後の昭和五十年一月で三万五〇〇〇部、翌五十一年一月には九万部を越え、その年の七月には一三万部、そして同誌が日本ＡＢＣ協会に加盟（五十二年一月）して、はじめての公式部数、五十一年十月〜十二月の公査部数では一六万六〇〇三部に達していたという。もっとも新しい数字では二三万五八四八部（ＡＢＣ部数五十三年一月〜六月）と伝えられている。

この研究書の刊行された年（一九七九年）の秋、つまり一九七九年十月十二日号から『ぴあ』は隔週誌となった。刊行サイクルが倍のペースになった。そのことを伝えて、『サンデー毎日』一九七九年十月二十一日号に、「ミニ情報大当たり」という記事が載っている。

『ぴあ』は発行部数49万５０００部だそうで、読者層は男女とも中学・高校・大学生が圧倒的だ。編集部員15人、アシスタント60人を率いる編集長の林和男氏も当年28歳の若さ。

『ぴあ』の隔週化に、大学生だった私は批判的だった。刊行ペースが早過ぎて、落ち着かない、と思った。実際、行きたい映画やコンサートや芝居に印をつけて、その号になじんできた頃に、もう次の号が出てしまう（だから当時は、『ぴあ』の週刊化なんて私にはとても考えられなかった）。あの頃まではもう少しゆったりと時間が流れていた気がする。

実は『ぴあ』の隔週化と同時に、『ぴあ』のライバル誌だった『シティロード』も、まったく同じ号から隔週化していた（『シティロード』の創刊もやはり一九七二年だったというが、私は記憶にない）。

しかし、「この次は週刊にします」という『ぴあ』の林編集長のコメントとは裏はらに、『シティロード』の方は微妙だ。先に引いた『サンデー毎日』の記事に、こうある。

一方『シティロード』の編集長は、同じく28歳の小泉卓史氏。隔週刊にした理由はほぼ同じだが――

「売り出したとたんに、読者から〝一カ月分を載せてくれ〟という投書が殺到しまして、これから検討するつもりです。とくに映画のスケジュールを早く知りたい人が多いようで……」

と、敏感な読者の反応に再検討の弁。

事実、『シティロード』は、このあとふたたび月刊誌に戻ることになる。そして、それを機に私は、『ぴあ』から『シティロード』派に転向する。『シティロード』が廃刊する一九九二年までずっと。

同じ情報誌でありながら『ぴあ』と『シティロード』は中身が少し違った。『シティロード』の方が批評的だった。コラムなどの読み物（プロの、読み物）頁も充実していた。

批評的といえば、『サンデー毎日』に、こういう一節がある。

両誌とも映画や音楽などのほか、学園祭情報も載せているが、「ホネヌキですねえ。派手でやわらかくて、テレビの影響をもろに受けている。番組そのもののマネが随分多いですよ」

と小泉氏。

「小泉氏」というのは『シティロード』の編集長小泉卓史のことである（『ぴあ』の編集長林和男はどのようなコメントをしていたのだろう）。

一九七九年の「学園祭情報」なら、まさに私のリアルタイムの学生時代だが、たしかに、その頃私も参加した早稲田祭を振り返ってみると、テレビの「ラブアタック！」だとか「フィーリングカップル五対五」だとかを、そのまま「マネ」した「ホネヌキ」の企画が多かった。

しかしそれにしても、二十八歳の若者が、自分より高々七歳か八歳年下の大学生の、批評性の欠如を、〝今どきの若者は〟といった感じで距離感を持って眺めている点に、一つの時代性を感じる。逆に言えば、この頃までは、その種の世代間の差異が大きくあったのだ（そして一九八〇年代に入って、その種の差異はうすれて行く）。

話を『ぴあ』の部数に戻せば、一九七二年七月に創刊された当時二千部弱しか売れなかった『ぴあ』は、それから七年後には、ひと月百万近い部数をほこる巨大な雑誌へと急成長して行く。

その『ぴあ』の便利は人びとに多くの物を与えてくれた。いや、人びとが『ぴあ』の便利を強く支持したからこそ、『ぴあ』は、巨大雑誌へと（さらには巨大産業へと）成長していったわけである。

だが、そこで失われた物もある。

それは、前にも述べたように、経験の一回性である。未知の物と出会う喜びと言い換えても良いかもしれない。

はじめて『ぴあ』に出会った時、『ぴあ』の与えてくれるたくさんの情報は（それはのちの『ぴあ』が提供する情報から比べればとても少ないものだったけれど、私たちにはたくさんに見えた）、とても新鮮だった。その情報の一つ一つが輝いて見えた。いわば、それは、「ハレ」としての情報だった。

しかし、その内、その情報に慣れてしまった。当り前のように思えるようになった。

つまり、「ケ」としての情報になってしまった。

非日常的なものが日常的なものとなり、当初のアウラが消えて行く。

『ぴあ』的なものの便利さを享受しながら、大学生時代の（つまり一九八〇年前後の）私は、それに対して懐疑的になってもいったが、その懐疑が決定的になったのは、一九八四年に「チケットぴあ」の（あるいは「チケットセゾン」の）サービスがスタートした頃だ。「チケットぴあ」のサービスは圧倒的に便利だった。

しかしその圧倒的な便利さは、圧倒的な画一性を基にしたものだった。

ローリング・ストーンズの幻の初来日の回に書いたことだが、かつては、コンサートやスポーツ、芝居などの前売券を買うためには、各地のプレイガイドや、それぞれの会場までわざわざ足を運ばなければならなかった。時には徹夜も覚悟して。だがその不便さにはなかなか人間味があった。プレイガイドごとのチケットの横のつながりはなかったから、意外なプレイガイドに「お宝チケット」が残されていたりした。その判断が面白かった。その時点からすでにコンサートに参加している思いがした。

それから、チケットそのものにも個性があった。まさにチケットそれ自身に、経験の一回性が集約されていた。だから「チケットぴあ」で買ったチケットを初めて見た時、私は、失望した。どんなコンサートや芝居のチケットであっても、その見た目が同じであったから。私はそれまで、観終えたあとのチケットを捨てずに取って置いたけれど、「チケットぴあ」以降、その種の収集欲が薄れた（チケットの半券をその日の日記に貼りつけておく習慣のあった植草甚一が生きて「チケットぴあ」に出会っていたら、どのように思ったことだろう）。

繰り返して言おう。『ぴあ』の創刊された一九七二年は、非日常と日常の、つまり「ハレ」と「ケ」の境界線が薄れて行く、ちょうどその転換期となる時だった。日本におけるコンビニの第一号店（セブン－イレブン）が東京の江東区豊洲に出来るのはその二年後、一九七四年五月のことであり、日本マクドナルドの第一号店が銀座にオープンしたのは前年、一九七一年七月のことだった。マクドナルドと共に始まるファーストフード化の進行は、「いつ」「どこで」「なにを」食べても常に同じ味を提供してくれることになった。つまり、食における経験の一回性を失わせることになった。

一九七二年の年譜を目で追って行くと、例えば、四月二十一日、松下通信工業が日本初の留守番電話（外出先から伝言が聞けるタイプの留守番電話）「パナメモリー」発売とある。大学新卒者の平均初任給四万九千円の時代に七万五千円はきわめて高価だったから、この段階で殆ど一般化されることはなかったものの、留守番電話の登場は、のちの個室電話や携帯電話へと続いて行く電話の日常化への第一歩だった（電話の日常化と言えば、家庭電話が普及化しつつも、まだ日常化し切ってはいない、つまり非日常性を残していた時代の実感を、庄司薫の名作『赤頭巾ちゃん気をつけて』［一九六九年］の冒頭部が上手く描いている）。

それから、九月十日、NETテレビ（現テレビ朝日）で「大相撲ダイジェスト」の放映開始とある。年譜（『昭和　二万日の全記録』第15巻）に、こうある。

　中入り後の全取組を再現し解説する二〇分番組。それまでスポーツニュースの放映時間は五分ほどだったため、相撲だけながら、新しい試みとして注目された。

　それまでの放映時間が「五分ほどだった」という所に注目してもらいたい。大相撲だけで「五分ほど」だったのではなく、すべてを合わせたスポーツニュースの放映時間が、わずか「五分ほど」だったのだ。

　つまりそれまで大相撲は、夕方、リアルタイムで放映されていたその実況（私の少年時代は確か殆どの局が相撲を中継していた）を見逃してしまったら、特別な一番を除いては、二度とその映像を（動く姿を）目にすることは出来なかったのである。だから、たいていのサラリーマンは、会社をサボるか早めに切り上げるかして、「大相撲中継中」の喫茶店かどこかに入るかしなければ、大相撲を生で（テレビで）見ることは出来なかった。しかも、「生で」見られなければ、結局、見ることが出来なかったわけである。

　そう言えば、あの頃、相撲を熱心に見ていたのは、子供か老人か、あるいは高等遊民的な人たちだったような気がする。

　その大相撲を、「大相撲ダイジェスト」の登場によって、残業や一杯飲んだあとのオトウさんたちもテレビで見られるようになった。

一日の暮れ行く時間に体感していたはずの、つまり暮れ時の出来事だと思っていた大相撲を、深夜、「大相撲ダイジェスト」で再見した時、私は、とても不思議な気持ちになった。ただし、ダイジェストであったことに注意してほしい。仕切り場面を短縮したダイジェスト版だったから、「大相撲ダイジェスト」は、いかに本物《オリジナル》のように見えようとも、本物の相撲の持つ緊張感や様式性を失っていた。つまり、ただのスポーツになってしまった。この年の大相撲は、また、高見山が外国人力士として初めて幕内優勝したり（七月十六日）、貴ノ花と輪島が同時に大関に昇進（九月二十七日）するなどして、大きな転換期にあった。

『ぴあ』、留守番電話、「大相撲ダイジェスト」に共通するのは、何度も述べるように、経験の一回性の喪失であるが、それは、体で感じる時間の動き方の変化ということでもあった。

もちろん、物理的な意味では、一日が二十四時間、一週間が七日間であることに変化はないが、その時間の流れ方やメリハリに大きな変化が生まれつつあった。

時間の変化は、また、空間（距離）の変化とも深く連動し合っていた。

この年三月十五日、山陽新幹線の新大阪—岡山間が開業し、東京—岡山間が四時間十分で結ばれた（博多までが全通するのは一九七五年三月十日）。

ちょうど山陽新幹線の開通と重なるように（それによってダイヤに少し余裕が出来たため？）、同じ年の四月十三日から初めて東京の公立中学校の修学旅行で新幹線が利用されることになった。

当時中学二年生だった私は、そのニュースを知って、ほこらしげな気持ちになったものの、少し残念に思った。

私より三歳年上の姉は、この二年前に、修学旅行専用の夜行列車「日の出号」で修学旅行に出かけた。つまり彼女はギリギリで「日の出号」に間に合った世代だ（私は、私とたった二歳違いの仲良しの先輩を若い人に紹介する時、なにしろこの人は「日の出号」という夜行列車で修学旅行に出かけた世代だから、と言って、わざと私との世代差を強調し、イジワルをする）。

新幹線にいまだ乗ったことのなかった十四歳の私は、新幹線のまさにその新しさやスピードも楽しみだったけれど、「日の出号」のレトロ感にもそそられるものがあった。夜行列車に乗って、クラスの仲間たちとワイワイやりながら、いつの間にか眠りに落ち、翌日気がつくと関西到着なんて、夢がある。

新幹線の発展により、在来線はただの通勤通学線になり、在来線による長距離旅行は、乗り換え接続の悪さなどによって、どんどん難しくなっていった。その駅ごとのローカルカラーなど、とても味わえなくなっていった。私は特別の鉄道ファンではなかったけれど、大学一年の夏休み、友人たちと、在来線を乗り継いで、数日かけて、東京から広島まで行ったことがある。何の出会いもなかったものの、あれは、とても思い出深い旅だった。

新幹線が岡山まで開通した直後、ある人物が、一九七二年六月二十日初版発行のある本の中でこう書いた。

新幹線鉄道のメリットについては、もはや多言を要しない。朝の八時に東京駅から「ひかり号」で出発した乗客は、午前十一時十分に新大阪駅に着く。片道三時間十分は日帰りに十分な時間である。しかも料金は現在の一人あたりの国民所得から割出してほぼ二日分の収入をあてれば足りる。

東京や大阪の人びとがお盆、年末に帰郷するのにも新幹線ができてずいぶん便利になった。また、地方の人たちの上京も楽になった。新幹線がこれまでに四億人以上、つまり、わが国総人口の四倍にあたる乗客を運んだ実績が、それを雄弁に物語っている。

私は『東京人』の編集者時代、当時同誌の編集長だった粕谷一希からよく聞かされた話を思い出す。まだ新幹線がなかった頃、『中央公論』の編集者だった粕谷さんが京都に住む学者に会いに行くのは泊り仕事だった。しかし、「泊り」だったから、田中美知太郎をはじめとする碩学《せきがく》たちとも、夜ふけまでゆっくりと話をすることが出来、そこで大きな原稿を約束してもらえたり、優秀な若手研究者を紹介してもらえたりしたという。それに比べてキミたち今の編集者たちは可哀想だね、京都や大阪なら日帰り仕事なのだから、と粕谷さんは言った。

先の「ある本」に話を戻せば、その人物は、話を、こう続けている。

ある学者の計算によると、三十九年十月から四十六年三月までの東海道新幹線の乗客は三億六千三百万人であり、これらの人たちは在来線を利用した場合にくらべると総計八億三千五百万時間を節約した勘定になる。これを生産にあてはめると五千五百億円に相当する効果があり、労働時間に換算すると三十五万人のホワイトカラーを生みだしたことになるという。三十五万人の労働力というのは神戸市クラスの労働力にあたる。このように新幹線鉄道は人間の移動を効率化し、経済の生産性を高めているのである。

『ぴあ』が創刊された三日前、すなわち一九七二年七月七日、田中角栄が総理大臣になった。大正生まれ初の五十四歳の若さだった（ということは、今〔二〇〇二年〕の田中真紀子より四歳も若かったわけだ）。

田中内閣の登場と共に生まれた大ベストセラー『日本列島改造論』（日刊工業新聞社）を三十年後の今、改めて読み直すと興味深い。なぜなら、『「田中真紀子」研究』（文藝春秋）の立花隆や「ニュースの考古学」（『週刊文春』）の猪瀬直樹らも言うように、現代の問題点がすでにここに集約されているのだから。

第三十二回　田中角栄が「今太閤」として支持されていた頃

毎回のことであるが、私は、この原稿を書こうと思いつつ、いざ筆を取りはじめるまでに丸一日ぐらいムダにする。

そして、一九七二年に向って、少しずつ気持ちを集中させていく。

そのためには読書も欠かせない。

直接役に立つ資料ではなく、このテーマにゆるやかに関係してゆく書籍や雑誌の読書。

きのう（二〇〇二年九月十四日）、私は、雑誌『文芸ポスト』の最新号（二〇〇二年秋号）を拾い読みした。

この雑誌を新刊本屋で買ったのは初めてだが、たまたま特集が「一九七二年の奇跡」だったから興味を持ったのだ。ミュンヘンオリンピックで金メダルを授かった男子バレーボールチームの回想特集で、松平康隆の「『ミュンヘンへの道』三十年目の総括」という一文や、「栄光の十四人はいま」と題する追跡ルポ（インタビュー）、そして泉麻人の自伝的小説「1972」などが載っている。

その特集の扉の文章に私の目が止まる。

今年、日本はサッカーのW杯に沸き立った。

予選リーグ突破という結果に、大方の日本人は満足したようだ。

しかし、遡ること三十年前の七二年、日本人はサッカー以上に身体的能力が要求されるスポーツで世界一の座を勝ち取っている。

時代はまだ混沌としていた。

沖縄県が発足、日中共同声明が調印される一方、グアム島で元日本兵が発見された。

浅間山荘事件により左翼系学生運動は終焉を迎えるが、政界ではその後長く影響力を持ち続ける田中角栄が首相の座につく。そして地価高騰のきっかけとなった『日本列島改造論』が、バブルへの序奏となる。

高齢化社会に警鐘を鳴らした『恍惚の人』、情報価値に注目した『ぴあ』の創刊、考古学ブームの引き金になった高松塚古墳の壁画発見もこの年。さらに外国人力士の初優勝、外貨持ち出し制限撤廃、中ピ連結成、タバコへの「吸いすぎに注意」表示など、その後の時代を予感させる出来事も数多く起きている。そして人々はしだいに「あっしにはかかわりのねえことで……」と口にするようになる。

そんな時代に、日本男子バレーチームはミュンヘン五輪で12個の金メダルを獲得した。何度も崖っぷちに立ちながら、驚異的な粘りで頂点に立った。

逆境に強く、純粋で、先を読むことのできるしたたかな日本人が、あのころは確かに存在した。

「あっしにはかかわりのねえことで」というのは、もちろん、この年一月一日から、フジテレビ系で放映された中村敦夫主演の時代劇『木枯し紋次郎』のきめ台詞であるが、そのニヒリズムは、同じ年二月十一日に封切られたクリント・イーストウッド主演の映画『ダーティハリー』や『漫画アクション』三月二日号から連載開始された上村一夫の『同棲時代』のそれに通底するものがあった。

この原稿を書いている今は二〇〇二年九月十五日日曜日の午後であるが（つまり、この二日後には小泉純一郎が日本人首相として初めて北朝鮮を訪れる予定だ）、書きはじめる前、何気なくテレビをつけたら、ちょうどＮＨＫの「全国のど自慢」が終わろうとする時だった。

この、日曜昼の「全国のど自慢」は、私が十四歳だった三十年前から変らず続いている数少ない番組の一つだ（そんな番組、いったい、幾つぐらいあるのだろう）。

最後に、恒例の、次週の開催地が予告された。

そのアナウンスを聞いて、ちょっと感慨深いものがあった。

次週の中継は中国の北京からとアナウンスされたのだから。

北京でＮＨＫの「全国のど自慢」が開かれる日がやって来るなんて（例えば今から三十年後にもまだこの番組が続いていて、北朝鮮の平壌で開催されることがあるだろうか）。

一九七二年の中国訪問と二〇〇二年の北朝鮮訪問。日本の首相の初めての、しかも突然の、訪問という共通性はあるものの、日本の人びとのその訪問にかける期待の強さは全然違う。

一九七二年九月に中国訪問を（そして日中国交回復を）実現させたのは、もちろん、田中角栄である。

その年七月五日に行なわれた自民党の臨時党大会の総裁選の決選投票で田中角栄は福田赳夫を破って自民党の第六代総裁に選出された。

これは意外な結果だった。立花隆は近著『「田中真紀子」研究』で、こう語っている。

実は、個人的な思い出話をすると、ぼくは、角栄が総理大臣になったときに海外にいたんです。日本を離れたのはその一年近く前で、まだ「角栄は総理大臣にだけはなれっこない」のが常識の時代でした。だから、中近東を放浪してたまたま立ち寄った大使館で、角栄が総理大臣になったことを伝える大見出しの新聞を見て、エーッ、ホントかよと異様な気持ちがしたことをおぼえています。

実際、直前まで次の総裁は福田赳夫が有力だと言われていた。福田赳夫は、佐藤栄作も認める、その後継者であると目されていた（ただし佐藤栄作はそれを明言したわけではなかった）。そういう情勢を逆転させたのが三十四名の第五派閥のリーダー中曾根康弘だった。

中曾根は当初、自らも総裁選に出馬予定だったが、それを取り消し、群馬県から初の総理をという「大同」のため福田赳夫を支持するはずだった。

それが、最後に寝返った。

この時の総裁選は史上空前の金権選挙で、巨額の実弾が飛び交った。特に田中角栄の放った実弾はケタ違いで、中曾根派はその実弾のせいで寝返ったと噂され、週刊誌等の話題にもなったが、中曾根自身はそれを否定し、自分が田中支持にまわったのは田中角栄が日中国交回復を確約してくれたからだと、のちに回想している（当時、福田赳夫は台湾政府寄りの〝タカ派〟で田中角栄は〝ハト派〟であると見なされていた）。

そういう経緯の中で田中角栄が首相となり、この年九月二十九日、日中の国交が回復、そのひと月後（十月二十八日）、中国政府から二頭のジャイアントパンダ、カンカンとランランが寄贈され、一大パンダブームを巻きおこした（この原稿を書いている今、テレビのワイドショーではまだ、例の「タマちゃん」が話題となっている。やれやれ）。

日本を離れ海外にいた立花隆は、田中角栄首相の誕生を、「エーッ、ホントかよ」と「異様」に思ったという。

しかし私は、十四歳の少年だったからだろうか、角栄の総理総裁就任を歓迎した。何だか新しい時代が始まって行く気がした。私がものごころついた時から、テレビをつけるといつでも首相は佐藤栄作で、私はそのことに退屈していた。佐藤栄作が総理に就任したのは東京オリンピック直後の一九六四年十一月だから、私がまだ幼稚園生の頃だ。そのガキが十四歳の少年になるまでの期間なのだから。しかも、当時の、高度成長期の、一九六四年から一九七二年に至る足かけ九年は、その濃密さという点で、今の二十年分ぐらいに匹敵する。

福田赳夫では佐藤栄作とあまり代り映えしない感じがした（しかも佐藤栄作ほどの存在感はなかった）。その官僚臭が（官僚という言葉の実質を当時の私はまだ正確には知っていなかったが、すでに私は、自分がまともなエリートコースに乗れる人間ではないことを自覚していたのだ）。

田中角栄が総理大臣になった翌日（一九七二年七月八日）の午後のことを私はよく憶えている。

土曜日だった。たしか期末試験の最終日だったと思う。そういった解放感の中、私は、学校から戻ると、前年の秋に出来たばかりの、小田急線経堂駅前のショッピングセンターに遊びに出かけた。駅の売店の新聞の見出しが躍っていた。七月の初めにしてはかなり暑い日だった。その熱気を含めて、街中が（日本中が）田中角栄の総理大臣就任に期待を寄せているように見えた。明るい未来が待っているような感じがした。私の中で、テレビの画面でバンザイしている田中角栄の姿と出来たばかりのショッピングセンター

（および駅前マンション）の高く真新しい姿が、そののちも、一つの、あの時代のイメージとして重なっている。

田中角栄の物語は連載漫画にもなった。たしか『少年ジャンプ』だったと思うが、一国の首相の伝記が、誕生と共に少年漫画で描かれるなんてきわめて異例のことだろう。

もちろん田中角栄を支持していたのは子供だけではない。

田中角栄の秘書だった越山会の佐藤昭子は『決定版　私の田中角栄日記』（新潮文庫二〇〇一年）で、こう書いている。

五十四歳という史上最年少の総理大臣になった田中の人気は、異常なブームといえるほど凄《すさ》まじい。佐藤政権は七年八カ月の長期に及んだ。国民は気分的に新しい変革をのぞんでいたのだろう。「決断と実行」のスローガンをかかげた若い総理の誕生を、マスコミもこぞって歓迎している。「今太閤《たいこう》」の称号を贈り、これ以上はないという高さまで田中を持ち上げているのだ。

「高小卒で天下を取る」（『毎日新聞』）

「野人総裁角さん　浪花節《なにわぶし》と〝電算ブルドーザー〟」（『読売新聞』）

「いま田中首相の登場を迎えて、変化への予感と期待がよみがえろうとしている」（『朝日新聞』）

これは単なる近親者の身びいきではなく、実際、当時の新聞や雑誌のバックナンバーに当ってみれば、角栄ブームのすさまじさがリアルに伝わってくる。この時期にもし立花隆が帰国していたら、さらに「異様」に感じていただろう。

田中角栄の就任時の内閣支持率は六十二パーセントで、この数字はのちに細川内閣によって破られるまでの最高数字で、その細川内閣の数字も小泉純一郎の八十五パーセントで破られることになる。小泉もまた、人びとの、「変化への予感と期待」によって高支持率を獲得したわけであるが、小泉の提唱した「変化」は角栄のそれ以上に、実体の伴わない単なるスローガンに思えたりする。

少なくとも田中角栄は二つの「変化」を実現させた。

その内の一つは先に触れた日中国交回復であり、他のもう一つが……。

『文芸ポスト』に続いて、私はトーハンで出しているPR誌『新刊ニュース』の最新号（二〇〇二年十月号）を眺めていた。すると、新作長編『葬送』（新潮社）を刊行したばかりの平野啓一郎へのインタビューに、とても興味深い発言を見つけた。

二千五百枚を超える『葬送』は、「ショパンとジョルジュ・サンドの愛のもつれとか、ドラクロワとショパンの交友など」、十九世紀フランスを舞台とした大作であるが、インタビュアーの鈴木健次の、「それにしても十九世紀のフランスの社交界というのは、相当勉強しなければ書けなかったでしょう」という質問に対して、平野啓一郎は、こう答えている。

僕の世代は（僕は昭和五十年生まれなんですけれど）、まさしく日本が高度経済成長期に入ってあらゆる地方都市が近代化し、日本じゅうどこに行っても同じような形のビルがあって、同じような道路ができた時代に育ちました。ですから僕は、中上健次のように熊野のような強烈な場所を舞台として据えて小説を書くことが非常に困難な時代の作家だと思うんです。僕にとってはそういう世界よりも自分が好きで読んでいたフランス文学の世界の方がはるかに親しみがあって、自分に近い。今後はさらに、人によってはインターネットで情報を得た土地についてのほうが自分の生まれ育った土地のことより詳しいというように、自分の環境がある種の個人的な好みの遠近法によって恣意的に取捨選択されるような時代が来るのではないでしょうか。

昭和五十年、つまり一九七五年生まれの平野啓一郎は、さらに、こう言う。

僕のように日本のある地方で生まれ育った人間が十九世紀のフランスを舞台に小説を書くというのは奇異に思えるでしょうが、そこに現代日本の都市の事情がかかわっているのではないかと思います。僕たちの世代はすでにそういうものを喪失し、根無し草的なところにいる。そういったところから逆にある種の自由を獲得して、世界じゅうどんなところを舞台にしても構わないというような感覚があるのです。

田中角栄が実現させたもう一つの「変化」とは日本列島改造である。

田中角栄の著書『日本列島改造論』（日刊工業新聞社）は一九七二年六月十一日に刊行された。注意してもらいたいのは、この段階では田中角栄はまだ総理大臣ではなく通産大臣であったことだ。

そして翌月の総理就任による「今太閤」ブームで『日本列島改造論』は八十万部を超えるベストセラーとなる。しかもそれは単なるベストセラーではなかった。ある実利に基づいたベストセラーだった。『昭和　二万日の全記録』（講談社）第15巻にこうある。

その趣旨は、国民所得の向上は人口と産業の都市集中を通じて達成されたが、集中の成果はデメリットに変わったという認識のもとに、次のような政策が必要だとした。①人口の流れを過密都市から地方に還流させる工業再配置、②地方に新二五万都市を建設し人口を吸収する、③日本列島の主要地域を一日行動圏にする効率的な交通ネットワークの形成、の三点で、これが実現すれば、「都市と農村、表日本と裏日本の格差は必ずなくなる」というものだった。

ポイントは「工業再配置」と「効率的な交通ネットワークの形成」の部分である（今、猪瀬直樹らが強く問題にしている本州四国連絡橋も、この時の「効率的な交通ネットワーク」の売り物の一つだった。『日本列島改造論』で田中角栄は言う。これらの連絡橋によって、やがて「四国は日本の表玄関」になるだろうから、「過大投資というのはあたらない」、と)。

この二つの部分にデベロッパーや、ゼネコンは反応した。そして、「前年のニクソンショック以来の大量のドル流入、大型予算、金融緩和で生じた過剰流動性をもって、企業は土地の買い占めに狂奔した」(『昭和　二万日の全記録』)。その結果、地価は全国平均三十・九パーセント(首都圏に限れば三十五・九パーセント)も値上りした。

まさにバブルの時のように。

実際、一九八〇年代後半のバブル景気や地価高騰の起源を田中角栄の「日本列島改造」に求めるのは一つの通説である。

しかし、と立花隆は言う。「地価の右肩上がりの上昇はもっとずっと前からつづいています。土地神話をもたらすような角栄の政策も、もっとずっと前からはじめられているんです。昭和二十年代、角栄が代議士になったはじめからといってもいいかもしれません」(『「田中真紀子」研究』)と。

角栄は昭和二十五年に「国土総合開発法」を作り、自民党政調会長だった昭和三十七年には、具体的な開発計画として、「全国総合開発計画」(一全総。目標年次昭和四十五年)を作ります。目標年次が近づくと、今度は「新全国総合開発」(新全総。または二全総とも。目標年次昭和六十年)を作ります。列島改造論はこの流れの上に出てくるんです。それは、全国に、二十五万都市を作って、それを新幹線と高速道路網で結んでしまえという、超巨大国土開発計画でした。これが発表されると、あっちでもこっちでもサア開発だということになって、土地投機に火がつくわけです。

しかしいま述べたように、そのずっと前から、開発の流れはできていて、現実の開発計画も進行していました。

（中略）

この国土開発と地価上昇の連鎖反応という戦後日本経済の基本構造（バブルへの道）を作り、それを政治的にプッシュしつづけたのが角栄だったんです。バブルの源流ははっきりいって角栄なんです。角栄と国土開発官僚ないし建設官僚たちが、バブリーな夢を何度でも繰り返し繰り返しふりまきつづけたことがバブルを作った最大の要因です。

田中角栄著とはいうものの、通産省の役人たちが中心となってゴーストライトされたという『日本列島改造論』は、その種の白書や計画書や報告書によくあるように、本としての面白みには欠けている。しかも三十年の時を経ると、「実利」的価値はゼロであるし、歴史資料としても殆ど役立たない。

しかし、田中角栄ならではの、具体的な数字や用例が登場すると、やはり読ませる。ただの報告書にはないリアリティーや迫力を帯びてくる。

例えば第Ⅳ章「人と経済の流れを変える」の中の、次のような箇所。

> 東名高速道路ができてから東京にはいってくる九州産豚の量が二、三倍にふえた。日本道路公団が調べると、南九州から東京まで四日かかっていた子豚の輸送時間が約四分の一に短縮されたためであることがわかった。南九州からカーフェリーで神戸に陸揚げし、神戸から名神、東名高速道路で東京まで一気に運ぶとほぼ一日で着く。そうすると、輸送疲れによる子豚のやせ方がすくなく、トラック一台あたり二十万円は余計にもうかるようになったという。
>
> 大阪の青物市場では季節になると東名、名神を突走って福島県岩瀬村のきゅうり、茨城県のピーマン、埼玉県の長十郎梨、にんじんなどが出まわる。これらは高速道路が生鮮食料品の長距離輸送を拡大した例である。高速道路ができればできるほど市場が広がる半面、産地どうしの競争も激しくなる。それは貿易の自由化と同じことで、日本経済全体からみれば、適地適産がすすみ、価格が平準化し、生産は合理化する。

平準化や合理化として、この時、肯定的な意味で受けとられていたものが、その三十年後、グローバリズムという名のもとに批判にさらされる。

幹線道路の整備によって地方のもつ地方色《ローカリズム》が活性化するだろうと『日本列島改造論』は夢想する。だが周知のように、それは逆に全国のミニ東京化、すなわちローカリズムの消失へとつながっていった。つまり田中角栄の「日本列島改造」によって、「日本じゅうどこに行っても」同じような街ばかりになってしまった。アメリカ以上に画一的な。

この『日本列島改造論』の一節を、あらためて、先に引いた平野啓一郎の言葉と比べてみたい。そういえばまた『日本列島改造論』には、「情報ネットワークの整備、利用技術や情報システムの積極的な開発、通信コストの合理化を三本柱にして日本全国を一つの〝情報列島〟に再編成すれば、わざわざ情報を求めて上京する必要はなくなり、地方にいながらにして商売も勉強もできるようになる」という一節も登場する。

最終回　二〇〇二年十月に読む『世界』一九七二年十二月号

二〇〇二年十月十五日以来、メディアのあちらこちらで、「二十四年振り」という言葉をよく耳にする(目にする)。

今回北朝鮮から一時帰国した五人の日本人が北朝鮮に拉致されたのは一九七八年。それは確かにずい分昔のことだが、一方で、ついこの間のことのようでもある。

すでに触れたように、旧日本軍兵士横井庄一がグアム島で発見され、「二十八年振り」で日本に帰国できたのは一九七二年二月二日のことである。

その姿に、日本中の誰もがショックを受けた。それは、終戦から復興、さらには高度成長を経たその二十八年間の中で、日本人がとても大きな変貌を遂げたからである。だから、いきなり二十八年前の日本人が目の前に登場した時、人びとはショックを受けた。中でも特に感慨深かったのは横井庄一と同世代の男たち（つまり戦後日本の発展の原動力となった人びと）だろう。

一九四四年から一九七二年に至る二十八年は、その間に幾つかの大きな転換点があり、あまりにも長かった。つまり歴史が単純に連続していない。

それに対して一九七八年から二〇〇二年に至る二十四年は（もちろんその間にバブル景気やその崩壊などはあったものの）、基本的に一つの色合いで、続いている。だから、一九七八年は、ついきのうのように思える。

私が大学に入学した年だから、私にとっても強く思い出に残っている。例えば、『スター・ウォーズ』の第一作や『サタデー・ナイト・フィーバー』が公開された年だ。

北朝鮮から羽田に着いた五人がバスで赤坂のホテルに向う途中、渋滞に巻き込まれた。テレビでその様子をレポートしたある民放の若い女性アナウンサーが、「車のあまり走っていない北朝鮮から戻られた五人の方々は、日本の道路の渋滞振りに驚かれているのではないでしょうか……」と語っていた。それは、そうだろうけれど、「驚かれている」という言葉はないだろうと私は思った。横井庄一のわけではないのだから。五人の人たちが日本海側に暮らしていたことはさておき、少なくとも東京都心の道は、今よりも一九七〇年代のある時期までの方が渋滞が激しかった。だから、正確には、「道路の渋滞振りを見て、改めて、懐しい故国に戻られたという思いを強くされているのではないでしょうか」とレポートしなければいけなかったはずだ。

今回一時帰国した五人は私の同世代だ。

例えば蓮池薫さんは、私と一つしか違わない。

蓮池さんは東京の中央大学に通い、一九七八年七月、大学の夏休みを利用して故郷の新潟に一時帰省していた時、拉致されたという。

蓮池さんが学生時代に下宿していた中野のアパートが今でもまだ残っていて、新聞に写真が載っていた。早稲田大学に通う私の友人や先輩にも、あのあたりの学生下宿に住む人間が何人もいて、懐しかった。写真に写ったそのアパートの部屋で、彼らの生活の余韻が未だに残っている感じがした。二十四年という時を越えて。

蓮池さんがイーグルスやドゥービー・ブラザーズらのアメリカンロックが大好きだったというのも同世代性を強く刺激する（レイナード・スキナードの「フリーバード」が好きだったというのも泣かせる）。パンクやファンクに席捲される前の一九七八年頃は、アメリカンロックが最後の輝きを放っていた時だ。蓮池さんは兄と二人で、当時、よく近くの中野サンプラザへ外タレのコンサートを見に出かけたという。『ポパイ』や『宝島』もアメリカンテイストを伝えてくれた。それから高校時代に家族で行ったスキー旅行の写真の姿を見ると、彼は、けっこうシティー・ボーイだったのだろう。

地元のある級友が蓮池さんのことを薫クンと言っていたのも私の印象に残った。薫クンは昔と少しも変っていない、とその人は口にした。

薫クンは変っていないのだろうか。

テレビのニュースを見ながら、ちょうど私は、新装改訂版が出た庄司薫の『ぼくの大好きな青髭』（中公文庫）を読んだ。

この作品が刊行されたのは一九七七年夏。つまり今から二十五年前のことだ。部分再読は繰り返していたが、通読したのはその時以来だ。『赤頭巾ちゃん気をつけて』に始まる四部作の完結篇である。

一九九五年十月に『赤頭巾ちゃん気をつけて』（中公文庫）の新装版が出た時に附せられた「四半世紀たってのあとがき」で庄司薫は、こう書いていた。

「みんなを幸福にするにはどうすればいいか」という問いを抱えた十八歳の主人公は、この「赤」のあと、「白」「黒」「青」と、つまり世界の四方に出かけて、なにかを予感してはそれを「封印」するという一種の輪廻転生を繰返すことになる。何故ならこの世界には、大昔から「言ってはならないこのひとこと」、「それを言ってはおしまい」といった種類のものが確実にある。（中略）この四半世紀ののちにも、「言ってはならない」その事柄の核心をめぐっては何一つ変らない、すべてあの時のままであるとは、ほんとうにあらためて複雑な感慨にふけってしまう。

この四部作の主人公の薫クンの都立日比谷高校での同級生に連合赤軍の山崎順がいた。エッセイ集『バクの飼主めざして』に収められた「連合赤軍」という一文で、庄司薫は、こう書いている。

浅間山荘で最後まで抵抗した吉野雅邦と処刑された山崎順は、ぼくの日比谷高校の後輩だった。それも、ただ後輩だというだけでなく、山崎順は、ぼくの『赤頭巾ちゃん気をつけて』以下の連作の主人公「薫」のまさに同級生であり、吉野雅邦は三年先輩に当るはずだった。「薫」は、「おれは資本主義の未来を信じるよ」と口ぐせのように言っていた日比谷時代の山崎順（『週刊サンケイ臨時増刊』による）と、地下鉄赤坂見附裏の角屋でザルソバを食べながらおしゃべりしたこともきっとあるにちがいないし、弁慶橋で一緒にボートを漕いだこともあるかもしれない。

「薫クン」シリーズの四部作は、今から四半世紀前、私の学生時代にも、同時代的な作品として、大学の同級生たちに熱心に読まれていた。長野出身の同級生も、福井出身の同級生も、まるで自分のことのように夢中になって読んだと語っていた。

新潟の出身で私と一つ違いの中大生も、しかも名前が同じ「薫クン」だったのだから、その四部作のどれかに一度は目を通したことがあったと思う。

薫クンは変ってしまっただろうか。『ぼくの大好きな青髭』を二十五年振りで再読した私は、薫クンが少しも変っていないことを確認した。つまり、「すべてあの時のままである」ことを。

蓮池薫クンの中学の野球部の仲間は、薫クンが昔と全然変っていないことを強調していた。

その一方で、高校の友人やメディアは薫クンがかなり変ってしまったことをにおわせる。今の北朝鮮でしかるべき地位にある薫クンが五人のリーダー格で、北朝鮮に不利になる言動は控えるように配慮していることを。つまり、拉致されてからのこの二十四年の間に、薫クンは、すっかり北朝鮮の人になってしまった、と。自由のきかない北朝鮮の人に。

そうかもしれない。

だけど、と私は思う。

そうやって薫クンの「不自由」さを批判する私たちは、どこまで「自由」な人間でいるのだろうか。この二十四年間の中で、私たち自身がどこまで変っていないと言い切れるのだろうか。高度成長以降の一九七八年からのこの二十四年間、一九七二年からなら三十年の間、私たちが謳歌しているこの「自由」が、アジアのしかるべき人たちの「不自由」という犠牲によって獲得しえたものだなどという左翼的なことは言わない（少しは言いたい）。この二十四年間で、たしかに、生活はますます便利で豊かになり、社会の規範はゆるやかになり、道徳心は薄れた。つまり「自由」になった。

だが、その「自由」さこそが、逆に、ある種の「不自由」さ（しかもかえってたちの悪い「不自由」さ）を増したとも言える。人々は皆、目に見えない抑圧におびえている。

一九七二年に横井庄一が二十八年振りで日本に戻って来た時、一九四四年の日本よりも一九七二年の日本の方が幸福であるとはっきり言えた。

蓮池薫さんと同世代で一九七八年に二十歳であった私は、その二十四年後の今、普通の社会人になっている学生時代の友人たちと上手く話が合わない。もちろん、私もそれなりの社会性を持っているから、表面的には、会話をはずませることが出来る。それは私が、「言ってはならない」ことを口にしないからだ。つまり、あなたたちは、何に対してそんなに「不自由」になっているのですか、と。何、というのは、例えば、組織の内側の眼。

そういう組織の内部視線に「不自由」な点では、蓮池薫さんの「不自由」さを批判する新聞記者だとか編集者だとかいう、かなり「自由」に見える職業の人びとも殆ど変りはない。いや、その「不自由」さに無自覚である分、彼らの方が始末に悪い。

だいたい、この拉致問題をここまで長びかせてしまったのは、彼らの（メディアの）その種の「不自由」さによってではないか。

太平洋戦争中のメディアの「不自由」な報道振り、つまり戦争の情況を正しく伝えず戦意高揚的な記事ばかりを載せた新聞や雑誌を、戦後、特に左翼メディアは強く批判した。

その過ちを二度と繰り返してはいけないはずだ。

だが一九七二年という世界に入っても、同じ過ちを繰り返したメディアがあった。しかも、思想的な若者にかなり影響力を持ったメディアでありながら。

この連載を始める前に、私は、何度か早稲田大学中央図書館の雑誌書庫にこもって、一九七二年の週刊誌や月刊誌のバックナンバーをチェックして、資料として使えそうな記事をコピーしたと以前に述べた。

実際に連載を始めたらその話題に上手く流れを持ってゆくことができなかったので、結局使わなかったコピーもたくさんある（例えば柏原兵三の突然死や川端康成の自殺といった文学の話題に触れることが出来なかった）。

その内の一つが、『世界』一九七二年十二月号のある特集のコピーだ。

『昭和　二万日の全記録』（講談社）第15巻の七十頁のカレンダーの、『ぴあ』創刊の六日前、そして第一次田中角栄内閣成立の三日前、すなわち一九七二年七月四日の項に、「韓国と北朝鮮、自主的解決・南北調整委員会設置など南北平和統一に関する七項目の共同声明を発表」とある。

つまりこの時、韓国と北朝鮮は初めて南北統一への歩み寄りをみせたのだ。『週刊朝日』一九七二年七月二十一日号には、「キッシンジャーばりの密使外交で風穴をあけた朝鮮半島」という記事が載っていて、記者は、「南北朝鮮政界の大物が、分断二十七年、はじめてソウル―平壌間を往来した。共同声明は、平和統一への誓約書であった。南北朝鮮がそこまで踏みきった動機と思惑は？」とその驚きをかくせない。なぜなら、前年の「十二月の国家非常事態宣言以来、韓国政府は口を開けば、『北の南侵の危険』を強調していたからだ」。

ここで強調しておけば、当時、日本のメディアは、北朝鮮に対してよりも、朴正熙大統領政権下の韓国の圧政に対して激しく批判的だったことだ。

祖国統一への歩み寄りは見せたものの、反体制派勢力の拡大を恐れた朴大統領は、同年十月十七日、戒厳令を布告する。

『週刊朝日』一九七二年十一月三日号に「『韓国戒厳令』に直言する前大統領候補・金大中氏の悲痛な叫び」というインタビュー記事が載っている。

十月十一日から来日中の韓国の最大野党、新民党幹部で、前回大統領選挙で空前の野党ブームを巻起した金大中氏（四七）は、東京のホテルの一室で、日にやけた精悍な顔に、闘志をみなぎらせながら、一気にまくしたてる。

「だれが聞いたって、これは憲法違反行為だし、祖国統一を成就しようとする国民の願いを踏みにじるものですよ」

朴大統領が十七日、抜打ちに戒厳令を布告して、憲法の一部効力を停止させ、国会解散、一切の政党活動を禁止、大学封鎖という非常措置に出たことを、金大中氏は、韓国の民主主義の死滅ととらえるのである。

このあと金大中の激しい朴大統領批判の言葉を紹介し、記事は、こう結ばれる。

戒厳令はきわめてきびしい内容を持っている。この野党政治家の発言にも、あるいは受難が待ちうけているかもしれない。

「しかし、いいのです。私はいわねばならない」

金大中氏はきっぱりといい切り、じっと腕をくむのであった。

この翌年、一九七三年八月八日、再び来日中の金大中は滞在先の東京飯田橋のホテルグランドパレスで韓国のKCIA工作員によって拉致され、韓国に送り返された。いわゆる金大中事件である。

こういう流れの中で、当時、拉致といえばむしろ北朝鮮でなく韓国の専売特許であり、今回日本に一時帰国した四人（五人の内の曾我ひとみさんに関しては、当時拉致事件と思われていなかった）の失踪事件も、KCIAの工作によるものだという推測がメディアでなされた。

つまりメディアは、当時、北寄りだった。例えば読売新聞は今やむしろタカ派として知られているが、『週刊読売』一九七二年九月二日号の二十六頁に自社の出版物の三分の一広告が載っていて、『金日成首相の思想』という本の広告に、「20万部突破　絶賛の風！　読書界の話題集中！」だとか「人類の未来を照らす偉大なチュチェ（主体）思想」だとかいうコピーが躍っている。そして次の号（九月九日号）では、その本の著者で朝鮮総聯の第一副議長だった金炳植が團伊玖磨の連載対談に登場し、「日本では、どうしてこのように優れた人物が政治家にならぬのであろうか」と絶讃されている。さらにその翌週（九月十六日号）には『別冊・週刊読売』〝緊急特別企画〟「チュチェの国――朝鮮」の宣伝が載っている（残念ながらこの別冊は早稲田大学の中央図書館に収蔵していない。『昭和　二万日の全記録』の一九七二年九月八日の項の「韓国政府、『別冊週刊読売』北朝鮮特集は同国の宣伝だと、読売新聞支局閉鎖と記者の国外退去を命令」という記述と何か関係があるのだろうか）。

この連載で今まで使う機会を見つけられずにいたコピーとは、『世界』一九七二年十二月号の特集「朝鮮民主主義人民共和国の主張」のコピーだ。

その特集の巻頭をかざるのが「金日成首相会見記」である。編集後記にこうある。

> 本号は『朝鮮民主主義人民共和国の主張』を特集した。その趣意は、「金日成首相会見記」の編集部まえがきに詳述したが、この企画のために暖かい御協力を惜しまれなかった朝鮮民主主義人民共和国の多くの方々と在日本朝鮮人総聯合会の方々に感謝を表したい。

特集の精神を体現しているその「まえがき」を執筆しているのは、のちに『世界』の編集長に、さらには岩波書店の社長になる安江良介である。

こういう美しく思い入れたっぷりの書き出しで始まる（傍点は原文）。

近くて遠い国――朝鮮民主主義人民共和国をさして日本人はしばしばこのように表現する。ピョンヤンを訪ねようとすれば、香港から中国を経由してゆくか、あるいは一旦モスクワまでゆき、再び日本に戻るようにしてピョンヤンに向うか、通常このいずれかである。直行できるならば二時間余のところを、どんなに早くともまる二日間の時間を費やさねばならない。そして渡航手続きはもっとも煩瑣である。郵便もまた運がよくても三週間、普通は一ヵ月を要する。他国を経由するからである。

それでも日本人は朝鮮を訪ねることができ、その地では驚くような親切さと友情をもって迎えられる。それに反して、在日朝鮮人の祖国への自由往来はいまもごく一部にとどめられ、朝鮮民主主義人民共和国からの来日も、忍耐づよい運動と世論の支持とに加えて、政府の勝手な思惑によって辛うじて受けいれられているにすぎない。この一、二年、ようやく日朝間の交流が活発になりつつあるが、それは、朝鮮側の積極性と厚意とに頼ったものであり、交流というには、あまりに一方的である。

安江良介は北朝鮮にアジアの社会主義の一つの希望を見出している。「ようやく」と「個性」という言葉に注目して次の一文を眺めてもらいたい。

日本の植民地支配から解放された朝鮮民族は、その北半部においてようやく社会主義国家の建設に踏み出したが、朝鮮戦争はそのすべてを灰燼に帰させた。その荒廃の中から「自力更生」を目標として掲げ、今日の経済発展と国民生活の安定とをみずから獲得するにいたった朝鮮民主主義人民共和国の歴史は、おのずから個性にあふれた思想と制度とを形成している。

そして十六頁にも及ぶ金日成のインタビューが掲載されている（『世界』の二〇〇三年の新年号の特別付録としてぜひこの「金日成首相会見記」の全文を再録すれば良かったのに）。例えば金日成は言う。

チュチェ思想をうちたてるうえでもっとも重要なのは、人にたいする活動です。なぜなら、人間があらゆる問題を決定するからです。社会を改造し自然を改造するたたかいで、その成果いかんは、結局、人にたいする活動をどうおこなうかに大きくかかっています。

つまり、「チュチェ思想をうちたてるためには、人びとの思想を改造することがもっとも重要です」と金日成は言う。「改造」という言葉を、当時、どこかで耳にしなかっただろうか。そう、田中角栄の列島改造に対して金日成は人間改造である。実際、金日成は一種の革命家として、田中角栄を強く支持している。

この一年間に、日本人民の闘争もたいへん力づよくくりひろげられました。日本人民の闘争が強まったために佐藤反動政府は追い出され、田中政府がこれにかわりました。これは日本人民の闘争の結果だといえます。われわれは日本人民の闘争を高く評価し、それを全面的に支持します。

こんな大本営発表のような言葉がたった三十年前の一流出版社の一流雑誌に堂々と載ったのである。

「個性」と安江良介は言った。しかし、二人の革命家、金日成の人間改造（チュチェ思想）によって北朝鮮の人びとは「個性」を失い、田中角栄の列島改造によって日本の街は「個性」を失った。街が「個性」を失えば、それに伴って、人間だって「個性」を失う。しかもそのことにまったく自覚なく。だからこそ（自覚がないからこそ）、北朝鮮の人たちの没個性を簡単に笑い、そして哀れむことができる。私を含めて。では、はたしてこれから三十年後は。

あとがき

この長編評論は『諸君！』二〇〇〇年二月号から二〇〇二年十二月号まで連載されたものです。

あとから思いついたことや、この部分をもう少しふくらませたかったと思った部分もありますが、連載時のライブ感を残すために、その種の加筆や訂正は最少にとどめました。

それから時制も、基本的に、連載時のままにしました（ですから、「去年」だとか「四年前」だとかいった表記が今の時制とズレているので少し混乱させてしまったかもしれません）。書き下しではなく、あくまで雑誌連載の評論の形を守りたかったのです。その方がよりリアルに一九七二年の「昔」と、それを振り返っている私の「今」を往還出来ると考えました。

連載が始まった時はまだ二十世紀で（第一回目を執筆したのは一九九九年十二月十日で

す）、二十一世紀など未来のことだと思っていたのに、途中で、あっさりと二十一世紀に入って行きました（二十一世紀というものに私はまだ実感がわきません）。そう考えると、私たちは（例えば一九四〇年代生まれの人も八〇年代生まれの人も）二十世紀生まれという点で共通しています。最後の回を執筆したのは二〇〇二年十月十六日のことです。つまり今からほぼ半年前のことです。その間にも歴史や人々の感情はゆるやかに変化して行きます。

連載の二代目担当者だった島津久典さんと単行本の担当者である田代安見子さんに感謝します。どうもありがとうございました。

そして最大の感謝の言葉を、この連載の機会を与えてくれた初代担当者の瀬尾泰信さんに捧げたいと思います。

瀬尾さんはその年（一九九九年）春に『週刊文春』の編集部から『諸君！』の編集部に異動してきたばかりでした。

たぶんこの「一九七二」は瀬尾さんにとって初めての連載だったと思いますが、その年の夏前から私は、瀬尾さんとしばしば、「一九七二」を含めて幾つかの連載候補について打ち合わせを重ねました（最終的に「一九七二」に絞った時にはすでに秋になっていました）。

瀬尾さんは私よりちょうど一まわり年下の一九七〇年生まれです。

ペシミストである私は、当時、近ごろの若い編集者に少し失望していました。

しかし、瀬尾さんと打ち合わせを重ね、私は、一九七〇年代生まれの若さでありながら、こんなに本質的で、しかも、良い意味での編集者タイプの（つまり実力がありながらも変な自己主張をしない）編集者がいることを喜びました。連載第一回の号が出た直後に瀬尾さんからもらった手紙は今でも大事に取ってあります。

瀬尾さんが「一九七二」の最初の読者であったことは私をとても張り切らせました。

この連載の題材をテーマに一九五八年生まれの私と一九七〇年生まれの瀬尾さんはよくコミュニケーションを交わしました。

私と瀬尾さんは共に戌年です。

もう一人、戌年生まれの人に感謝します。

それは田代安見子さんの上司で一九四六年生まれの平尾隆弘さんです。

誰も気づかないかもしれないけれど、実は私は、この『一九七二』を、『靖国』『慶応三年生まれ 七人の旋毛曲《つむじまが》り』に続く私の日本近代史三部作の第三部であると密かに考えていました。

ゲラで『一九七二』を通読した平尾さんはそのことを適確に指摘してくれました。私はその鋭い読みを嬉しく思いました。

いずれ私は、このあと、それを五部作、七部作、九部作、……と続けて行くつもりです。

改めて、瀬尾泰信、島津久典、田代安見子、平尾隆弘の皆さんに感謝します。本当にどうもありがとうございました。

二〇〇三年三月十二日　　坪内祐三

附記　この「あとがき」のゲラに目を通している前日、つまり三月十七日月曜日、音楽好きの親しい友人と電話で話していたら、その友人は、おととい東京ドームのローリング・ストーンズのコンサートを見に行き、コンサート終了後、テレビ局の取材が凄くて、一体何かと思ったら、蓮池薫さんが兄弟でストーンズのコンサートを見に来ていた、と語った。この事実は歴史家としての私の感受性を強く刺激する。

三月十八日

附記の附記　右の「附記」を書き加えてFAXで送った日の夜、本書の担当編集者である田代安見子さんから三月十六日附け産経新聞の記事のコピーがFAXされて来た。その記事によると、蓮池薫さんは、本書の中で触れた一九七三年の幻のストーンズ初来日公演に、「いとこが入手したチケットで見に行くはずだった」という。新潟に住む十五歳の少年としては、当時（もちろんまだ上越新幹線は開通していない）、これはかなり尖端的な行為だったはずだ。

三月十九日

解　説

時代格闘家・坪内祐三

泉　麻人

　この四百頁余り（単行本時）に及ぶ、硬軟の事象がとりまざった時代評論書の「解説」を、どういった方向に展開していこうか……こういった文章をさほど書きなれていない者としては迷うところだが、ま、僕のようなタイプに依頼してきたということは「ポップな方向にハジケさせてくれ」って意図だろうと、勝手に解釈して筆を進めることにする。

「毎回のことであるが、私は、この原稿を書こうと思いつつ、いざ筆を取りはじめるまでに丸一日ぐらいムダにする。／そして、一九七二年に向って、少しずつ気持ちを集中させていく。／そのためには読書も欠かせない。／直接役に立つ資料ではなく、このテーマにゆるやかに関係してゆく書籍や雑誌の読書」

　坪内祐三は第三十二回の冒頭で、こう書いている。僕も〝当時のモード〟に入るべく、筒美京平のCDボックス「HISTORY」のなかの、主に七一、二年の作品が収められた盤をまずラジカセに仕込んだ。南沙織の「17才」に始まって、「青いリンゴ」（野口五郎）「恋する季節」（西城秀樹）「男の子 女の子」（郷ひろみ）……と続く。そうこの時期は、筒美京平のヒット曲生産がピークだった頃でもあり、坪内より二学年上の僕は、大学ノートにオリジナルの歌謡曲ベストテンを週一のペースで記録していた。

本書前半部のハイライトともいえる「連合赤軍事件」（あさま山荘突入）の頃の〈2月26日付〉ランキングを紹介しておこう。

1 ちいさな恋（天地真理）
2 終着駅（奥村チヨ）
3 別れの朝（ペドロ&カプリシャス）
4 雪あかりの町（小柳ルミ子）
5 ともだち（南沙織）
6 愛する人はひとり（尾崎紀世彦）
7 友達よ泣くんじゃない（森田健作）
8 涙（井上順之）
9 好きなんだけど（野口五郎）
10 結婚しようよ（よしだたくろう）

個人的な趣味を抑えて、ベストテン番組のデータに深夜ラジオでのオンエア頻度の印象……などを加味したものだから、信憑性《しんぴょうせい》には自信がある。「終着駅」「別れの朝」が上位に並ぶあたりがどことなく象徴的だが、僕はこのノートを久しぶりに開くまで、あさま山荘の雪景色とも印象が重なる札幌五輪のテーマ曲「虹と雪のバラード」（トワ・エ・モア）が大ヒットしていたようなイメージを抱いていた。が、これは前年の十一月に「14位」として記されているだけで消えている。そして、10位に初登場して、四月にトップに躍り出る「結婚しようよ」（よしだたくろう＝※当時、曲の名義はヒラガナだった）が、いかにもこの時代の空気を反映している（「涙」の井上順之も当時の井上順の名義）。

連赤事件について、表層的な時代風景としてしか興味も知識もない僕にとって、ふと目にとまったのが革命左派側の京谷健司が赤軍派側の遠山美枝子のことを語ったこんな一節。

「僕とどちらが先に髪の毛がのびるかで競争しているんだ」

前文を読むと、拓郎の曲より以前（七一年八月）の話にもとれるが、「結婚しようよ」の歌詞の影響……を推理せざるを得ない。

連載時、何か月にもわたって、なかば脱線していく自分を確信的に愉しむように綴られる、この連赤事件の項目は、「水筒」や「指輪」というたわいない小道具のネタが糸口になっていることもあって、僕のようなノンポリな読者も思わず引きこまれてしまう。籠城したあさま山荘で、坂口弘らがニクソン訪中のテレビ中継を眺めていた……という場面も興味深いが、彼らの破綻していく山岳ベース生活と対比させる格好で紹介される

「南沙織の紅白初出場とオキナワ」の話題、の構成などは実に見事である。そのくだりを読んで思い出したことだが、南沙織とオキナワといえば、本書では嵐山光三郎の引用文によって触れられている七一年末の紅白初出場のとき（唄は「17才」）よりも、沖縄返還の七二年末の紅白で、確か琉球の民俗衣装を着せられて、筒美京平によって沖縄民謡調のアレンジを施された名曲「純潔」を唄っていた姿の方がより印象に残っている。

　著者より二学年上の僕は、七二年の春には高校に上がった。歌謡曲フリークとはいえ、中学時代のフォークブームから入って、この頃には時節柄、かなりロック系の方に興味は移っていたから、いわゆる〝大物外《ガイ》バン〟のコンサートにも何度か行った。当時〝収集欲〟の強かった僕は、チケットの半券を何枚か取り置いている。残念ながら、ピークの七一年当時のものはない（たぶんまだ行っていない）が、七二年のシカゴ、エマーソン・レイク＆パーマー、七三年のイエス、といったところがストックブックに収まっている。

　紫色の地に〈Ｃｈｉｃａｇｏ〉のおなじみのロゴをデザインしたチケットの「3月7日日本武道館大ホール」の表示と、坪内の次の一文を見較べてハッとした。

「その意味で象徴的なのは三月七日の東京だ。同じ夜、日本武道館ではシカゴが、東京都体育館ではピンク・フロイドが、それぞれコンサートを行うはずだった（はずだった、と書いたのは、結局、シカゴの再来日はこの三カ月後の六月に延期されてしまったからだ）」

そうか、このシカゴ公演は延期されたのか……チケットの端は切り取られているから、たぶん六月に行ったのだろうけれど、順延されてガックリきたこととか、コンサートの内容自体さっぱり憶えていないのだ。友につきあってロック公演には行くものの、熱はかなり冷めていたのかもしれない。

ローリング・ストーンズの来日と麻薬騒動による中止、のニュースは強い印象が残っている。映画「ギミー・シェルター」のサントラ盤を、落第してきたちょっとヤクザな先輩に貸して、返せというのもコワくてそのままになった……なんてくだらないことも憶えている。くだらない、といえば、ストーンズの来日が中止になった七三年、あの西郷輝彦が「ローリング・ストーンズは来なかった」という奇妙な一曲を出したはずだ。歌謡界にロックの波が侵入する過渡期、と思えば、これも象徴的な出来事といえるかもしれない。

高二の頃に〝8ミリ映画を自主制作する〟映研系のサークルに入った僕にとって、終盤で語られる「ぴあ」も、割合と身近な雑誌だった。引用された、草創期の編集者や投稿読者の文章を読みながら思い浮かんできたのが、当時活気のあったラジオの深夜放送の世界。

「ことのおこりは1972年5月6月7月と、幻の『ぴあ』はもそもそと、にぶい活動を開始したのでありました。編集長矢内廣を筆頭にスタッフは、東京全土を駆けめぐっておったのであります。しがないかけだしに世間の風は冷たかったのでありました」（傍点原文）

ナッチャコパック（野沢那智・白石冬美の「パック・イン・ミュージック」）の〝お題拝借〟のコーナーや、DJも務めていた吉田拓郎の文体（僕も愛読したが、七二年「気ままな絵日記」という自伝エッセーがベストセラーになった）に通じるニオイがある。初期の「ぴあ」と読者の間には、そういう深夜放送的なコミュニケーションが成立していたのであろう。

一九七二年（正確にはその前後二、三年）という短い期間の事象に照準を合わせたこの奇抜な時代評論書、著者も〈あとがき〉で書いているけれど、雑誌連載調のライブ感が読みとれるところに、僕は何より魅力をおぼえた。本旨の評論とは別に、早稲田の図書室などに籠《こも》って週刊誌のバックナンバー捜査に没頭する、調べ好きの書き手の姿が浮かびあがってくる。語り部としての坪内が時折現われることによって、辛《から》い評論文にいい塩梅の風味が醸し出されている。

「そして、一九七二年に向って、少しずつ気持ちを集中させていく……」

冒頭にも記した、そんな一節を読んでいると、対戦前のロッカールームで精神集中するアントニオ猪木の心づもりで、いざ一九七二年のリングに臨んでいこうとするプロレス大好き少年・坪内祐三の姿がふと想像される。

（コラムニスト）

初出　「諸君！」二〇〇〇年二月号〜二〇〇二年十二月号
単行本　二〇〇三年四月　文藝春秋刊
文春文庫　二〇〇六年四月
本書は文春文庫版を底本としています。
DTP制作　エヴリ・シンク

坪内祐三（つぼうち　ゆうぞう）
1958（昭和33）年—2020（令和2）年。東京都渋谷区生まれ。早稲田大学第一文学部人文専修卒、同大学院英文科修士課程修了。1987（昭和62）年から1990（平成2）年まで「東京人」編集部員。1997（平成9）年、『ストリートワイズ』（晶文社）でデビュー。2001（平成13）年9月、『慶応三年生まれ 七人の旋毛曲り』（マガジンハウス）で講談社エッセイ賞を受賞。2020（令和2）年1月13日、心不全のため急逝。主な著書に『靖国』『古くさいぞ私は』『変死するアメリカ作家たち』『探訪記者 松崎天民』『昼夜日記』など。「小説新潮」に連載中だった『玉電松原物語』が遺作となった。

文春学藝ライブラリー
思23

一九七二《いちきゅうななに》「はじまりのおわり」と「おわりのはじまり」

2020年（令和2年）12月10日　第1刷発行

著　者　　坪　内　祐　三
発行者　　花　田　朋　子
発行所　株式会社　文　藝　春　秋
〒102-8008　東京都千代田区紀尾井町3-23
電話（03）3265-1211（代表）

定価はカバーに表示してあります。
落丁、乱丁本は小社製作部宛にお送りください。送料小社負担でお取替え致します。

印刷・製本　光邦

Printed in Japan
ISBN978-4-16-813090-8

（　）内は解説者。品切の節はご容赦下さい。

江藤　淳
近代以前
日本文学の特性とは何か？　藤原惺窩、林羅山、近松門左衛門、井原西鶴、上田秋成などの江戸文藝に沈潜し、外来の文藝・思想の波に洗われてきた日本の伝統の核心に迫る。（内田　樹）
思-1-1

福田恆存（浜崎洋介　編）
保守とは何か
「保守派はその態度によって人を納得させるべきであって、イデオロギーによって承服させるべきではない」――オリジナル編集による最良の「福田恆存入門」。（浜崎洋介）
思-1-2

山本七平
聖書の常識
聖書学の最新の成果を踏まえつつ、聖書に関する日本人の誤解を正し、日本人には縁遠い旧約聖書も含めて、「聖書の世界」全体の見取り図を明快に示す入門書。（佐藤　優）
思-1-3

保田與重郎
わが萬葉集
萬葉集が息づく奈良県桜井で育った著者が歌に吹きこまれた魂の追体験へと誘い、萬葉集に詠みこまれた時代精神と土地の記憶を味わいながら、それが遺された幸せを記す。（片山杜秀）
思-1-4

柳田国男（柄谷行人　編）
「小さきもの」の思想
『遊動論　柳田国男と山人』（文春新書）で画期的な柳田論を展開した思想家が、そのエッセンスを一冊に凝縮。柳田が生涯探求した問題は何か？　各章に解題をそえた文庫オリジナル版。
思-1-5

岡﨑乾二郎
ルネサンス　経験の条件
サンタ・マリア大聖堂のクーポラを設計したブルネレスキ、ブランカッチ礼拝堂の壁画を描いたマサッチオの天才の分析を通して、芸術の可能性と使命を探求した記念碑的著作。（斎藤　環）
思-1-6

田中美知太郎
ロゴスとイデア
ギリシャ哲学の徹底的読解によって日本における西洋哲学研究の基礎を築いた著者が、「現実」「未来」「過去」「時間」といった根本概念の発生と変遷を辿った名著。（岡崎満義）
思-1-8

大衆への反逆
西部　邁

気鋭の経済学者として頭角を現した著者は本書によって論壇に鮮烈なデビューを果たす。田中角栄からハイエクまでを縦横無尽に論じる社会批評家としての著者の真髄がここにある。

思-1-10

国家とは何か
福田恆存（浜崎洋介　編）

「政治」と「文学」の峻別を説いた福田恆存は政治をどう論じたのか？　福田の国家論が明快にわかるオリジナル編集。「個人なき国家論」批判は今こそ読むに値する。（浜崎洋介）

思-1-12

一九四六年憲法――その拘束
江藤　淳

アメリカの影から逃れられない戦後日本。その哀しみと怒りをもとに、戦後憲法成立過程や日本の言説空間を覆う欺瞞を鋭く批判した20年にわたる論考の軌跡。（白井　聡）

思-1-13

人間とは何か
福田恆存（浜崎洋介　編）

『保守とは何か』『国家とは何か』に続く「福田恆存入門・三部作」の完結編。単なるテクスト論ではなく、人間の手応えをもった文学者の原点を示すアンソロジー。（浜崎洋介）

思-1-15

日本の古代を読む
本居宣長・津田左右吉　他（上野　誠　編）

この国の成立の根幹をなす古代史の真髄とは？　本居宣長、津田左右吉、石母田正、和辻哲郎、亀井勝一郎など碩学の論考を、気鋭の万葉学者が編纂したオリジナル古代史論集。（上野　誠）

思-1-16

民族と国家
山内昌之

21世紀最大の火種となる「民族問題」。イスラム研究の第一人者が20世紀までの紛争を総ざらえ。これで民族問題の根本がわかる、新時代を生きる現代人のための必読書！（佐藤　優）

思-1-17

人間であること
田中美知太郎

「人間であること」「歴史主義について」「日本人と国家」など八篇の講演に「徳の倫理と法の倫理」など二篇の論文を加え、日本を代表するギリシア哲学者の謦咳に接する。（若松英輔）

思-1-18

（　）内は解説者。品切の節はご容赦下さい。

内藤湖南
支那論
博識の漢学者にして、優れたジャーナリストであった内藤湖南。辛亥革命以後の混迷に中国の本質を見抜き、当時、大ベストセラーとなった近代日本最高の中国論。（與那覇　潤）
歴-2-1

磯田道史
近世大名家臣団の社会構造
江戸時代の武士は一枚岩ではない。厖大な史料を分析し、身分内格差、結婚、養子縁組、相続など、藩に仕える武士の実像に迫る。磯田史学の精髄にして、『武士の家計簿』の姉妹篇。
歴-2-2

野田宣雄
ヒトラーの時代
ヒトラー独裁の確立とナチス・ドイツの急速な擡頭、それが国際政治にひきおこしてゆく波紋、そして大戦勃発から終結まで——二十世紀を揺るがした戦争の複雑怪奇な経過を解きあかす。
歴-2-5

勝田龍夫
重臣たちの昭和史（上下）
元老・西園寺公望の側近だった原田熊雄。その女婿だった著者だけが知りえた貴重な証言等を基に、昭和史の奥の院を描き出す。木戸幸一の序文、里見弴の跋を附す。
歴-2-6

原　武史
完本　皇居前広場
明治時代にできた皇居前広場は天皇、左翼勢力、占領軍それぞれがせめぎあう政治の場所でもあった。定点観測で見えてくる日本の近代。空間政治学の鮮やかな達成。（御厨　貴）
歴-2-9

シャルル・ド・ゴール（小野　繁　訳）
剣の刃
「現代フランスの父」ド・ゴール。厭戦気分、防衛第一主義が蔓延する時代風潮に抗して、政治家や軍人に求められる資質、理想の組織像を果敢に説いた歴史的名著。（福田和也）
歴-2-13

小坂慶助
特高　二・二六事件秘史
首相官邸が叛乱軍により占拠！　小坂憲兵は女中部屋に逃げ込んだ岡田啓介首相を脱出させるべく機を狙った——緊迫の回想録。永田鉄山斬殺事件直後の秘話も付す。（佐藤　優）
歴-2-15

猪木正道
日本の運命を変えた七つの決断
加藤友三郎の賢明な決断、近衛文麿の日本の歩みを誤らせた決断。ワシントン体制下の国際協調政策から終戦までを政治学の巨人が問い直す！　（特別寄稿　猪木武徳・解説　奈良岡聰智）
歴-2-16

秦　郁彦
昭和史の軍人たち
山本五十六、辻政信、石原莞爾、東条英機に大西瀧治郎……陸海軍二十六人を通じて、昭和史を、そして日本人を考える古典的名著がついに復刊。巻末には「昭和将帥論」を附す。

歴-2-17

江藤　淳
完本　南洲残影
明治維新の大立者・西郷隆盛は、なぜ滅亡必至の西南戦争に立ったのか？　その思想と最期をめぐる著者畢生の意欲作。単行本刊行後に著した「南洲随想」も収録した完全版。　（本郷和人）
歴-2-25

三木　亘
悪としての世界史
ヨーロッパは「田舎」であり、「中東と地中海沿岸」こそ世界史の中心だ。欧米中心主義の歴史観を一変させる、サイード『オリエンタリズム』よりラディカルな世界史論。　（杉田英明）
歴-2-26

本郷和人
新・中世王権論
源頼朝、北条氏、足利義教、後醍醐天皇……彼らはいかにして日本の統治者となったのか？　気鋭の日本中世史家が、王権の在り方を検証しつつ、新たなこの国の歴史を提示する！

歴-2-27

飛鳥井雅道
明治大帝
激動の時代に近代的国家を確立し、東洋の小国を一等国へと導いた天皇睦仁。史上唯一「大帝」と称揚され、虚実ない交ぜに語られる専制君主の真の姿に迫る。　（ジョン・ブリーン）
歴-2-28

繁田信一
殴り合う貴族たち
宮中で喧嘩、他家の従者を撲殺、法皇に矢を射る。拉致、監禁、襲撃もお手の物。〝優美で教養高い〟はずの藤原道長ら有名平安貴族の不埒な悪行を丹念に抽出した意欲作。　（諸田玲子）
歴-2-29

（　）内は解説者。品切の節はご容赦下さい。

林　健太郎
昭和史と私
過激派学生と渡り合った東大総長も、若き日はマルクス主義に心酔する学生だった。自らの半生と世界的視点を合わせて重層的に昭和史を描ききった、歴史学の泰斗の名著。（佐藤卓己）
歴-2-30

高木俊朗
陸軍特別攻撃隊（全三冊）
陸軍特別攻撃隊の真実の姿を、隊員・指導者らへの膨大な取材と、手紙・日記等を通じて描き尽くした記念碑的作品。特攻隊を知るために必読の決定版。菊池寛賞受賞作。（鴻上尚史）
歴-2-31

清水克行
耳鼻削ぎの日本史
なぜ「耳なし芳一」は耳を失ったのか。なぜ秀吉は朝鮮出兵で鼻削ぎを命じたのか。日本史上最も有名な猟奇的習俗の真実に迫る。「中世社会のシンボリズム——爪と指」を増補。（高野秀行）
歴-2-34

江藤　淳
新編　天皇とその時代
日本人にとって天皇とは何か。戦後民主主義のなか、国民統合の象徴たらんと努めてきた昭和天皇の姿を、畏敬と感動を込めて語る。新編では次代の皇室への直言を加えた。（平山周吉）
歴-2-35

松本清張
昭和史発掘　特別篇
『昭和史発掘』全九巻に未収録の二篇「政治の妖雲・穏田の行者」「『お鯉』事件」と、城山三郎、五味川純平、鶴見俊輔と昭和史の裏側を縦横無尽に語った対談を掲載。（有馬　学）
歴-2-36

ドナルド・キーン（角地幸男　訳）
日本人の戦争　作家の日記を読む
永井荷風、高見順、伊藤整、山田風太郎など、作家たちの戦時の日記に刻まれた声に耳をすまし、非常時における日本人の精神をあぶり出す傑作評論。巻末に平野啓一郎との対談を収録。
歴-2-37

文藝春秋 編
天才・菊池寛
逸話でつづる作家の素顔
小林秀雄、舟橋聖一、井伏鱒二など縁の深い作家や親族が織り上げる、「本邦初のプロデューサー」菊池寛の様々な素顔。生誕百二十五年を記念して「幻の書」が復刊！　（坪内祐三）
雑-3-1

リチャード・ニクソン（徳岡孝夫 訳）
指導者とは
栄光と挫折を体現した米大統領だから洞察しえたリーダーの本質。チャーチル、マッカーサー、ドゴール、周恩来、フルシチョフに吉田茂……。20世紀の巨星の実像に迫る。　（徳岡孝夫）
雑-3-3

岸 信介・矢次一夫・伊藤 隆
岸信介の回想
満州、戦争、巣鴨プリズン、六〇年安保——動乱の昭和史において常にその渦中にあった名宰相が、刎頸の友と近代史家を前に語った「わが人生」。巻末資料として巣鴨日記も収録。
雑-3-9

山本七平・岸田 秀
日本人と「日本病」について
責任をとらない日本人の体質。その根っこには何があるのか。歴史学者と精神分析学者。二人の権威が、今も変わらぬ「日本病」について語った白熱対談。　（福嶋亮大）
雑-3-12

E・G・ヴァイニング（小泉一郎 訳）
皇太子の窓
戦後まもなく、当時の皇太子の英語家庭教師となったヴァイニング夫人が、ともに過ごした日々を瑞々しく綴った回想録。敗戦後の日本の風景も浮かび上がる。　（保阪正康）
雑-3-14

新渡戸稲造
世渡りの道
『武士道』の著者にして国際的教育者だった新渡戸稲造が書いたベストセラー。人生の意味とは何か、何のために働くのか。万人が抱く問いに時を越えて熱く答える。　（寺島実郎）
雑-3-15

夢野久作
近世快人伝
頭山満から父杉山茂丸まで
頭山満、杉山茂丸、奈良原到といった玄洋社の猛者たちの破天荒な人生を描いた痛快な人物評伝。奇人、怪人、豪傑たちがユーモア溢れる筆致でいきいきと動き出す。　（寺田英視）
雑-3-16

（　）内は解説者。品切の節はご容赦下さい。

戦中派の死生観
吉田 満

死んだ仲間は何のために戦ったのか？ 戦後日本は戦争と敗戦から何かを学びえたのか？ 死を覚悟して生き残った戦中派が「日本人として生きる」ことの意味を問う。（若松英輔）

雑-3-19

近代政治家評伝 山縣有朋から東條英機まで
阿部眞之助

明治から昭和まで第一線で活躍した名物新聞記者が、原敬、伊藤博文、大隈重信、犬養毅、大久保利通、桂太郎など、戦前の大物政治家十二人の生身の姿を容赦なく描く。（牧原　出）

雑-3-20

五衰の人 三島由紀夫私記
徳岡孝夫

一九七〇年十一月のあの日、市ヶ谷の自衛隊駐屯地で「檄」を託された著者だから見透すことのできた三島由紀夫の本質とは？ 新潮学芸賞を受賞した、傑出した三島論。（寺田英視）

雑-3-21

小林秀雄の流儀
山本七平

小林秀雄があれほどの影響力をもったのはなぜか？ 過去を語ることで未来を創出したからだ。「書きたいことだけ書いて生活した、超一流の生活者」の秘密に迫る。（小川榮太郎）

雑-3-22

職人衆昔ばなし
斎藤隆介

大工、左官、庭師、指物師、蒔絵師など、明治に生を享け、戦後まで活躍した名工27人。その貴重な証言は、未来のモノ造りへの示唆に富む。その豊穣たる「語り」をご堪能あれ！

雑-3-23

内村鑑三
新保祐司

近代日本の矛盾と葛藤を体現する男、内村鑑三。多くの知識人に多大な影響を与えた破格の人物の核心に迫り、近代日本を貫く精神を明らかにする。（附録・郡司勝義）

雑-3-28

漱石の漢詩
和田利男

「少年期は英語より漢学が好きだった」と語る漱石。未だ色あせないその漢詩の世界の魅力を、杜甫や王維と比較しながら縦横に論ずる。没後百年を期して待望の復刊！（齋藤希史）

雑-3-29